타임 트래블러 외전

타임 트래블러 외전

1판 2쇄 찍음 2018년 8월 6일
1판 2쇄 펴냄 2018년 8월 13일

지은이 윤소리
펴낸이 정 필
펴낸곳 (주)뿔미디어

기획 · 편집 이영은, 김수정

출판등록 2002년 9월 11일 (제1081-1-132호)
주소 경기도 부천시 원미구 소향로 17, 303(두성프라자)
전화 032)651-6513   팩스 032)651-6094
E-mail bbulmedia@hanmail.net
비북스 http://b-books.co.kr

ISBN 979-11-315-7762-2 04810
ISBN 979-11-315-7760-8 04810 (SET)

타임 트래블러 외전

인연 · 윤소리 장편 소설

2권

Contents

上在 南漢山城―왕, 남한산성에 거하다

"지금 어디로 가는 거예요?"

"잡소리 말고 짐이나 챙기라! 북쪽의 오랑캐가 한양으루 들이닥친 다 안 하네?"

오랑캐가 국경을 넘었다는 소식을 들은 지 딱 하루 반 만에 왕과 삼공육경은 짐을 싸 들고 창경궁을 비웠다. 한양은 온통 아수라장이 었다. 반촌의 사정도 마찬가지여서 사람들은 모조리 집 밖으로 몰려 나와 고함을 지르거나 울거나 짐을 싸거나 나가면 죽는다고 말리거 나 하며 야단이 났다. 구월이는 비슬비슬 물었다.

"반촌을 나가는 건가요?"

"이런 니미, 귓구녁에 똥덩이가 틀어박혔네? 기럼 요게서 모가지 늘이고 칼팀 맞구 뒈지네? 내래 어가(御駕)를 따라갈 기야. 기럼 칼 맞고 뒈질 염려는 없서! 남펜 잘 만난 줄 알라!"

"저희가 어떻게 전하의 행렬을 따라가요?"

"반궁 대성전의 위패 있디 않네? 그걸 뫼시구 따라간다."

"위패?"

"이년은 와 이래 비상 먹은 병아리마냥 비슬거리디? 대성전허구 동무 서무에 성현 유사님들 위패 쭈르르 뫼셔 둔 거 모르네? 지금 똥똥이 잠미 놈허구 신국이 형님이 5성 10철 성현 위패만이라두 챙겨 피난 간다 하디 않갔어? 내래 달구지 끌구 뫼시겠다구 얼른 끼어들었디."

똥똥이라 불리는 박잠미는 구월이의 친구인 학분이의 남편이었고, 정신국 역시 인근 사는 반인으로 두 사람 모두 수복이었다. 수복들은 기본적으로 성균관의 제사와 배향에 대한 일을 맡고 있었기에, 위패와 제구를 지키는 일 역시 수복들의 책임이었다. 구월이는 사내의 소맷자락을 붙잡았다.

"아, 아빠는요? 앞이 안 보여서 먼 길 못 가시는데, 위패 모신 달구지에 태워 드리면 안 돼요?"

용출의 미간이 확 구겨졌다.

"이년이 미쳤네? 감히 대성현들 위패, 제구 사이에 천것이 엉덩이 디밀 요량을 하네?"

"그럼, 아빠는 어떻게 모시고 가요?"

"에이 쌍! 그따위 소리 씨불일 거면 집구석에 박혀서 기다리라! 이건 바쁜 사난 앞길 가로막고 지랄이나 허구!"

용출은 구월의 뺨을 후려치고 급하게 반궁으로 향했다. 구월이는 벌겋게 부은 뺨을 감싸 안고 비칠비칠 방으로 들어갔다. 방에 있던 노인이 일어나 구월이의 손을 더듬어 잡았다.

"가자, 가자, 구월이 우리 아가, 피난이 벨거 있네? 내래 어릴 적 왜란 때 오마니 손 잡고 피난 간 적 있디. 가자, 내래 잘 걸을 수 있으니끼니 염려 말구 날래 가자. 얼른 짐 안 챙기구 뭘 하네?"

잠시 후 박 수복과 정 수복, 그들의 가족, 그리고 성균관의 나이준이라 하는 진사까지 모시고 집에 들른 용출은 세 아들과 구월이, 그리고 천 봉사를 끌고 집을 나섰다. 대성전의 위패와 제구는 각자 등에 지거나 달구지에 실었다. 어가는 진작 김포 방향으로 출발해 뒤따르는 걸음이 급했다. 용출이 수레를 끌었고 아들들은 곡식과 옷가지를 얹은 지게를 짊어졌다. 학분이가 아기를 업고 보따리를 짊어진 채 발이 재게 따라가며 구월이에게 고함을 친다.

"구월아, 너도 아빠 모시고 얼른 따라와!"

"가요. 아버지. 발밑 조심하고 천천히 걸어요."

구월이는 아버지의 손을 꼭 잡았다. 한 걸음씩 더듬대는 노인은 얼음길 위에서 걷는 속도가 더뎠다. 걸핏하면 미끄러지고 넘어졌다. 그러잖아도 건장한 사내들의 발걸음을 따르는 건 무리였다. 꾸물대면 놓고 가겠다 욕설을 퍼붓는 용출을 보며 구월이는 이를 악물고 노인의 손을 잡아끌었다. 딸이 훌쩍대는 소리를 들은 노인은 걸음을 멈췄다.

"월아, 아바이 놓고 가. 내래 집에 가 기다리고 있갔어. 월아, 이것 놓아. 좀 놓아."

아비는 손을 뿌리쳤다. 구월이는 늙은 아비가 주름진 입을 활짝 벌려 웃는 것을 보고 눈물을 훔치며 다시 손을 꼭 잡았다.

"아버지, 가요! 이렇게 죽으면 너무 억울하잖아요."

"이러면 너두 죽어. 오랑캐는 쓸모없는 소경 따윈 거들떠보지두 않으니끼니 괜찮다. 내래 살 만큼 살았디 않네? 구 서방! 날래 와서 애 끌고 가!"

"자꾸 쓸모 있다, 없다 하지 마세요! 저 위패들은 뭔 쓸모가 있어 서? 오래전에 죽어 버린 공자님 맹자님 따위 나한텐 개뿔 쓰레기만 큼도 쓸데없어! 난 아빠 없으면 죽어! 그러니까 다시는, 다시는 그런 소리 하지 마!"

구월이는 악을 쓰며 아버지를 추어 업었다. 싸우는 사이 일행은 벌써 까맣게 멀어지고 있었다. 눈먼 아비는 버둥거리며 딸의 등에서 내려와 필사적으로 걸었다.

왕의 행렬은 강화로 가지 못했다. 어가를 막은 것은 홍제원 쪽에 서 달려온 전령이었다. 그는 왕 앞에서 눈물을 쏟으며 청의 예친왕 도르곤(多爾袞)이 선발대를 이끌고 홍제원 쪽으로 질러와서 강화도로 가는 한강의 길목을 막아 버렸다 보고했다. 왕은 길을 돌려 숭례문 까지 돌아와야 했다.

"제가 술과 고기를 들고 가서 그들을 달래 보겠습니다. 공들은 주 상 전하를 모시고 얼른 피하도록 하세요."

화의파로 조정과 재야에서 미친 듯이 욕을 먹고 있던 이조판서 최 명길이 총대를 멨다. 광해를 몰아낸 반정공신치고 현대에는 놀랄 정 도로 유능한 행정가로 평가받는 그는, 어차피 이기지 못할 싸움, 살 아남는 데 최선을 다하자는 주장을 끝까지 굽히지 않았다.

그가 단신으로 청의 막사에 가서 말씨름과 살살 달래기로 시간을 끄는 동안, 왕과 조정 관료, 왕족과 그들을 공궤할 궁인들이 남한산 성으로 들어갔다. 위패를 모신 수복 일행과 수원, 용인 일대의 지방관들이 급한 대로 차출한 병졸들이 뒤늦게 어가를 따랐다. 관량사 나만갑은, 산성 안에는 현재 쌀 18,000석, 겉곡식 5,800석, 콩과 간장 200여 항아리가 있어, 한 달은 버틸 수 있다고 보고했다.

"고작 한 달, 한 달이라니!"

고립을 불안해하는 마음은 왕이 가장 컸다. 왕은 여전히 안전한 강화도에 대한 미련을 버리지 못해 한사코 그곳으로 도망치려 했다. 하지만 비탈길이 미끄러워 말이 내려가지 못했고, 결국 왕은 눈밭에 몇 번 넘어지는 것으로 강도행을 포기했다.

수어장대 망루에서는 한강 건너까지 바짝 추격해 온 청군이 점점 세를 불리는 모습이 어스름히 보였다. 그들은 강 너머에서 진을 치고 얼음이 단단해지기를 기다렸다.

성안의 백성들은 왕이 들어오는 것을 보고 남한산성이 12만 대병의 과녁이 됨을 알았다. 그들은 어가가 성으로 들어올 때, 길에 나와 엎드려 왕을 맞이하는 대신 방 깊은 곳으로 숨거나 주섬주섬 짐을 쌌다. 왕은 낮에 들어왔고, 백성들은 밤과 새벽에 도망쳤다. 그들은 먹을 것과 이불을 지게에 태산처럼 지고 아이들을 억지로 잡아끌며 얼어붙은 비탈을 내려갔다. 동서남북 네 개의 큰문과 열다섯 암문에선 성을 빠져나가는 촌민의 행렬이 하루 종일 이어졌다.

이튿날, 청의 군대는 암반처럼 얼어붙은 강을 건너 군영을 설치했다. 군막이 빠른 속도로 펼쳐지는 모습은 먼 데서 해일이 점점 시꺼멓게 달려드는 것처럼 흉포했다. 겨울바람에 펄펄 춤추는 팔기의 깃발은 모양과 색깔이 하나같이 시끄러웠다.

춥고 배고픈 병자년 섣달, 남한산성에서의 농성전이 시작되었다.

"심메마니 양 씨라 하오. 이 마을 사람들은 전부 다 빠져나간 게요?"

호랑이 가죽으로 만든 겉옷에 족제비 꼬리가 늘어진 모자를 눌러쓴 사내는 이목구비가 얇고 가늘었는데, 눈만 매섭게 반짝이고 있었다. 사람들이 없는 틈을 타서 식량을 훔치러 온 듯했다. 실상 양 씨는 이완을 때려눕히고 식량을 뺏을까, 하고 잠시 망설이다가 이불 속에서 키 큰 여자가 튀어나오는 것을 보고 싸움을 포기한 참이었다.

그는 짧은 대통으로 된 담뱃대에 잎을 서툴게 쟁여 넣고 후우, 뿜었다. 이 남초라는 거, 버릇 들인 지 얼마 안 되는데 참 좋구먼, 중얼대는 소리가 객쩍었다. 이완은 눈썹을 찌푸리며 물었다.

"당신에 관한 이야기는 들었습니다. 이 집 아들 말로는 당신이 먼저 강도로 들어간다고 하던데."

"가려고 했소만 다 글러 먹었소."

"무슨 말이오?"

"여기 사람들, 이제 다시는 이곳으로 돌아오지 못할 게요. 그러니 내가 뭘 가져간다 한들 누가 탓할 수 있겠소?"

통진 나루터는 강화로 건너가려는 이들로 북새통이었다. 사람들은 북방 오랑캐가 쳐들어왔을 때, 강화도가 왕의 최후 보루라는 것을 잘 알고 있었다. 왕은 무슨 난리가 날 적마다 번개같이 저 작은 섬으로 튀었다. 병마사 이괄의 반란 때도, 정묘년의 호란 때도 그랬고 지금도 이쪽으로 오시는 중이라 했다. 저 섬은 뭔 복을 타고났기에 나라님께서 걸핏하면 풀방구리 쥐 드나들듯 들랑거리실꼬, 사람들은 실소하면서도 눈앞의 섬을 애타게 바라보았다.

배가 없었다. 강화도의 수비를 맡게 된 강도 검찰사 김경징이라는 놈이 몇 척 없는 배와 사공을, 제 가족과 지인, 집에서 가져온 60여 수레의 짐들을 바리바리 운반하느라 죄다 발라 썼기 때문이었다. 그의 짐을 나르기 위해 도성 안의 달구지와 견마잡이, 짐꾼이 모조리 차출되었을 지경이라 하였다.

그동안, 미어터질 듯 들끓던 사람들은 해변에서 삭풍을 맞으며 서 있었고, 그는 제 아쉬운 게 끝나자 배의 왕래를 막아 버렸다. 심지어 세자빈인 민회빈 강씨와 원손, 그리고 봉림대군까지도 해변에 내팽개쳐진 채 하염없이 기다려야 했다. 세자빈이 섬을 향해 울부짖으며 김경징이란 놈을 욕할 지경이 되어서야 그는 왕실 종친들을 위한 배를 보냈다. 그리고 세자빈과 원손, 대군들과 궁인들이 간신히 건너간 후, 다시 배를 끊었다.

백성들은 아무리 기다려도 자기 차례가 오지 않으리라는 것을 알았다. 삭풍을 뚫고 한양에서 사흘 길을 꼬박 걸어 김포에 도착한 이들은 이미 얼어 죽기 직전이었다. 윗전들을 따라가면 그래도 목숨만이라도 건질까 희망을 걸었던 그네들은 이제 얼어붙은 땅바닥에 주저앉아 넋을 놓았다.

두두두드드드드.

뒤편에서 말굽 소리와 병사들의 함성이 순식간에 가까워졌다. 청의 병사들이 뒤이어 들이닥쳤다. 모여 있던 백성들은 비명을 지르며 사방으로 뛰기 시작했지만, 기마병의 속도를 당할 수는 없었다. 병사들은 해변에 버려진 백성들을 벼 이삭 줍듯 사냥하기 시작했다.

눈치 빠르고 발이 잰 양 씨는 이상한 낌새가 보이자마자 도망을 쳐 화를 피했지만, 다른 백성들은 그리 운이 좋지는 못했다. 혹시라도 끊어진 배가 한 척이라도 올까 하며 눈앞의 강화도만 바라보던 백성들은 꽁꽁 얼어 피가 통하지도 않는 다리를 질질 끌며 아이들을 업고 안고 도망치다가 줄줄 붙잡혔다. 청의 병사들은 아이들과 저항하는 자는 베고, 저항하지 않는 자는 사로잡아 목과 손에 줄을 매어 끌었다. 그들에게 포로는 돈이었다.

화전촌에 살고 있던 노인들과 사냥꾼 아들 역시 섬에 들어가지 못했다. 양 씨는 도망치는 무리 중에서 그들을 발견했다. 사냥꾼과 영감이 오랑캐 기병에게 사로잡히고, 인심 후하던 노파가 등에 칼을 맞고 엎어져 말발굽에 밟혀 죽는 것이 먼눈으로 보였다. 그는 조선 계집을 후리는 데 정신이 팔린 병사의 말을 훔쳐 타고 미친 듯이 달렸다.

"조선에 양반 아닌 사람들로 태어나 살아간다는 건, 전생에 큰 업을 쌓아서 그런 거야."

도둑질하러 올라왔다 뜻을 이루지 못한 사내는 아쉬운 듯 담배 연기를 길게 뿜었다. 동창이 희미하게 밝아 오고 있었다.

그는 자리에서 일어나더니 들보에 달린 말린 고기들을 보며 아쉽게 입맛을 다셨다. 이완은 그가 원하는 것을 눈치챘지만 모른 척했다. 젖 먹이는 산모가 하나, 아기가 둘, 지금은 남의 사정을 봐줄 때가 아니었다. 고기 한 점에 칼부림이 날 수도 있는 상황이었으되, 양씨는 그 정도까지 포악한 성격은 아닌 듯싶었다.

"어디로 가실 겁니까?"

"남쪽. 지리산으로 가오. 한 며칠 부지런히 달려서 예전 있던 산막에서 몇 달 숨어 있을 생각이오."

"그렇죠. 그 정도면 안전할 겁니다."

"내일이나 모레쯤 큰 눈이 올 것 같소. 예는 큰 눈이 오면 길이 끊어지니 꼭꼭 잘 숨어 계시오. 장작 대신 숯을 때고 밤에 불만 세게 피우지 않는다면 오랑캐 놈들이 굳이 산까지 뒤지러 올라오진 않을 거요. 난이 얼마나 오래갈지는 모르겠지만."

"판세를 보면 금방 끝날 것 같습니다만."

"놈들이 그리 쉽게 물러나겠소? 우리 조선군이 그렇게 강하다 생각하시오?"

"아니요. 싸워 볼 만하지도 못하니 금방 끝날 거라는 뜻입니다."

양 씨는 피시시 웃었다. 옆에서 민호가 조심스럽게 끼어들었다.

"혹시 반촌의 반인들 이야기는 들으셨나요? 그곳에 제 친구가 살거든요."

"그것까진 모르고, 나라님 몽진 행렬을 따라간다는 반궁 수복들을 몇몇 보긴 했소. 종묘의 위패는 강화로 갔지만 반궁의 5성 10철 위패는 수복들이 챙겨 어가를 따르려던 모양이오."

"아하."

이완은 고개를 끄덕였다. 대성전 성현들의 위패를 모시고 피난한 수복이라면 성균관에서 의복(義僕)이라 일컬어지는 정신국과 박잠미겠다. 박잠미 수복은 이완이 잠시 얼굴을 본 적도 있었다. 진사 식당에서 식당직을 맡고 있다가 10문 푼돈에 선뜻 도기 차례 일을 하도록 도와주었던 인심 좋은 학분이의 남편이었다. 그들은 기록에 남은 대로 아마 남한산성으로 들어가게 될 것이다. 양 씨는 담배 연기를 뿜으며 마땅찮다는 듯 투덜대며 덧붙였다.

"수복 일행 중에 늙은 봉사가 하나 있었소. 딸이던가, 동글하니 예쁜 새댁 하나가 울면서 봉사 손을 잡고 데리고 가는데, 노인은 넘어지고 엎어지고 하면서도 결사적으로 따라갑디다. 여자가 달구지에 아버지 좀 태워 달라 애걸을 하는데, 주둥이 다물라 호통뿐이지 아무도 그 늙은 봉사 태울 생각을 안 해. 죽일 놈들, 다 썩어 문드러진 놈들의 위패가 사람보다 중한가. 그래 하도 딱해 그 영감을 업어서 나루터까지 데려다주었소."

이런 맙소사. 이완은 눈썹을 확 찌푸렸다.

구월이네가 학분이를 따라갔구나.

반촌 사람들이 강원도 방향으로 피난을 갔다는 기록이 있어서 안심하고 있었는데. 양시님께 갈 게 아니었으면 식량이 부족하고 고립된 남한산성보다는 차라리 마을 사람들을 따라가는 게 훨씬 좋았을 텐데. 입속으로 나직하게 혀를 찼다. 민호 역시 그 봉사가 누군지 눈치채고 이맛살을 구겼다.

"그럼 지금 구월이는 어디 있다는 거야?"

민호는 양 씨가 밖으로 나서자마자 채근하듯 물었다.

"박잠미 수복 일행을 따라갔으면 지금 남한산성에 있을 겁니다."

"남한산성? 거긴 난리 통에 안전한 곳이야? 공격 막 당하지 않아? 대포 쏘고 총 쏘고 성 무너지고 사람들 안에서 다 죽고 그러지 않아?"

"성이 함락되진 않지만, 식량이 없어서 견디기가 쉽지 않을 겁니

다. 곡식을 어느 정도 싸 갔을까 모르겠습니다만 한 달 반을 버텨야
할 겁니다."

"제기랄, 한 달 반이나?"

"예. 성내엔 머물 곳도, 장작도 거의 없을 텐데요."

민호의 찡그린 이마의 골이 더욱 깊어졌다. 이완은 민호를 한참
바라보다가 쓴웃음을 지으며 고개를 저었다.

"안 돼요. 민호 씨."

"응?"

"혹시나 해서 말씀드리는데, 지금 우리 임무는 아기들을 잘 보호
해서 무사히 집으로 돌아가는 거예요. 그것만 생각하세요."

"……알아, 걱정하지 마."

민호는 마음이 무겁지만, 그 정도는 알고 있다는 듯, 느리게 고개
를 끄덕였다. 이완은 희미하게 웃으며 아이들이 안 보이도록 덮어
놓은 솜이불을 걷었다.

"그나저나 이 녀석들 오늘따라 기특하게 잘 자네요. 이불로 숨겨
놔서 숨 막혀 울까 봐 걱정했는데……."

하지만 이불이 걷힌 순간 두 사람은 그대로 얼어붙었다.

"……애 하나 어디 갔어?"

이완은 미끄러운 눈길을 미친 듯 달려 내려갔다. 하얗게 입김이
쏟아져 공기 중으로 흩어졌다. 발에 돌부리 나무뿌리가 숱하게 걸리
고 눈에 허덕허덕 미끄러지면서도 아무 감각이 느껴지지 않았다.

제기랄! 왜 하필이면! 이완은 이를 갈았다.

남한산성이라고!

온 방을 샅샅이 뒤져 보다 지친 두 사람은 헐떡이며 차가운 바닥에 주저앉았다.

사라진 것은 딸 일호였다. 두 사람은 이제야 일호와 이호 중에 시간 여행자가 일호라는 것을 알게 되었다. 문제는 민호가 여전히 길이 보이지 않아 딸이 사라진 길을 찾을 수 없다는 점이었다.

민호는 머리를 쥐어뜯다가 남아 있는 이호의 눈에 감긴 붕대를 보고 문득 움직임을 멈췄다. 민호는 얼빠진 목소리로 중얼거렸다.

"아기가 길을 눈으로 보고 찾아간 게 아닌가 봐……."

"그게 무슨 말인가요? 물건을 타고 가지 않았다는 말인가요?"

이완은 이호를 끌어안은 채 들들 떨며 민호를 다그쳤다. 이호가 놀란 듯 몸을 꿈틀거리며 발작하듯 울었다.

"세상의 모든 시간 여행자들이 유물을 타고 가는 한 가지 방법으로만 이동하는 건 아니잖아. 생각해 봐. 일호는 아직 눈도 제대로 못 떴고, 우리가 계속 눈을 가려 놨어. 제 손으로 풀었을 수도 없고. 그러니 물건을 통해 이어진 길 따위를 볼 수 있을 리가 없어."

"나는 그런 거 몰라. 시간 여행자들이 길을 무슨 재주로 보는지 어찌 알아. 그럼 일호는 배 속에 있을 때 대체 무슨 재주로 이동을 했단 말이에요?"

으르렁대던 이완은 아, 하며 말을 멈췄다.

"소리……?"

민호는 어두운 얼굴로 고개를 끄덕였다. 이완은 문득 민호가 총을

맞고 천신만고 끝에 자신에게 돌아왔던 때를 떠올렸다. 그랬다. 의
식을 잃어 가는 상황에서 민호는 분명, 어둠 속에서 자신이 연주하
던 첼로 소리를 들었다고 했었다.

이완은 그제야 아무것도 모르던 태아가 구월이네로 이동할 수 있
었던 이유를 알아차렸다. 태아가 유일하게 외부의 것을 인지할 수
있는 감각. 청각. 책에서도 읽은 적이 있다. 배 속의 태아는 아버지
어머니의 목소리를 구별할 수 있다고.

그렇다면 일호는 민호 씨가 구월이네 가서 들었던 목소리를 그녀
의 편안했던 정서와 함께 묶어서 기억했던 게 틀림없다.

그래서 구월이의 목소리를 찾아 이동했던 거구나.

제기랄. 이완은 두 손으로 얼굴을 감싸고 욕설을 뱉었다.

"……그럼 지금…… 일호는 구월이에게 가 있겠군요. 아까 심메마
니 양 씨가 오는 게 위협이라 느껴져서."

"우리가 무서워하던 게 아이들에게 전해졌나 봐."

이완의 어깨가 아래로 축 늘어졌다. 정말 왜 이래. 이쯤이면 제발
우리 좀 믿어 줘도 되잖니. 품에 안긴 아기를 향해 중얼거리는 목소
리는 절망으로 가득했다.

"없어진 애는 일호인데, 꼼짝 못 하는 애한테 그래 봐야 뭐해. 일
단 지금이라도 우리가 애 찾으러 가 봐야 할 것 같은데?"

이완은 눈앞의 여자를 물끄러미 바라보았다. 이상한 일이다. 여자
는 위급한 순간, 이성을 놓을 만한 순간일수록 일상의 일을 치르는
것처럼 덤덤하고 침착했다. 하지만 이건 가능한 일이 아니었다.

"지금 민호 씨하고 나하고 이호하고, 남한산성에 가 있을 구월이
를 찾으러 가야 한다는 겁니까?"

"응. 지금 그곳에 있을 가능성이 제일 커."

"민호 씨는 삼칠일도 안 지나서 걷기도 힘들고, 이호는 또 어쩔 건 가요."

"그럼 그 애를 남한산성에 놔두잔 말이야?"

"남한산성에 없을 수도 있어요."

"있으면? 없을 수도 있어서 여기 가만 앉아서 기다리자고?"

대답이 목구멍에서 턱 걸렸다. 가능성이 반반이라고 여기서 기다리겠다? 될 말이 아니었다. 부모란 그렇게 안락하고 편한 존재가 아니다.

"민호 씨는 여기 남아 있어야 해요. 지금 몸도 안 좋은데 가긴 어딜 간단 말입니까? 애들 폐 기능도 너무 안 좋아요. 이렇게 찬바람을 맞았다간 걷잡을 수 없어! 가면 제가 갑니다. 저 혼자."

"그러다 나랑 길이 엇갈리면 어쩌려고 그래? 영영 만나지 못하면 어쩔 건데? 난 이완 씨 혼자 못 보내."

"그렇지만, 우리가 집을 비웠는데 일호가 다시 여기 돌아오면 어떡해요?"

목소리가 덜덜 떨렸다. 임오년에 숨어 지낼 때는 나 혼자 숨어 있다 죽으면 그만이라는 생각이었다. 하지만 이제는 아니었다. 이제 자신은 함부로 죽을 수도 없는 몸이 됐다.

"민호 씨, 전에 말했죠. 날 믿어요. 나 혼자 다녀올게요. 내가 살아서, 반드시 돌아올게."

"안 돼. 우린 이제 같은 팀이야. 죽어도 같이 죽고, 살아도 같이……."

"맞아. 같은 팀이면 역할을 맡아서 팀플레이도 해야지. 수색조는 수색을 하고, 대기조는 일호가 오는 거 대비해서 여기서 기다려야 할 거 아니에요?"

이완은 아기와 여자의 **뺨**에 차례로 입술을 댔다. 두 사람의 **뺨**이 따뜻하고 보드라워서 이완은 혼자 감당하리라는 결심을 굳혔다. 여자는 더는 반박하지 못하고 이를 뿌득 갈았다. 발치로 툭툭 물방울이 떨어져 눈 위에 작은 구멍을 퐁퐁 남겼다. 여자는 고개를 숙이고 소매로 눈가를 문질렀다.

"미안해."

"뭐가?"

"내가 시간 여행자가 아니었으면 이런, 이런 일도 없었을 거고, 당신은, 이따위 괴로움은 안 겪었을 거고, 애들은 시간 여행 따위 못 하니 안전하게 집에 있을 거고……."

"그만해요. 당신이 시간 여행자가 아니었으면, 나는 1941년에 기차 사고로 죽었을 거고, 아니 1934년에 엄마 배 속에서 죽었을 거고, 일호가 시간 여행을 하지 못했으면 우리 두 아기는…… 태어나지도 못하고 사라졌을지도 몰라."

이완은 애써 웃으며 못 박았다.

"일호가, 시간 여행자라서, 다행이야. 다행인 거예요."

이완은 짐을 챙겨 둘둘 말아 둘러메고 삼아 두었던 짚신을 몇 켤레 매단 후 신발 위에 새끼줄로 단단하게 감발을 쳤다.

이완은 민호에게 남한산성이 이미 청군으로 포위되어 있을 거라는 말은 하지 않았다. 포로로 잡힐 위험이 많다는 것도 안다. 하지만 선택의 여지가 없다.

나는 태어난 지 일주일밖에 안 된 핏덩이를 벌써 내 목숨보다 더 사랑하게 된 걸까?

그건 잘 모르겠다.

아이를 생각할 때마다 피가 솟구치게 절절하고 애틋하게 사랑스러운가?

그것도 잘 모르겠다.

이성은 아기가 스스로 되돌아올 가능성, 혹은 이미 죽었을 가능성에 대해서 말하고 있지만, 그래도 본능은 무작정 명령하고 있었다. 가라고, 가는 길에 죽을지라도, 가라고.

나는 아빠가 됐고, 그 이름의 무게를 이제 막 알아 버렸다.

꽁꽁 닫혀 있던 남한산성의 우익문(서문)이 슬그머니 열리더니 이상한 행렬이 머뭇머뭇 머리를 내밀었다. 잡목 근처에 숨어 정황을 엿보던 이완은 꽁꽁 얼어 움직이지 않는 손과 발을 주무르며 고개를 들었다.

푸른 조복 차림의 사내가 앞장을 섰다. 그 뒤로 보자기에 싼 무언가를 소중하게 받쳐 든 사내가 하나, 짚으로 꽁꽁 싸서 보자기로 곱게 묶은 술병을 얹은 지게꾼이 둘, 시뻘건 핏빛이 아직도 싱싱한 돼지 대가리와 소 대가리를 지게에 짊어진 사내들이 줄줄 꼬리를 문 괴상망측한 행렬이었다. 문은 그들이 나가자마자 바로 닫혔다.

이완은 기회를 놓치지 않고 달려갔다. 4개 대문 15개 암문이 꽉꽉 잠긴 산성 안에 홀몸으로 들어가려면 이 방법밖에 없었다. 다리가 저려서 두 번이나 뒹굴었지만 이를 악물고 다시 일어나 뛰었다. 현재 남한산성은 안에서 밖으로 도망치기는 그래도 수월한 편이었으나, 밖에서 안으로 몰래 들어가기는 거의 불가능했다. 기회를 놓치면 끝장이었다.

"안에 가족이 있다고?"

행렬을 이끌던 사내는 난데없이 잡목 더미에서 튀어나온, 얼굴이 시퍼렇게 얼어붙은 사내를 보고 실색했다. 하지만 가족이 안에 있으니 데리고 들어가 달라는 하소연에는 무겁게 고개를 끄덕였다.

"나 역시 성 밖에 생사를 모르는 피붙이가 있어 피가 마른다네. 이따 우리가 귀성할 때 함께 들어가서 민촌을 돌며 가솔을 찾아보되, 한번 성에 들어가면 밖으로 나갈 순 없음을 명심하게. 도망 나간 성의 백성들이 오랑캐에게 잡히거나 투항해서 세작질을 하고 있음이야."

행렬을 이끄는 자는 서른 중후반 정도로, 오성 부원군 이항복의 서자 이기남이라 했다. 말투가 딱딱한 편이었지만 이런 일이 드물지는 않은 듯, 이완의 청을 선선히 승낙했다.

이완은 눈 쌓인 비탈을 내려오다가 발을 살짝 접질린 늙은 짐꾼의 지게를 대신 지고 따랐다. 모지라진 염소수염을 가진 사내는 다행이다 싶었는지 절룩절룩 따라오며 이완에게 소곤거렸다.

"지금 자네 이거 어디로 가는 건지 알고 따라붙었나?"

"방향을 보니 노영(虜營-오랑캐 군영)의 막사 같습니다만."

"젊은 놈이라 그런가 눈치도 좋고, 겁대가리도 없군그래. 맞아. 지금 호장(胡將) 용골대 놈의 막사로 가고 있다네."

25

"전하께서 화친 사신을 보내시는 겁니까?"

"네 이놈! 화친이라니! 아는 것 없는 놈이 성상의 높은 뜻을 함부로 주둥이에 담느냐!"

앞서가던 기남이 일갈했다.

"만에 하나 오랑캐 중 누군가가 네놈들에게 뭔가를 묻더라도 아무 말도 하지 말고 입 꽉 다물고 있으라는 어명이시다. 주상께서는 화친을 논함이 아니고, 호장들이 객지에서 새해를 맞게 되었으니 세찬을 보내시는 것뿐이니."

"싸우는 중 아닙니까? 화친의 사신이 아니라면 세찬이 무슨 의미가 있겠습니까?"

"우리는 세찬을 전하면서 성상의 너그러우심과 성안의 여유로움을 보여 주고, 아울러 적진을 정탐하게 될 것이야."

이완은 고개를 숙이고 쓰게 웃었다.

여유로움 좋아하시네.

왕의 일행과 일만 사천 병사들은 성에 들어간 지 보름도 채 안 되었는데 벌써 식량이 부족해서 허덕이고 있었다. 적들도 투항자와 세작을 통해 그 사실을 훤하게 알고 있다.

아마, 왕은 모르지 않을 것이다. 현재 가장 현명한 일이란 승리를 위한 토론이 아니라 피해를 최소한으로 줄이기 위한 발버둥이라는 것을.

하지만 왕은 그렇게 하지 못했다. 유교적 예와 도리는 왕의 정통성이며 지지 기반이었다. 충성을 다하여 섬기던 명을 버리고 오랑캐에 빌붙는다 함은 제 손으로 도끼를 휘둘러 제 발목을 찍는 일과 같았다. 왕을 지지한 유학자, 척화론자들은 어려서부터 배운 '도리'를 완벽하고 정갈하게 지키는 데 목숨을 걸었고, 그런 자신을 아름답게 여겼다. 결백한 원칙주의자들은 재야에도 넘쳐, 무도한 오랑캐를 끌어내 가루가 되도록 깨부수자는 의견이 전국 각지에서 홍수처럼 쏟아졌다. 화친론자 최명길은 살아남아야 한다고 진언하기 위해서 매번 죽음을 무릅써야 했다.

조선은 아름다운 죽음을 말하는 원리주의 유학자들의 나라였다. 원칙주의자들은 힘이 셌고, 그들의 기준으로 정의로웠고, 스스로 정의로운 자들을 이길 사람은 아무도 없었다. 왕은 최명길의 지혜를 귀히 여기고 그를 총애했으되 화친에 끝없이 솔깃해지는 마음을 드러낼 수는 없었다. 왕은 화친이라는 말 대신 '세찬'을 '하사'한다는 말로 오랑캐에게 사신을 보냈다.

소 두 마리, 돼지 세 마리, 어렵게 구한 맑은 술 열 병, 은합의 과일.

이 물건들이 그들에게 얼마나 구차하게 비칠지 모르는 걸까?

머리와 몇 덩이의 몸통, 그리고 다리로 조각나 있는 죽은 짐승은 몹시 무거웠다. 앞서가는 짐꾼의 지게에 실린 돼지 대가리는 해맑다 싶을 정도로 활짝 웃고 있었다. 반면 또 다른 사내의 지게에 실린 소 대가리는 음울하기 짝이 없었다. 이완은 자신의 표정 역시 저와 비슷하리라 짐작하고 씁쓸하게 웃었다.

'나는, 일호만 찾아서 빠져나가면 돼. 이들이 여기서 무슨 병신춤을 추건, 나와 무슨 상관이야.'

이완은 그들에 대한 환멸을 숨긴 채, 용골대의 군막으로 천천히 걸음을 옮겼다.

「이걸 왜 가져왔소?」

막사의 주인, 청장 용골대는 얼굴이 네모지고 볼살이 두툼한 자로, 가늘고 길게 땋은 머리 두 가닥을 아래로 늘어뜨렸고, 발갛게 밀어 버린 머리통에는 붉은 마래기를 쓰고 있었다.

"날이 몹시 춥지 않소? 금상께서는 혹한에 이국에서 곤핍하게 세밑을 맞은 적장과 병사를 딱히 여기시오. 형제의 맹약으로 맺었던 옛정을 잊지 않고 계시기에 특별히 소와 술을 보내 드리는 것이오."

「걱정도 가지가지. 하늘이 조선 팔도를 우리에게 주셔서 술이니, 고기니 온갖 물건을 마음대로 가질 수 있는데 무슨?」

의자에 좌정한 군막의 주인은 큰 소리로 웃으며 대답했다. 그 말을 증명이라도 하듯, 그의 군막은 민가에서 약탈해 온 온갖 가재도구와 식량으로 가득했다. 산성 성가퀴의 군사들은 거적 한 장도 얻지 못해 손과 발이 동상으로 썩어 나가는데 이곳 막사에서는 명주로 만든 솜이불을 흙바닥 위에 서너 겹으로 깔았고, 약탈해 온 솜두루마기와 비단옷으로 몸을 휘감았다. 산성에선 식량이 벌써 떨어져 병사들은 쌀 세 홉에 간장 반 홉씩 받아 끓인 죽으로 간신히 하루를 연명하는데, 이곳 병사들은 뺏어 온 쌀과 고기로 얼굴에 기름이 흘렀다. 용골대는 웃음을 거두고 진지하게 말했다.

「너희 왕은 지금 돌로 된 굴에 박혀 있고, 안팎이 봉쇄되어 모조리 굶주리고 있는 거 잘 안다. 내가 얻은 물건을 너희 왕에게 보내 줄까도 생각했지만 받지 않을까 해서 함부로 보내지는 않았다. 지금 어디서 이런 소와 술을 구해서 우리에게 보냈는지 모르겠지만, 도로 가지고 가서 굶주린 신하와 백성들에게 나눠 주도록 하라.」

기남은 부끄러워 한참 말도 하지 못하고 입술을 들썩거렸다. 용골대는 끝내 세찬을 받지 않았다.

보고를 받은 왕은 침묵했다. 모인 조신들은 외행전의 찬 바닥에 머리를 박고 오열하기 시작했다.

이완은 머리를 조아리며 울부짖는 사신단과 몸 둘 바를 모르고 뜰에 서 있던 짐꾼의 무리, 그리고 웃고 있는 돼지머리와 음울한 쇠머리 사이에 붙잡혀 있었다. 한시라도 빨리 구월이를 찾아봐야 하는데 일도 없이 잡혀 대기하려니 바작바작 피가 말랐다. 이 돼지와 소와 술들을 누구에게 주려느냐, 하는 의논이 뭐가 그리 중요할까.

저녁때가 되어서야 풀려난 이완은 기남에게 급하게 물었다.

"반궁의 위패를 모시고 들어온 수복 일행이 혹시 어디 머무는지 아십니까?"

"수복들의 거처까지 알 것 있나. 하지만 위패는 개원사에 모셔 두었으니 그곳의 주지나 승려들이라면 혹 알 법도 하겠지."

"그러면 개원사가 어느 방향인지 혹시……."

"성 밖에서 들어온 자가 난데없이 개원사는 왜?"

대전에 모여 있던 신하들이 하나둘씩 어깨를 떨구고 내려오는데, 그중 젊은 사내가 끼어들어 말을 끊는다. 양태가 넓은 갓에 작은 청옥관자, 붉은 도포에 태사혜가 차례로 눈에 들어왔다. 얼굴이 희고 수염과 눈썹이 단정한 젊은이였는데 아래로 처진 눈과 그 아래 고인 그림자로 몹시 음울해 보였다.

기남이 급히 고개를 숙였고, 이완 역시 고개를 수그렸다. 아이에 대한 걱정과 기다림에 지친 이완은 거의 미칠 지경이었다. 하여 삼공 당상들과 어깨를 나란히 하고 내려온 젊은 고관의 호기심이 전혀 반갑지 않았다. 그는 자신을 보고도 시큰둥한 이완을 바라보더니 눈썹을 찌푸렸다.

"자네, 혹 내가 누군지 모르는 겐가?"

이완은 잠시 고개를 들고 그를 살핀 후 무심하게 대답했다.

"예, 잘 모르겠습니다."

"어허! 천한 것이 말버릇이 방자하구나!"

기남이 큰 소리로 호통쳤다. 이완은 초조하고 짜증이 났다. 하루 먹고 살기도 고달픈 백성들이, 왜 고관대작의 낯짝까지 외우고 있어야 해? 그는 구월이에게 가 있을지 모르는 아기 때문에 속이 새까맣게 타고 있었다.

"송구합니다. 나리께서는 아홉 겹 담장과 세 겹 담장 사이를 오가시고 천한 것은 당상의 초헌이 지나갈 때마다 고개를 숙이느라 존안을 뵈온 적이 없습니다."

이완이 말 마디마디에 가시를 박은 것을 알아차린 듯, 청옥관자 청년의 미끈한 이마에도 주름이 생겼다. 하지만 성품이 강퍅하진 않은지, 손을 저어 기남을 제지했다.

"그간 고생이 심해 이러는 게니 자넨 개의치 말게. 내가 알던 이와 닮아서 혹시 아는 이인가 물은 것뿐이야. 그보다 반궁 수복 일행이라면, 5성 10철의 위패를 모시고 따라온 정신국, 박잠미 수복 일행을 말하는 게냐. 그들의 거소는 내 들은 바 있는데. 그들은 왜 찾느냐?"

귀가 번쩍 뜨이는 것 같았다. 이완은 예의고 나발이고 집어치우고 한 걸음 급하게 다가가 물었다.

"제 가속이 그 일행 중에 있습니다. 어딘지 알려 주시면."

"이제야 제대로 대답할 마음이 드는가?"

청옥관자 청년은 입을 비틀며 웃더니 다시 팔짱을 꼈다.

"아무래도 뭔가 이상해. 자네, 이름이 뭔가?"

"예?"

"아무래도 천인이 아닌 듯한데. 호패가 있으면 내어 보게."

"혀, 형부? 여긴 어떻게……?"

이완은 눈먼 노인의 손을 꼭 잡고 쪼그리고 있는 작은 여자를 물끄러미 내려다보았다. 목이 메어 목소리가 나오지 않았다. 고작 달포 전에 결혼한 구월이의 등에는 애처로울 정도로 작은 아기가 꽁꽁 감싸여 업혀 있었다. 이완은 그 아기가 누군지 단번에 알아보았다.

"……호야. ……일호야."

눈이 욱신 쑤시더니 뜨끈한 것이 눈시울에 고였다. 이완은 손가락 끝으로 아기의 뺨을 비볐다.

"아기야, 너…… 눈 떴구나. 너 벌써 눈 뜨고 있으면 안 돼."

차가운 손가락이 닿자 아기는 눈썹을 찡그리며 부르르 떨었다. 이애애애, 얇은 입술 속에서 모기 날갯소리처럼 가는 소리가 흘러나왔다. 구월이는 놀라 입을 틀어막았다.

"……혀, 형부? 이 아기를 아세요?"

"일호야, 아빠다. 아빠 왔다. 늦어서 미안해."

이완은 구월이에게 대답하는 대신 아기의 작은 귀에 대고 속삭였다. 뺨으로 차가운 물이 떨어지자 아기는 다시 소스라치며 울었고, 이완은 젖은 뺨을 급히 소매로 닦아 주며 아이를 따라 울었다.

이완을 이곳으로 안내한 청옥관자의 사내는 그 모습을 한참 바라보다 말없이 몸을 돌렸다. 그를 수행하던 푸른 도포의 사내가 발이 재개 뒤를 따랐다. 구월이는 그들에게 인사를 하는 둥 마는 둥 이완에게 다가갔다.

"형부, 형부? 괜찮으세요? 공주 쪽으로 가신다더니. 여긴 어떻게 들어오신 거예요? 언니는 어디 있고요? 혼자 오신 거예요? 그리고 이 아기는 어떻게 된 거예요! 언니 아기라뇨!"

이완은 한 마디도 대답할 수 없었다. 아기는 품에 안기는 순간 울음을 그치고, 안도한 것처럼 조그맣게 한숨을 쉬었는데, 그 한숨이 마치 '기다렸단 말이에요.' 하고 투정하는 것처럼 들렸기 때문이었다. 그는 말도 잊고, 생각하는 법도 잊고 아기의 작은 얼굴만 들여다보았다. 아기가 입을 오물거린다. 포오오. 달싹이는 입술 사이로 하얀 입김이 솟아 흩어진다. 그 순간 이완은 칼로 피부를 후비는 듯한 매운바람을 모조리 잊었다.

"학분이 애를 자장자장 해 주다가 저도 깜박 잠이 들었어요. 그런데 자다가 느낌이 뭔가 이상하더라고요. 손을 휘둘러 보니 방은 온통 먹물처럼 깜깜한데, 이불 위에 뭔 베개 같은 게 두어 개 손에 잡히는 거예요. 이게 뭐지, 베개야 옷 뭉치야, 왜 이렇게 무거워, 하면서 하나를 집어 들고 더듬어 보다가 기절하는 줄 알았어요. 글쎄 뭉치 속에서 이애애애, 하고 우는 소리가 나는 거예요! 얼른 밖으로 나가서 달빛에 확인해 보니까 진짜 살아 있는 아기더라고요. 눈이 칭칭 감긴 아기요."

"그랬구나."

"저는 어떤 몹쓸 엄마가 자기 애를 여자들 자는 방에 몰래 버려 놓고 간 줄만 알았지 뭐예요. 같은 방의 학분이가 젖을 먹이고 있으니까요. 애를 안고 바로 울 밖으로 뛰쳐나가서 주변을 살살이 뒤졌지만 아무도 없어서 얼마나 욕을 했는지 몰라요."

구월이는 하도 기가 막혀 방에 돌아와 아기를 물끄러미 내려다보았다. 희미한 불빛으로도 아기는 너무 작고 아파 보였다. 왜 눈은 또 가려 놨을까? 다쳤나? 눈썹을 찌푸리며 붕대를 푸는 순간, 구월이는 숨이 멎을 만큼 놀랐다.

"……아, 아우님?"

틀림없었다. 아기는 동생의 혼백이 처음 찾아왔을 때와 놀랄 정도로 똑같이 생겼다. 특히 눈매는 아우님의 혼백과 완전히 빼다 박았다. 머리가 텅 비는 것 같았다.

'동생에게 오지 말라 했더니…… 동생과 닮은 진짜 갓난아이를 나에게 보낸 건가? 이 아이를 기르면서 남은 업보를 갚으라는 건가?'

그렇게 생각할 수밖에 없었다. 누구의 아이인지 모르지만, 어떻게 오게 된 건진 모르지만, 구월이는 이 아이가 자신에게 온 것이 정해진 운명처럼 느껴졌다.

"너…… 누나 보고 싶어서 이렇게 다시 온 거니?"

그녀는 떨리는 손으로 아기를 끌어안고 뺨을 비볐다.

형체 없이 바람처럼 들어와 앉았다가 공기 속으로 사라지던 동생의 혼백과 달리 눈앞의 아기는 손으로 만져지고, 하품을 하고, 조그만 목소리이긴 하지만 정말로 소리를 내서 울었다. 그리고 이제는 사라지지 않았다.

구월이는 동이 부옇게 떠오를 때까지 아기를 안고 있다가 홀린 것처럼 중얼거렸다.

"됐어. 잘 왔어. 아무 걱정 하지 마. 이젠 내가 키워 줄게. 이 누나가 키워 줄게."

아기의 손이 너무 작아 새끼손가락을 걸고 약속할 수 없어, 구월이는 아기의 조그만 주먹에 손가락을 살그머니 갖다 댔다.

다만 아기는 구월이의 예상과 달리 여자아이였다.

난데없는 업둥이 출현에 용출은 군입을 늘리지 말라 화를 냈다. 지금 있는 애들도 굶어 죽을 판이니 그냥 울 밖에 내놓으라고. 하지만 구월이는 아기가 자신에게 온 이유가 있다고 생각했고 제 손으로 거두기로 결심한 이상, 도저히 밖에 내놓아 얼어 죽게 둘 수 없었다.

하여 아기도 없는 새댁의 젖동냥이 시작됐다. 같은 방의 학분이는 먹은 게 없어 젖이 말라 쩔쩔매는 상태라 별수 없이 민촌으로 내려가 젖동냥을 해야 했다. 식량이 천금처럼 귀해진 판에, 그것도 생판 모르는 외인에게 인심이 후할 리가 없다. 구월이는 돈 대신 챙겨온 은가락지, 은젓가락을 쥐여 주거나, 예전부터 수놓아 만들었던 향낭이나 자수 노리개, 비단 주머니, 베갯모, 자수가 놓인 각색댕기 따위를 하나씩 내밀며 아기를 먹여 살렸다. 그조차 안 되면 밤에 몰래 쌀을 갈아 미음이라도 끓여 한 숟가락씩 떠먹이기도 했다. 들키기라도 하면 그 귀한 쌀을 축낸다며 뺨이 퉁퉁 붓도록 얻어맞았다.

작은 아기는, 그렇게 어렵사리 동냥한 젖도 제대로 먹지 못했다. 걸핏하면 할딱할딱 쌕쌕거리고 열이 오르락내리락했다. 구월이는 그럴 때마다 잠을 설쳐 가며 아기의 등을 살살 두드리거나 가슴을 문지르며 다시 숨을 쉴 때까지 애를 태우곤 했다.

"그런데 형부, 대체 어떻게 된 거예요? 왜 언니 아이가 여기 와 있는 거예요?"

이완은 미리 궁리해 둔 거짓 변명을 늘어놓을까 하다가 한숨을 푹 쉬었다. 무슨 말을 하든 별로 믿을 것 같지 않아서, 차라리 모르는 대로 덮는 쪽을 택하기로 했다.

"공주까지 가지도 못하고 요 근처까지밖에 못 왔어. 그리고 쌍둥이를 낳았는데 한 명이 없어져서 지금까지 찾으러 다녔던 거야. 왜 여기 와 있는지 나도 제발 알았으면 좋겠어."

"여기 있는 건 어떻게 알고 찾으러 온 건가요?"

"언니가 꿈을 꿨어. 남한산성에 네가 있고, 아기를 네가 데리고 있다는 거야. 혹시나 해서 와 본 건데 꿈이 맞았어. 다행이다. 정말 고마워."

"세상에, 기연도 이런 기연이 있을까요. 언니는 꿈도 영험하고. 어느 신령님인지 고맙기도 하셔라."

놀라운 일을 연속으로 겪은 구월이는 꿈 이야기를 추호도 의심하지 않으면서 눈물까지 글썽거렸다.

"어쩐지 그럴 거라고 생각했어요. 뭔지는 모르지만 분명히 저하고 어떤 인연이 있는 아기일 거라고. 제게 이 아이가 온 이유가 분명히 있을 거라고 생각했어요. 다행이에요. 정말 다행이야.”

구월이는 동생의 이야기는 속으로 삼키고 그렇게만 말했다. 형부는 고개를 갸웃하며 의아해하는 눈치였지만 구월이는 아기가 아빠를 만나 다행이라는 말 외에는 아무 말도 해 줄 수 없었다.

“고마워. 네 덕이 아니었으면 이 아이는 하루도 못 버텼을 거야. 이 신세를 어떻게 갚아야 할까.”

“아니에요. 언니 아기가 살 팔자니까 저한테 온 거예요. 언니가 그동안 도와주고 구해 준 사람들이 한둘이 아닌걸요. 제가 아는 것만 몇 명인데요. 그런 공덕이 있으니, 언니 아기가 길바닥에서 얼어 죽을 일은 절대 없을 거예요.”

이완은 아기의 눈을 다시 수건으로 잘 감싼 후, 두꺼운 솜저고리의 섶을 벌리고 아기를 안았다. 포오오, 호오오. 아기의 긴 한숨이 목덜미를 간지럽혔다. 포오오, 포오, 가늘지만 길고 편안한 날숨. 아빠다, 아빠가 왔다. 아빠 냄새다. 따뜻하다, 따뜻해. 이제 안심이다. 아빠, 아빠. 이제 나 마음 놔도 되지요? 딸은 아빠의 가슴에 얼굴을 비비며, 또 작은 손을 꼼지락거리며 그렇게 말하는 것 같았다. 너 이럴 거면서 왜 도망쳤어. 이렇게 안심할 거면서 왜. 목이 뻐근하게 아렸다.

“역시 ……살려 주기를 백번 잘했어.”

멍 자국이 희미하게 남은 뺨을 문지르며 구월이는 환하게 웃었다.

“아무래도 이상해…….”

청옥관자 사내의 걸음이 점점 느려졌다. 뒤늦게 신발 사이로 스며드는 눈의 습기가 발가락을 송곳처럼 쑤셔 댔다.

'십여 년 전에 잠시간만 통용하였던 호패를 이 난리 중에 어디서 찾으리이까.'

'흠. 그럼 일단 네 이름자나 말해 보거라.'

'어미 된 자가 길쌈 솜씨가 워낙 뛰어나서, 형제들의 이름을 좀 이상하게 지었사온데, 제 큰형님의 이름은 박저포, 작은형님의 이름은 박마포이옵고, 제 누이들의 이름은 박능라와 박항라, 박공단이오며……'

'네 이름을 묻는 것이 아니냐.'

'소인의 이름은, 박무명이라 하옵니다.'

청옥관자의 젊은 사내는 쓰게 웃고 말았다.

무명이라. 끝까지 이름을 알려 주지 않겠다 이 말인가?

하긴, 현재 산성 안의 백성과 이곳에 들어온 군졸들은 우리와 엮여서 죽게 되었다고 원망하고 있다. 그러니 이름자를 알렸다간 무슨 궂은일에 엮일지 모른다 생각하고 피하는 것도 이해는 되었다. 그걸 나무랄 생각은 없는데. 그는 걸음을 멈추고 혼잣말을 했다.

"아무래도 이상하단 말이지……"

뒤에서 따르던 사내가 걸음을 멈추고 읍을 했다.

"창황 중이고 아무 짐도 챙기지 못한 채 가솔들과 헤어졌다 하지 않습니까. 아까 아기를 안고 우는 것을 보니 거짓말은 아닌 듯했습니다만."

청옥관자의 사내는 미간을 찌푸리고 골똘하게 생각에 잠겼다.

"혹시 저자가 노군의 세작이라 생각하시는지요."

"그런 것은 아니다."

그래도 여전히 걸음이 멈춰 있자, 수행하던 사내가 다시 말했다.

"어차피 성 밖으로 나가는 것도 어려운 상태고, 수복 일행과도 안면이 있던 듯합니다. 수복들에게 아침저녁으로 감시를 시키거나 사랑채에 불러 두어 몸이라도 녹이게 하면서 잡일이라도 돕게 한다면 감히 무슨 짓을 할 수 있겠습니까."

"사랑채에서 잡일을?"

"예. 이 집에는 옥당(홍문관) 이속들과 예판 대감이 계시니 허튼짓을 하고 싶어도 쉽지 않을 것입니다."

하하하. 청옥관자의 젊은이는 짤막하게 웃음을 터뜨렸다.

"불벼락 대장인 호랑이 예판과 깐깐하고 뾰족한 언관들 사이에 끼워 놨다간 몸 녹이는 건 고사하고 고대 말라 죽을 게야. 그러잖아도 우리 잘못으로 고초를 겪고 있는 백성에게 겹으로 고통을 주어서야 어디."

그는 뒷짐을 지고 천천히 걸음을 옮겼다. 걸음이 점점 무겁게 늘어졌다.

"지금 견마위나 이속들이 어디에 머물고 있느냐?"

"외삼문의 행각에 거접하고 있습니다."

"저자에게 머물 곳이 없으면 그곳에 와 있겠느냐 한번 물어보게."

"왜 그렇게 저자에게 신경을 쓰십니까? 고작 반촌의 천한 사역자일 텐데요."

청옥관자의 사내는 눈썹을 찌푸리다가 한참 만에야 조심스러운 말투로 대답했다.

"아니야. 저자는 반인이 아닐세. 재야의 학식 높은 유사이거나, 적어도 서출일지라도 번듯한 반가의 자제일 걸세."

그리고 젊은 사내는 흥분을 억누른 목소리로 덧붙였다.

"그리고 내 기억이 맞는다면, 지금 우리에게 굉장히 중요한 사람이 될 수도 있어."

"운이 좋았어요. 위패를 모시고 따라온 것을 전하께서도 기특히 여기셔서, 덕분에 이곳에 등을 붙일 수 있게 됐어요."

구월이는 이완을 수복 일행이 머무는 행랑방으로 안내했다. 그네들이 머무는 집은 남한산성 민촌에서 가장 큰 와가였는데, 집주인은 몇 해 전 초시를 통과해 오 초시라고 불린다고 했다. 사람은 많은데 행랑채의 남은 방은 두 개밖에 없어서 남자 여자 방을 갈라 옹기종기 머물렀다.

구월이네 일행은 그래도 군졸들보다는 사정이 좋았다. 왕이 위패를 모시고 들어온 가상한 수복들에게 반가의 행랑채에서 잠이라도 잘 수 있도록 배려했기 때문이었다. 지금 군인들은 머물 곳이 모자라 아수라장이었다. 급하게 있는 병사들을 휘몰아 들어온 참이라 군막을 지을 물자건 옷이건 장작이건 아무것도 없었다. 군인은 고사하고 관료들과 종친들만이라도 따뜻한 구들 위에서 재우기 위해 우격다짐과 협박, 은, 면천, 포상, 읍소 등 동원할 수 있는 모든 것이 동원됐다.

"저희는 그래도 지붕이라도 제대로 있고, 하루 한 번 아궁이에 장작이 들어가는 방에 있으니, 정말 운이 좋은 편이에요."

좁다란 행랑방에 열 명에 가까운 사내들이 밭게 몰려 쭈그리고 졸거나 바닥에 고부리고 잠을 자고 있었다. 몇몇 사람들은 이완을 보고 잠시 못마땅한 내색을 하다가 눈을 비비며 다시 꾸벅꾸벅 졸았고, 가장 구석진 자리에 앉아 있던 천 봉사 혼자만 이완의 목소리를 듣고 반가워했다. 그는 이완의 손을 붙잡고는 쪼그라진 눈에 추적추적 눈물을 짜내더니, 자신이 덮고 있던 수가 곱게 놓인 비단 이불을 그와 아기에게도 나누어 덮어 주었다.

"잘 왔소, 살아 있을 게라 생각했디. 큰 난리에두 이레 살아 있으니 고마운 일이야."

노인은 며칠 사이에 더욱 야위었다. 하지만 그는 사위를 원망하는 말도 하지 않았고, 죽고 싶다는 말로 딸의 속에 못을 박지도 않았다. 그냥 속없이 허허 웃기만 했다.

"갓난이가 예쁜가?"

"예."

"구월이만큼 예쁜가?"

"훨씬 더 예쁩니다."

허허, 이런, 고약한. 노인의 삭정이 같은 손가락이 아기의 뺨을 살그머니 쓰다듬었다.

이완은 아기가 안심할 만한 상태가 아니란 것을 금방 알아차렸다. 지금 미숙아 망막 병증 따위를 걱정할 때가 아니었다. 혹시나 했는데 역시나, 아기는 폐 기능이 온전하지 않은 듯했다. 걸핏하면 숨을 제대로 쉬지 못해 얼굴이 파랗게 질리거나 할딱거리며 숨넘어가는 소리를 냈다.

병원에 가서 빨리 처치를 해야 평생 가는 부작용이 없을 텐데.

하다못해 칠현산에 가서 엄마 젖이라도 제대로 먹을 수 있으면 좋을 텐데.

하지만 아기를 데리고 탈출해서 칠현산까지 갈 만한 상황은 아니었다. 아기는 너무 약했고, 청군의 포위는 날이 갈수록 빡빡해졌다. 아픈 아기를 데리고 그런 위험을 감수할 수는 없었다.

아기가 숨을 못 쉬고 버둥댈 때는 피가 말랐다. 이완은 그럴 때마다 아기의 등을 살살 문지르기도 하고 숨을 살짝 불어 넣기도 하며 간신히 호흡을 되살렸다. 아기가 조금이라도 이상해 보이면 코 밑에 머리카락 한 올을 갖다 대고 초조하게 움직임을 살폈다. 그의 머릿속에는 이제 한 가지 낱말 말고는 아무것도 남아 있지 않았다.

제발, 살아 줘, 살아 줘.

"거 왜 남의 간나 젖동냥을 하고 있네? 우리 애들 허기져 껄떡대는 거 안 보이네? 차라리 젖동냥 말구 보리죽이라두 얻어 우리 새끼들이나 멕이라!"

이완은 방에 들어가지도 못하고 문 앞에 멈춰 선 채, 딸을 가만히 내려다보았다. 아기는 입을 오물거리며 계속 배고픈 내색을 했다. 이완은 딸의 입 모양만 봐도 배가 고픈지 부른지 알 수 있게 되었고, 그때마다 구월이에게 도움을 청했었다. 제가 애가 있었으면 애한테도 배부르게 젖을 먹일 수 있었을 텐데요, 구월이는 마을을 돌아다니며 젖동냥을 해 주고도 도리어 미안해했다.

……뻔뻔해.

이완은 발길을 돌려 마을로 내려갔다. 이완은 난생처음으로 혼자 마을을 돌아다니며 아기를 먹여 달라 구걸했다. 산성 사람들은 외인들에 대해 쌀쌀맞았다. 왕의 일행이 들어온 후로, 우리는 이제 다 죽게 되었다 대놓고 말하는 이들도 많았다. 아이가 품속에서 울기 시작했고, 이완은 도저히 견딜 수 없었다. 그는 남아 있는 보릿가루 두어 줌을 이름도 모를 젖먹이의 어미에게 모조리 내밀고 기어이 아기의 한때를 에웠다.

"형부, 이거."

그날 저녁 구월이는 아껴 둔 쌀로 미음을 끓여 몰래 내밀었다가 남편에게 머리채를 잡혔다. 이완은 미음 그릇을 용출에게 돌려주는 대신 곳간으로 도망쳤다. 아기는 하루 여섯 번, 일곱 번을 먹었고, 무언가 배부르게 먹어야 또 무사히 잠을 잘 것이다.

나는 비겁해. 나는 비겁해. 비겁해.

행랑채에서는 구월이의 비명이 찢어졌고, 곳간 한구석에서 이완은 눈을 질끈 감고 품속의 딸에게 미음을 먹였다. 뜨겁지 않게, 너무 차지도 않게, 적당하게 불어서. 후우. 후.

구월아, 미안해. 미안.

도무지 구월이를 볼 낯이 없었다. 본디 뻔뻔한 성격도 아니고 나와 남의 경계가 분명한 성격인지라, 대가를 지불할 수 없는 타인의 희생이 너무 괴로웠다.

하지만 같은 상황이 되풀이된다면, 여전히 미음 그릇을 돌려주고 구월이를 보호하는 대신 그릇을 받아 들고 도망쳐서 아기를 먹이는 길을 택할 것이다. 자신이 이 작고 비루한 생명을 위해 얼마나 이기

적이고 비겁해질 수 있는지 처음 알았다.

미음 몇 숟가락으로 배가 부른 아기는 작은 입으로 트림을 하고, 호오오, 한숨을 쉬었다. 아기는 눈을 가린 것을 불편해하지 않고, 고 손톱만 한 위장이 뿌듯하게 찬 것만 행복해했다. 이완은 아기를 다시 옷 속에 꼭꼭 감싸 여몄다. 새털처럼 가벼운 아기는 아빠의 맨살에 달라붙어 그제야 편안히 숨을 쉬기 시작했다.

이완은 아이를 바짝 끌어안았다. 신생아의 체온은 자신보다 살짝 높아서 따뜻했다.

일호야, 내 딸.

오늘 하루 아무 일도 없이 무사히. 내일 하루도 제발 무사히.

아기가 품속에서 꼼지락거린다. 포, 포오, 포오오, 길고 짧게 숨을 내쉰다. 손가락을 옴죽거린다. 맞닿은 피부로 딸의 호흡과 움직임이 느껴질 때마다 눈물이 자꾸 솟았다.

나는 이제 아무것도 아니다. 너만 무사하면 나는 아무것도 아니어도 이제 괜찮다. 나는, DNA를 품은 핵을 감싸고 있는 리보솜, 소포체, 미토콘드리아, 세포질, 세포막 나부랭이일 뿐이고, 그 나부랭이들은 핵만 보호하면 아무렇게나 되어도 괜찮다. 나는 너를 보호하기 위한 작은 산성의 흙벽일 뿐이다. 흙벽은 돌로 찍혀도 괜찮고 통나무에 패어도 괜찮고 화살이 고슴도치처럼 박혀도 괜찮다. 일호 너만 괜찮으면, 나는 다 괜찮다. 아빠는 어쩌면 너를 둘러싼 나부랭이나 흙벽이 되어 주기 위해 태어난 건지도 몰라.

그러니 이제 너는 걱정하지 말고 살아남아라.

텅 빈 머릿속에 남은 것은 그것 한 가지뿐이었다.

병자년의 마지막 날, 새로 한강을 건넌 적의 대군이 삼밭나루의
군영에 도착했다. 줄잡아 수만에 이르는 기마와 보병 부대가 포위군
의 대열에 합류했다. 눈으로 덮인 설원은 까맣게 들어찬 군병으로
흰빛을 잃었다. 위로 치켜든 쇠의 날이 새파랗게 번득여 멀리서 보
면 자잘한 거울을 들고 빛으로 찔러 대듯 눈이 부셨다.

그 가운데 우뚝, 황금색 일산이 펴졌다.

그가 왔구나.

성가퀴에서 적진의 동정을 살피던 초병들의 마음에 시커먼 것이
먹물처럼 번졌다.

타고난 전사이자 만주 팔기의 우두머리, 몽골을 복속하고 칭기즈
칸의 옥새를 득한 자, 대국 명을 공포에 몰아넣은 만주족의 위대한
칸.

청의 황제 홍타이지가 도착했다.

산성 안은 시나브로 곯아 갔다. 믿었던 외부의 지원군은 산발적으
로 청군과 맞붙어 대패하거나 잠적했고, 안의 군사들은 점점 추위와
굶주림에 죽어 나갔고, 그 소식을 들은 왕과 세자는 찬바람이 이는
성첩으로 올라가 함께 비바람을 맞으며 눈물을 흘렸다.

삼공육경 대신들은 매일 외행전에 마주 앉아 싸워 댔다. 하루는
화의를 청하지 않고 버텨서 이 지경이 되었다는 원망이 떠다녔고,
하루는 화의를 주장하는 이조판서와 영의정의 목을 베고 싸울 방책
을 의논하자는 고함이 오갔다. 입으로는 얼마든지 화친을 할 수 있

었고, 입으로는 얼마든지 적군을 진멸할 수 있었고, 입으로는 얼마든지 자랑스럽게 옥쇄를 하여 명예를 지킬 수 있었다. 그래서 그들은 입으로 피를 토해 가며 싸웠다.

화의를 밀어붙이는 이는 이조판서 최명길과 영의정 김류였으나, 김류는 귀가 종잇장 같고 왕에게 싫은 소리를 듣지 않을 말을 고르는 데만 전력을 다했다. 하여 그의 입에서 나오는 말은 바람에 이리저리 흔들리는 굴뚝 연기 같아 아무짝에도 쓸데가 없었다. 하지만 난감한 것이 그가 군의 최고 통수권자인 체찰사라는 사실이었다. 대신, 신념 있는 화의론자였던 최명길은 수치와 모욕을 접고 달라붙은 만큼 끈질겼고, 현실을 받아들여야 할 시점이 가까워질수록 왕은 그에게 점점 기울어졌다.

척화를 부르짖는 이의 주축은 예조판서 김상헌이었다. 꼿꼿한 성정과 죽음을 두려워 않는 선비다운 기개로 전국 유사들의 존경을 받던 김상헌과 왕을 호종한 삼사의 언관, 성안의 군량을 책임진 관량사, 그리고 지방의 유사들은 서릿발 같은 목소리로 화의론자들의 목을 베고 출병해야 한다 주장했다.

하지만 성 밖에서 들리는 소식은 암담한 것들뿐이었고, 빈곤이 점점 심해져 행궁에는 어느덧 냉기가 당연하게 감돌았다. 왕의 수라상에마저 찬으로 닭 다리만 한 점씩 오르길 여러 날, 왕은 더 이상 닭은 먹고 싶지 않다 말하며 속으로 화의를 꿈꾸었다.

"무슨 일이신지요."

방구석에 조용히 앉아 있던 사내는 점점 말을 잊어 가는 것 같았다. 묘하게 예의를 잊은 태도가 볼 때마다 거슬렸지만, 그것을 타박하기는 쉽지 않았다.

청옥관자의 청년은 오 초시의 집에 들러 박무명이라 하는 자와 독대한 참이었다. 박이라는 사내는 어떤 고관대작이 오든 전혀 관심을 보이지 않는다 들었다. 오로지 품에 안고 있는 아기만 세상 전부인 것처럼 들여다보고 먹이고 살폈다. 함께 거하는 수복 일행도, 오 초시 집 가복들도 그가 정신이 온전치 않은 상태라 여기고 있었다.

"아기가 이르게 태어났다 들었는데, 괜찮은가."

"괜찮지 않습니다. 속히 성을 나가 의원의 치료를 받아야 합니다."

"지금 성을 나가는 것은 불가하네."

"알고 있습니다. 다만 그리해야 한다는 것입니다."

"왜 아기의 눈을 가려 둔 게지?"

"팔 삭도 되기 전에 태어난 아이라 아직 눈의 기능이 온전치 않아 혹여 공기와 닿으면 눈이 상할 수 있어서 그리했습니다."

"이르게 태어난 아기라 눈이 상한다?"

"눈뿐이겠습니까. 폐도 염통도 핏줄도 달을 다 채운 아이들보다 훨씬 약합니다. 자신을 지키고 스스로 살아남을 힘이 없는 약한 생명입니다."

말하는 사내는 청옥관자의 청년에게 일별도 하지 않았다. 청년은 점점 초조해졌다.

"아기도 자네도 몸이 편치 않은 것 같은데 행랑채 냉골에 이리 계속 박혀 있어서야 되겠나? 사랑에라도 가 있으면 어떻겠는가."

"반상 귀천의 법도가 있고 사랑에는 예법에 극히 밝으신 예판 대감과 옥당의 관원들이 계시는데 가능하겠습니까."

"사서삼경 십구사략을 꿰고 있는 자가 자신을 천인이라 낮춰 말하는 이유가 뭘까?"

아기를 안은 사내의 이마에 작은 균열이 생겼다.

"그런 말씀 드린 적 없습니다."

"내가 예전에 자네를 본 것 같다 한 적이 있지."

"저는 뵈온 적이 없습니다."

청옥관자 청년의 짙은 눈썹이 미간 안쪽으로 움츠러들듯 모였다. 눈앞의 사내는 아기를 보호하기 위해 외부의 공격에 반응하지 않는 산성 같았다. 그는 팔짱을 끼고 목소리를 낮추어 물었다.

"예전에 여행하며 반궁에 들른 적이 있지 않은가?"

고개를 수그리고 있던 사내가 천천히 고개를 들었다. 눈동자에서 당혹한 빛이 일렁이고 있었다. 청옥관자 청년은 아기를 안은 사내의 이목을 자세히 관찰했다. 자세히 볼수록 틀림없었다. 무심함이 한 겹 걷힌 대답이 흘러나왔다.

"예전에 여행 중 한두 번 들렀던 적은 있습니다."

"혹 그때 누구를 만났던 기억은 없는가?"

청옥관자 청년은 그때 보았던 사람들에게 자신의 이름까지 밝혔던 것을 기억하고 있었다. 아버지의 함자와 자신의 이름을 함부로 입에 담아서는 안 된다는 엄한 가르침 때문에, 이름을 파자(破字)하여 알려 준 적이 있었다. 하하, 하하하. 앉아 있는 사내는 짧고 허탈한 목소리로 웃었다. 무엇인가 눈치챈 것 같았다.

"이수왕이라 하는 소년 유사를 만나 본 적은 있습니다. 인연이 되면 다시 뵙겠다는 약조도 드렸지요. 혹 물 수 자, 무성할 왕 자를 함 자로 쓰십니까?"

"그 소년의 이름은 두 글자가 아니고 외자일세."

사내는 한참 동안 그를 올려 보더니 가라앉은 목소리로 물었다.

"물 수 변에 무성할 왕의 합자(合字- 洴)입니까? 어려운 글자로군 요. 모르겠습니다."

"자주 쓰이는 글자는 아닐세. 둘을 합치면 '넓을 왕'의 본자(本字) 가 되지."

사내는 눈썹을 깊이 찌푸리더니 들릴락 말락 중얼거렸다. 넓을 왕, 이 유사라 했으니, 이……왕.

……소현?

좀 더 깊어진 미간의 주름, 짧은 한숨. 잠시 후 그가 표정을 정돈 하고 고개를 깊이 수그렸다.

"몰라뵈었습니다. 세자 저하의 존안을 뵈옵니다."

"우리는 어찌 되는가? 여기서 버티면서 저들의 의지를 꺾고 무사 히 궁으로 돌아갈 수 있는가?"

이완은 맑고 곧은 시선을 가진 청년을 물끄러미 바라보았다. 그때 만난 어린 소년도 지금처럼 미래에 있을 일을 간절히 알고자 했다. 그때가 가례를 올린 이듬해라 했으니, 정묘호란을 겪고 난 직후였을 것이다. 그렇다면 소년이 왜 그렇게 절박하게 미래의 일을 알고 싶 어 했는지 이해가 된다.

"알아서 무엇하시겠습니까? 안다고 미래를 변개할 수 있는 게 아닌데요."

"어째서 변개할 수 없단 말이지?"

"이미 일어난 일이니까요."

"나에게는 아직 일어난 일이 아니다."

"저에게는 이미 일어난 일이고, 시간은 다른 길로 가지 않습니다."

"말해 주게. 내 한 몸을 바쳐서라도 최악의 사태는 막아 볼 생각이야. 내 목숨이나 몸의 편안함 따위는 포기한 지 오래됐어. 아바마마와 백성을 위해 내가 할 수 있는 일을 말해 주게."

"……."

"자네가 무슨 거슬리는 말을 하든지 노하지 않겠네. 본디 유사란 직언을 굽히지 않고 군자란 직언에 노하지 않아야 하는 법 아닌가. 내 이름을 걸고 약조하지."

왕은 척화파 선비들의 강직함과 정의를 위한 서슬 퍼런 기개를 존중했고, 세자 역시 그러했다. 유학자들의 기대와 지지는 왕이 권력을 잡을 때 가장 큰 토대이기도 했다.

하지만 지금은 직언 한두 마디로 사태를 되돌리기엔 너무 늦었다. 청의 황제가 군사까지 휘몰아 내려온 상황 아니던가. 비분강개한 세자의 희생정신 정도로 사태가 수습될 턱이 없다.

이완은, 신뢰란 은행의 예금처럼 적립되고 차감될 수 있는 것이라 여겼다. 그리고 이완이 보기에 청과 조선의 신뢰 잔고는 진작부터 마이너스였다. 양국 관계는 후금 시절부터 온갖 협잡과 속임수, 협박과 말 뒤집기, 눈앞의 고비만 넘기는 미봉책과 그로 인한 '낡어 부스럼'으로 점철되어 있었다. 청의 요구는 시간이 갈수록 점점 강력해지고 수위가 높아졌다.

그리하여 작년 2월, 홍타이지의 황제 즉위를 인정하고 적당히 축하하는 시늉을 하는 것만으로 조심스럽게 넘길 수도 있던 사태는 최악의 방향으로 치닫게 되었다. 악순환은 산성에 들어와서도 계속 이어졌다. 왕의 동생과 대신을 보내어 화의를 청하면 받아 주겠다는 말에, 대신들은 가짜 대신과 가짜 왕의 동생을 만들어 보내는 것을 방책이랍시고 내놓았던 것이다. 게다가.

'나는 평생 선비로 살았소! 오랑캐에게 거짓말 따위 하지 못하오!'

왕의 가짜 동생 능봉군은 자신이 급하게 책봉을 받고 온 가짜라는 것을 적장 용골대에게 밝혔다. 격노한 용골대는 거짓을 고한 역관의 목을 베고 길길이 뛰며 소리쳤다.

'이제 왕세자와 고관들을 대령하지 않으면 화의는 없소! 썩 꺼지시오!'

그 후로 청군의 태도는 점점 강압적으로 변했다. 조선의 사신은 적장에게 머리채를 잡혀 끌려 들어갈 뻔했고, 예물도 모조리 퇴짜를 맞았다. 사신으로 갔던 좌의정, 호조 판서 등의 고위 관료들은 홍타이지의 얼굴은 보지도 못하고, 답서만 간신히 받아 돌아와야 했다. 조정 대신들은 답서의 내용보다 그곳에 적힌 '조유', '칙서'라는 참람한 말에 넋을 놓아 버렸다.

행궁에서 돌아가는 상황을 빤히 아는 이완은 씁쓸하게 고개를 저었다.

"약조를 하시든 안 하시든 드릴 말씀이 없습니다. 지금 하실 수 있는 일이 정말 없어서 그렇습니다."

"할 수 있는 일이 어찌 없겠나. 적어도 우리는 고생하는 백성들과 고통을 나누고자 한다. 찬비가 와서 성가퀴의 초병이 얼어 갈 때 아바마마와 나 역시 그곳에 나가 함께 비를 맞았고, 병졸이 하루 세 홉 반의 잡곡죽만 먹고 있어, 나 역시 얼마 전부터 병졸들과 같은 것을 먹고 있다."

"백성과 고통을 나눈다 하셨습니까?"

이완의 대답은 점점 신랄하고 차가워졌다.

"저하께서 병졸과 똑같이 비를 맞고, 똑같이 잡곡죽을 드셔서 무엇하십니까? 병환 드시면 산성 내의 백성들을 채근해서 비싼 약재를 대령해야 하니 그냥 잘 드시고 아프지나 마십시오."

"뭐라……?"

"어차피 행궁에 계신 분들께서는, 성가퀴에서 비 좀 맞는다고 거적 가마니때기 덮고 눈을 이불 삼아 밤을 새우다가 손가락 발가락이 떨어져 나가는 군졸이 되는 것도 아니고, 막사에서 밤마다 적군에게 윤간당하는 여인이 되는 것도 아니지 않습니까."

"자네! 죽고 싶은가!"

고함이 쩡, 천장을 울렸다. 세자는 자신을 수종하는 익위사를 불러 이 건방진 자의 목을 치라 명령하고 싶은 것을 참느라 애를 먹었다. 세자는 기본적으로 선비들의 직언을 관대하게 받아들이도록 교육받았고, 꼿꼿한 신하들의 신랄한 비판에도 익숙한 편이었지만, 이렇게 적나라한 말까지 들어 본 적은 드물었다.

고함 소리에 잠을 깬 아기가 가는 목소리로 울기 시작했다. 주변 일에 나무토막처럼 무심하던 사내는 갑자기 허둥지둥하며 조막만

한 아기를 어르고 달랬다.

"아, 미안, 미안, 쉬이이, 아가야, 일호야, 아빠가 미안, 쉬이이. 응응 그래그래."

일국의 세자는 안중에도 없고, 아기의 울음에만 쩔쩔매는 사내의 태도에 세자는 기가 막혀 말도 잇지 못했다. 이완은 결국 한숨을 푹 쉬고 세자에게 시선을 돌렸다.

"무슨 말씀을 듣고자 하십니까? 무엇을 해야 하느냐 물으셨습니까? 저하께서는 이미 산성 밖의 백성들이 비참하게 유린당하고 있음을 알고 계십니다. 그런데도 무슨 일을 해야 할지 알려 드려야 합니까?"

"그래서 백성들을 지키고자 우리가 이리 힘겹게 버티고 있는 게 아닌가? 후손들은 달리 생각하는가? 우리가 산성에서, 고통스럽지만 명예롭게 버티는 시간을 기억하지 못하는가?"

이완은 기가 막혀 웃기 시작했다. 백성을 지키고자? 명예롭게 버텨? 이건 무슨 코미디도 아니고.

너희가 뭘 했는데? 너희가 대국 중심의 유교적 질서와 권력에 집착하느라 버둥댄 거 말고, 진짜 백성을 지키기 위해 대체 무슨 일을 했는데?

전쟁이 가장 비참한 양상을 띠게 되는 것은, 정복자의 약탈 기간이 길어지는 경우와, 일반 백성들만 약탈에 무방비하게 노출된 상태로 놓아두는 경우다. 두 가지가 겹쳐질 경우 가장 끔찍하고 처참한 후유증을 낳는다. 완전히 복속된 상태에는 그나마 질서와 치안이 어느 정도는 유지된다. 하지만 교전 중의 무질서 상태야말로 버려진 백성에겐 생지옥이었다.

이미 생지옥 속에 떨어진 백성들에게, 남한산성, 강화도, 의주에서 버티고 있는 왕이나 정권 따위가 무슨 의미가 있을까? 선주 광해가 즉위 전에 백성들에게 신뢰를 받았던 이유는 그가 안전한 곳이 아닌, 백성들의 곁에서 함께 전쟁을 겪었기 때문이었다. 이완은 더는 속을 숨기지 않고 코웃음을 쳤다.

"아, 하하. 송구합니다. 저희가 백성들을 위한 윗분들의 사랑을 모르고 오해했나 봅니다."

"무엄하고 방자함이 도를 넘는구나! 그 웃음의 의미가 무엇이냐!"

세자의 목소리가 왈칵 솟아오를 때 이완은 바로 말을 덧붙였다.

"그렇다면 지금 행궁에 계신 분들 중 화친 조건으로 붙잡힌 백성들을 방면하는 것을 언급한 분이 누가 계실까요? 한 명이라도 계십니까?"

세자는 입을 딱 다물고 말았다. 이완은 산성에서 버티는 최후 순간까지 사로잡힌 백성이 협상 조건에서 철저하게 외면당한 것을 잘 알고 있었다. 세자의 미간이 우그러드는 것을 보며 이완은 한숨을 쉬고 조용히 말했다.

"이쯤까지만 하면 안 되겠습니까, 저하? 제가 이 시기를 가장 한심하게 여긴다는 말까지 듣고 싶으십니까?"

"한심하다?"

"경멸이라고 말씀드릴까요?"

세자는 참담한 얼굴로 미래에서 왔다는 객을 바라보았다. 아바마마와 자신은, 조선의 사직과 백성을 위해 이 고통을 버티고 있는데, 후손들은 명예를 지키기 위한 이 몸부림을 아름답게 여겨 줄 거라 믿었는데.

……다들 반대로 생각하고 있단 말인가?

세자는 비틀비틀 자리에서 일어섰다.

반나절 후, 세자를 수종했던 익위사의 관원이 문을 열고 들어와 불룩한 주머니를 내밀었다. 이완은 어리둥절했다. 주머니에는 조와 콩이 섞인 쌀이 들어 있었다.

"저하께서 전해 달라 하셨네. 아이가 몸이 안 좋은 것 같은데 미음 따위만 먹어선 애가 살 수 없으니, 젖을 먹이는 계집을 찾아 조금이라도 밥을 지어 주고 아이에게 젖을 먹이라 하셨네."

이완의 시선이 흔들렸다. 그랬다. 지금 가장 절실하게 필요한 것이 곡식이었다. 아기를 살리는 문제에서 그는 바닥까지 비굴해질 수 있는 상태였다. 그는 냉소와 비틀림을 거둬들이고 조용히 물었다.

"……제게 기어이 무엇인가를 알아내고자 호의를 베푸시는 겁니까?"

"무슨 말인가? 자세한 건 모르겠지만, 아이가 안돼서 그러는 게라, 신경 쓰지 말고 받으라고 하셨는데? 종종 얼굴 보러 올 때 도망치지나 말라는 말씀 외에는 다른 전언은 없으셨네."

그는 마땅찮은 얼굴로 대답했다.

이완은 묵직한 곡식 주머니를 한참 동안 바라보았다.

그때 잠시 만난 인연이 결국 이 아이의 목숨에까지 와 닿는구나.

일호야, 너 먹을 복은 있구나. 밥은 굶지 않겠구나.

이완은 뒤늦게 자리에서 일어나 행궁 방향을 향해 숙배했다. 그래도 힘없고 약한 자들을 연민하는 세자에게 안심할 수 있는 말을 한마디라도 전해 주고 싶었다. 하지만 그의 남은 인생을 설명하는 말

중에는 긍정적인 낱말이 거의 없었다.

그래서 이완은 무언가 대답을 기다리는 사내에게 아무 말도 할 수 없었다.

히히히힝, 푸르르, 히힝.

아기와 함께 꾸벅꾸벅 졸던 민호는 바람결에 희미하게 들리는 소리에 벌떡 일어났다. 군불을 넣어 둔 바닥은 따뜻하고 사방은 무섭도록 조용하다.

잘못 들었나?

다시 문틈으로 귀를 기울이는 순간 크르륵, 푸르르, 투레질하는 소리가 들렸다.

"혹시, 그 심메마니 양 씨라는 사람이 다시 돌아왔나? 먹을 것이 떨어져서?"

제기랄. 민호는 속으로 욕설을 삼켰다. 물론 그동안 아기하고 단둘이서만 지내기가 쬐금 무섭긴 했지만 그렇다고 누가 와 주길 바란 건 절대 아닌데. 지금 이완 씨도 없고, 나도 이놈이 딸려 있어서 맞붙어 싸우면 승산이 별로 없단 말이야. 귀를 쫑긋 세우고 밖의 동정을 살피던 민호는 깨랑깨랑 전혀 알아들을 수 없는 말을 듣는 순간 바짝 얼어붙었다.

여러 명이다!

게다가 조선 사람이 아니다?

……엿 됐다!

벌떡 일어났다. 지난번 심메마니 양 씨라는 사람이 들이닥쳤을 때도 등 뒤가 싸르르 했지만 이번엔 숫제 얼음물이 쏟아져 내리는 것 같았다. 민호가 여행을 다니면서 지금까지 무사하게 목숨을 부지할 수 있었던 것이 바로 등짝으로 느낄 수 있는 위기 감지 센서 덕분이었는데, 지금처럼 온몸이 빳빳하게 얼고 손까지 떨릴 지경이면 '잡소리 말고 바로 튀어야 할 레벨'이었다.

민호는 이호를 가슴에 단단히 묶고, 솜옷과 머리맡의 마른 고깃덩이를 곡식 자루에 쑤셔 박아 단단히 움켜쥐었다. 그래도 탈출했다가 얼어 죽거나 굶어 죽을 수도 없는 노릇이니까. 벌떡 일어나서 탈출 준비를 완료하는 데까지 1분 정도밖에 걸리지 않았다. 민호는 본능이 시키는 대로, 뒤도 돌아보지 않고 방을 빠져나왔다.

아오, 씨. 저 개쉐리들은 이 추운 겨울밤에 따뜻한 방에서 궁둥짝이나 지지고 앉아 있지, 이놈의 심심 산골짝에서 뭔 놈의 영화를 보겠다고 아라리 아라리 촐싹촐싹 여기까지 기어 올라오고 지랄이야, 지랄이! 아기도 둘이나 낳았으니 예쁜 말 고운 말을 좀 써 보려고 몹시 노력하고 있지만, 얼어 뒈지겠는데 홑것만 입고 엉금엉금 도망질을 치려니 욕설이 폭죽처럼 터지려고 한다.

인적도 없고 길도 보이지 않는데 오밤중에 이곳까지 적병이 올라온 건 아마 연기 때문일 것이다. 숯을 쓰면 연기가 거의 나지 않지만 숯은 며칠 전 다 떨어졌다. 얼어 죽을 수도 없고 굶어 죽을 수도 없어 할 수 없이 날장작을 넣었더니, 연기가 산 아래서 보였나 보다.

산으로 올라온 병사들은 몽골 기병들로 모두 일곱 명이었다. 이보나루 인근에서 벌써 한바탕 약탈을 했는데 큰 재미를 못 본 병사 몇

몇이 한밤중에 산에서 오르는 연기를 보고 입맛을 다시며 올라온 참이었다. 제대로 된 포로 몇 명만 잡아도 횡재였다.

민호가 방 밖으로 빠져나가 은신처로 미리 봐 둔 바위틈에 몸을 숨기자마자 병사들은 바로 움막으로 들이닥쳤다. 그들은 찢어지게 가난한 화전촌의 살림살이엔 관심이 없었고, 젊은 사람만 눈에 불을 켜고 찾았다.

동정을 살피던 민호는 점점 등 뒤가 싸늘해지는 것이 불안해 고개를 삐죽 내밀다가 눈썹을 확 찌푸렸다.

"아오 환장. 하다 하다 발자국까지 속을 썩이네."

바위틈까지 종종 연결된 발자국이 달빛에 어스름하게 드러났다. 눈이 완전히 얼었다고 생각했는데 아니었다. 횃불을 들고 보면 살짝 팬 자국들이 제대로 보일 듯했다. 빨리 득도해서 구름이라도 타고 다녀야지 원. 투덜대던 민호는 다시 바위틈으로 납죽 엎드렸다.

왁자하게 떠들며 사람을 찾는 사내들의 목소리가 점점 커진다. 뜻은 모르지만 어쩐지 다들 잔뜩 화가 난 분위기였다. 포로를 몇이라도 건질 수 있으리라 여겼는데 한 명도 찾지 못하자 기분이 안 좋은 듯했다. 민호는 필사적으로 머리를 굴리다가 한쪽에서 들리는 말 울음 소리를 듣고 고개를 끄덕였다.

민호는 아기를 꼭 안고 잡목이 우거진 쪽으로 엉금엉금 기어 말들이 묶인 곳으로 다가갔다. 묶인 말 중 눈에 확 띄는 것은 역시 가장 키가 크고 잘생긴 수말이었다. 민호의 미남 선호 취향은 인간 종족을 뛰어넘어서도 변함없이 꿋꿋했다. 민호는 가장 잘생긴 말 앞에 쪼그리고 앉아 속삭였다.

"야, 야야. 너 진짜 잘생겼다. 그런데 잘생긴 김에 나 좀 살려 다우. 날 잡으러 온 저 새끼가 네 주인인 건 안다만, 잡히면 아기도 나도 죽거든? 사람 하나 좀 살리지? 너도 이 생에 공덕을 좀 쌓아 둬야 다음 생에 원숭이나 사람쯤으로 태어나지 않겠니? 아기도 있으니까 공덕도 따불이야, 따불! 오늘 우리 좀 살려 주면, 넌 내생에 세계 10대 재벌쯤으로 태어날 거야, 아마."

말은 주인과의 교감이 가능하고 개만큼은 아니라도 상당히 충성스러운 동물이다. 하지만 민호는 이 잘생긴 사나이를 설득하는 것에 자신이 있었다. 민호는 어릴 때부터 사람과 친해지는 것보다 동물과 친해지는 것이 훨씬 쉬웠다. 어느 시대, 어느 동네를 가든 동네 개들은 모두 민호 편이었고 조금만 레드 썬을 걸어 주면 바로 친해져서 꼬리를 흔들곤 했다. 동네에 조금 오래 머문다 싶으면 마을의 소, 돼지, 닭, 오리들까지 민호를 엄마처럼 졸졸 따라다녔다. 민호는 평소보다 열 배는 절박하게 레드 썬을 되뇌며 잘생긴 사나이의 뺨을 쓰다듬었다.

"나랑 같이 가면 내가 엄청 맛있는 것을 먹여 주마. 너희 집에 설탕 같은 거 없지? 없지? 토종꿀 양봉꿀 같은 거 먹어 본 적도 없지? 당근도 없지? 걱정 마라. 이 예쁜 누나만 따라오면 넌 신세계를 맛볼 수 있을 거야. 매일매일이 천국일 거라고."

말의 꼬리가 커다랗게 펄럭거렸다. 귀가 쫑긋쫑긋, 콧구멍이 벌름벌름, 고개가 높이 들린다. 주인을 부를까 말까. 주인님이 나를 얼마나 아껴 주는데. 말의 주인인 몽골 병사는 몇 해 전 전리품으로 얻은 이 잘생긴 말을 마누라보다 사랑했다. 히히힝, 말이 크게 울부짖으려는 순간, 입으로 뭔가 달콤한 것이 들어왔다.

"지금은 설탕이 없고 엿밖에 없네. 너 엿 먹을 수 있냐? 모르면 지금부터라도 좀 먹어 봐. 자 자, 일단 나랑 가면 매일 이런 거 먹을 수 있어. 하루 세 끼 모조리 당분으로 팍팍 채워 주마. 인생은 행복한 거야, 그럼! 이제부터 네 주인은 이 누나야, 오케? 우리 앞으로 친하게 지내보자고. 그것도 오케? 좋았어, 그럼 내 눈을 봐, 레드 썬!"

허름한 움막을 열심히 뒤지며 포로 될 만한 사람들을 찾던 몽골 병사들은 갑자기 밖에서 요란하게 들리는 말 울음 소리에 황급히 밖으로 뛰어나왔다.

「대체 이게 무슨 일이야!」

「으악, 저게 뭐야, 저게! 저게!」

손에서 칼이 툭툭 떨어졌다. 그들의 눈앞에 보이는 것은 머리를 산발한 허연 귀신이 옷자락을 펄펄 휘날리며, 앞뒤로 무언가를 주렁주렁 매단 채 커다란 말을 타고 산 아래로 까마득하게 멀어지는 모습이었다.

꼬리에 불이 활활 붙은 여섯 필의 말이 고삐가 풀린 채 미친 듯이 비명을 지르며 날뛰다가 사방팔방 도망치는 광경은 덤이었다.

"저하께서 찾아 계십니다."

그날 이후, 세자는 이완을 자주 찾았다. 세자는 보통 호종하는 익위사 관원들을 달고 다녔지만, 이완을 보러 올 때는 사람을 물리고 찾아왔고, 처소로 사용하는 내행전으로 부를 때도 다른 이의 눈에 띄지 않게 조심했다. 이완이 기록에 남을 만한 일을 극도로 꺼린다는 말을 듣고부터였다.

이완은 그의 부름을 거절하지 않았다. 오늘따라 심란한 일이 있어 세자를 만날 만한 기분은 아니었지만 잠자코 따라나섰다. 세자에게 얻은 얼마 안 되는 곡식 덕에 아이는 하루하루를 간신히 버티고 있었던 것이다. 자존심 따위 팽개친 지 오래였다.

세자는 이완의 어두운 낯을 보고 눈썹을 찌푸렸다.

"자네 오늘 무슨 일이 있었는가? 안색이 좋지 않은데."

"함께 머물던 자들 중 몇 명이 성 밖으로 나갔습니다."

이완은 우울한 표정으로, 하지만 솔직하게 대답했다.

그날 새벽 구월이네 가족과 학분이네 가족이 한꺼번에 성을 빠져나갔다.

그동안 성안에는 흉흉한 소문이 빠르게 번지고 있었다. 군량이 한 달 치가 남았네, 반달 치가 남았네. 전하께서 항복하러 출성을 하시네, 버티실 것이네. 불안은 오 초시의 행랑채에 모여 있던 수복과 하인들에게도 빠르게 전염되었다. 성이 깨지면 우리는 어찌 되려나. 적군에게 능지를 당할까, 맞아 죽을까, 기름 솥에 튀겨질까, 혹은 몇 해 전 오랑캐의 이간책에 걸려든 명나라의 원숭환 장군처럼 책형을 당하게 될까. 책형이 뭔지나 아냐. 사람을 벗겨서 장대에 매달아 놓고 칼로 살을 한 점씩 잘게 잘게 저며 내는 거여. 허이구 끔찍허기두. 그들은 음울한 얼굴로, 사로잡히기 전에 성벽에서 투신하거나, 병사들에게 칼을 빌려 목을 베어 주기로 약조하기도 했다. 그들은 화톳불을 사이에 두고 어렵게 구한 담배를 나눠 피우며 '성문이 깨지면'으로 시작되는 이야기를 끝도 없이 이어 갔다.

이완은 성 밖으로 탈출하려는 하인들의 계획을 어느 정도 눈치채고 있었으나, 말려야 할지 두어야 할지는 알 수 없었다. 성 밖에선 안전한 곳을 알 수 없었고, 안에선 굶어 죽거나 얼어 죽을 가능성이 컸다.

수군대고 덜그럭대는 소리로 유난히 부산하던 새벽, 아기가 우는 소리에 잠을 깨어 암죽이라도 먹이려 일어나니 방이 텅 비어 있었다. 사방을 둘러본 이완은 쓰게 웃었다.

구월이네도 결국 나갔구나.

하긴, 여기 남아 있으면 조만간 굶어 죽을 수도 있으니까.

남겠노라 버티던 정신국 수복 일가와 행랑것 몇몇을 제하고 모두 사라졌다. 엊저녁까지 구월이나 천 봉사가 일언반구 하지 않았던 것으로 보아, 두 사람은 용출이 도망칠 계획을 짜고 있다는 것 자체를 모르고 있다가 새벽에 갑작스럽게 끌려간 모양이었다.

고맙다는 인사도 제대로 못 했는데.

이완은 눈썹을 찌푸리며 한숨을 쉬었다. 일이 이렇게 되었으니 이제는 구월이가 어느 곳이든 안전한 곳에 숨어 있다가 무사히 집으로 돌아가기를 기원하는 수밖에 없었다.

왕이 거접한 산성에서 앞다투어 도망치는 백성들의 이야기를 들으며, 세자는 우울한 얼굴로 침묵했다. 한참 만에 흘러나온 목소리는 낮게 가라앉아 알아듣기도 힘들었다.

"단도직입으로 묻겠네. 우리는 싸워야 하는가, 굴복해야 하는가."

이완은 이런 질문이 나오리라 짐작했다. 남은 날짜를 헤아리니 농성전의 최후가 얼마 남지 않았다.

이완은 부질없음을 알면서도 그에게 무언가 도움이 될 만한 말을 해 주고 싶었다. 세자는 곤고한 중에도 무명이나 곡식 가루, 간장 따위 이런저런 물건을 챙겨 보내고, 아기를 위해 유모를 수소문해서 몇 번 보내기도 했었다. 양심을 달래기 위한 기만일까. 나도 민호 씨를 닮는 걸까. 이완은 슬며시 웃었다. 나도 민호 씨처럼 다른 시간 사람과의 인연이 쌓일수록 이런 부질없는 짓을 자꾸 하게 되는 모양이다.

"최악의 사태를 피할 직언이 필요하십니까? 노하시지 않겠다 약조하시면, 그리고 어떤 기록에도 남기지 않겠다 약조하시면 말씀드리지요."

"약조하겠다. 내 이름을 걸고."

"이길 수 없는 싸움입니다. 힘의 차이가 확연합니다."

세자의 얼굴이 시커멓게 가라앉았다. 이완은 감정을 절제하려 노력하며 차분차분 말했다.

"백성의 희생을 줄이려면 이 상황이 속히 종결되어야 합니다. 그러려면 그들이 원하는 것을 최대한 빨리 수용하시는 수밖에 없습니다. 시간을 끌수록 조건의 수위는 높아질 겁니다."

"조건이라."

"괜히 떠보지 마십시오. 저들이 너는 신하다, 하면 신하 신 자를 쓰시고, 황제라 부르라 하면 폐하, 불러 주시고, 성문 열고 나오라 하면 나가시고, 절하라 하면 절하시면 된다는 뜻입니다."

세자의 눈이 지글지글 끓어올랐다. 이완이 하는 말은 지금 조정에서 화산이 폭발하듯 싸워 대고 있는 뇌관이 맞았고, 세자는 이 일에 대해 의논하기 위해 그를 불러낸 참이었다.

"힘이 없다 하여 한때 우리를 섬겼던 이들에게 그런 비굴까지 감수해야 한다고?"

"원래 힘없으면 죽는 겁니다. 죽기 싫으면 튀는 거고, 튀지도 못하면 싹싹 비는 거고요. 그게 약자가 사는 방법이고, 세상 돌아가는 방식입니다."

이완은 누군가 했던 말을 되풀이하며 씁쓸하게 웃었다. 참 이상했다. 민호 씨의 입에서 나올 때는 이 말이 이렇게 비굴하게 들리지 않았는데. 윤민호라는 필터를 통과하면 삶을 위한 모든 노력, 예컨대 싹싹 빌고 도망치는 일조차 당당하게 느껴졌었다. 이완이 생각에 잠긴 사이, 세자의 목소리는 점점 높아졌다.

"우리가 사는 방법을 몰라서 안 하는 거라 생각하나? 우리도 다 안다. 하지만, 구차하게 목숨만 구걸한 삶이 과연 사람답게 사는 것인가? 존귀함과 인간다운 도리를 스스로 지키며 살아야 사람인 게지! 고작 신하 신 한 글자를 쓰는 일뿐이라? 고작 절하는 일뿐이라? 나는 길이 이어질 내 이름이 오물로 더럽혀지는 것이 죽는 것보다 더 두렵다! 이름의 명예는 죽음과 바꿔서라도 스스로 지켜야 하는 것이다! 제대로 된 선비라면 모두 그럴 것이다! 너희는 그렇지 않은가?"

"……저와는 반대시군요. 이름의 명예가 뭔지, 인간다운 도리는 또 뭔지 모르겠지만 저는 이 약해 빠진 목숨을 살리기 위해서라면 어떤 비굴하고 비루한 짓도 다 할 것 같거든요."

이완은 심드렁하게 웃었다. 그리고 팔에 안고 있는 얼굴빛이 푸르고 어두운 아기를 내려다보며 조용히 덧붙였다.

"모든 백성이 냉수만 먹고도 살아남을 선비라 생각하십니까? 윗분들이 모조리 자결하시면 멋질 것 같습니까? 후손들이 박수라도 쳐 드릴 것 같습니까? 무책임한 것도 정도가 있지, 남은 사람들은 어쩌라는 겁니까. 백성들도 의리로 다 같이 죽어 주어야 합니까? 전 싫습니다. 구차하건, 구질구질하건, 목숨을 부지해 집에 돌아가서, 아내와 아이들과 둘러앉아 따뜻한 밥 먹으면서 오래오래 살고 싶습니다."

"지금 우리에게 구질구질 살아서 더러운 꼴 다 당하며 사태를 수습하라는 말이냐?"

세자는 눈썹을 찡그렸다. 죽고 싶은 게냐, 하는 말이 입술 속에서 달싹였지만, 그는 입술을 꾹 눌러 그 말이 나가지 못하게 막았다.

"아이 하나 살리기 위해 비겁하고 구차해지는 데도 용기는 필요하더군요. 백성을 살리기 위해서라면 더 큰 용기와 결단이 필요하시겠지요. 그러니 경애해 마지않는 대국을 버리고 오랑캐와 화친하기 위해서라면 어느 정도의 용기와 신념이 필요한지 저로서는 짐작조차 할 수 없군요."

"……."

"저는 그런 대단한 신념은 가져 본 적이 없어서요."

솔직한 사내는 끝까지 신랄했다.

"세자 저하와 당상 대신을 보내서라도 지금 화의를 해야 합니다. 전하!"

지지부진한 협상에 적진의 요구 조건은 점점 높아졌다. 이제는 세자를 내보내라 요구하기 시작했다. 조정은 다시 발칵 뒤집혔다. 왕의 곁에 정좌한 세자는 시간이 지날수록 조건의 수위가 높아지리라 한 무명 사내의 말을 떠올리고 이를 물었다.

"전하, 세자 저하를 어찌 적진에 보낸다는 참람한 말을 입에 담을 수 있단 말입니까. 화친을 주장하는 최명길과 김류의 목을 베고 성문을 열고 나가 진격케 하소서."

"하오나 전하, 식량도 부족하고 병사들이 얼어 가고 있습니다. 손이 얼어 활과 총을 쥘 수 없고 발이 얼어 뛸 수도 없다 하나이다."

"전하, 더 버티었다가는 출전할 수 있는 병사가 남지 않을 것이오니, 지금이라도 군을 출동시켜 몇 명이라도 적을 잡아 사기를 올려야 하옵니다."

"……그만하라."

"전하, 더 이상 미루거나 속일 수 없나이다. 버틸 힘도 없고, 성 밖의 백성이 고통당하고 있습니다. 청의 황제가 돌아가면 그나마 화의조차 어렵게 될 것입니다."

"전하, 아니 되옵니다. 정말 그렇게 비굴하게 화의를 말하면, 오늘은 세자 저하를 보내라 말할 것이고, 내일은 전하께 출성하여 신하의 예를 행하라 강압할 것입니다."

"그만, 그만! 그만들 하라잖느냐!"

용상도 보료도 없이 작은 방석에 앉은 왕은 눈에 핏발을 세우고 목이 터져라 고함을 질렀다. 세자는 아버지의 그런 모습에 고개를 외로 틀고 눈물만 흘렸다. 이름 없는 그 사내의 말이 옳다. 일어날 일을 알고 있기에, 그의 말은 옳을 수밖에 없다. 우리가 경멸하는 오랑캐는 힘이 세고, 우리는 이길 힘이 없다.

명예로운 죽음과 비굴한 삶.

우리는 명예로운 죽음이 아름다우리라 생각했는데, 후손들은 그리 생각하지 않는다.

"나의 잘못이로다. 나의 잘못이로다. 그래서, 대체 어찌하면 좋단 말인가."

왕은 울며 물었다. 눈물이 흔해진 왕에게 무슨 말이라도 대답하기 위해, 대신들 역시 울며 다시 싸웠다. 지금 대신들이 할 수 있는 것은 서로 싸우며 결정의 순간을 미루는 일뿐이라, 그들은 열심과 성의를 다하여 싸웠다.

세자는 맨손으로 눈물을 문지르며, 비굴한 자라 자처한 사내의 신랄한 말을 떠올렸다.

'지금 행궁에 계신 분들께서 백성들을 위해 울부짖고 싸우고 계시다면 어찌 후손이 그 이름을 아름답게 여기지 않았겠습니까? 하지만 윗전들께선 오로지 대국을 위해 버티고, 대국의 질서를 위해 싸우시는 것 아닙니까. 그러니 명예와 아름다운 이름을 원하시면 그리 소중히 위하시던 대국에 가셔서 청하소서. 혹 천자의 기분이 좋으신 날이면 운 좋게 얻으실 수도 있으시리이다. 어찌하여 가장 끔찍하고 비참한 일을 겪었던 피해자의 후손에게 칭찬받기를 원하시나이까.'

'운이 없었다 여기시옵소서. 고래가 싸울 때면 새우 등이 터지는 법이고, 대륙의 힘이 바뀔 때마다 저희는 어떤 형태로든 피의 대가를 치렀습니다. 피할 능력도 의지도 없으시면, 운이 없었다고 여기

심이 마음이라도 편하시리이다.'

'어째서 대신들의 분쟁을 걱정하십니까. 어차피 산성 안에서는 입으로 싸우는 것 말고는 할 수 있는 것도 없으니 원이라도 없게, 하고 싶은 말이나 다 해 보라 하십시오. 그러다 보면 먼저 떨어져 나가는 쪽이 나오지 않겠습니까.'

그의 말대로, 그들은 말싸움 외에는 아무것도 하지 않았고, 아무것도 할 수 없었다.

그래서 왕과 세자는 여전히 남한산성에 머물렀다.

9
세상의 모든 생명

"가시아바이, 살 사람은 살아야 하디 않갔시요?"

사위란 놈이 담배를 한 대 담아 주며 하는 첫마디가 그랬다.

"이 성에서 대체 올마나 버티겠쉐까. 깐깐한 관량사 놈이 매일 남은 양곡을 계산하는데 쥐똥만큼씩 먹어도 반달이나 갈까 한답데다. 오랑캐 손에 죽기 전에 시체 뜯어먹게 생겼시요. 금일 밤이라두 안전한 데루 나가 볼 생각이야요."

"기랬나, 기래야디."

"긴데 가시아바이는 아무래도 함께 못 가겠쉐다. 길이 험하구 미끄런 데다 오랑캐 놈들 목책두 군진두 죄 피해 가야 하니끼니. 강도까지 먼 길을 업구 갈 수도 없지 않겠쉐까."

사위는 태연하게 말을 이었다. 천 봉사는 멍하니 입을 벌리고 있다가 한참 만에야 고개를 끄덕였다.

언젠가 이런 말이 나올 거라 생각했다. 사위가 하는 꼴을 보아선 조만간 내가 구월이 곁을 떠나야겠구나 생각하긴 했었다. 그래도 그 순간이 이렇게 빨리 닥칠 줄은 몰랐다. 손이 저절로 들들 떨린다.

"기래두 살 만치 살지 않았쉐까. 젊은 딸이 살아야디, 아비 살리자구 딸허구 사웨가 앉은 자리에서 죽을 수야 있쉐까?"

"기림, 내래 진작부터 기래야 한다 생각했디. 내 걱덩은 말구 가. 날래 가라우."

그는 사위가 자신을 손톱만치도 걱정하지 않음을 알고 있었다. 하지만 서운하다는 말조차 하지 못했다. 그랬다가 욱하는 성질이 있는 사위가 딸까지 버려두고 가 버릴지 몰랐다. 사위는 담배 연기를 뻑뻑 뿜으며 길게 한숨 쉬는 척했다.

"긴데 구월이가 가시아바이가 남아 있겠다 하면 저도 남겠다 할디 모릅네다."

"기럼 안 되디. 내래 월이한테 말해 보갔서."

"기런다고 들을 에미나이가 아니야요. 기러니 가시아바이는 한 메칠만 안 뵈는 데 숨어 계시는 게 낫겠쉐다. 내래 구월이헌테 아바이는 달구지 끌구 가는 일행으루다 일찍 보냈다 말해 두갔시요. 강도에서 아바이가 먼첨 가서 기다린다 하면 날래게 따라올 기야요."

노인은 주책없이 짠물이 괴는 눈시울을 얼른 손등으로 문질렀다.

오늘부로 딸아이와 영영 헤어지겠구나.

마지막 작별 인사도 못 하고 보내야 하는구나.

자신은 성에 혼자 남아 있으면 며칠을 못 버티고 죽을 것이 틀림없다. 죽는 건 아쉽지 않은데, 이런 식으로 딸과 영영 헤어지려니 가슴이 찢어졌다. 뭔가 헤어질 순간이 되면 딸아이에게 해 주고 싶은 말이 많이 있을 것 같았는데. 알고 있는 모든 복은 죄다 빌어 주고 가고 싶었는데 어떻게 이렇게. 천 봉사는 계속 눈물을 훔치며 더듬더듬 대답했다.

"아무렴, 나 같은 걸림돌이 있으면 호적한테 잽히구 말디. 기럼 구 서방, 나 숨어 있을 곳에다 데려다만 놓으라. 거게서 메칠이구 죽은 듯이 박혀 있갔어."

"가시아바이가 맘보가 넉넉하니 좋디요. 쇠뿔도 단번에 뽑으랬다고, 말 난 김에 지끔 뫼셔다드리갔시요."

사위는 그를 지게에 앉혀 놓고 바쁘게 걸었다. 빛이 느껴지지 않으니 깜깜한 밤인 것 같다. 차가운 것이 한 송이 두 송이 콧잔등으로 떨어졌다. 눈이 오는구나. 천 봉사는 고개를 하늘로 쳐들었다. 사위가 어느 방향으로 가는지, 몇 걸음을 가고 있는지 애써 헤아리지 않았다.

사위는 그를 퀴퀴한 냄새가 나는 차가운 거적 바닥에 앉혀 놓고 두꺼운 이불을 한 채 내려놓았다. 펑, 오래된 먼지 냄새가 훅 올랐다. 천 봉사는 이불의 귀퉁이를 만지자마자 그것이 딸이 아끼던 솜이불인 것을 알았다. 양시님이 오실 때마다 펴 드리고, 양시님이 가신 후부터는 딸이 애지중지 매만지며 가끔 눈시울을 적시던 그 이불이었다. 노인은 허리를 구부려 이불을 꼭 끌어안았다.

"군불 때는 곳은 아니니끼니, 이불 잘 덮구 계시구, 한 메칠 버티다 사람들 오믄 오 초시 댁으루 데려다 달라 허시면 됩네다. 기럼 가시아바이, 몸 건사 잘하시라요."

언제 데리러 오겠다, 다시 뵙겠다, 따위의 약속은 없었다. 천 봉사도 묻지 않았다. 노인의 손에 마지막으로 쥐어진 것은 돌처럼 얼어

붙은 주먹밥 한 덩어리였다.

이불을 꽁꽁 뒤집어써도 어느 틈에서인지 계속 바람이 스며들어 송곳처럼 살을 쑤셨다. 의식이 가물가물하고 자꾸 졸음이 왔다. 천봉사는 하루가 다 가기 전에 이 자리에서 얼어 죽으리라는 것을 알아차렸다. 그는 이불에 수놓인 자수를 손끝으로 쓰다듬었다. 희미하게 웃음이 나왔다.

아가야, 구월아, 내 착한 딸. 내가 전생에 무슨 공덕이 있어 이렇게 착하고 고운 아이가 내 딸로 와 주었을꼬. 너는 사실 사람이 아니고 관음보살쯤 되는 게지. 그렇지 않으면 이 못난 아비의 딸로 와 주었을 리가 없는데.

다음 생에는 나 같은 놈 딸로 태어나지 말고 꼭 왕후장상의 딸로 태어나거라.

그는 이불을 꼭꼭 여몄다. 몸은 이미 차게 얼어 손으로 만져도 감각이 없고, 손을 움직이고 있는지조차 알 수 없었다. 졸음이 해일처럼 쏟아진다. 그는 애써 졸음을 참는 대신 나른한 감각에 몸을 맡겼다.

자네, 왜 여기 와 있지?
가물가물한 의식 사이로 희미한 목소리가 스며들었다. 꿈결에 들리는 것처럼 애매하고 흐릿했다. 희부옇게 느껴지던 눈앞으로 어둑한 그림자가 덮이는 것이 느껴진다. 저승차사일까? 강림차사가 와서 나를 부르는 겐가? 차사님이 세 번 부르면 부르는 대로 얌전하게 대답하고 저승길 따라가리라, 마음을 정리하는데, 갑자기 음습하고 무

시무시한 목소리가 훅 가까워졌다.

왜, 혼자 이런 데 와 있나?

차사의 목소리가 몹시 초조하게 느껴지는 것이 이상하다.

구월인 어디 있지?

구월인 안 됩네다. 차사님.

노인은 화들짝 놀랐다. 늙고 병든 나를 데려가야지 차사님이 왜 우리 구월이를 찾는단 말이냐. 안 된다. 절대 안 돼. 그는 힘겹게 고개를 저었는데, 몸이 제대로 움직이지 않았다. 안 된다는 대답을 해야 하는데 얼어붙은 입술조차 움직이지 않는다. 쩡, 하는 고함이 공기를 쪼개며 귀에 들어와 박힌다.

그 아인 어디 있냐고 묻지 않나!

차사의 목소리가 어쩐지 귀에 익다는 생각이 드는데, 아무것도 기억나지 않는다. 몸과 함께 기억도 생각도 기억도 얼어붙어 돌이 된 듯했다.

"정신 좀 차리게! 내 말 들리나?"

몸이 정신없이 흔들렸다. 누군가 온몸을 미친 듯이 두들겨 대는 것만 같다. 천 봉사는 너무 아프고 귀가 시끄러워 손을 허우적거렸다. 다급한 목소리가 귓전에서 잉잉거렸다.

"이보게, 정신 좀 차려 봐! 구월인 대체 어디에 있나!"

천 봉사는 가물가물 꺼져 가는 의식 속에서, 귀에 익은 목소리를 감지해 냈다. 많이 들어 본 목소리인데. 우리 동네 사람이던가? 분명 내가 아는 목소리인데.

순간 천 봉사는 번쩍 정신을 차렸다. 등으로 차가운 물벼락이 쫙 쏟아진 것 같다.

"반궁…… 이…… 양시님?"

"정신이 드나?"

옆에서 긴 한숨이 흘러나왔다. 천 봉사는 간신히 몸을 일으켜 앉았다. 온몸이 몽둥이로 두들겨 맞은 듯 아프고 어지럽고 토할 것만 같았다.

"어드레 된 겁네까, 나리? 여게가 저승입네까?"

이 양시가 못마땅한 목소리로 대답했다.

"죽어 가는 사람 기껏 살려 놨더니 저승 같은 소릴. 자네 몸이 얼어서 맥까지 멎었던 건 알고 있나?"

"아……."

"인사는 됐네. 공치사하자는 건 아니니까. 그보다 급한 건."

"쓸모없는 거, 죽게 놓아두디 와 살리셨습네까."

양시의 기척이 멎었다. 괘씸하다, 은혜도 모른다 노호라도 터질 줄 알았는데 의외로 그는 잔뜩 가라앉은 목소리로 물었다.

"자네 어디 있었는지는 기억하나?"

"모릅네다……."

"문묘의 위패를 임시 봉안해 둔 개원사의 농기구 창고였네. 우수, 입춘 전까진 문 열릴 일도 없었겠지. 자네 정말 얼어 죽으려 작정한 겐가? 아니지, 혼자 그 안까지 찾아갈 수는 없었을 테니. 누가 데려다 가둬 둔 거지?"

"……."

"대답하기 싫으면 안 해도 좋네. 구월인 어딨나. 아직 산성 안에 있나?"

"구 서방하고 박잠미 수복네하고 다시 피난을 갔습네다. 산성도 점점 위험해진다 했시요."

"구월이가 자넬 놓고 갔다고?"

"아마 월이는 아바이가 먼첨 가서 기다리는 줄 알 기야요……."

"그 잘난 사위 짓이군그래. 자넨 이참에 아주 죽으려고 작정했고. 잘들 하는 짓이야. 그 아이 눈에서 피눈물을 뽑을 셈인가?"

천 봉사는 눈앞의 사내가 그가 알던 이 양시가 맞을까 고개를 갸웃했다. 평소의 점잖고 말 없던 그 사내가 아니었다. 그는 거칠고, 사납고, 다급했다. 노인은 조용히 말을 끊었다.

"내래 먼첨 남겠다 했시요. 그보다 나리, 혹시 우리 구월이 만나러 산성까지 들어오신 겁네까?"

갑자기 속을 들킨 사내가 입을 다물고 만다. 길게 이어지는 침묵에 노인은 다시 물었다.

"그 아이를 와 만나러 오신 겁네까?"

"……아이가 무사한지 확인만 할 요량으로 몰래 들어온 것뿐이다."

양시는 억지로 밀어 내듯 대답했다.

"구월인 무사합네. 기럼 되셨습네까?"

"내 눈으로 보고 확인하고 갈 것이다."

"안 됩네다. 나리."

노인은 단호하게 말을 끊었다.

"월이는 혼례를 올렸습네. 이젠 서방이 있는 에미네라요."

천 봉사는 처음부터 알고 있었다. 눈앞의 사내는 딸을 오래전부터 특별히 여기고 있었다.

처음에는 그 감정이 남녀 간에 오가는 끈적한 것은 아니었다. 아니라고 생각했다. 처음에 이 양시는 어리고 예쁜 아이가 손님 수발을 한답시고 바쁘게 종종대는 것을 귀여워했고, 하늘이 내린 솜씨라 소문난 바느질과 길쌈 솜씨를 보고 놀라워했고, 혹은 눈먼 아비를 살뜰히 수발하는 것을 측은하게 여겼다. 적어도 노인은 그렇게 믿었다.

시간이 조금 흐르며, 노인은 이 양시가 딸에게 젊은 혈기를 품은 게 아닐까 하고 걱정하기 시작했다. 양시는 젊고, 무장처럼 몸이 건실하다 했고, 딸은 얼굴 곱고 솜씨 좋다 소문이 자자했다. 지방에서 올라왔다는 양시는 반궁의 다른 동료 유사들처럼, 공부에 지친 몸과 마음을 반촌의 반반한 계집종에게 풀고 싶었던 건지도 몰랐다.

노인은 구월이에게 손님을 받지 말자, 조금 먹고 조금 싸면 되지, 마르고 닳도록 말했지만 구월이는 귓등으로도 듣지 않았다.

'숙박 손님 안 받으면 우린 굶어 죽는다고 아빠!'

'괜찮아요, 양시 나리 점잖은 분이시라니까? 다른 개차반 유사님들하고 전혀 달라요.'

노인의 걱정과 달리, 젊은 양시는 신중하고 점잖게 거리를 두고 딸을 대했다. 말 한마디도 허투루 내뱉는 법이 없었고, 구월이가 까불까불 스스럼없이 대해도, 그는 반가의 남녀가 내외하듯 항상 경계했다. 딸과 거리를 두려 노력하는 것이 노인에게는 희미하게 느껴졌다. 노인은 젊은 사내가 만들어 둔 거리가 그저 고마웠다. 적어도 그는 구월 어미를 유혹한 유사 같은 비류(非類)는 아닌 듯했다.

딸의 마음을 읽기는 훨씬 쉬웠다. 딸은 어릴 때부터 의뭉한 구석이라곤 손톱만치도 없었고, 목소리만으로도 무슨 생각을 하는지 훤히 읽혔다. 딸은 어느 날인가부터 온종일 양시님 양시님 하며 지지재재 떠들어 대기 시작했다. 그에 관해 이야기할 때마다 딸의 목소리는 깡충깡충 튀어 올랐다. 노인은 걱정에 잠겨 밤잠을 설치는 날이 많아졌다.

안 된다 구월아. 반궁의 유사들은 반촌 계집종의 몸은 탐할지언정, 마음을 허락하는 법은 없단다. 반촌의 계집이란 성균관에 묶여 있는 몸, 마을을 나갈 수 없고, 유사님들은 노비 백정들만 사는 마을에 첩살림을 차리는 짓은 하지 않는단다. 집을 떠나 객지에서 힘들게 공부할 때 잠시 희롱하며 몸과 마음의 위안거리를 찾으려는 것뿐이야.

버려진 반촌의 계집종은 퇴물 기생보다 못해. 마음이란 본디 제 맘대로 흘러 다니는 것이지만, 그래도 너만은 그 몹쓸 것에 휩쓸리면 안 된다. 네 엄마가 어찌 되었는지 잊었느냐. 너마저 그러면 안된다.

노인은 세간에 알려진 것과 달리, 아내가 유사님을 마음에 담았던 거라 믿었다. 불가항력으로 강간을 당했다 생각했던 아내는, 천재일우의 기회가 오자 일말의 망설임도 없이 자신과 딸을 버리고 그를 찾아갔다. 잡혀 왔을 때도 잘못을 빌지 않았다. 억울하다 하지도 않았다. 그렇게 비참하게 맞아 죽는 순간까지.

반촌의 계집종은 반궁의 유사를 마음에 담으면 안 된다. 반궁의 유사가 반촌의 계집종을 어여삐 여겨서도 안 된다. 끝이 정해진 감정이었고, 끝이 정해진 팔자였다. 잠시 불놀이에 날개를 홀랑 태우기에, 구월이는 너무 소중하고 아픈 딸이었다.

'양시님, 사내 계집이 짝으로 맺어지고 함께 살아가는 게 천륜이면, 그 뒤에 달라붙어 딸려 온 이 짐승 같은 마음도 천륜인가요?'

'저는, 이 마을을 떠나지 못합니다, 양시님.'

'만일 네 아비가 눈이 성했어도 이리 대답했을 것이냐?'

'그랬다면, 저는 벌써 누군가의 아낙이 되어 있었겠지요.'

다행히 딸은 양시가 마음을 처음 내보였을 때 제 마음을 접어 넣었다. 아비 때문에 그랬음을 알았을 때는 내장이 찢어지는 듯 아팠지만, 그마저도 다행이라 여겼다.

늦었지만 지금이라도 혼인시켜야지. 서방에게 정 붙이고, 아이 낳아 키우면서 살면 나름 재미있지. 나도 살날이 얼마 안 남았으니 딸아이 마음이 다시 팔랑대기 전에 얼른 든든한 남편감을 구해 주고 가야지. 구월이는 싹싹하고 귀여우니 어느 남편을 만나든 귀염을 받으며 살 테지. 늙은 아비가 해 줄 수 있는 것은 그것밖에 없다 생각했다.

싸느랗게 코웃음 치는 소리가 들렸다.

"사위가 자네를 모신다는 약속 때문에 그 아이가 마음에도 없던 혼례를 올린 것 아니냐. 그런데 믿었던 사위가 아비를 버렸으면 그 혼례도……."

"양시 나리. 이유야 어드레 됐건, 짝 있는 에미나이를 데려가는 건 상감마마께서도 하시디 않는 일입네다."

노인은 단호했고, 이 양시 역시 자신이 한 말이 가당찮다는 것을 깨달았는지 중간에 입을 다물고 말았다. 양시는 거칠게 숨을 쉬다가 애써 목소리를 낮추었다.

"말이 엇나갔네. 난 정말 아이가 무사한가 확인만 하면 돼."

"……."

"내가 그 아이를 마음에 두었던 건 사실이지만 다른 사내의 처를 데려갈 정도의 파렴치한은 아닐세. 그 아이가 나와 인연이 될 수 없는 처지라는 건 나도 애초부터 잘 알고 있었고, 그래서 애써 거리를 두려 노력했었네. 그 정도는 자네도 알 게야."

노인은 고개를 끄덕였다. 안다. 그의 의지와 인내가 반궁의 다른 선비들보다 훨씬 엄격하고 혹독했기에 구월이가 그간 무사했던 것이지, 이자가 조금이라도 한량 같았으면 구월이는 진작 어미 꼴이 나고 말았을 것이다.

하지만 눈앞의 양시 역시 피가 뜨거운 젊은 사내라, 딸에게 향하려는 마음을 누르기가 쉽지 않은 듯했다. 해가 갈수록 그의 감정이 딸을 향해 스며 나오는 것을 노인은 선명하게 느꼈다. 그리고 결국 마지막 날에 양시는 감정에 휩쓸려 갈 뻔했다. 구월이가 단호하게 거절하지 않으면 분명 그랬을 것이다.

양시는 무거운 목소리로 말을 이었다.

"그 아이를 어찌해 보려는 마음으로 이러는 건 아니니 염려 놓게. 북방 오랑캐의 분위기가 좋지 않다는 소식을 들었는데 아이에게 조심하라는 당부조차 못 하고 내려간 게 계속 신경이 쓰였어."

"예……."

"그러던 차에 정말 염려하던 대로 섣달에 난이 터졌고, 반촌 경계가 무너졌다는 얘기도 들었지. 그래서 거취를 수소문해서 예까지 찾아온 것뿐일세. 난 그 아이가 이 전란 중에 몹쓸 일을 당하지 않고 곱게 살길 바랄 뿐이야. 난 그 아이가 무사히 반촌 집으로 들어가는 것만 보면 바로 고향으로 돌아갈 참이네."

"나리, 구월이는 이제껏 여계서 무사히 있었고, 이젠 조선 팔도에서 가장 안전하다는 강도로 간다 했습네다. 나리께선 걱정 안 하셔도 됩네다."

노인은 젊은 사내의 숨소리가 갑자기 거칠어지는 것을 깨닫고 말을 멈추었다.

"강도? 지금 그 아이가 강도로 갔다고 했나?"

"기렇습네다. 구 서방이 게가 젤로 안전할 게라……."

쾅!

그가 무언가 내리치는 소리가 났다. 쩍, 하는 소리가 들리는 걸 보니 나무로 된 서안 같은 것이 주먹에 그대로 쪼개진 모양이었다.

"제기랄! 왜 하필!"

그가 이를 부드득 갈아붙이는 소리가 났다. 천 봉사는 화들짝 놀라 뒤로 물러앉았다.

"왜 하필 강도야! 동쪽이든 남쪽이든 허구한 곳을 놔두고 왜! 차라리 배를 곯아도 산성에 남아 있지 왜! 이 미련한 인간들을!"

"양시 어른? 무슨……?"

앞에서 옷자락이 크게 펄럭이는 소리가 났다. 벌떡 일어나 나가려는 사내를 더듬더듬 황급히 붙잡았다. 옷자락이 길게 찢어졌다. 사내는 자리에서 멈춰 서서 이를 갈며 말했다.

"지금 청병들이 강도 바로 앞에서 배를 만들고 뗏목을 엮어서 도하 준비를 하고 있단 말일세. 반대편으로 도망쳐도 모자랄 판에 호랑이 아가리에 고개를 들이밀어? 적이 지척에서 진을 치고 있는 곳에 뭘 믿고 들어간단 말인가? 하긴. 사위 성질이 더러우니 말리고 싶어도 말릴 수도 없었겠지."

"나리? 그게 참말입네까?"

"내가 자네에게 거짓말을 할 이유가 무언가? 지금 그 아이는 조선에서 제일 위험한 곳으로 들어간 거야. 대체 이 일을! 제기랄!"

노인은 그만 정신이 아득해지는 것 같았다. 눈앞의 사내가 발을 구르며 역정을 낸다.

"이럴 바에야 그 아이 원대로 혼자 살게 두지 왜 억지로 혼인을 시켜서! 그 아이가 무슨 죄를 그리 지었다고."

노인은 더는 견딜 수 없었다. 그동안 자신이 딸아이의 인생을 망치고 있었다는 생각을 안 해 본 적이 없었다. 양시도 그런 생각을 하는 것이다. 참았던 눈물이 툭 터졌다.

"양시 어른, 이놈이 잘못했습네다. 고조 이놈이 다다 잘못했습네다. 내래 한 치 앞도 헤아리지 못해 그랬습네다. 제발 양시 어른께서 우리 구월이 좀 살려 주시라요."

노인은 눈물을 줄줄 쏟으며 다시 사내의 옷자락을 붙잡았다. 이 양시는 노인을 부축해서 이불 위에 눕혔다.

"미안하네. 그런 말을 하려 했던 건 아니야. 나 역시 한 치 앞을 보지 못했어. 나도 내가 이 지경이 될 줄 몰랐는데 하물며."

"……"

"나는 그날 밤, 그 아이를 어떻게든 설득해서 반촌에서 끌고 나오지 못한 것을 뼈가 갈리도록 후회하는 중이야."

그의 거친 숨소리가 노인의 머리 위에서 흩어졌다. 노인은 그의 팔에 매달려 빌었다.

"우, 우리 아이 좀 구해 주시라요. 이 눈먼 것이 멋두 모르구 지껄였습네다. 우리 월이는 기렇게 죽으면 안 되는 아입네다. 제발 배 타는 데 가서서, 가디 말라 좀 붙잡아 주시라요."

"……."

"제 목숨이라도 드리갔시요. 제발, 우리 월이를 좀, 서, 섬으로 들어가디 못하게 말 좀. 게서 빠져나올 수 있게 해 주시라요."

노인은 찢어진 옷자락을 움켜잡은 채 애처롭게 빌었다. 그는 확답을 하는 대신 거칠게 몸을 일으켰다.

"자네 머물 방과 수발할 사람을 구해 놓을 터이니 게 가서 기다리게. 사람들에게 일러두겠네."

그는 잠시 머뭇거리다가 누그러진 목소리로 덧붙였다.

"내가 돌아올 때까지 절대 죽지 말고."

드르륵, 미닫이문이 세차게 닫히는 소리가 들렸고, 사방은 다시 조용해졌다.

"저하께서는 외행전에 들어 계십니다. 잠시 기다리시지요."

세자의 명으로 행궁에 불려 간 이완은 불기가 남은 방에서 잠시 기다렸다. 왕의 집무실인 외행전에서 사람들의 통곡 소리가 징 소리처럼 웅웅하며 울렸다. 남한산성에서는 왕과 세자, 대신들의 눈물이 흔했고, 이완은 그들의 오열이 딱히 궁금하지 않았다. 이완은 길게 기다리지 않고 자리에서 일어났다. 익위사의 위솔 정이중이라 소개한 자가 이완을 만류한다.

"조금 기다리심이 어떻겠습니까? 저하께서 몹시 뵙고 싶어 하셨습니다. 이속들이 머무르는 행각에 와 계시는 게 어떨까 하교까지 있으셨고, 지금도 민가에서 급히 불러올린 유모가 있으니, 잠시 기다리신다 해도 크게 불편하시지 않으시리이다."

위솔은 이완을 만류했다. 세자가 그간 이완에 대해 어찌나 뻥을 쳐 두었는지 궁인들이나 익위사, 시강원 관료들은 이완을 초야에 묻혀 있던 학문 높은 유사 정도로 생각하고 존대를 하고 있었다. 세자가 입궐을 위해 하사한 도포와 진사립, 태사혜 일습도 톡톡히 제 몫을 했다.

"저하께 무슨 일이 있으십니까."

"지난번 쌍령에서 대패했다는 소식과 충청감사께서 험천에서 패하였다는 소식을 들으시고 밤새도록 눈물을 흘리셔서 기력이 쇠하셨는데, 어제 좌상 대감께서 적진에 나가 네 번 절하고 답서를 받아오셨고, 내용마저 기가 막히고 답답하여 식음을 폐하고 괴로워하고 계십니다."

조정에서 애타게 기다리던 홍타이지의 답변은 길었으나, 말하고자 하는 것은 간단했다.

이 전쟁은 조선이 자초한 것이다. 형제의 맹약을 어기고 번번이 뒤통수를 친 것은 너희. 모른다면 내가 일일이 일러 주랴?

살고 싶으냐? 그러면 성에서 나와 항복하라.

싸우고 싶으냐? 그러면 성에서 나와 겨뤄 보자. 처분은 하늘이 내릴 것이니.

성에 들어올 때만 해도 화친을 하느니 항전을 하느니 하며 싸웠던 대신들은 한 달도 채 되지 않아 항복의 조건을 논의하게 되었다. 힘이 받쳐 주지 못하는 협상이란 그렇게 부질없었고, 군신 관계 대신 형제 관계를 유지하자는 주장은 산성 안에서나 오가는 희망 사항에 불과했다.

비굴한 답서를 썼다는 더러운 이름을 남기고자 하는 자가 없어, 이조판서 최명길이 번번이 붓을 잡았다. 그는 이번 전란에서 모든 더럽고 위험한 일은 혼자 뒤집어쓰기로 작정한 사람 같았다. 답서는 숫제 반성문이 되었다. 신하 신(臣) 자만 안 썼을 뿐, 지난 일은 모두 잘못하였다, 이제 대청국의 황제를 윗전으로 섬기겠다는 내용도 욱여넣었다. 다만 왕이 성을 나가면 죽임을 당할까 두려워 자결할 수도 있으니, 출성하여 항복하라는 명은 거두어 달라, 하고 자존심을 지키려 애쓴 것이 고작이었다.

왕은 초고를 보며 입술을 깨물고 글자들을 고쳤다. 이제 왕과 대신들이 할 수 있는 유일한 저항은, '폐하'라는 글자를 지워 버리거나 청의 황제를 '하늘의 사람'이라 칭한 부분에 대해 다투는 정도였다.

대신들이 물러나고 어전에 남은 왕은 고개를 숙이고 한숨을 쉬었다. 옆에 앉아 있는 세자가 흐느낌을 억지로 삼키는 소리가 거북해서, 그는 아들을 끝까지 외면했다.

외행전 인근에서 세자가 나오기를 기다리던 이완은 눈에 익은 노인이 휘청휘청하며 올라오는 것을 보고 허리를 숙였다. 오 초시 집의 사랑에 머물고 있던 예조판서 김상헌이었다. 칠순이 된 노신은 체구가 작고 마른 편이었지만, 긴 소맷자락을 펄럭이며 걸을 때마다 서슬 푸른 기백이 주변을 푸르게 물들였다. 뽀스락뽀스락, 휘청대는 무거운 발밑에서 높이 쌓인 눈이 가벼운 소리를 내며 긴 꼬리를 남겼다. 노인은 두 젊은이를 일별도 하지 않고 비변사 당상들이 모여 앉은 하궐의 남행각으로 향했다.

"이조판서의 답서 초지(草紙)를 한번 보여 주시오."

둘러 앉아 있던 비변사의 당상들은 병을 앓다가 간만에 입시한 김상헌을 보고 한숨을 쉬었다. 대충 넘어가긴 글러 먹었다.

백발이지만 여전히 눈이 맑고 허리가 꼿꼿한 노인은 탁자에 놓인 답서를 집어 들고 천천히 읽었다. 노인의 손이 부들부들 떨렸다. 하늘의 사람? 머리카락을 뽑아 세어 가며 죄를 뉘우쳐……? 중얼중얼 소리 내어 읽는 노인의 목소리가 들들 떨렸다. 답서의 초를 잡은 최명길은 눈을 내리깔고 고개를 숙였다.

"어디서 이런!"

쫙! 쫙, 쫙!

애써 잡아 놓은 초안이 조각조각 갈라져 허공에 확확 뿌려졌다. 종이를 찢는 백발 판서의 손등에 뼈마디가 울룩불룩했다.

"이게 대체 무슨 짓이오! 예판! 예판 대감!"

영의정 김류의 날카로운 목소리가 차가운 공기를 쨍, 갈랐다. 옆에 앉아 있던 병조판서 이성구와 좌의정 홍서봉 등이 입을 크게 벌렸다. 초안을 잡은 최명길만 담담하니 움직임이 없었다. 김상헌은 고개를 숙인 이조판서를 노려보며 목에 핏대를 올렸다.

"이따위 것을! 감히 주상 전하의 안전에까지 올리고, 적진에 보낸다고! 제정신인가!"

"예판 대감. 제 정신은 말짱합니다."

"이파아안! 그대의 선대인께서는 선비들에게 두루 존경받는 분이셨어! 그런데, 대감은 어째 이리 시정잡배만도 못한 짓을! 감히, 감히 어찌 이따위 글을 써 갈길 수 있소?"

"......."

"대감이 대체 선비요? 사람이요, 금수요! 차라리 손목을 잘라 내고 죽을지언정! 대체 이게 무슨 짓이오!"

최명길은 덤덤하게 고개를 들었다. 찢는 사람이 있으면, 붙이는 사람도 있어야 하고, 싸우려는 자가 있으면 화친을 말하는 자도 있어야 하겠으니. 그는 느릿하게 허공을 향해 중얼대며 빙긋 웃었다.

"대감께선 찢으셨으니, 저는 도로 주워야 마땅하겠지요."

그는 아무런 내색도 없이 허리를 구부려 조각들을 주웠다. 목소리는 태연했지만, 조각을 맞추는 손가락은 떨렸다. 울대뼈가 느리게 움직였으되, 그는 끝내 한 마디도 대거리하지 않고 종잇조각을 이어 붙였다. 불기 없는 차가운 방에선 팽팽한 긴장 속에서 부끄러움과 분노, 책임감 따위의 단일하지 않은 감정들이 일렁이며 뭉쳤다.

"예판 대감이 가시오!"

병조판서 이성구가 이를 갈며 일어섰다.

"예판 대감 당신이, 당신네가 화의를 배척하고 싸우자 싸우자 하다가 이 꼴이 됐어! 꼴좋소그래! 어찌 책임질 거요. 대감이 적에게 가시오!"

"내가 원하는 바요!"

칠십이 된 김상헌은 몸에는 힘이 없었으나 목소리만큼은 여전히 서슬이 푸르고 쩌렁쩌렁했다.

"나는 지금 죽고 싶어도 죽지 못하고 있어! 내 나이 이제 칠십이오! 살 만큼 살았어! 죽음이 두려운 줄 아는가? 나를 적진에 보내만

주면, 나는 죽을 곳을 얻은 게요! 대감이 주는바, 기꺼이 받으리다!"

노인은 주먹을 움켜쥐고 부들부들 떨었다. 바싹 말라 있던 눈에서 왈칵 눈물이 솟아 주름진 뺨을 타고 흰 수염으로 스며들었다.

안의 소란을 듣고 있던 정 위솔은 주먹을 움켜쥐고 몸을 떨었다. 무장인지라 의분을 견디기 어려운 모양이었다. 이완은 그들의 다툼이 하도 현실감이 없어 헛웃음을 터뜨리고 싶은 것을 간신히 참아야 했다. 그를 둘러싸고 있는 것 중 가장 현실감이 있는 것은 품속에서 시름시름 앓고 있는 딸 하나뿐이었다.

쾅당, 행각의 문이 부서지는 듯한 소리를 내며 열렸다. 조금 전에 들어갔던 노인이 밖으로 나와 왕과 세자가 있는 외행전으로 허청허청 걸음을 옮긴다. 와병 중이던 몸은 주인의 뜻대로 움직여지지 않아, 노신의 몸뚱이는 아차 하는 순간 눈밭으로 굴렀다. 이완과 정 위솔이 달려가 부축했다. 노인의 뺨은 흠뻑 젖어 있었다. 두 사람이 노인을 부액해 대전으로 끌고 가는 동안, 내관이 왕에게 예조판서의 청대(請對)를 고하는 동안, 그는 크게 소리 내 울부짖었다. 전하, 전하, 망극하옵니다, 신들을 모두 죽여 주소서, 전하아아.

"전하, 신이 병으로 물러나 밖에 있다가 이 기가 막힌 답서를 보게 되어 저도 모르게 통곡하였나이다. 신이 울분을 이기지 못하고서 문서를 찢어 버렸으니 신의 죄는 만 번 죽어도 마땅합니다. 70의 나이에 무슨 더 바랄 것이 있어 구차히 살기를 도모하겠습니까. 속히 죽여 주소서."

여전히 대쪽 같고 엄정한 노신의 울부짖음을 들으며 왕의 얼굴은 점점 더 참담해졌다.

"이렇게, 이렇게 하루아침에 군신 관계를 받아들여 명분을 뒤집어 놓으면, 이제 저희가 할 수 있는 일은 아무것도 없습니다. 나라가 망하는 방법이 전쟁에 지는 것 한 가지만 있는 건 아닙니다. 이런 식으로 포위를 풀고 나간다 하면 대체 나라가 남는 것에 무슨 의미가 있고 어떤 명분이 남습니까? 이렇게 해서라도 위난에 벗어난다면 다행이지만, 전하께옵서 출성하시는 순간 상황이 끝장날 수도 있습니다! 차라리 지금이라도 죽을 각오로 싸우거나 끝까지 버티면서 벗어나기를 기다리는 게 나을 것입니다!"

"지금 이 상황에서 어찌 벗어난단 말인가?"

왕의 목소리도 이미 절반은 잠겨 있었다.

"장담하긴 어렵지만, 천심(天心)이 화를 내린 것을 후회하여 적이 군대를 퇴각시킨다면 벗어날 수 있습니다. 그리고 고금 천하에 망하지 않는 나라는 없으니, 만약 군신이 굳게 지켜 뜻을 확고히 한다면 비록 망하더라도 무엇이 부끄럽겠습니까. 만약 뜻이 정해졌는데 저 혼자 반대하는 것이라면, 제게 지금이라도 사약을 내리시옵소서."

왕의 입술이 일그러진다. 천심이 화를 내린 걸 후회해? 적이 저절로 군대를 퇴각시킨다? 천심이 한 치 앞을 못 보고 후회할 짓을 왜 하며, 저절로 물러날 거였다면 황제가 왜 친히 조선까지 내려와 공성전을 독려하고 있겠는가. 명분과 의지만 있고 방법과 책임은 없는 쉿소리는 이제 지긋지긋했다.

늙은 대신은 외행전의 찬 바닥에 이마를 박으며 흐느꼈다. 그는 왕과 성의 중론이 화의 쪽으로 기울었음을 알고 있었기에 대답을 듣고도 안심이 되지 않았다.

"이판이 쓴 답서가 전해지면 성안의 사기는 흩어지고 후일을 도모

할 수조차 없사옵니다. 전하께서 결단하시옵소서."

결단해? 무얼? 지금 다 죽어 가는 병사들과 붓 잡는 것 말고는 아무것도 모르는 유신들을 이끌고 십수만 무적의 철기 앞으로 돌격이라도 하란 말인가? 산성 안의 모든 사람을 불러 모아 한꺼번에 자결이라도 하란 말인가?

왕의 곁에 앉은 세자는 얼굴을 실긋실긋하더니 이내 엎드려 눈물을 쏟기 시작했다. 세자의 고요한 흐느낌은 이내 어허어, 어어어, 크게 울렁이는 파도 소리로 변했다. 왕은 두 사람을 외면하며 대답을 피했다.

노신은 비틀거리며 대전을 나섰고, 세자는 자리에서 일어나 황급히 따라나섰다. 칠십 노신의 눈에서는 눈물이 그치지 않아, 세자는 몸 둘 바를 몰라 했다. 시강원에서 강직한 유학자들에게 교육받은 세자는 그들에게 존경받는 노학자의 눈물이 황망하고 죄스러워 함께 눈물을 줄줄 흘렸다.

"저희가 모셔다드리겠습니다. 날도 찬데 저하께서는 처소로 드시지요."

정 위솔의 말과 이완의 만류에도 세자는 고집스럽게 예조판서를 따랐다. 위솔과 이완도 천천히 세자를 따랐다.

눈이 정강이까지 쌓여 걷기 힘들었다. 인적이 드문 서문 쪽으로 긴 행렬이 꼬리를 이어 지나가는 것이 보인다. 추운 겨울에도 박박 밀어 버린 정수리와 가늘게 달랑이는 머리 꽁지를 보며 이완은 저들이 청의 사신 행렬임을 알아차렸다.

"황제의 답서를 가지고 왔던 사신들이 돌아가는 모양입니다."

정 위솔이 조심스럽게 세자에게 고했다. 세자와 노신은 대답하는 대신 몸을 가늘게 떨며 행렬을 응시했다.

사신 행렬이 타고 있는 말은 털이 반지르르하고 살집과 근육이 두툼했다. 지금 성안에는 저렇게 튼튼한 말이 없었다. 마초가 없어 말들이 굶어 죽었고, 죽은 말을 먹던 군인과 대신들은 백성들의 소, 돼지, 닭을 더는 징발할 수 없게 되자 살아 있는 군마를 잡아먹기 시작했다. 어차피 남아 있는 것들도 비루먹고 말라 제대로 달리지도 못했다. 말조차 이러하니, 우리는 이길 수 없으리라. 성첩의 초병은 손발이 뭉그러지고 암문 앞의 수직 병졸들은 굶주려 픽픽 쓰러지고 있으니, 우리는 이길 수 없으리라. 힘의 차이가 애초부터 이렇게 극명했으니, 우리는 처음부터 이길 수 없었으리라. 그들은 서문 쪽으로 가는 긴 행렬의 뒷모습을 한참 동안 바라보며 말을 삼켰다.

이완은 세자를 향해 조용히 물었다.

"저하, 이판 대감의 답서는 언제쯤 적진으로 가게 됩니까?"

"닥치게! 자네가 무얼 안다고 주둥이를 나불대나! 그 비굴한 답서를 보낸다면 조선은 끝이야! 보낼 수 없네!"

대답을 가로챈 노 대신의 마른 몸이 부들부들 떨렸다. 세자는 노신을 나무라지 않았고, 이완은 비소를 감추지 않았다.

"소문에 그들은 투항하면 살리지만 저항하면 도륙한다 합니다. 대감께서는 죽는 것이 두렵지 않으십니까?"

"두렵지 않네. 명분을 위해 목숨을 던질 줄 아는 자를 진정한 선비라 하지. 더러운 이름을 남기고 사느니 깨끗한 이름을 위하여 죽는 것이 나아."

눈물에 젖은 노신의 얼굴은 비장했으나, 이완의 웃음은 조금 더 날카로워졌다.

"깨끗한 이름은 윗분들을 위한 것, 조선의 절절한 충정과 사랑은 대국을 위한 것, 저희 백성들에게는 더러운 이름만 남게 되는데요? 성에 남은 백성들은 도륙을 당하거나 만주로 끌려가 발꿈치를 잘리고 굶어 죽고 맞아 죽고, 여자들은 오랑캐들에게 평생 강간을 당하며 살게 될 것입니다. 정묘년의 호란에 후금으로 끌려간 조선인들의 소식을 대감께선 모르시지 않으리이다."

"자네 말이 과하네!"

세자가 말을 가로막고 나섰다. 이완은 세자를 향해 덤덤히 물었다.

"정말 뭘 해야 할지 몰라서 여쭙는 겁니다. 만백성이 윗전들을 따라 대국을 향해 북향 사배 하고 한꺼번에 자결이라도 해야 합니까? 저처럼 죽기 싫은 사람들도 전부 다요?"

노인의 치솟은 눈썹이 한참 꿈틀거렸다. 세자는 노 판서의 격노가 터지기 전에 이완에게 물었다.

"자네는 죽는 게 그리 두려운가? 선비로서 부끄럽지 않은가?"

"저하. 소신은 이유도 모르고 개죽음을 당하는 것은 싫습니다. 말씀드렸다시피 소신은 이 딸아이하고 아내하고 오래오래 살고 싶습니다. 그것이 왜 부끄러워야 합니까?"

"명예로운 죽음과 개죽음이 무엇이 다른지도 모른다니 한심한지고!"

상헌의 불호령이 끼어들었다. 이완은 점점 화가 났다. 특히 짜증스러운 것은, 시대를 망친 자들이 끝까지 잘못한 것을 깨닫지 못하고 큰소리를 치다 반성 없이 죽고, 그것도 모자라 사후 명예까지 얻었다는 점이었다. 뾰족한 대거리가 튀어 나갔다.

"별로 알고 싶지 않습니다, 대감."

"네 이노오옴! 자네 같은 것들 때문에 조선이 이 지경이 된 게야!"

"첩첩산중에서 책만 읽던 제가 죽지 않아서 조선이 이 지경이 된 것이옵니까? 죽을죄를 지었습니다, 대감."

상헌은 기어이 노성을 터뜨리고는 거칠게 몸을 돌려 돌아갔다. 세자가 청한 객이 아니었다면 당장 끌어 내려 치도곤을 명했을지도 모를 지경이었다. 어찌나 노했는지 세자에게 예를 갖추는 것도 잊었으나, 세자는 존경하는 노유사를 책하지는 않았다.

세자는 한숨을 쉬며 이완에게 고개를 돌렸다. 이자에게서 알아내야 할 것이 많기는 하지만, 혀가 너무 맵다. 이 시대에 대한 경멸이 이자의 혀를 이리 날카롭게 벼려 놓은 걸까? 대국을 사대의 예로 섬기는 일에 대한 친구의 반감은 아직도 이해하기도 어려웠지만, 어찌됐건, 이 친구는 자신이 보호하지 않으면 조만간 누구에겐가 끌려가 맞아 죽을 것만 같았다.

이상하게, 세자는 이 친구가 자신의 곁에 머무를 동안 안전을 지켜 주어야 한다는 의무감이 들었다. 세자는 그것을 우정이라 생각했다. 정이 많고 도타운 성격의 세자는 사가에 있을 때 사귀었던 친구들을 아직도 그리워하곤 했다.

"자네 말 좀 수굿하게 하게. 딸 돌봐야 한다면서 목숨이 대여섯 개는 있는 것처럼 떠들 건가. 그나저나 아내는 어디 있는가? 오 초시의 집에서 못 봤는데."

"성 밖의 산에서 다른 아기와 함께 있습니다. 성의 봉쇄가 풀리기만 기다리고 있습니다."

이완은 딸을 내려다보며 길게 한숨을 쉬었다. 과연, 이 아이를 데리고 무사히 칠현산으로, 아니 안락재로 돌아갈 수 있을까. 나쁜 생각은 물에 젖은 화선지에 스미는 먹물처럼 한 방울만 떨어지면 주변으로 확 퍼지곤 했다. 견뎌 내는 매일의 시간은 아기에게도 고된 일이겠지만, 아비에겐 순간순간이 죽을 것 같은 고통이었다.

세자는 친구의 얼굴을 물끄러미 바라보았다. 성에 막 들어왔을 때만 해도 이 정도는 아니었는데, 지금 그의 얼굴은 해골 위에 젖은 창호지를 붙여 놓은 것처럼 비쩍 말랐고, 안색은 시체처럼 시커멨다. 이대로 두었다간 아기보다 아비가 먼저 죽을 것처럼 보였다.

"아이가 약하게 태어나 많이 힘들겠군. 원망스럽지 않은가?"

세자는 아기의 머리를 조심스럽게 매만졌다. 아기를 보는 시선은 일국의 세자의 것이라기엔 너무 부드럽고 연민에 차 있었다.

"약하게 태어난 것이 이 아이의 잘못이겠습니까. 아무것도 할 수 없는 제 잘못입니다."

"하긴. 약하게 태어난 것은 잘못이 아니지. 아무것도 할 수 없는 것 역시 잘못이 아니고. 선택한 것이 아니지 않은가."

세자는 자조하듯 말하며 오랑캐의 사신이 가는 서문 방향으로 천천히 걸음을 옮겼다. 이완은 눈물이 괴는 것을 숨기기 위해 고개를 숙이고 세자의 뒤를 따랐다. 서문 앞에 다다른 사신 일행이 조그맣게 보였다.

"문을 열어라!"

세자는 사신 행렬이 문 너머로 사라지는 모습을 망연히 바라보았다. 하얀 눈밭 위로, 점박이 무늬가 든 건강한 말들이 꼬리를 치며 멀어지는데, 원색의 깃발과 호복의 붉은 색깔이 지독하게 선명해 눈이 아팠다. 세자는 희미하게 중얼거렸다.

"하나, 비굴한 것은 잘못이다. 스스로 선택한 것 아닌가."

그는 하늘을 보며 중얼거렸다. 죽어 아름다운 이름을 얻을 것인가, 살아 더러운 이름을 남길 것인가. 어쩌겠는가. 힘이 없는 우리가 얻을 수 있는 것은 두 가지뿐인 것을. 세자는 비장했고, 주변은 숙연해졌으되, 이완은 한 방향밖에 보지 못하는 사람들과의 논쟁이 점점 피로해졌다.

"삶과 죽음 사이에 존재하는 것이 어찌 아름다운 이름과 더러운 이름 두 가지뿐이겠습니까. 제가 아는 삶은 훨씬 다채롭고 풍요한 것이었습니다."

세자의 눈이 가늘어지며 할 말이 있는 듯 입술이 달싹거렸다. 현재 세자는 대부분의 유사와 마찬가지로 상헌과 친명 척화파들을 심정적으로 지지했다. 그 방향만이 옳다 배워 왔기 때문이었다. 하지만 이완의 말에 새로 반박을 하지는 않았다. 사신 행렬이 꼬리를 감춘 서문 쪽에서 갑자기 소란이 벌어진 탓이었다.

"지금 적진에 있다가 간자로 스며드는 놈들이 한둘인 줄 아시오? 이름하고 어디 사는 누굴 찾아온 건지 제대로 대 보란 말이오! 예전에 받은 호패라도 있으면 내어 보든가!"

서문을 지키는 수문장과 초병들의 왁자한 고함이 울렸다. 거칠고 흥분한 목소리가 이리저리 오갔다.

"네 이놈! 급한 일이라 하지 않더냐! 당장 비키지 못할까! 이 난리 굿에 호패는 무슨 얼어 죽을! 마패가 있어도 잃어버릴 판에!"

백마에 높이 올라앉은 사내는 외려 초병에게 쩌렁쩌렁 호령이다.

사내는 진사립에 검은 도포를 입고 있었는데 키가 몹시 크고 풍채도 남달리 우람해 대장군처럼 위용이 당당했다. 초병들은 얼어붙은 몸을 비척비척 움직여 그를 막아 보려 했으나 사내는 그대로 포위를 뚫고 성안으로 들어왔다. 병사들이 칼과 활을 빼 들고 소리 지르며 뒤쫓자, 백마를 탄 장군 같은 사내는 갈팡질팡 말을 달리며 다시 쩡쩡 고함을 질렀다.

"네 이노오옴! 잡아 족치려면 오랑캐나 족치란 말이다! 백만 오랑캐를 물리치고 달려온 애국지사한테 인간적으로 이게 뭔 지랄이란 말이냐, 엉? 상은 됐으니 등짝에 칼질이나 하지 말란 말이야, 엉? 그냥 사람 좀 찾겠다고, 사람 좀! 이 난리 통에 누가 어느 집에 얹혀 있는지 내가 어떻게 알아!"

백마를 탄 장군께서 쉽게 잡히지 않는 바람에, 주변의 병사들까지 사방에서 달려들었고 소란은 점점 커졌다.

이완은 눈썹을 찌푸렸다. 거리가 멀어 떠드는 소리가 잘 들리지는 않았는데 자꾸 가슴이 답답했다. 정 위솔이 고개를 갸웃하며 말했다.

"저하, 무언가 이상합니다. 지금은 성안에서 밖으로 빠져나가지 못해 다들 전전긍긍하는데 저자는 무슨 이유로 들어오려고 할까요? 지금 사신들만 오갈 뿐, 적병의 포위로 성의 안팎이 끊어진 지가 오래 아닙니까. 북을 쳐서 병사들을 불러 모아 저자를 잡으라 할까요? 간자라면 바로 심문해야 하지 않겠습니까?"

"간자는 무슨. 이자처럼 일가붙이를 찾아 들어오려는 것 아니겠는가? 두어 보게. 내가 나서서 문제를 키우면 저자는 필히 고신을 당해야 할 텐데, 그래 봐야 십중팔구 딱한 백성일 터. 불쌍한 백성에게 억울한 눈물까지 더할 필요가 있겠나."

"자, 잠깐만요. 뭔가가 좀……."

이완은 넋이 빠진 얼굴로 중얼거렸다.

초병들이 정말 화살을 날리자 백마를 탄 사내는 욕설을 퍼부으며 세자와 이완이 있는 방향으로 말을 달리기 시작했다. 안장도 등자도 없는 말을 고삐와 발재간만으로 몰고 있는데 말을 다루는 기술이 기가 막혔다. 그 가붓하고 힘찬 움직임을 본 후에야 이완은 입을 틀어막았다.

"……아, 맙소사."

속이 울렁거리고 토할 것만 같다. 이완은 세자에게 급히 고개를 숙였다.

"저하, 소, 송구하지만 좀, 말려 주십시오. 아는 자 같습니다."

말리고 자시고 할 일도 없었다. 초병들은 먼발치에 세자가 서 있는 것을 보고 기겁하며 활 쏘는 것을 멈추고 세자를 보호하기 위해 미친 듯이 달려오기 시작했다. 빛의 속도로 달려오던 백마 위의 사나이는 세자 일행, 특히 이완을 발견하자마자 얼어붙은 것처럼 말을 세웠다.

히히힝, 히힝, 푸르르.

잠시간의 침묵이 흘렀다. 세자와 정 위솔은 어리둥절했고, 이완은 아기를 안은 채 뻣뻣하게 굳었다. 말 위의 사내는 뒤에 따라오는 초병들은 아랑곳하지 않고 말 위에서 풀썩 뛰어내렸다. 등자도 하마석도 없었지만 깃털처럼 가볍고 날랜 움직임이었다.

말에서 내린 사내가 눈을 헤치며 이완 앞으로 걸어온다. 세자는 알아보지 못한 듯, 그쪽으로는 인사도 본 척도 하지 않는다.

"이런 운명적인 만남이 있나! 정월부터 이렇게 잘생긴 사람을 만나다니 올해 운수 대통일세!"

이완은 이를 부드득 갈며 그의 멱살을 틀어잡았다.

"여기가 어디라고 함부로 와? 거기서 기다리라고 했잖아!"

"뭐야! 만나자마자 아삼아삼 감격의 상봉은 어디 가고 잔소리야?"

"지금 아삼아삼 소리가 나옵니까? 전쟁 통에 여자 혼자 겁도 없어? 이호는!"

"기껏 와 줘도 난리야! 남자로 변장하고 왔잖아! 애도 잘 있고! 그럼 됐지 뭘 그래!"

"……."

"똥뙤놈들이 집으로 쳐들어왔단 말이야! 내가 일곱 놈이나 엿을 먹이고 말까지 뺏어 타고 당신 데리러 온 거라고! 아오 씨, 남자 옷 좀 구하느라고 말 안장을 팔아먹었더니 엉덩이 아파 죽겠는데 이 인간은 만나자마자 잔소리 폭포네. 아, 인간적으로 멱살 좀 놔! 아마추어같이 반응이 왜 이래!"

"청병이랑 싸웠어? 정신 나갔어?"

"응. 내가 그날 멘탈이 좀 나갔지. 그보다 우리 오랜만에 만났는데 소리 좀 고만 지르고 감격의 상봉 비슷한 것 좀 해 보면 안 될까, 엉? 이야, 이 잡초처럼 돋아난 수염 좀 봐라. 며칠 안 본 사이에 당신도 굉장히 터프해졌네?"

대장군 같은 사내는 허리에 손을 짚고 호탕하게 웃었다. 그리고 이완이 안고 있던 아기를 말없이 내려다본다. 입은 여전히 웃고 있는데 가늘고 새까만 눈에는 눈물이 흠뻑 맺힌다. 기다리기라도 한 듯, 퉁퉁하게 감싸인 품에서 이애애애, 아기 우는 소리가 흘러나온다.

멱살을 잡은 이완의 눈에서 드디어 눈물이 왈칵 쏟아졌다. 흐, 씨, 흐이, 제기랄, 제기랄! 멀찍이 초병들이 욕을 퍼부으며 달려오는데, 민호는 이완과 그의 팔에 안긴 아기를 한꺼번에 끌어안았다. 이완은 여자의 멱살을 붙잡은 채 소리 내어 울었고, 여자는 우는 대신 욕을 했다.

"씨발. 당신, 진짜 아빠가 다 됐네."

세자는 백마를 타고 나타난 키 큰 사내가 남자가 아닌 이완의 아내인 것을 알아차리고 입을 다물지 못했다.

"여장부로다. 저 갓난아기를 품고, 적군에게 말까지 뺏어서 빡빡한 적진의 포위를 뚫고 들어오다니, 상산의 조자룡에 비견할 만하구나."

세자는 감탄 어린 목소리로 중얼거렸다.

홍타이지는 이리저리 말을 돌려댄 답서를 읽다가 길게 하품을 했다. 곁에 시립한 범문정이 물었다.

「지루하십니까?」

「그럴 리가. 다만 저들의 생각을 읽기 어려우니 짜증스럽다.」

「조서를 내리시겠습니까?」

명의 문관 출신으로 청에 귀화한 책사 범문정은 이미 죽음의 빛이 완연한 명에 집착하는 조선을 이해하기 어려웠다. 자신이 버린 모국에 대해 필사적으로 충의를 지키려는 나라는 애잔함과 강렬한 적의를 동시에 불러일으켰다.

「어떤 말을 써야 하는지 알고 있으면서도 쓰지 않았으니, 답서보다는 말을 할 수 있게 도와주는 게 좋겠지.」

「가벼운 경고가 나으리까? 홍이포가 적절히 자리 잡힌 듯합니다.」

홍타이지의 입꼬리가 빙긋 올라갔다. 그는 명철한 귀화인의 헤아림이 항상 마음에 들었다.

「옳다. 성중으로 포를 쏘아 올려라. 아직 행궁은 피하여 조준함이 좋겠다.」

불티를 품은 쇳덩어리가 성벽을 넘어 파란 하늘을 날았다. 네덜란드에서 전해진 홍이포는 사정거리가 길고 강력하며 명중률이 높기로 이름나 있었다. 거위알만큼 큰 포탄이 멀찍이 성안으로 떨어지자, 궁, 궁, 궁, 북소리와 비슷한 소리가 아련하게 울렸다. 홍타이지는 여운이 긴 진동을 눈을 감고 음미했다.

죽은 것처럼 조용하던 산성 안에서 갑자기 벼락같은 소리가 연이어 울렸다. 콰르르, 콰작, 쾅, 쾅! 굳건하던 성벽의 귀퉁이가 허물어지고, 무지막지한 포탄이 성안의 이곳저곳에 떨어졌다.

"꺄아아아!"

"아니 이게 무슨 일이여!"

"마님! 나오지 마세요! 대감마님!"

오 초시의 집 마당에도 폭탄이 떨어졌다. 사랑채와 행랑채에 궁싯거리고 엉덩이를 붙였던 자들이 비명을 지르며 한꺼번에 뛰쳐나왔다가 마당의 참상을 보고 다시 안으로 뛰어 들어갔다. 안이 안전한지 밖이 안전한지 아무도 몰랐다. 아아악, 아악, 으아악, 파편에 맞은 하인 한 명이 마당에서 피를 흘리며 뒹굴었다.

쌕쌕, 힘겹게 숨을 쉬며 자고 있던 일호가 벼락을 맞은 듯 소스라치더니 온몸을 떨며 울기 시작했다. 아아악, 아악, 아악, 으아악, 딸의 가느다란 울음소리는 비명 같았다. 제기랄, 제기랄! 왜 하필 지금, 왜 하필 여기야! 이완은 민호와 두 아이를 한꺼번에 안고 이불을 뒤집어썼다.

"일호야, 일호야, 울지 마. 쉬이, 괜찮아. 아무 일 없어. 일호야! 괜찮아, 괜찮다니까!"

화란산 대포의 위력은 무지막지했다. 이완은 홍이포의 긴 사정거리를 저주했다. 사람들은 이렇게 사정거리가 긴 대포가 있으리라 상상도 못 한 터라, 처음에는 대포인지도 모르고 어디서 날벼락이 떨어졌다고 생각했다. 사랑채의 기왓장이 날아가고 행랑채의 흙벽이 무너졌다.

"이완 씨, 이완 씨? 이거 성 밖에서 대포 쏘는 거야?"

"쉬이이, 예, 괜찮아요. 첫날은 금방 끝날 거예요. 괜찮아."

콰르르, 쾅, 콰작! 쿵, 쿵.

폭탄이 터지는 소리가 멀리 혹은 가까이서 간단없이 울렸다. 이완은 습관처럼 딸을 꽉 끌어안았다. 깜깜한 솜이불 속에서 거칠게 내쉬는 숨소리가 뭉쳐졌다 흩어지기를 반복했다. 할딱이는 숨소리들이 중간중간 끼어들고, 이애애애, 으아아아아, 딸의 목소리와 다른,

좀 더 크고 억센 아들의 울음소리가 터져 나왔다. 딸의 울음소리가 들리지 않는다. 새로운 폭탄이 멀리서 우르르 딱, 하는 요란한 소리를 낸다.

"제기랄, 일호야. 괜찮아. 금방 끝난다니까."

이완은 말도 못 알아듣는 딸에게 속삭였다. 품속에서 할딱할딱 밭은 숨이 흘러나오기 시작했다. 꿈틀거리며 다급하게 들썩이는 작은 어깨가 느껴진다.

"괜찮아, 괜찮아. 아무 일 없어. 일호야, 아무 일도 없어. 응."

포격은 오래가지 않았다. 성의 초토화가 아닌 협박이 목적이었을 테고, 이 정도면 목적은 충분히 달성했을 것이다. 하지만 공포에 잠식된 작은 아이들은 대포 소리가 멎고도 한참을 더 울었다. 어느덧 튼실해진 이호는 울음 끝이 길지만 괜찮았다. 하지만 딸인 일호는 그렇지 않았다. 온몸을 발발 떨면서 울던 딸의 입술이 점점 검푸르게 변하기 시작했다. 이완은 필사적으로 아이의 등을 쓰다듬었다.

"제발 이러지 마. 무서운 거 아니야, 제발, 제발!"

할 수 있는 것이 어쩌면 이렇게 아무것도 없을 수가. 마음은 이렇게 간절한데 이렇게 무기력할 수가. 아이가 잠시 헐떡임을 멈췄다. 호흡이 다시 막혀 버린 건가? 이완도 숨이 멎어 버리는 것 같았다.

"살아만 다오, 제발. 내가 잘못했어. 내가 다, 전부 다 잘못했어. 아빠 이제 어떻게 되든 괜찮아. 살아만 줘. 제발 살아 줘!"

"이완 씨. 진정해. 포격 끝났어."

민호는 경련하듯 떨고 있는 이완에게 아이를 받아 안고 조용히 호흡을 확인했다. 깜깜한 어둠 속에서는 이제 숨소리밖에 들리지 않는다.

하아.

들릴락 말락, 작은 날숨이 흘러나왔고, 입술이 가볍게 오물거렸다. 아기의 동그랗게 말린 손이 이완의 젖은 뺨에 와 닿았다.

"이완 씨, 일호가…… 이렇게 숨 못 쉴 때가 자주 있어?"

이완은 머뭇거리다가 고개를 끄덕였다. 민호 씨가 돌보았던 이호는 저렇게 건강하고 덩치도 커졌는데 내가 데리고 있던 이 아이는. 우리 일호는. 이완은 잠긴 목소리로 중얼거렸다.

"일호…… 계속 아팠어요. 자꾸 숨을 못 쉬고, 열도 계속 나고. 내가 잘 못 먹어서. 내가, 잘, 못 돌봤어. 어떻게 해야 할지 정말 아무것도 모르겠어. 내, 내가 할 수 있는 게 아무것도 없었어요. 미안해. 민호 씨, 미안해."

가운데 낀 아기가 버거운지 킹, 킹 소리를 낸다. 여자의 목소리가 퉁명스러워졌다.

"시끄러워. 그따위 말 한 번만 더 해 봐! 이완 씨가 와서 지금까지 우리 일호가 살아 있는 거야! 오늘내일 시름시름하는 미숙아를, 먹을 거 하나 없는 성에서 남자 혼자 먹여 살렸다는 게 뭔 뜻인지 모를 줄 알아? 한 번만 더 그따위 모지리 소리 해 봐, 엉?"

여자의 손이 뺨에 와 닿는다. 뺨에 얽힌 짠물을 걷어 내는 여자의 손은 여전히 따뜻했다.

이완은, 쓸데없이 눈물이 흔해졌다는 생각이 들었다. 지금 행궁의 지밀에서 쓸데없이 눈물을 흘리고 있을 왕과 세자처럼. 혹은 이 집의 사랑에서 곡기를 끊고 벽을 보며 매일 눈이 짓무르도록 통곡하고 있는 깐깐하고 꼿꼿한 예조판서처럼.

혹은, 더러운 매국노로 몰려 겉으로 눈물조차 보이지 못한 채 속으로 갈무리하고 다스리는 이조판서처럼.

포탄이 떨어진 몇몇 민가는 본디의 형체를 알아볼 수 없을 만큼 산산조각 났고, 이유도 모른 채 날벼락을 맞고 죽은 사람도 나왔다. 오 초시 집의 행랑아범이었다. 성안, 특히 행궁에선 시퍼런 공포가 터질 듯이 부풀었다.

왕과 대신들은 세 번째 답서를 보냈다. 그들은 어떤 글자가 빠져서 홍타이지의 심기가 상했는지 알고 있었다. 김상헌이 곡기를 끊고 매일 벽을 보며 통곡하느라 입시하지 못하는 틈을 타서, 그들은 '陛下(폐하)'와 '臣(신)'이라는 두 글자를 집어넣었다. 우의정 이홍주, 이조판서 최명길, 병조판서 이성구, 조선 팔도를 호령하던 당상들은 이제 적진에 가서 머리를 조아리고 단 한 가지 조건만 부탁했다.

왕이 성을 나가 직접 항복하는 것만은 면하게 해 달라는 것이었다.

홍타이지는 성벽을 향해 포구를 돌리고 있는 홍이포의 긴 포신을 쓰다듬었다. 손바닥에 닿는 무쇠의 감촉은 차갑고 냉랭했지만, 황제는 손바닥 안이 후끈 달아오르는 것 같았다. 그는 조선이 끝까지 양보할 수 없었던 조건에 대해 들었다. 말을 전하는 용장은 피로한 얼굴이었고, 책사 범문정은 웃음이 애매했다. 그는 책사에게 고개를 비스듬히 기울이고 물었다.

「신기한 일이야. 아직도 조건을 걸 배짱이 남아 있는 건가? 내가 내려오라 해 놓고 해코지를 할까 봐? 뭐, 지켜 줄 병사도 없는데 출성했다가 모가지가 덜렁 떨어질까 겁내는 건 이해하지만, 그래도 안에 있으면 확실히 죽을 텐데? 밖으로 나와야 그나마 살 가능성이 생기니, 고분고분 성을 나와야 옳지 않나? 관용도 납작 엎드린 자에게나 허락하는 게지 끝까지 신경을 긁는 것들이 뭐가 예뻐서 살려 두겠어?」

「폐하, 지금 조선 왕은 죽음보다 출성이 두려울 겁니다. 현 조선 왕은 반정으로 위에 오른 자입니다.」

「그게 무슨 상관인가?」

홍타이지는 눈썹을 찌푸렸다. 그는 이 작은 나라 사람들의 머릿속은 이해하기 어려운 일로 꽉 차 있다고 생각하곤 했다.

「선왕을 축출한 명분 중 하나가 저희 후금에 있었기 때문입니다. 현 조선 왕은 선왕이었던 광해에 대해 '명나라를 버리고 오랑캐와 화친하여 대의를 배신한 금수와 같은 자다.' 하고 비난하며 왕위를 찬탈했습니다. 명에 대한 의리와 명분을 목숨보다 중하게 여기는 신하들이 현왕을 추대했지요. 그러니 조선 왕이 성을 나와 폐하께 항복할 경우, 그가 왕위에 있을 명분을 잃어버리는 꼴이 됩니다.」

「그들에게 명분이란 무엇이냐?」

「나라에 힘이 없음은 곧 부끄러움이니, 수치를 가려 줄 한 겹 옷입니다.」

「한 장 옷이 생명보다 귀할까.」

「수치를 당함보다 목숨을 버리는 게 아름답다고 삼백 년쯤 배우다 보면 무슨 재주로 다르게 생각을 할 수 있겠습니까.」

「무엇이 그리 수치스럽지?」

「섬기던 대국에 등을 돌리고 새로운 나라를 섬기는 것이 그들에게는 가장 큰 수치입니다. 우스운 일이죠. 이쪽이든 저쪽이든 섬돌 밑에서 부복할 처지임은 변함이 없는데 말입니다.」

황제는 기분 좋게 웃었다. 명에서 유학을 제대로 공부했던 귀화인의 가차 없는 경멸이 통쾌했다.

「그것을 이해할 만한 머리가 있었으면 전쟁 따위는 진작에 피할 수 있었겠지. 적당히만 숙여 주었으면 조선에까지 출정해서 힘을 뺄 생각까진 없었는데.」

홍타이지는 국서에서 어지러이 춤추는 글자들을 보며 의미심장하게 웃었다.

「같은 자가 계속 답서를 쓰는 모양이야. 이자는 그렇다면 수치를 모르는 자일까?」

「삶의 아름다움을 아는 자일 것입니다.」

「글자가 멋지군.」

홍타이지는 고개를 끄덕이며 덧붙였다.

「조선 왕에게 답서를 보내라. 우리 측 마지막 조건을 제시하지.」

첫째, 성 밖으로 나오너라. 네가 짐에게 성심으로 복종함을 보고자 한다. 그리하면 네게 은혜를 베풀어 다시 나라를 다스리게 한 다음 군사를 돌이켜 나의 어짊과 신실함을 천하에 보일 것이다.

두 번째, 끝까지 싸우자 주장한 신하들을 결박해 보내라. 그러면 짐은 그들의 목을 베어 매달아 뒷사람을 경계할 것이다. 그들이야말로 나의 대륙 진출을 그르치고, 너희 백성들을 도탄에 빠뜨린 자들이니라.

이에 대한 조선 측의 네 번째 답변은 더욱 길어지고 겸손해졌으나, 홍타이지가 건 두 개의 조건에 대한 대답은 예상외였다.

폐하, 저희 동방의 풍속은 예절이 너무 꼼꼼하여 왕의 행동이 정해진 규범에 어긋난다고 여겨지면 나라를 제대로 다스리지 못하게 됩니다. 고려조 이래로 왕이 성을 나가는 일은 없는 일이라, 도리에 맞지 않는다 여기니 ……계속 출성을 독촉하시면 청군이 입성하는 날 산성 안에는 시체 더미만 남아 있게 될 것입니다…….

화친을 배척한 자들은 지난가을에 이미 다 쫓아내어 남은 자가 없고, 현재 그들이 어디 있는지도 알 길이 없나이다. 모르고 한 일이오니 그저 군신의 대의로 감화시킨다는 너그러운 마음으로 용서하여 주소서.

「와중에 나를 협박할 정신머리가 있구나!」
홍타이지는 들고 있던 말채찍을 집어 던졌다. 타고난 무장인 황제는 지글지글 타오르는 분노를 이기지 못하고, 탁자를 주먹으로 연이어 내리쳤다. 시립한 책사와 비장들이 황송하여 고개를 숙였다.
「정녕 끈질기다. 그들은 제 목숨이 소중하지 않은가? 아니, 수백 수천만 제 백성의 목숨조차 가련히 여기지 않는 건가?」
「황송합니다. 폐하.」
「좋아, 좋아. 아직도 조건을 걸 깜냥이 남아 있다니, 그 역시 나쁘지 않다. 차제에 내 손으로 그 오만하고 돌처럼 굳은 대가리들을 바닥에 처박아 주어야 길게 평화로우리.」

그는 성 안팎을 오가는 온갖 글자와 허탄한 말에 짜증스러움과 심한 피로감을 느꼈다. 그는 왼편에 굳건하게 서 있는 위용이 당당한 장군에게 고개를 돌렸다.

「타타라 잉굴다이(龍骨大)! 강도의 동정은 어떠한가?」

「예! 한강 하구의 얼음이 녹았고, 나루를 건널 배와 뗏목도 착실하게 건조되고 있다 합니다.」

「좋다. 저들의 태도가 여전히 이따위면, 더 이상의 답서는 없다. 통진의 예친왕(도르곤)에게 명을 전하라.」

「예! 폐하!」

「섬을 점령하라.」

「명을 받들겠습니다!」

용골대는 허리를 숙여 복명했다.

이완은 텅 빈 행랑에서 두 아이와 민호를 바짝 당겨 끌어안았다. 낡은 솜이불 속으로 하얗게 입김이 흩어졌다. 장작이 거의 떨어져서 행랑채는 냉골이었고 곡물값이 천정으로 치솟아 초시 댁의 하인들과 객으로 얹힌 홍문관 하급 관료들은 멀건 죽 두어 그릇으로 하루를 버텨야 했다. 그나마 세자가 챙겨서 몰래 보내 주는 식량이 아니라면 이완과 아이들은 진작 굶어 죽었을 것이다.

그때 은행나무 아래서 맺었던 인연이 아니었으면 우리가 이렇게 살 수 있었을까.

세자는 잠시의 인연만으로도 이완을 친구로, 소중한 사람으로 여기고 자별하게 대우했다. 이완은 세자의 아비와 세자가 존경하는 세력이 만들어 낸 이 시대를 경멸했지만, 세자 당사자에게는 연민과 큰 고마움을 느꼈다.

고마운 사람이 또 어찌 세자뿐이겠는가. 민호를 몇 달 동안 살뜰히 보살피고 성에서 떠나기 직전까지 일호를 살리기 위해 안간힘을 쓴 구월이, 작고 연약해 보이지만 민호 씨만큼 강하고 단단했던 그 아가씨도 있었고, 트래킹을 실수했던 송석조차 새삼 고마웠다.

"민호 씨."

이완은 빛 한 점 들지 않는 어둠 속에서 여자의 머리카락을 부드럽게 쓸어내렸다. 손가락은 뺨을 타고 다시 내려가 여자의 입술로 향했다. 살아서 다시 이 감촉을 느낄 수 있다니. 현실감이 없었다.

"왜."

"꿈 같아요."

"나도. 정말 못 만날지도 모른다고 생각했어."

이완은 손을 여자의 가슴께로 끌어 내리다가 손을 물렸다. 이호, 어느덧 볼살이 토실하게 붙은 아들놈이 젖을 물고 있었다.

"이호는 살이 정말 많이 올랐어요. 다행이야."

"일호도 금방 살찔 거야. 일호, 이호, 빨리 씩씩해져서 엄마처럼 얼른 사랑과 정의를 위해 출격! 해야지."

숨도 제대로 못 쉬고 점점 말라 가는 이 아이가 민호 씨처럼 펄펄 날며 출격이라. 어째 영 현실감이 없다.

이완은 자신의 가슴에만 바짝 매달려 있는 딸의 작은 머리를 쓰다듬었다. 딸은 자신의 목소리에만 반응했고, 젖을 먹을 때 말고는 이완의 몸에 붙어서 떨어지지 않았다.

일호와 이호는 태어날 때부터 몸무게에서 약간 차이가 있었다. 처음엔 두 손으로 들어 보았을 때 약간 느낄 정도였으니 그리 큰 차이는 아니었다. 하지만 이제 차이는 너무 확연해졌다. 이호는 이제 안아 올렸을 때 묵직한 느낌이 든다. 볼살도 포동포동 올랐고, 숨 쉬는 것도 고르고 편안했다. 한고비 넘긴 듯한 안정된 모습이었다.

하지만 일호는 그렇지 않았다. 안으면, 여전히 깃털처럼 가볍고 애처로웠다.

그 약간의 차이가 이렇게 되었구나.

엄마 옆에서 편히 배불리 먹으며 지냈으면 너도 괜찮았을까.

이완은 민호의 입술에 입을 맞추고, 두 아이의 이마에도 입을 맞추었다. 추웠다. 잘 자. 오늘 밤도 무사히. 내일 아침도 무사히. 언젠가는 집에 돌아갈 수 있겠지. 그때까지 제발 무사히. 이완은 매일 밤 습관적으로 기원하던 말을 간절하게 되풀이했다.

사랑채에서 다시 흐느끼는 소리가 들렸다. 곡기를 끊은 상헌은 죽음을 간절히 바라고 있었고, 그의 죽고자 하는 의지를 감히 막을 자는 없었다. 이완은 그의 죽고자 하는 의지의 몇 곱으로, 자신의 품 안에 있는 자들과 함께 살기를 바랐다.

"일호야, 이호야. 얼른 건강해져서 일호 출격, 이호 출격! 그러면서 같이 뛰어놀아야지."

우리 집은, 여기보다 훨씬 따뜻해 일호야. 뒷마당에는 그네도 있고, 작은 물레방아도 있고 연못도 있어. 너희가 조금만 더 크면, 내가 뒷마당에 풀장도 설치해 줄게. 농구 골대, 축구 골대, 아니 일호

네 방에는 세상에서 제일 예쁜 공주 침대를 만들어 주고, 예쁜 인형들하고 인형 옷, 인형 구두도 많이 사 줄게.

그러니 이제 겁내지 말고 돌아가자. 응?

그곳으로 가면, 이제 눈을 가린 수건을 풀 수 있어. 빨리 가서 치료하면 눈도, 숨 쉬는 것도 다 괜찮아져.

너무 늦기 전에 가자. 수술도 못 하면 아빠 엄마 얼굴도 못 볼 거 아니니.

아빠가 엄마하고 너희들하고 살려고, 집도 아주 크게 지어 놨어.

우리 집은 환하고 따뜻해. 재미있는 것도, 맛있는 것도 아주 많아.

자, 그러니까 이제 집으로 가자.

박일호, 박이호! 용감하게 집으로 출격!

이완은 눈을 감았다. 깜깜한 어둠 속에서, 그는 품속의 아이들이 나비처럼 팔랑팔랑 날아다니며 깔깔대는 소리를 들었다.

10
어떤 여행

"아빠, 아빠! 아빠!"

아으으. 이완은 떨어지지도 않는 눈꺼풀을 비비며 이불을 들춰 보았다. 정강이에 노랗고 복슬복슬한 뭔가가 매달려 있다. 불길하다. 적군의 공격이 시작된 것 같다. 아니나 다를까. 털이 복슬복슬한 슈나우저 모자, 곰돌이 털목도리, 아래위가 통짜로 이어진 노란 강아지 털옷, 고 속에 밤톨처럼 숨어 있는 뽀얀 얼굴과 새까만 눈동자가 보인다. 눈이 마주치자마자 눈동자가 반짝, 하더니 쌔그르르 웃음을 머금는다.

……아, 이, 이 잔망한 종달새 공주님.

딸은 누구를 닮았는지—뻔하지만— 내추럴 본 종달새 종족이다. 알람 시계에서 키우는 수탉이 끼오오 울면 발랑 일어난다. 꼭두새벽부터 출격한 용사를 막기 위해 이불 옆을 더듬어 보았지만, 연합 전선을 형성해야 할 아군은 벌써 어디로 튀었는지 알 수 없다.

"일호야, 일호야? 아빠 바지 벗겨진다. 잡아당기지 마, 나 어제 늦게 들어왔어. 피곤해, 다 큰 아가씨가! 일호야!"

"아빤 늦잠 대장이야! 나무늘보, 코알라, 굼벵이, 대왕거북이! 맨날 아침만 되면 졸리대!"

볼멘소리가 불쑥 튀어나오더니 이내 작전을 바꾸어 홍알홍알 콧소리다.

"아빠, 흐응, 일어나, 일어나요, 첫눈 왔어요, 눈이 펑펑 많이 와서 무릎까지 쌓였어, 응. 엄마랑 이호가 나한테 눈싸움 결투 신청했단 말이에요. 엄마랑 이호가 벌써 편먹었어! 아빠 얼른 일어나서 나랑 편먹고 출격해요, 박일호! 박이완! 출격!"

"누가 네 편이야? 너 '내 사랑 토마스 오빠' 있잖아. 토마스랑 편먹어."

딸은 장래 희망이 '애니멀 커뮤니케이터'로—정확히 말하자면, 평소에는 애니멀 커뮤니케이터로 일하다가 지구가 위기에 빠지면 샤랄라 변신하고 나타나 사람들을 구해 주는 '변신 여전사'로— 토마스 폰 에디슨 경을 영혼의 동반자처럼 사랑했다. 얼마 전에는 눈치 없는 고릴라 삼촌이 "엄마가 제일 좋아, 아빠가 제일 좋아?" 따위의 같잖은 질문을 던졌을 때, 딸은 속 보이는 편 가르기에 휘말리는 대신 "토마스 경이 제일 좋아!" 하며 토마스 폰 에디슨에게 손으로 하트를 날려 보내기도 했다.

딸이 무슨 대답을 할까 방문 뒤에서 조마조마 귀 기울이고 있던 이완은 삐쳤다. 진심으로 삐쳤다. 질투에 불타오른 사나이는 한동안 불쌍한 고릴라와 고자 양자에게 자잘자잘 지질지질한 복수를 해 댔다.

"토마스는 눈싸움 못 해! 눈을 못 뭉친단 말이에요!"

"사랑의 힘으로 하라고 해! 일호야, 사랑의 힘은 위대한 거야. 불가능한 게 없어."

조그만 코가 실룩실룩한다. 어휴, 아빠 진짜 못 말려! 질투 대마왕이라니까! 뒤통수에 단단히 묶인 긴 머리채가 고개를 흔들 때마다 팔락팔락 꼬리를 쳤다. 눈치 빠른 딸은 아빠의 삐침을 알고, 조금 한심해했다. 후응, 한숨 소리가 들렸다.

"솔직히 말하면 아빠가 제일 좋아요. 하지만 삼촌한테 그렇게 대놓고 말하면 창피하잖아. 내가 그 집 애들처럼 아빠가 물어보면 아빠, 엄마가 물어보면 엄마, 그렇게 간신배처럼 대답해야겠어요? 어린애도 아니고. 사람 유치하게."

11월생으로, 올해 7세 반에 간신히 입성한 유치원생이 턱을 도도하게 들어 올리고 말했다. 이완은 이불 속에서 머리를 짚고 킬킬 웃었다.

"아빠, 이제 그만 일어나요. 엄마랑 이호는 벌써 출격해서 기지 다만들었어. 나도 얼른 출격! 이러고 공격하러 나가야 해요. 아빠. 얼른 일어나면 내가 상으로 뽀뽀해 줄게요. 응? 흐응!"

갑자기 목덜미가 간지러웠다. 아가씨가 목을 끌어안더니 볼에 입술을 댄다. 쪽, 소리가 가볍게 났다.

이완은 뇌가 버터처럼 녹아 버리는 것 같아 흐느적흐느적 일어나 딸을 끌어안았다. 파블로프의 올빼미는 딸의 당근과 채찍에 면역 따윈 1g도 없었다.

"아이참, 따갑잖아! 아빠 턱 속에선 아기 고슴도치가 사는 거예요? 아빠, 얼른 눈싸움 한판 하고요, 눈사람도 만들고요, 얼굴에 구름 크림 바르고 면도해요! 내가 오늘도 구름 크림 부우우 짜서 아빠한테 산타 수염 만들어 줄게요!"

"너 추운데 막 그냥 나가면 감기 걸리고 기침하잖아."

"나 기침 안 해! 눈썰매장에 가도 스키장에 가도 감기 안 걸려요. 예방주사도 다 맞았고, 목도리도 했고, 모자도 썼고, 장갑도 꼈고, 아빠도 있고, 끝!"

온통 동물 모양 털옷으로 휘감은 딸이 작은 손을 내밀어 아빠의 손을 꼭 쥔다. 이완은 더는 버틸 재간이 없었다. 그는 이 작은 손이 가볍게 잡아당기기만 해도 크레인에 붙잡힌 것처럼 질질 끌려가곤 했다. 이완은 세수도 못 하고, 옷도 갈아입지 못한 채, 더벅머리 파자마 차림으로 사랑채의 마당으로 내려섰다. 아빠, 장갑! 하면서 전투 동지가 내민 것은 부엌에서 쓰는 빨간 고무장갑이었다.

"박일호! 변신! 출격!"

노란 강아지 털옷을 입은 딸아이가 손을 놓고 댓돌 위에서 빙그르르 돌더니, 전투 준비가 한창인 마당 가운데로 달린다. 발랑발랑 뛸 때마다 아빠의 심장은 벌렁벌렁 뛴다. 뒤로 야무지게 묶인 머리카락이 나풀나풀한다. 깡충깡충 튀어 오를 때마다 눈에 작은 발자국이 옴폭옴폭 파인다. 눈에 난 발자국마저 귀엽고 사랑스러워 눈을 뗄 수가 없다.

딸은 눈 위에 벌렁 눕더니 팔다리를 버둥거려 재미있는 모양을 만들어 낸다. 사슴 같은 여자의 깔깔대는 소리가 들린다. 엄마와 아들은 벌써 눈밭에서 뒹굴었는지 옷이 온통 허연 눈투성이였고 그들이 누워서 버둥댄 자국이 마당 이곳저곳에 남아 있다. 아빠, 아빠! 아빠! 이제 공격한다! 아들이 커다랗게 소리 지르며 손을 마구 흔들었다. 아들은 몸집이 커서 누나보다 키가 벌써 한 뼘은 더 자랐다.

"야, 야, 이호야! 너 누나한테 벌써 던지면 반칙이야! 박이호!"

이완은 슬리퍼만 신은 채 허둥지둥 뛰어가 딸의 앞을 가로막았다. 펑, 어깨에 성글게 뭉친 눈덩이가 와서 부서진다. 머리를 거의 까까중이로 밀어 버린 아들놈이 동그란 강시 모자를 쓰고 팔을 풍차처럼 돌리며 눈을 던진다. 팡, 펑펑! 어린 딸의 기사로서의 미션은 대부분 이렇게 몸으로 때우는 일이었다. 이호 너 기다려! 아빠 왔으니까 금방 복수해 줄 거야! 등 뒤에서 쨍쨍 튀는 목소리가 싱싱했다.

"이완 씨, 아직 졸려? 잠 깨워 줄게!"

민호 씨는 전투 중에 이완을 편들거나 봐주는 법이 없다. 펑, 펑펑! 몸을 돌려 아이를 감싸 안았더니 이번엔 눈덩이가 등짝에 와서 부딪친다. 등짝이 오그라들게 아픈 걸 보니 가진 건 운빨과 파워밖에 없는 내 마누라가 틀림없구나. 아아, 한때 민호 씨를 등 뒤를 맡길 든든한 아군이라고 믿었던 때가 있었는데.

강아지 아가씨는 아빠가 앞에서 집중 공격을 받는 것을 보고 갑자기 열이 뻗쳤다. 빨간 얼굴에 콧김을 식식 뿜으면서 눈을 뭉쳐서 집어 던지기 시작했다. 애석하게도, 딸의 손은 너무 작아서 눈 폭탄도 송편 크기밖에 안 되었다. 콧수염의 기사가 대신 나서서 용감하게 짖기 시작한다. 왈왈왈, 네 이놈! 작작하라! 왕왕왕! 작고 연약한 레이디에게 이 무슨 경을 칠 일이더냐! 네 이놈! 왕왕왕! 차라리 나를 쳐라! 하지만 고자 기사가 아무리 비장해 봤자, 든든한 기사 노릇을 하기엔 키가 너무 작았다. 멀찍이 묶여 있는 도베르만 경들이 대장의 뒤를 따라 컹컹 짖어 대기 시작했다.

이완은 고무장갑으로 눈 뭉치를 빠르게 만들어 일호의 앞에 쌓았다. 송편 눈 폭탄보다는 아빠가 만든 오리알 눈 폭탄이 훨씬 위력적이었다. 슬슬 전세가 회복되기 시작했다. 딸은 팔을 크게 돌리며 폭탄을 던졌다. 애니메이션의 주인공들처럼 어디서 주워들었는지도 모를 공격 무기와 공격 기술을 앙칼지게 내지르는 것도 잊지 않았다.

"홍이포의 눈 폭탄이다! 적군의 성벽을 부숴라! 망대를 부숴라! 우르르 쾅쾅!"

"그게 홍이포면 여긴 홍삼포 폭탄이다!"

민호는 눈 폭탄을 타조알만큼 커다랗게 빚기 시작했다. 대포가 홍사포, 홍오포, 홍육포(?)까지 진화했을 때는 양측의 폭탄이 연탄 덩어리만큼이나 커졌다. 힘센 이호가 수박만 한 눈 뭉치를 두 손으로 번쩍 들고 집어 던지는데, 저걸 뒤통수에 맞았다간 눈알이 튀어나올 판이었다.

뒤늦게 정신을 차린 이완과 민호는 폭탄 투척을 잠시 멈추고, 중립 지역으로 나와 서로의 몰골을 아래위로 훑어보았다. 이완의 파자마는 아래위로 홀딱 젖어 있었고 머리는 까치집에 슬리퍼 한 짝은 어디에 가서 파묻혔는지 알 수 없었다. 민호의 털옷에는 지저분한 흙과 눈이 뭉텅이로 얽혀 있었고 머리도 눈으로 뒤덮여 내 친구 바야바, 히말라야 설인이 따로 없었다. 딸과 아들은 얼굴이 빨갛게 언 채 머리카락과 콧물을 정신없이 휘날리고 있었다.

이성이 돌아온 두 사람은 말없이 악수하고 휴전을 선언했다. 쌍방 비등한 전투였기 때문에 조건 없는 휴전이 성립되었다. 수박통만큼 커진 홍칠포의 눈 폭탄은 눈사람을 만드는 데 재활용이 되었다.

민호와 두 아이들의 노력으로, 마당에는 다섯 개의 눈사람(?)이 금

세 발을 뻗고 자리를 잡게 되었다. 아빠, 엄마, 누나, 동생, 그리고 콧수염의 기사. 민호와 아이들은 손이 빠르고 손재주가 좋아 한눈에 보아도 누가 누군지 알아볼 수 있었다. 유물 복원을 제외하고는 손재주가 메주인 이완은 툇마루에 느긋하게 앉아 그들의 예술 작품을 감상했다.

"박일호! 엄마 눈사람하고 아빠 눈사람은 왜 머리가 붙어 있어? 좀 떼어 놔야지."

"응? 떼면 안 되죠! 뽀뽀하는 거잖아요."

이완의 입이 멍, 하니 벌어졌다. 얼굴이 조금 빨개졌는지도 모르겠다. 딸이 고개를 살래살래 저으며 종알거린다.

"어휴, 정말 못 살아. 뽀뽀가 뭐 어때서!"

"그러게 누나. 겨우 뽀뽀 가지고."

"아빠는 정말 큰일이야. 저렇게 부끄럼쟁이라 이 험한 세상을 어떻게 살려고 그러지? 엄마랑 결혼은 어떻게 했는지 모르겠어."

딸은 딱하다는 듯이 팔짱을 끼고 혀를 쪼쪼쪼 찼다. 아들도 엄마도 똑같이 팔짱을 끼고 혀를 쪼쪼쪼 찼다. 이완은 그만 울고 싶었다.

이완은 출근하기 전에 풍기문란 눈사람을 조금이라도 건전하게 만들어 보려고 마당에 몰래 내려갔다가 한발 늦은 것을 알았다. 여자가 두 아이를 앞세우고 아빠 눈사람과 엄마 눈사람의 뽀뽀 정밀화 작업을 하고 있었다. 눈을 제대로 그리고, 코를 뾰족하게 세우고 귀를 붙이고 입술을 도톰하게 붙여 다듬어 놓으니 그야말로 제대로 '각 잡힌 키스 씬'이 나왔다.

여자가 사악하게 웃으며 휴대전화로 풍기문란 영상을 촬영했다.

그것도 360도 빙 돌아 가며 롱테이크로. 뽀뽀해! 뽀뽀해! 아싸 아싸
뽀뽀해! 아이들이 옆에서 주먹을 쥐고 구호를 외친다.

눈사람들은 해가 하늘 꼭대기에 올라올 때까지 진지하게, 오랫동
안 키스에 임했다.

껌딱지가 따로 없었다. 보통은 엄마한테 코알라처럼 달라붙는다
고 하던데 일호는 아빠 껌딱지였다. 그것도 제대로 에폭시 본드 같
은 껌딱지였다. 아침에 일어나면 아직도 꿈나라에서 헤매는 아빠 옆
으로 파고들어서 꼼지락거리는 것으로 하루의 일과를 시작한다. 안
락재 제일의 늦잠꾸러기를 깨우는 담당이 바로 박일호였다. 밥을 먹
을 때도 아빠 옆에서 먹고, 차를 탈 때도 아빠 옆의 조수석에 앉아야
직성이 풀렸다. 아기 때 몸이 약하고 하도 병원 나들이를 해서 오냐
오냐 싸고돌아 그럴까. 아빠에 대해서라면 고집도 이만저만이 아니
다.

퇴근하고 집에 돌아오면 작은사랑, 큰사랑, 서재, 안채를 따라다
니며 아빠를 스토킹한다. 별 용건이 있는 것도 아니다. 우리 일호 무
슨 일 있니? 하고 물으면 에헤헤, 하고 배시시 웃고 만다. 아빠의 서
재에서 얼쩡대며 색칠 공부를 하거나, 레고 블록을 조립하거나 토마
스 경과 인생에 관해 이야기를 나누다가 심심해지면 아빠에게 치근
덕대며 수작을 걸곤 했다.

"헤이, 거기 잘생긴 아자쒸? 시간 되면 우리 찬장에 있는 동물 과
자나 좀 나눠 먹어 볼까요. 엄마가 어제 구워 놓으신 건데요."

"배고프면 네가 꺼내 먹지 그러니."

"제가 다른 건 다 괜찮은데 팔이 좀 짧아서."

딸은 팔꿈치를 옆구리에 붙이고 파닥파닥하는 시늉을 해 보였다.

"뭐야. 펭귄이니?"

이완은 하하, 웃고 의자를 뒤로 빼 앉았다. 일하긴 글렀다. 이럴 줄 알았지. 집에 와서 뭔가 일을 할 생각을 하다니.

"그럼 이렇게 하죠? 꺼내는 건 잘생긴 아빠가 하고, 먹는 건 예쁜 제가 하고요? 어때요? 한 가지씩 나눠서 하니 공평하죠?"

저런 말발은 대체 누구한테서 물려받은 걸까? 이완은 한숨을 쉬며 맞받아쳐 본다.

"그럼, 의자 놓고 꺼내 먹는 건 예쁜 레이디가 하고, 책상에 앉아 열심히 공부하는 건 멋진 아빠가 하고? 그게 더 공평한데?"

"에이, 공부 좀 그만해요. 엄마가요, 공부가 인생의 전부는 아니래요. 진짜 중요한 건 따로 있대요."

"그럼 뭐가 중요한데?"

"물광 나는 미모요. 사나이는 잘생기면 무조건 장땡이래요. 아빤 완전 장땡이니까 호호 할아버지가 될 때까지 공부 안 해도 괜찮아요."

아아, 딸이란 건 진짜 요물이구나. 이완은 긴장했다. 직선적이고 단순한 이호나 민호와 달리 일호와의 대화는 고도의 방어력이 필요했다. 주의하지 않으면 딸의 페이스에 저도 모르게 휘말렸다. 순간 뒤에서 단호한 목소리가 들렸다.

"박일호! 입은 비뚤어져도 말은 바로 해야지. 어디서 같잖게 아부하는 것만 배워선! 아빠에게 인생 최고의 장땡이 뭐라고 했어?"

"엄마하고 결혼한 거요."

딸이 내키지 않는 듯 입술을 비죽이며 대답했다.

"그럼 엄마의 장땡은 뭐야?"

"세계 어느 곳에 떨어져도 빛을 발할 우월한 미모와 초기화 복원력이 우수한 뇌세포와 석기 시대에 떨어져서 공룡과 마주치고도 살아남을 수 있는 눈치와 강철 체력이요."

"좋아, 백 점! 자! 상이다!"

민호는 뒤로 숨겨 놓은 과자 접시를 내밀었다.

관록이 무엇인지, 경력이란 또 무엇인지. 엉터리 교사인 줄 알았던 민호 씨는 그래도 아이들에게 휘둘리는 것이 덜했다. 아니, 이완에 비하면 노련한 전문가의 향기가 느껴졌다. 이완은 석기 시대에는 공룡이 살지 않았다는 잔소리를 하는 대신, 여자가 구워 온 동물 과자를 딸과 나란히 나눠 먹는 쪽을 택했다. 오도독오도독, 과자를 먹으며 딸이 아빠를 올려다보더니 쌔그르르 웃는다.

"인기 많아 좋으시겠어? 흐흐, 건투를 빌어."

쌔그르르에 휘말리지 않는 프로페셔널은 뇌가 다시 초기화된 사나이의 어깨를 툭툭 치고 지나간다.

"이거, 친구 주는 거 만들면서 재료가 남아서 아빠 것도 같이 만들었어. 맘에 안 들면 버려도 돼."

뭔가 엉성한 포장에 엉성한 리본이 달린 커다란 상자에는 박일호, 라는 글자가 쓰여 있었다. 글자도 악필인 데다 옆에 그려진 하트도 억지로 그린 것처럼 찌그러져 있었다.

"……고맙다."

딸이 열다섯 살 되던 해 밸런타인데이, 이완은 딸에게 선물을 받았다. 인사동 려 매장까지 찾아온 딸은 사내처럼 짧게 깎은 머리에 야구 모자를 쓰고, 인디밴드의 사진이 프린트된 박스 티셔츠와 찢어져서 바람이 술술 드나드는 청바지, 까만 패딩 점퍼를 입고, 해골이 달린 커다란 목걸이를 하고 있었다.

딸은 중학교에 입학한 후부터 점점 사내아이처럼 변해 가는 중이었다. 아니 사실 초등학교 고학년 때부터 불길한 징조는 이곳저곳에서 보였다. 디즈니의 공주 캐릭터들보다 여전사들에게 쉽게 빙의했고, 나중에 애니멀 커뮤니케이터가 안 되면 포크레인 기사가 될 거야, 혹은 군에 입대해서 저격수가 되면 멋질 거야, 하는 말로 이완을 질겁하게 만들었다.

바짝 마른 데다 얼굴마저 조그맣고 새하얀 아가씨는 말투나 행동이 어찌나 호탕하고 터프한지 덩치 좋은 쌍둥이 동생 이호가 자그마한 누나에게 절절맬 지경이었다. 이완은 저 예쁜 얼굴로 왜 저렇게 폭주족 사촌처럼 하고 다니는지 볼 때마다 잔소리를 퍼붓고 싶었지만, 민호의 충고대로 '이 또한 지나가리라, 레드 썬!'을 하루 열 번씩 뇌며 벙어리 냉가슴만 앓는 중이었다.

'민호 씨도 중학생 때 그렇게 와일드했어요?'

'무슨 말이야? 난 교복 단 줄여 입는 짓도 못 하는 모범생이었어! 공부만 못했을 뿐이야! 공부 못했으면 무조건 헤이, 아가씨, 껌 좀 씹었네? 하는 편견은 버려!'

'포크레인 기사는 대체 어느 유전자에서 나온 걸까요, 그럼?'

'음, 난 절대 그런 적은 없었어. 몬스터 트럭이나 대형 캠핑카 운전사는 되고 싶었지만.'

부질없도다, DNA의 명령에 저항하기란. 이완은 엄마의 눈매를 쏙 빼닮은 딸아이를 물끄러미 내려다보며 다시 한숨을 쉬었다.

꽃샘추위에 겁도 없이 걸어 다녔는지 딸은 얼굴이 발갛게 얼어 있었다. 코를 홀짝홀짝하면서도, 심드렁한 척하면서도, 새까만 눈을 반짝이며 아빠의 얼굴만 살피고 있었다. 이완은 그럴 때마다 몸집이 아주 작은 아기가 여전히 자신의 품속에서 꼼지락대면서 포오, 한숨을 쉬는 것처럼 느껴졌다.

이완은 어쩐지 목이 아려서, 목에 걸고 있던 파시미나 머플러를 딸의 목에 친친 감아 주었다. 딸은 아 진짜, 답답해! 안 얼어 죽어! 큰소리를 치면서도 고개를 돌리고 실쭉 웃었다.

"뭐야. 딸이 직접 만들어 준 거야? 밸런타인데이니 초콜릿인가? 역시 딸밖에 없네. 좋겠네?"

앤드류가 옆에서 비쭉 고개를 내밀고 툴툴거렸다. 이완은 시큰둥하게 포장을 풀었다.

"친구 거 만들고 남은 거로 만들었다는데."

"일호 남자 친구 생겼어?"

"그게 무슨 소리야! 중학생이 무슨 남자 친구야! 여자 친구겠지."

앤드류는 대놓고 콧방귀를 뀌었다.

"희망 사항도 참 알차네. 밸런타인데이 때 왜 여자 친구한테 초콜릿을 만들어 주겠어? 요새 애들 중고등학생 때 이성 친구 많이 사귀나 보던데."

"아니라니까!"

"알았어, 알았어. 여자 친구하고 애정의 초콜릿을 주고받는다 치자고. 그런데 왜 이렇게 화를 내고 그래."

"화를 내긴 내가 언제."

이완은 자신이 갑자기 화가 난 이유를 몰라 그냥 발뺌을 하고 말았다.

포장을 열고 상자를 열어 본 이완과 앤드류는 동시에 신음을 내뱉었다. 용감무쌍하게도 트러플 초콜릿이었다. 한참 시간이 흐른 후 앤드류가 조심스럽게 말했다.

"……초콜릿이 뭐, 맛만 있으면 되지, 안 그래?"

[이봐요 잘생긴 총각.]

민호 씨한테 이런 문자가 들어오면 어쩐지 불안하다. 이완은 갤러리 별실에 들어와 문자를 다시 확인했다. 아니나 다르랴.

[오늘은 아무래도 잘생긴 총각께서 주방 청소를 좀 해 주셔야겠는데.]

민호가 찍어 보낸 부엌 사진은 갈색 화산재로 뒤덮인 폐허처럼 보였다. 싱크대 위는 초콜릿으로 반쯤 코팅이 됐고, 바닥도 갈색 얼룩과 갈색 가루로 뒤발이었다. 조그만 갈색 발자국이 마루를 향해 종종 찍혀 있었다. 이완의 머리에서 다시 핑, 스칼렛의 현이 터지는 소리가 들렸다. 이완은 바로 수화기를 들었다.

"직접 치우라고 해요. 고작 초콜릿 하나 만들면서 그 난장을 벌여 놨으면 치우는 것도 직접 해야지."

— 글쎄. 만든 사람은 어디론가 튀었는데, 언제 올지도 모르는데,

그럼 먹은 사람이라도 치워야 하지 않을까?

그럼 개 남자 친구 불러서 치우라고 해! 라는 말이 목구멍까지 솟아오르는 것을 이완을 꼴깍 삼켰다. 그따위 히드라 같은 존재는 절대 인정할 수 없었다.

— 아빠한테 초콜릿 만들어 줘야 한다고 나한테 5만 원이나 받아 갔는데, 난 이완 씨한테 사탕도 사 주고 딸한테 삥도 뜯기고 주방 청소까지 해야 하는 거야? 이런 뭣 같은 팔자라니!

투덜대는 것치고 여자의 목소리가 경쾌했다. 아마 웃고 있는 모양이다. 이완은 시무룩하게 속을 털어놓았다.

"무슨 말이에요? 일호가 남…… 친구 거 만들고 남은 거로 내 거 만들었다는데?"

— 그걸 믿냐? 아빠 좋아하는 초콜릿이랑, 좋아하는 색깔 포장지랑 리본이랑, 다 나한테 물어보고 고른 건데. 걔 그거 아빠 준다고 다섯 시간이나 걸려서 만든 거야.

이완은 얼떨떨한 얼굴로 전화를 끊었다. 하지만 끊은 지 1분도 되지 않아 급하게 친 듯한 문장이 날아왔다.

[아차ㅊㅏ. 이왐ㄴ 씨! 이거 비밀, 비밀림! 말하지 말랏는데 까먹엇어.]

[나 말하지 안ㅅ앗어. 문자엿어.]

[말하ㅁㅕㄴ 나 죽어.]

앤드류는 오후 내내 먹구름을 몰고 다니던 사나이가 갑자기 입이 귀밑까지 째져서는 초콜릿 상자를 감싸 안고 노래를 하더니, 청소를 해야 한다며 두 시간이나 일찍 퇴근하는 것을 보고 뒤에서 혀를 찼다.

주방 대청소를 하고 서재로 들어온 이완은, 딸이 선물한 트러플 초콜릿—뭔가 모양이 동그랗게 잡히지도 않고, 대놓고 찌그러지고, 파우더도 상자에 더덕더덕하고, 심지어는 옆구리도 터져 국물(?)이 흐른 자국이 덕지덕지 남은 것들을 하나씩 꺼내 먹기 시작했다. 모양이야 어떻든 맛은 좋았다. 이완은 딸의 반 아이들에게 다 나눠 줘도 될 정도로 많은 초콜릿을 서랍에 감춰 놓고, 매일 저녁 몰래 하나씩 꺼내 먹었다. 의리고 나발이고, 마누라에게도 나눠 주지 않고 혼자 다 먹었다.

— 아빠, 나 결혼하고 싶은 사람 있어요.

밤 한 시 반. 이불 속에서 국제 전화를 받은 이완은 전화기를 귀에 댄 채 그대로 얼어붙었다. 딸은 뉴욕에 있는 이완의 본가에서 유학 생활을 하는 중이었다. 키가 엄마만큼이나 훌쩍 커 버린 딸은 애니멀 커뮤니케이터의 꿈을 접고, 동양 미술사를 공부하는 중이었다.

그동안 일호는 남자 친구를 사귄 적이 거의 없었다. 아니 사실은 사귀었어도 말을 안 했을 가능성이 크다. 대학교 1학년 때 처음 소개팅으로 만난 남자 친구가 양다리 삼다리 문어발 개자식인 것을 알게 되자마자 대차게 걷어차 버리고 집에 와서 이불을 뒤집어쓰고 울었던 것이 이완이 아는 딸의 연애 경력의 전부였다. 그때 민호와 이완이 그 개자식의 전화번호를 내놓아라, 주소를 내놓아라, 불 질러 버릴 테다, 도시락 폭탄을 던질 테다, 쌍으로 길길이 날뛰었던 것이 문제였을지도 모르겠다.

— 이번에 한국 들어갈 때 같이 가서 인사하려고요.

"어느 나라 사람이냐."

— 젊었을 때 아빠처럼 멋진 뉴요커예요. 아, 아빠 지금도 멋지지만.

딸이 작은 목소리로 웃었다. 예전과 달리 다 자란 딸은 손발이 오그라드는 말도 제법 잘하게 되었다.

"직업이 뭔데?"

— 유명한 환경 단체 포토그래퍼. 역마살이 만땅으로 낀 직업이라 마음에 들었어요. 결혼하면 바로 오지 여행을 가자고 프러포즈를 하더라고요. 상상도 못 할 미지의 세계로 안내하겠다나요? 내가 이름도 모르는 나라, 아는 사람 하나 없고 말 한 마디 안 통하는 그런 멋진 곳을 많이 알고 있대요. 좋다고 했죠.

딸은 계속 웃고 있는데 이완은 자꾸 목이 막혔다.

— 역마살 낀 팔자끼리 잘 만났죠, 뭐. 아빠가 하도 걱정해서 티는 안 냈지만 전 원래 미지의 장소에 덜렁 떨어졌을 때의 그 느낌을 정말 좋아하거든요. 뭐 중요한 건, 언제 어느 곳에 가 있든 행복하고 씩씩하게 살면 되는 거잖아요. 엄마 아빠처럼요. 그렇죠?

이완은 시큰대는 목구멍으로 간신히 침을 삼켰다. 이상하다. 분명 좋은 소식인데, 속에서 울컥 뭔가가 터질 것 같다.

— 아빠 왜 말이 없어요?

"좋아서 그런다. 딸이 다 커서 결혼한다니 좋아서."

— 아빠 속상해하는 건 싫은데.

딸의 목소리가 단숨에 폭 잠겼다.

"내가 속상할 게 뭐가 있니? 네가 결혼 안 한다고 속 썩이는 것보다야 백배……."

　말을 맺기도 전에 목이 쿡 막히는 바람에, 이완은 말을 맺을 수가 없었다.

　딸이 눈앞으로 사뿐사뿐 걸어 들어온다. 머리를 틀어 올려 뒷목을 드러낸 딸은, 하얀 솜사탕으로 만든 듯한 드레스를 입고 있었다. 올해 서른 살이 된 딸은 민호 씨만큼 키가 컸고, 민호 씨처럼 사슴같이 가볍게 걸었다. 옅게 화장을 한 얼굴은 투명하게 희었고, 살짝 내리깐 눈의 속눈썹이 길었다. 동그랗고 살구씨 같은 눈 속에서 까만 눈동자가 반짝거렸다.

　이완은 딸을 에스코트하기 위해 손을 내밀었다. 하얀 망사 장갑을 낀 딸의 손이 아빠의 손을 꼭 잡는다. 아주 어릴 적, 두 손에 폭 들어올 만큼 작았던 딸은 이제 아빠의 손을 꽉 맞잡을 만큼 커져서 그의 곁을 떠나려 하는 중이다. 이완은 딸의 손을 잡고 긴 꽃길을 걸었다.

　테일 코트를 입고 있는 키 큰 사위가 앞에서 손을 내밀고 있다. 여행을 좋아한다는 고약한 사위 놈의 얼굴이 잘 보이지 않는다. 딸의 손을 사위에게 건네주기 전, 이완은 그녀의 말간 얼굴을 한참 응시했다. 지금 보지 않으면 잊어버릴 것만 같은데 너무 눈부셔서 그런지 잘 보이지도 않는다. 뒤에서 민호 씨가 우는 소리가 희미하게 들린다. 살다 보니 씩씩한 민호 씨가 이런 일로 우는 날도 오는구나. 사회자의 목소리가 두 사람을 재촉했다.

　"신부님, 신랑에게 가기 전에 아버지께 인사드리세요."

　가느다란 팔이 이완의 목을 끌어안는다. 신부의 곱게 화장한 얼굴은 눈물에 담뿍 젖어 있었다.

"아빠, 아빠아."

"일호야, 이런 이런, 그만, 뚝! 울지 마라. 신부가 지금 울면 안 돼."

"안 울어. 누구 딸인데요."

딸은 눈물이 괸 눈으로 웃으며 속삭였다. 이완은 눈을 감았다. 아이들의 깔깔대는 웃음소리가 여전히 귓속에 남아 뱅글뱅글 도는 것 같다.

"제가 아빠 옆에 없어도 너무 허전해하지 마세요. 다른 시간, 다른 장소 어딘가에는 제가 있을 테니까요."

이완은 문득 이런 말을 듣고 있는 자신이 생소하게 느껴졌다.

"어?"

이완은 그제야 퍼뜩 깨달았다. 자신이 신부의 손을 붙잡고 이야기하는 것이 아니라, 그 장면을 지켜보고 있다는 것을. 귓가에서 희미하게 민호 씨의 목소리가 중첩된다. 이완 씨, 이완 씨. 민호 씨의 목소리도 딸의 목소리처럼 흠뻑 젖어 있었다.

"아빠 딸로 태어나서 행복했어요. 세상 최고로 행복했어."

신랑은 아름다운 신부를 안고 커다란 배에 오른다. 이완은 신혼부부가 신혼여행을 어디로 간다고 했는지 그만 잊어버렸다. 아니 애초에 들은 적이 없었던 것 같다. 백조처럼 희고 눈부신 배는 큰 돛, 작은 돛을 활짝 펴고는, 햇살이 금빛으로 부서지는 강을 타고 긴 여행을 떠날 준비를 한다.

일제 시대 경성 한가운데를 가로지르던 강은, 딸이 태어났던 추운 겨울의 어느 산성 곁을 굽이굽이 흘렀던 강은, 어느 흥 많은 화원이 배 젓고 노닐며 춤을 추었던 강은, 나라 잃은 사람들의 눈물과 사랑과 이별을 지켜보고, 그들이 낳은 아이들, 또 그들의 아이들이 사랑하며 살아가는 모습까지 푸근하게 지켜보며 덤덤히 이곳까지 흘러온 강은, 이제 바다로 나간다. 저 눈부시게 하얀 배와 갑판에 올라앉은 눈부시게 아름다운 딸은, 물빛이 누른 황해를 거쳐 남지나해, 인도양 혹은 머리를 틀어 태평양을 지나 춥고 매서운 바람의 나라인 남극과 북극, 지글지글 끓어 대는 적도에 숨어 있는 열사의 섬, 이름도 알 수 없는 나라, 아는 사람 하나 없는 미지의 땅을 두루두루 휘돌며 오래도록 여행하게 될 것이다.

"아빠, 그럼 다녀오겠습니다! 건강하세요!"

하얀 드레스를 입은 딸이 갑판의 난간에 기대어 손을 흔든다. 팔을 커다랗게 구부려 하트 모양을 그려 보이는 딸의 모습이 아득하게 멀다. 이완은 흐릿해지는 눈으로 딸의 움직임을 끝까지 좇았다. 아빠 딸로 태어나서 행복했어요. 세상 최고로 행복했어. 딸이 귓가에 대고 속살속살 남겨 둔 말에 귓속 깊은 곳이 간지러웠다.

순간 눈 밑에 고인 것이 툭, 터졌다.

이완 씨, 이완 씨.

꽉 감은 눈에서 눈물이 흘러내려 귀를 적셨다. 이완은 의아했다. 왜 눈물이 턱이 아닌 귀로 흘러내려 갈까?

이완 씨, 나 좀 봐, 이완 씨, 눈 좀 떠 봐.

옆에서 부르는 민호 씨의 음성이 점점 선명해진다. 이완은 왜인지 모르지만, 눈을 뜨면 안 된다고 생각했다. 눈을 뜨면 안 돼. 눈을 뜨면 절대……. 이완은 이를 악물고 버텼다.

"제발 일어나, 이완 씨!"

"……!"

가늘게 뜬 눈으로 깜깜한 어둠이 스며든다. 지금까지 보았던 눈부신 빛, 주변을 두르고 있던 와자지껄한 소리가 아스라이 사라진다. 사방은 어둡고 조용했다. 식어 버린 방구들과 문틈으로 스며든 찬 기운이 온몸을 휘감았다.

이완은 천천히 눈을 깜박였다. 볏짚으로 두텁게 얽혀 있는 천장이 보인다. 고여 있던 눈물이 다시 귓가로 흘러내려 갔다. 어둠이 눈에 익으며 눈물로 범벅이 된 여자의 얼굴이 그제야 어렴풋이 보였다.

"민호…… 씨?"

여자는 아빠의 품에서 한시도 떨어지지 않던 작은 아기를 끌어안고 울고 있었다. 항상 가려 두던 아기의 눈에서 수건이 사라졌다. 등으로 찬물이 쫙 쏟아지는 것 같다. 이완은 떨어지지 않는 입술을 억지로 떼서 더듬더듬 물었다.

"민호, 민호 씨? 왜? 일호 수건은 왜 벗겨 놨어? 무슨 일이야."

"일호야, 눈 좀 떠 봐. 아빠야, 아빠 얼굴은 보고 가야지! 널 그렇게 예뻐했는데, 아빠 얼굴은 기억하고 가야 할 거 아니니!"

여자가 울부짖는다. 옆에서 잠이 깬 아들이 고개를 저으며 울기 시작했다.

"민호 씨? 일호……는?"

이완은 떨리는 손으로 아기를 받아 안았다. 안색이 푸르스름하게 물든 딸은 숨을 쉬지 못했다. 할딱거리지도 못하고 팔만 가냘프게 버둥거릴 뿐이었다. 등을 두드려도, 딸의 얼굴은 고통에 일그러진 채, 점점 더 푸르게 물들어 갔다. 이완은 믿을 수가 없어서 아기를 안은 채 백치처럼 중얼거렸다.

"일호야. 일호야? 아니지?"

딸의 눈이 힘없이 깜박거렸다. 꿈에서 보았던 것처럼 새까맣고 동그란 눈이었다. 까만 눈동자가 아빠의 얼굴로 향한 것도 같다.

아빠, 아빠 딸로 태어나서 행복했어요.

아기는, 작은 눈으로 말하는 것 같았다. 이완은 아기를 끌어안았다. 추워서 손이 부들부들 떨렸다.

세상 최고로 행복했어.

꿈속에서 들었던 목소리의 기억일까, 환청일까. 이완은 구별할 수 없었다. 아이가 품속에서 부르르 경련하더니 이내 조용해졌다.

쿵, 콰르르 쾅!

새벽부터 홍이포의 포격이 시작됐다. 이완과 민호는 멀리 혹은 가까이서 터지는 포격 소리가 들리지 않아, 그저 아기를 안고 돌처럼 굳어 있었다. 이완은 딸의 작은 머리에 입술을 대고 중얼거렸다.

……민호 씨. 이건 꿈이라고 말해 줘요.

졸린 눈을 비비고 간신히 일어나면, 내 발치에서 노란 강아지 옷을 입은 아이가 나를 깨우고 있을 거라고 말해 줘요. 얼른 손잡고 밖에 나가서 함께 눈싸움하는 그곳으로 돌아갈 수 있을 거라고 말해 줘요. 지금이라도 눈을 뜨면, 머리를 짧게 깎은 예쁜 아이가 이상한 옷을 입고 와서 입을 비죽대면서 커다란 초콜릿 상자를 내밀 거라고 말해 줘요.

제발, 뭐라도 좋으니까 말 좀 해 줘요.

얼음장 같은 방구들 위, 이완의 눈에선 눈물이 말라 버석했고, 여자는 남자의 등을 안고 오래 울었다.

그의 품속에서 작은 몸이 천천히 식었다.

딸의 얼굴에는 이제 고통의 흔적이 없었다. 아이는 구월이가 귀퉁이에 곱게 꽃수를 놓은 베 기저귀에 싸인 후, 구름 위를 노니는 학이 그려진 붉은 조복에 감싸였고, 자개가 박힌 목함에 들어갔다. 당상관의 붉은 조복과 목함은 사랑채에 있는 노신의 것이었다.

"지금 성 안팎에서 목숨을 잃는 숱한 아이들 중 아프지 않은 생이 있겠느냐마는."

자신의 조복과 지필묵을 넣어 두던 목함을 아기를 위해 내준 노인은 이미 죽음을 각오하고 단식 중이었다. 노인의 얼굴엔 이미 죽음의 그림자가 짙게 드리워져 있었으나 아이의 죽음에 대해 듣자 그의 눈은 깊은 연민으로 물들었다.

"젊은 사람들의 어린아이가 무고히 죽는 것이 아프구나. 나 같은 사람이 떠난다면 오히려 아까울 것이 없는데 어째서 너 같은 무고한 생명이 떠나느냐."

상헌은 떨리는 팔을 들어 이름도 알 수 없는 사내의 죽은 아이를 위해 긴 제문을 적어 주었다. 예조판서의 필적은 성품만큼이나 꼿꼿하고 아름다웠다.

이완은 대의명분을 위해 백성의 목숨과 자신의 목숨조차 하찮게 여기던 노인이, 태어난 지 한 달 만에 죽은 딸아이를 연민하는 것을 이해하기 어려웠다. 하지만, 그 역시 붉은 피와 따뜻한 눈물을 가진 사람이었음이 새삼스럽게 고마웠다. 노인은 꺼져 가는 소리로 중얼거렸다.

"며칠 남지도 않은 목숨, 이제 내게 남은 것은 깨끗한 이름 하나뿐이니, 그 외에는 귀한 것이 무엇이며 아까운 것이 무엇이겠는가. 딱한 아이가 땅속에서 춥지 않게 비단옷과 단단한 자개함으로 수습하여 묻어 주게."

이완은 말없이 땅을 팠다. 땅은 얼어붙어 삽과 괭이가 제대로 들어가지도 않았다.

예전에, 부모보다 먼저 간 아이들은 삼 일을 채워 장례를 치르지 않았던 이유가, 그저 유아 사망률이 높아서, 백일도 되기 전에 죽는 아이들이 많아서, 라고만 생각했었다.

하지만 아닌 것 같다. 아이의 식은 몸을 곁에 두고 삼 일이든 오 일이든 슬픔을 곱씹으며 버텨야 한다면 모두 미쳐 버리고 말 것이다.

안팎이 두절된 성에서, 어디에 아이를 묻어야 할지도 알 수 없어서 이완은 연무관 인근의 언덕바지, 볕이 잘 드는 둔덕에 땅을 파고 아이가 든 자개 목함을 묻었다. 봉분을 만들 수도, 떼를 입힐 수도 없는 평토장이라, 이완은 이곳의 위치와 주변의 경관을 기억하려 애를 썼다.

아니, 차라리 이곳을 기억하지 못하는 게 나을까?

아픔이 너무 크면 유전자에 새겨진 생존 본능이 내 기억을 빠르게 지워 버릴지도 모른다. 그러길 바라야 할지, 영구히 이 순간 이 장면을 기억해야 할지, 이완은 알지 못했다.

그날, 성에서는 콰르르 쾅쾅 귀청을 찢는 홍이포의 소리가 진종일 이어졌다.

이완과 민호는 작고 어두운 방으로 돌아와 몸을 눕혔다. 누군가가 방에 불을 넣고 두꺼운 이불을 깔아 두었다. 단식으로 죽어 가는 사랑채의 노인이나, 집주인 혹은 행궁 누군가의 특별한 배려가 있었던 것 같다. 오랜만에 군불이 들어간 방은 따끈따끈했다.

이완은 칭얼대는 이호와 혼이 나간 듯한 민호를 한꺼번에 끌어안았다.

콰르르, 쾅쾅, 우르르, 쿵, 콰작.

멀리 혹은 가까이서 들리는 대포 소리는 우렛소리와 참 많이 닮았다. 천둥은 하늘이 슬퍼서 우는 소리라고, 누가 그랬는데. 누가 그랬을까. 기억나지 않는다.

농성전의 끝이 다가오고 있었다. 포격을 받아 산성의 성벽과 가옥이 부서졌고, 왕이 머무는 외행전의 기둥과 전각도 부서졌다. 왕과 세자, 대신들은 겁에 질릴 것이고, 오늘 전해질 강도의 소식에 그들은 또 넋을 놓을 것이다. 성안의 사람들은 모르고 있겠지만, 강화도는 사흘 전에 이미 함락되었다. 그 과정에서 많은 이들이 나의 아이처럼 헛되게, 아무런 의미 없이 죽었을 것이다.

아마, 나의 아이가 타고 갔던 희고 눈부신 그 배는, 강화도에 들러 많은 여인과 선비, 강직하고 용감한 병사를 태우게 될 것이다. 저 방에 누워 있는 노신만큼이나 강직한 노신의 형님도 허리를 꼿꼿이 펴고 의연히 배에 오를 것이고, 지금 행궁에서 갈팡질팡 허둥대는 영의정 일가의 숱한 여인들—그의 늙은 부인과 며느리, 손자며느리, 딸들이 서로 손을 잡고 오를 것이다. 오랑캐에게 수치를 당함이 두려워 차가운 바다에 몸을 날렸던 이름 모를 수많은 여인도 삼삼오오 길게 꼬리를 물고 그 배에 오를 것이다. 그들은 사태를 이 지경으로 내몬 한심한 사내놈들에 대해 열심히 불만을 털어놓을지도 모르고, 쿨하고 화통한 내 딸과 뜻밖에 좋은 수다 친구가 되어 줄지도 모른다.

나의 아이는, 그 많은 여인들과 한배를 타고, 이제 머나먼 여행을 떠날 것이다.

깜깜한 밤, 여자는 잠을 이루지 못하고 뒤척였다. 포격은 이틀 동안 계속되었고, 두 사람은 사흘 내내 잠을 이루지 못했다. 포격이 간신히 멎어서 쥐 죽은 듯 조용한데 오히려 더 잠이 오지 않았다. 이완은 이불 속에서 눈을 감은 채, 여자의 뒤척이는 소리를 들었다. 밤은 한정 없이 길었다. 등 뒤에서 여자가 속삭였다.

"이완 씨."

"예."

"……이제 길이 보여."

이완은 눈을 감았다. 그토록 기다리던 소식인데 기쁘지 않았다. 왜 이제야. 왜 하필 상황이 다 끝난 지금에야.

아니다. 당연한 일이다. 시간 여행자였던 딸이 필사적으로 길을 막았던 것이니 이젠 길이 당연히 열리지 않겠는가.

이완은 여자가 무슨 말을 더 하려고 망설이고 있다는 것을 알았고, 그 말이 미안하다는 말이 아닐까 짐작했다. 지금 이 순간 그 말만은 절대 듣고 싶지 않았다. 이완은 여자의 입에서 말이 나오기 전에 차분하게 말했다.

"다행이에요. 며칠 있으면 성이 열릴 테니 그때 성균관으로 가서 집으로 돌아가면 되겠네요."

"응."

"그래요, 잘됐어요."

여자의 깊은 날숨이 이완의 가슴을 간지럽혔다. 이완은 자신의 목덜미를 간질이던 아기의 숨결, 그 깃털 같은 감촉이 떠올라 그만 아득해졌다.

"민호 씨."

"응."

"나 좀 울어도 될까."

"……응."

이완은 여자의 가슴에 이마를 대고 숨죽여 울었다. 여자는 함께 우는 대신 말 한 마디 하지 않고 그를 안아 주었다.

11
뒷모습이 예쁜 사진

　주민 센터에 근무하는 김성아 주임은 유모차를 밀고 들어오는 남자와 여자를 보고 잠시 눈을 깜박거렸다. 두 사람 모두 모델처럼 키가 크고 눈에 띄는 외양을 갖고 있어서 대기하던 사람들이 눈을 동그랗게 뜨고 힐끗거렸다. 키 큰 사내가 성아에게 다가와 점잖게 웃으며 물었다.

　"아기 출생 신고 어떻게 하는 겁니까?"

　성아는 유모차에 있는 자그마한 아기를 향해 생긋 웃어 보인 뒤 안내했다.

　"번호표 뽑으시고요, 저 뒤에 서류 있는 곳에 가서서 샘플 참고하셔서 작성하시고 제출하시면 됩니다."

　"그런데 필요 서류 중에 출생증명서가 없습니다. 병원이나 조산원 같은 데서 낳은 게 아니라서요."

"아, 가정 출산이신가요?"

"그렇습니다."

남자는 은은한 미소를 유지한 채 말했다. 김성아 주임은 속으로 희한하다 생각하며 남자에게 서류 한 장을 내밀었다. 요새도 산모 정서니, 아이 정서니 그러면서 집에서 낳는 경우가 가끔 있다고 하더니 정말인가 보네. 그래도 조산사 정도는 부르던데.

"가정 출산의 경우 출생증명서를 직접 작성하실 수 있습니다만, 증인이 두 분 오셔야 합니다. 아니면 증인 두 분의 인감증명과 위임장이 필요하고요."

사내는 준비 사항을 미리 알고 있던 듯, 뒤의 대기 의자를 돌아보았다. 두 사람을 따라 들어온, 고릴라처럼 험상궂은 사내 한 명과 머리카락에 밝은 갈색빛이 도는 사내 한 명이 다가왔다.

"정말 유세하는 방법도 여러 가지지? 멀쩡한 병원 놔두고 꼭 애먼 데 가서 낳아야겠지?"

"그러게 말입니다 형님. 누님 고생시키는 방법도 참 여러 가집니다!"

"가만, 이게 뭐야. 이호 이름의 '이' 자가 숫자 二였어? 이야, 이거 무성의의 극치를 달리는데? 말 못 하는 애라고 너무하잖아."

"그러면 누님이 대장 1호시고, 동생들은 3호, 4호, 5호 그렇게 되는 겁니까? 그 옛날 독수리 5형제, 파워레인저를 결성하실 계획이시군요! 역시 누님이십니다!"

"아참, 저번에 오신 국박의 최 과장님이, 여우 호(狐) 자는 불용문자라 하던데."

"여우 호 자가 뭐 어때서 그러십니까! 누님께서 지금까지 쓰시고도 이렇게 씩씩하고 여전히 무사하신 걸 보면 여우 호 자야말로 모든 복락을 다 끌어들이는 좋은 글자이니 적극적으로 써야 한단 말입니다!"

"하지만 만화 주인공도 아니고 2호가 뭐야."

"만화 주인공이면 어때서요. 요새 지구를 구하는 영웅들이 얼마나 인기가 많습니까. 우주에서 악당이 밀려오면 국회의사당의 둥근 지붕이 구과과과 열리면서 1호 대장께서 대원들을 이끌고 출격! 하고 하늘을 날아 적군을 물리치면 되는 거죠."

"다른 데도 아니고 국회의사당에서 줄줄이 출격한 놈들을 누가 믿어."

김 주임은 창구 앞에 서서 서류를 작성하던 키 큰 사내의 움직임이 멈춘 것을 알아차렸다. 머리가 노란 사내와 얼굴이 고릴라 같은 사내가 1호니 2호니 5형제니 말씨름을 하는 동안, 서류를 쓰고 있던 사내는 그대로 굳어 돌이 된 것 같았다. 그의 입가에 살짝 얹혀 있던 웃음은 오간 데 없이 사라졌다. 사내의 긴 속눈썹이 가늘게 떨리는 것처럼 보였다.

……무슨 생각을 하는 걸까?

김성아 주임은 흰 대리석 조각 같은 그의 얼굴을 물끄러미 지켜보았다. 그는 껍데기만 여기 두고 정신은 다른 곳에 가 버린 것 같았다.

잠시 후, 유모차 앞에서 아이와 놀던 여자가 자리에서 일어나 남자 곁으로 걸어왔다. 여자는 정물처럼 굳어 있던 사내의 얼굴을 잠시 바라보더니 그가 작성하던 서류를 끌어당겼다.

"이름 바꿀래. 생각해 보니 이호라는 이름이 마음에 안 들어."

"……왜요?"

사내가 담담한 목소리로 물었다.

"이완 씨는 자그마치 성을 주는데, 나는 왜 이름 꼬랑지를 주어야 해? 나도 성을 줄 거야."

"윤, 자를 주겠다고요?"

"응. 출격 이호, 출격 삼호! 하는 꼬라지를 실제로 보니 쪽팔려. '윤' 자 들어가는 이름이 훨씬 우아하고 잘생겨 보이잖아."

여자는 성아에게 서류를 새로 받아서 새로운 글자를 쓴다. 윤이, 박윤이, 이게 훨씬 낫네! 여자의 목소리가 경쾌해졌다. 뒤늦게 웃음을 되찾은 사내가 묻는다.

"박윤이, 어디서 좀 들어 본 것 같지는 않아요?"

"음, 그러고 보니 어디서 들어 본 것 같기도 하고? 신생 그룹 가수인가? 배우인가?"

여자는 고개를 갸우뚱거렸다. 사내가 희미하게 웃으며 대답했다.

"기억 안 나세요?"

"응. 혹시……."

한참 망설이던 여자가 사내의 귀에 대고 조심스럽게 묻는다.

"에로 배운가?"

"설마요."

사내가 하하, 웃으며 덧붙였다.

"기억 안 나면 신경 쓰지 마세요. 나중에 뭔가가 기억이 날지도 모르니까요."

사내는 담담한 표정으로 고친 서류를 확인한 후 김성아 주임에게 내밀었다.

성아는 왜인지 두 사람의 얼굴을 쳐다볼 수가 없었다.

자혜 산부인과 원장은 차트를 일별한 후, 눈앞의 사내를 찬찬히
살펴보았다. 진료 기록은 한 번이라고 남아 있었지만, 원장은 그를
기억했다. 처음 진단을 받고 이 사내가 소리 없이 흐느끼던 모습을
잊을 수가 없었기 때문이었다.

"아이 낳으셨군요."

원장은 아기를 향해 빙그레 웃어 보였다. 돌은 되었을까, 몸집은
작은 편이었지만 까만 눈동자가 반짝반짝하고 볼우물이 쏙 패는 것
이 아빠를 똑 닮은 아들이었다. 아이는 혈색도 좋고 웃음소리도 큰
데다 살도 포동포동한 게 건강해 보였다.

"건강합니다. 약의 부작용은 보이지 않고, 옹알이도 잘하고, 눈도
잘 맞추고, 월령에 맞게 잘 자라고 있습니다. 미숙아 망막 병증이 발
병할까 걱정했는데 지금은 괜찮다고 합니다. 폐도 괜찮고, 몸도 건
강하게 자라고 있습니다."

부부는 그들의 미래를 판돈으로 걸고 아이를 낳는 도박을 저질렀
지만, 천만다행으로 성공했고, 아이는 건강했다. 원장은 그들의 도
박이 운 좋게 성공한 것이 몹시 기뻤다. 사내는 칭얼대는 아들을 익
숙하게 얼렀다.

"아, 초음파 기록이요. 그래요. 그때 사진을 못 가져가셨었지요."

원장은 진료 기록을 확인한 후 외장 하드 디스크에 백업해 둔 것
이 있는지 확인했다. 원장은 한참 후 빙긋 웃었다.

"초음파 사진 백업해 둔 것이 여기 있네요."

원장은 화면에 검고 희미하게 윤곽만 드러난 사진을 띄웠다. 두 개의 아기집이 약간 길쭉하게 찌그러진 형태로 자리 잡고 있었다. 각각의 아기집에선 아이들이 한 명씩 자리 잡고 있었는데 눈, 코, 입의 형태는 아직 보이지 않았고, 얼굴과 등, 그리고 팔과 다리의 형태가 흐릿하게 잡혀 있었다.

"둘 중에 어떤 아이가 딸이고 어떤 아이가 아들인지 알 수 있습니까?"

"딸, 아들 쌍둥이였군요. 주 수가 너무 일러서 이 상태에선 초음파 사진만 보고는 알 수 없습니다. 크기를 보면 이쪽이 아주 살짝 작아 보이는데요. 혹시 태어날 때 몸무게 차이가 좀 있었나요?"

"아들놈이 약간 더 무거웠습니다. 그럼 여기 사진에서 살짝 작은 이 아이가 딸일까요?"

"장담할 수는 없지만, 그렇게 믿으셔도 큰 상관은 없고요. 그때 사진 못 받아 가셨으면, 지금이라도 가져가시겠습니까?"

원장은 경쾌하게 웃었다. 사내는 웃으며 고개를 끄덕였다.

"쌍둥이라 키우기 만만치 않으시겠어요. 딸은 지금 엄마가 데리고 있나 보죠?"

원장의 말에 키 큰 사내는 여전히 미소를 머금은 채 대답했다.

"딸은 한 달밖에 버티지 못했습니다. 이 아이보다 살짝 작게 태어났는데 폐 기능이 훨씬 떨어졌던 모양이에요. 그 작은 차이가 생사를 가르더군요."

사내가 하도 담담하게 말을 해서 의사는 잠시 할 말을 잃었다.

잠시 후 사내는 간호사가 들고 온 손바닥만 한 사진을 받아 들고 그 자리에 서서 물끄러미 내려다보았다.

"경황이 없어서, 딸아이 사진을 찍어 둔 게 없었습니다. 그래도 여기 이 사진이 남아 있으니 천만다행입니다. 감사합니다."

"……별말씀을요."

"이렇게 봐도 예쁘네요. 뒤통수가 동그랗고 귀여워요."

사내는 사진에서 시선을 떼지 못하고 오래 웃었다.

퇴근해서 들어온 이완은 여자가 서재에서 가만히 무언가를 들여다보고 있는 것을 알고 천천히 걸어갔다. 여자는 이완이 서랍 안에 넣어 둔 검은색 사진을 손에 들고 있었다.

여자는 이완을 돌아보지 않고 조용히 물었다.

"이완 씨, 그 시간으로 다시 다녀오는 게 좋을까?"

한 낱의 한숨으로, 이완은 귀가 시끄러워졌다. 아이를 살릴 방법이 있을지도 몰라. 구월이네 가지 못하게 막으면 되잖아. 약을 먹지 못하게 막으면 되잖아. 조금 더 일찍 피난을 가서 칠현산이 아니고 더 남쪽, 더 깊은 산, 계룡산 지리산까지 가서 깊이깊이 조용히 숨어 있으면 되잖아.

"민호 씨, 이리 오세요."

이완은 바싹 마른 검불 같은 여자의 몸을 안고 얼굴에 입술을 댔다.

"어떤 고약한 인간이 결혼은 해도 후회하고 안 해도 후회하니 하는 게 좋다고 그랬다던데."

"……응."

"안 가도 후회하고, 가도 후회할 것 같으면, 후회하지 않을 때까지 가 볼 수도 있겠지요."

예상외의 대답이었던 듯, 여자의 시선이 흔들리며 와 닿는다.

가지 마세요. 어머니의 죽음을 두 번 겪은 것도 모자라서, 아이의 죽음까지 두 번, 세 번 겪으실 건가요, 라고 말해야 한다는 것은 알았지만, 이완은 그렇게 말하지 못했다. 부모에 관한 일까지는 혹시 이성으로 판단할 수도 있겠지만, 아이에 관한 것은 이성이 닿지 않는 영역이라는 것을 이완은 이제 알고 있었다.

"다만, 결과는 정해져 있으니 그것만 잊지 마세요."

이완은 여자의 마른 어깨를 토닥이며 조용히 말했다.

"대신 부탁 하나만 할게요."

"무슨 ……부탁?"

"우리, 누구 때문에, 왜, 이렇게 된 거냐는 말은 평생 하지 말기로 해요."

"응."

"예쁜 모습만 기억해 주기로 해요, 우리."

"응."

다시 고개를 끄덕인 여자는 거무스름한 사진을 물끄러미 들여다보며 조그맣게 중얼거렸다.

"우리 일호, 드레스 입은 거 정말 예뻤어. 그렇지?"

이완은 움직임을 멈췄다. 무슨 말인지 이해하는 데 잠시 시간이 걸렸다.

잠시 후, 이완은 천천히 고개를 끄덕이며 빙긋 웃었다.

12
강화도의 여인들

　"저 앞에 뵈는 섬이 강도요. 검찰사 대감의 명이 없으면 배가 들지
못허우. 그래 이런 시간에만, 외성이 가로막지 않는 쪽으로 몰래 들
어갈 수밖에 없는 게요."

　통진에서 그리 멀지 않은 궁벽한 나루에서 한밤중에 배가 떴다.
왕이 산성에 갇히고 오랑캐가 본격적으로 약탈을 시작하면서 강화
도로 들어가고자 하는 이가 많아졌다. 검찰사의 명으로 입도가 어려
워지자, 주변을 빙빙 돌다가 인근 섬으로 들어가는 자들도 많아졌
다.

　"이래 깜깜한데 무사히 드갈 수 있쉐까? 중간에 좌초하는 건 아닙
네까?"

　"여기서 어부 노릇, 사공 노릇 한 게 벌써 오십 년이오. 조석으로
바뀌는 물길하고 강도의 해안은 눈 감고도 훤하니 염려 안 하셔도

되오."

"오랑캐들이 저 섬으로 들어오면 어찌 되나요? 그럼 도망칠 수도 없잖아요."

구월이가 조심스럽게 묻는 말에 용출은 화를 버럭 냈다.

"이 에미나이가 뭘 안다고 주딩이를 나불나불? 금성탕지(金城湯池)가 뭔디 모르네? 쇠로 만든 성에 펄펄 끓는 연못이란 말이야. 오죽허믄 전하께서두 난리가 터질 적마다 번번이 여게 오시려 하셨갔네? 쟁여 둔 쌀도 많고, 논두 너르구, 물산도 풍부허니끼니 백 년도 버틸 수 있는 게디!"

"나라님께서 곡식을 쌓아 두신 건 사실인지 모르겠지만, 그게 댁네 입으로 들어갈 일은 없을 게요."

늙은 사공이 심드렁하게 끼어들었다.

"지금 강도 검찰사 놈은 제 아비가 그동안 영의정으로 배가 미어지게 해 처먹은 거로도 모자라서, 지금 통진의 관곡을 바리바리 날라서 친척, 친구들하고만 나눠 먹고 있다오. 귀한 쌀로 술을 잔뜩 빚어서 처마시고 밤새 잔치에 여자를 잔뜩 끼고 흥청대고 있으니, 저곳이 금성탕지인지 요강 단지인지는 모르지만 오래 붙어 있긴 마땅찮을 듯싶소."

"사공 아저씨, 그런데 저것들은 뭔가요?"

구월이는 멀찍이 떨어진 갯벌에 시커먼 덩어리들이 연줄연줄 놓인 것을 가리키며 물었다. 오랑캐의 막사가 군데군데 무리 지어 있었고, 그들이 피워 놓은 모닥불들이 일렁이는 사이로, 정체를 알 수 없는 큼직한 덩어리들이 어스름히 보였다. 길고 둥그스름한데 한쪽 끝만 뾰족하게 모가 잡힌 것이, 무서운 괴물을 가둬 눌러놓은 뚜껑 같았다. 등 뒤로 한기가 으스스 돌았다. 저것이 뒤집히고 속의 것이 튀어나오는 날, 무언가 끔찍한 일이 벌어질 것만 같았다.

"글쎄, 잘 모르겠소. 저 미친놈들이 또 무슨 짓을 할지 우리네가 뭘 알겠소? 갑자기 놈들의 세가 불었으니 좋은 일은 아니겠지."

"호랑이 같은 무서운 짐승이 웅크린 것처럼 보여요."

"곱살한 새댁이 궁금한 것도 많고, 겁도 많구려."

사공은 허허 웃으며 은밀히 모인 손님들을 배에 태우기 시작했다. 배짱 좋은 늙은 사공은 한 사람당 쌀 서 말씩 불렀고, 용출이는 쌀 열닷 말을 되어 주며 손을 떨었다. 곡식은 현재 금은보화보다 훨씬 귀했다.

하지만 구월이는 끝까지 내키지 않았다. 아버지가 먼저 강도로 가셨다는 말을 듣지 않았다면 다른 곳으로 가자고 계속 말을 해 보았을 것이다. 하지만 아버지가 저곳에 계신다는 데에야 다른 방법이 없었다. 구월이는 남편의 소맷자락을 붙잡고 조심스럽게 말했다.

"저, 저기, 들어가서 아버지 만나면, 섬을 나와서 다른 곳으로 가면 안 돼요?"

"이 에미네, 아주 지랄을 허구. 뒈질라고 작정했네?"

"하지만 바로 코앞에 오랑캐 병사들이 저렇게 진을 벌여 놓고 있잖아요."

"에이 쌍!"

용출은 대거리가 귀찮아 대뜸 여자의 따귀를 때렸다. 늙은 사공은 아무것도 아닌 일로 얻어맞는 구월이가 딱했는지 혀를 차며 만류했다.

"새댁, 강도는 들어가기도 어렵지만 나오기는 더 어려울 게요. 그러니 괜히 매 벌지 말고 잠자코 계시구려."

끼익, 끼익, 검게 물든 바다 위로 배가 조용히 미끄러졌다.

"혹시, 이곳에 지금 막 배를 건넌 사람 중에."

큰 갓을 쓰고 있는 젊은 선비가 막 배를 해안에 댄 사공을 붙잡았다. 급하게 말을 몰아 달려온 듯, 사내와 말은 숨을 거칠게 쉬고 있었다. 사공은 지금 강도에 객들을 무사히 내려놓고 돌아와, 뱃전에 놓아 둔 쌀을 지게에 싣던 중이었다. 선비는 말에서 훌쩍 뛰어내리더니 사공의 앞을 가로막았다. 헐떡대는 숨소리가 턱에 닿았다.

"키가 자그마하고 얼굴이 동그랗고 예쁜 젊은 여자가 있었나?"

"글쎄요. 이 나이쯤 되면 여인들은 다 젊고 예뻐 보입니다만."

사공의 능치는 대답에 선비는 초조하게 덧붙였다.

"아마 몸집 좋은 남편과 아들 셋이 같이 있었을 것이다."

"그렇다면 제가 태워 드린 것 맞습니다. 외성의 성벽이 끝난 곳 어름에, 눈에 안 띄는 바위 그늘에 내려놓고 지금 막 돌아 나오는 길이지요."

제기랄! 한발 늦었어. 선비는 멀찍이 보이는 섬으로 고개를 돌리며 이를 부드득 갈았다.

"그 사람들이 혹시 어디에서 머물 거라고 이야기는 하던가?"

"오늘내일 정도는 제가 일러 준 어부 영감 집에서 머물 겝니다. 성 안에서 머물 곳을 잡을 때까지 헛간에서 추위를 피하겠지요."

"나도 지금 태워 줄 수 있겠나? 쌀이든 은이든 남초든 달라는 대로 주겠다."

노인의 귀가 번쩍 뜨였다. 쌀은 물론이고, 얼마 전부터 유행하기 시작한 남초는 부르는 게 값이었다. 하지만 잠시 후 사공은 한숨을 쉬며 고개를 흔들었다.

"지금은 안 됩니다, 나리. 조금 있으면 동이 틀 게고, 그러면 오랑캐 놈들이나 강도의 초병들 눈에 배가 오가는 게 보일 겁니다. 저도 들어가서 숨어 있어야 하고, 나리님도 날이 밝기 전에 어딘가에 들어가서 숨어 계시는 게 좋을 겁니다."

"언제 다시 섬에 들어갈 생각이지?"

선비는 차분하게 묻고 있었지만, 그의 시선은 어두컴컴한 형체밖에 보이지 않는 강도로 향했다. 초조한 기색이 도무지 감추어지지 않았다.

"사나흘 후쯤 몰래 들어가려는 사람이 좀 모이면 한번 다녀올까 합니다. 이 짓도 오래 못 할 성싶습니다. 요 며칠 오랑캐 놈들이 부쩍 늘어서 어수선하고 시끄러운 판에 날 잡아 잡수 하고 코앞에서 배를 띄울 수는 없는 노릇 아니겠습니까. 아까 들어가던 새댁도 걱정하긴 했지만, 저도 요새는 이 짓 하기가 영 찜찜합니다."

이를 꽉 문 선비의 턱이 희미한 달빛을 받아 도드라지게 보였다. 선비는 낮은 목소리로 박아 말했다.

"사나흘 후는 안 돼. 그 전에는 안 되나? 정 안 되면 오늘 오전에라도 잠시라도 들러 볼 수는 없는가?"

"나리, 낮에는 위험해서 드나들 수 없습니다. 정히 가셔야 한다면 며칠 있다가……, 스무사흗날 정도가 좋겠습니다. 그날 밤 자시에 이 자리에 오십시오."

"그때는 아마 못 들어갈 걸세."

"그렇다면 들어가실 방법이 없습니다. 나리."

선비는 사공을 잠시 응시하다가 속이 녹아내릴 정도로 깊이 한숨을 쉬었다.

"혹시 섬에 들어가신 분이 가족이나 친지분이십니까?"

"아닐세."

"그러면 어떻게 관계된 분이시기에……."

"……아무 관계도 아닐세. ……애초부터 내가 올 일도 아니었지만……."

선비는 억지로 대답하더니 몸을 돌렸다. 하지만 그는 한참 동안 걸음을 떼지 못했다. 한 번 돌아보고, 다시 한번 돌아보고. 거무스레한 형태로 보이는 강화도를 보며, 그는 돌이 된 것처럼 한참 서 있었다. 펄럭대는 긴 도포 자락이 아니면 그대로 얼음덩이가 된 게 아닐까 하는 생각이 들 정도로 움직임이 없었다.

다치지만 말아 다오, 제발 무사히 나오기만 해 다오. 네가 무사한 것 외엔 이제 아무것도 바라지 않으마. 제발.

섬을 바라보며 간절히 빌던 선비는 사공이 지게를 짊어지고 돌아간 후에도 오랫동안 섬을 노려보며 서 있었다.

"아버지는 지금 어디 계세요?"

한참을 기다려도 아무 대답도 돌아오지 않았다. 앞에서 킥, 하는 비웃음 소리가 들렸다. 뒷골이 싸늘해진 구월이는 용출의 앞을 막고 물었다.

"아버지 여기 계시는 거 맞죠? 지금 아버지 있는 곳으로 가는 거 맞죠?"

"시끄럽다! 산성에 있는 아바이를 와 여기서 찾네?"

용출은 벌컥 성을 내며 고함을 질렀다. 머리가 아찔했다.

"그게 무슨 말이에요! 여기 미리 와 계신다고 했잖아요!"

"내래 와 기랬는디 여적 대갈통이 안 돌아가네? 기럼 눈먼 가시 아바이 하나 살리자고 생때같은 젊은 사난들이 몰살을 당해야갔네?"

"그렇다고 멀쩡한 산목숨을 버리고 와요? 그럼 나는 왜 끌고 왔어! 그냥 아버지하고 성에 남아 있으라 하지 나는 왜!"

구월이가 눈을 뒤집고 덤벼들자 용출은 여자의 멱살을 잡아 바닥에 패대기쳤다.

"미친 에미나이! 출가외인이란 년이 하는 말 보라? 잊디 말라. 네 년은 이제 천 봉사 딸이 아니고, 구용출 여편네야, 알간? 이거 에미나이가 오데서 감히 눈깔을 홉뜨고?"

"아버지 그냥 돌아가시라는 말이에요? 안 돼요. 저라도 돌려보내 줘요, 지금이라도!"

"가면? 아바이 찾을 수나 있갔네? 내가 오데다 놨는디 알고? 갈 테면 멋대로 가 보라! 네년 목숨이라도 건졌으면 고맙다 백팔 배를 올리딘 못할망정 오데서 감히 용천지랄이네? 엉!"

구월이는 모래톱에 주저앉은 채 일어날 수가 없었다. 기가 막혀서 아픈 것도 잊었다.

아버지가 왜 사위의 말을 순순히 따랐을지 이해가 됐다. 아버지는 항상 자신이 쓸모없는 사람, 딸의 걸림돌이라 여기며 노심초사했다. 아버지는 그렇게 죽음을 택하는 것이 나를 위한 행동이라고 생각했을 것이다.

아니에요 아빠, 아빠가 있어야 내가 살아. 아빠마저 없으면 난 어떡하라고. 난 이제 세상을 왜 사는지조차 모르겠는걸.

세상에서 누가 아빠처럼 내 뺨을 쓰다듬으면서 예쁘다, 곱다 소리를 해 주겠어요. 내가 만든 이불이랑 옷을 하나씩 매만지면서 행복하다 말해 줄 사람이 아빠 말고 이 세상에서 누가 있겠어요. 차라리 저 인간한테 싫다고 하고, 나한테 손잡고 같이 죽자 하지, 그렇게 고생만 하다가 혼자 훌쩍 갈 생각이었어? 인사도 안 하고 몰래? 그러는 게 어딨어요, 아빠! 누가 나 혼자 편하게 살고 싶댔어, 누가!

구월이는 주저앉은 채 꺽꺽 소리를 내며 울었다. 산성을 떠난 지 벌써 사흘이 되어 간다. 지금까지 굶었다고 해도 아직 살아 계실 수 있을까? 저 인간이 아버지를 사람 눈에 아주 안 띄는 곳에 데려다 놨으면? 굶어 죽기 전에 얼어서 돌아가셨을 수도 있다. 기가 막히니 숨도 쉬어지지 않았다.

억센 손아귀가 머리채를 틀어잡는다. 구월이는 반항할 생각도 없이 도살장에 끌려가는 소처럼 질질 끌려갔다.

그들은 사공에게 선금을 받아 둔 어부의 초옥 헛간에서 웅크리고 밤을 새웠다. 주인 어부는 정신이 살짝 이상해 보이는 새댁이 섬 밖으로 몰래 나가는 배편을 물었을 때 방법을 알려 주는 대신 그녀의 남편에게 고자질했다. 그날 새벽 헛간에서는 둔중하게 툭탁대는 소리가 한참 이어졌지만, 비명 한 자락 들리지 않았다.

정축년 정월 22일 새벽, 청군의 작은 배 한 척이 조선 수군을 뚫고 강화도의 동쪽 해안에 상륙했다. 전날 청군과 조선 수군은 갑곶 인근에서 소규모 전투를 벌인 후 잠시 소강 상태였다. 죽음을 각오하고 선발대로 나선 일곱 명의 병사들은 조선 수군의 복병이나 저지하는 움직임이 전혀 없어 오히려 어리둥절했다. 너무나도 멀쩡하게 인근 산꼭대기까지 올라간 그들은 조선군의 해안선 방비가 형편없는 것을 간파하고 그곳에서 흰 깃발을 휘둘러 본진에 공격 신호를 했다.

　섬에 들어간 선발대의 소식을 초조하게 기다리던 예친왕 도르곤은 자리에서 벌떡 일어났다.

　「선발대의 신호가 틀림없나?」

　「틀림없습니다, 전하!」

　예친왕은 홍타이지의 이복동생으로, 만주 팔기 중 세가 강력한 정백기와 양백기의 기주였다. 마른 체구에 유약해 보이는 인상이었지만, 어린 시절부터 전투에 참여해 혁혁한 전공을 세웠고, 몽골을 직접 정벌하여 원 제국의 옥새를 홍타이지에게 바친 무장 중의 무장이었다. 그는 바닷가에 빽빽하게 도열한 병사들에게 큰 소리로 명령했다.

　「황상의 명이시다. 전원 강도를 향해 진격하라!」

　「와아아아!」

　오랫동안 공격 명령만 기다린 1만 6천의 병사들 역시 몸이 근질근질, 전의가 이글이글 들끓었다. 사정거리가 긴 홍이포와 병사들을 태운 60여 척의 배는 강화도 갑곶으로 몰려들기 시작했다.

　맞서 싸우는 조선군은 거의 없었다. 월곶을 지키고 있던 충청수사 강진흔이 전날 청의 선단이 대규모로 이동할 때, 급하게 일곱 척의 배를 끌고 와 분전한 것이 전부였다. 적선도 상당히 타격을 입었지만 강진흔의 전선 역시 대포에 수십 군데를 맞아서 사상자가 많았다. 그것이 강화에서 벌어진, 유일한 전투다운 전투였다.

　섬을 지켜야 할 총책임자인 강도 검찰사 김경징과 강화유수 장신 등은 흥청망청 술독에 빠져 주도권 다툼이나 하다가, 손 한 번 못 써 보고 인근 섬으로 뺑소니치고 말았다. 장신은 자신만 줄행랑을 놓은 것이 아니라 싸우고자 하는 부하들까지 억지로 퇴각시켰다.

　적선 수십 척이 갑곶의 문루인 진해루 앞으로 까맣게 상륙했다. 기마병이 앞섰고, 창과 검을 든 군사들과 수레에 실린 대포가 그들을 따랐다. 약탈에 눈이 벌게진 기마병들의 속도는 아무도 따라잡을 수 없었다. 외성을 지키는 초관이나 수비병들조차 없어, 그들은 파죽지세로 동쪽 해변을 접수하고, 왕실 종친 고위 관리들이 모여 있는 강화산성으로 말을 달렸다.

　콰르릉, 쾅!

　가까운 곳에서 대포가 터졌다. 평생 반촌이란 조용한 마을에 갇혀 지냈던 용출의 가족과 구월이는 대포 소리를 이렇게 가까이서 들어 본 적이 없어 혼비백산 자리에서 일어났다.

　"아버지! 아버지! 저기 통진 쪽에서 배가 까맣게 몰려와요!"

　통진 나루에 시커멓게 웅크리고 있던 것들이 바다 위에서 정체를 드러냈다. 용출이 급하게 문을 열고 나갔을 때, 김포 통진과 갑곶 사이의 얕고 좁은 여울엔 수십 척의 배들이 까맣게 떠 있었다.

"뭐, 뭐야! 이거, 오랑캐 놈들은 섬으로 못 온다며! 물도 무서워하고 배도 못 탄다며!"

머리가 굵은 첫째 아들이 덜덜 떨리는 목소리로 뒷걸음질했다.

구월이는 섬에 들어올 때부터 등을 타고 오르던 한기의 이유를 알게 되었다. 그리고 자신의 신세가 나락으로 떨어질지 모른다는 예감에 몸을 다시 떨었다. 용출은 욕설을 내뱉으며 헛간으로 달려가 다시 짐을 챙겼다. 질기게 먹고 살 욕심에 태산처럼 챙겼던 쌀과 된장은 이동할 때마다 천근 같은 족쇄였다. 그들은 미친 듯이 짐을 챙기고 주인 어부 영감의 배라도 훔쳐 달아날 생각으로 배를 매 둔 해안으로 달렸다.

한발 늦었다. 눈치 빠른 주인 영감이 바위틈에 묶어 두었던 거룻배를 끌어내고 있었다.

"안 돼! 못 타! 이 배는 작아서 그쪽이 다 타면 가라앉아! 못 태운다니까!"

"사람 살고 봐야디, 못 태우는 게 어디 있네, 쌍!"

억지로 장정 넷이 오르자 작은 배는 단번에 기울어졌다. 큰아들이 다급하게 외쳤다.

"아버지! 배가 잠길 것 같아요! 한두 명은 내려야 해요!"

용출은 두 번 생각하지도 않고 늙은 어부와 노파에게 주먹질을 해 단번에 배 밖으로 밀어 넣었다. 얼음처럼 차가운 물에 빠진 두 노인이 비명을 지르며 발버둥을 쳤다. 주인 노파는 물에 빠진 영감을 붙잡아 일으키며, 한 손으로는 배를 붙잡고 욕을 해 댔고, 그는 노파에게 노를 휘둘렀다. 그녀는 노에 뒤통수를 얻어맞고 차가운 바다에 머리를 박고 말았다.

배에 오르지도 못하고 그 악다구니를 바라보던 구월이가 그제야 정신을 차리고 황급히 바다로 들어가 노파와 영감을 해변으로 끌어 냈다. 그사이 용출은 뒤도 안 돌아보고 노를 저었다. 말을 타고 외성 의 성문을 향해 달리는 오랑캐 병사들이 점점 선명하게 보였다. 용 출은 뒤를 흘낏 돌아 구월이를 보더니 코를 실룩이며 고함쳤다.

"살 사람이라도 살아야디! 헛간 같은 데 잘 숨어 있으라! 되놈들 꺼디면 데리러 올 테니끼니."

몸이 함빡 젖은 구월이는 우들우들 떨며 멀어지는 거룻배를 바라 보았다. 뒤에선 적병들이 달려오고 있는데, 사람들을 이렇게 팽개치 고 가면 무슨 일이 생길지 정말 모르는 건가? 어부 영감과 노파가 옆 에서 욕을 퍼부으며 울부짖는데, 구월이는 머리가 텅 빈 것처럼 아 무 생각도 들지 않았다. 피부에 와 닿는 냉기만 지독하게 현실적일 뿐이었다.

거룻배가 빠져나가는 것을 본 기병 몇몇이 방향을 틀어 말을 달려 가까워진다. 배에 올라앉은 용출은 팔의 근육이 터지도록 노를 저었 지만, 생전 처음 노를 잡아 본지라, 배는 비척비척 앞으로 나가지 못 하고 같은 자리에서 빙빙 돌았다.

투투투, 투투투투! 두드드드다다다!

말발굽이 닿는 소리가 귓가에서 북을 치는 것처럼 요란해졌다. 기 병들은 말을 탄 채로 바닷물에 들어가 거룻배를 붙잡았다. 훈련이 잘된 말들은 차가운 물에 다리가 잠기는 것을 두려워하지 않았다. 용출은 노를 휘둘렀고, 아들들은 배를 흔들었다.

병사들은 날카롭게 고함을 지르며 칼을 뽑았다. 큰아들이 가장 먼저 등에 칼을 맞고 배 밖으로 떨어졌다. 퍼르스름한 물빛이 검붉게 번져 갔지만, 그는 끝내 일어나지 못했다. 아악, 으악! 용출이 노를 집어 던지고 바다로 뛰어든다. 둘째 아들이 노를 휘두르고, 막내는 배를 쥐고 흔들었다. 기병 서넛이 배를 둘러싸고 창을 내질렀다. 창에 꿰인 둘째 아들은 뒤에서 닥친 칼을 피하지 못하고 목이 떨어져 나갔다. 형의 목이 뱃전을 맞고 바닷물로 떨어지는 것을 보고 배를 흔들던 막내는 넋을 잃었다. 기병 한 명이 바닷물에 빠진 둘째 아들의 목을 창에 꿰어 위로 쳐들자 큰아들의 시체를 건지려 허우적대던 용출과 배에 남은 막내아들은 그 자리에 주저앉아 손을 모으고 빌었다.

억센 손이 구월이의 등을 잡아 올렸다. 허둥지둥 도망치려던 어부 영감 부부는 등 뒤에서 칼을 맞았다. 빈 배는 얕은 바다에서 건둥건둥 흔들리고, 구월이와 용출은 대머리 병사에게, 용출의 막내아들은 키가 몹시 작은 병사에게 사로잡혔다. 구월이를 사로잡은 병사는 구월이의 얼굴과 바닷물에 젖은 꼴을 아래위로 훑어보더니 누런 이를 드러내고 큰 소리로 웃었다. 동료 병사들은 구월이를 손가락으로 가리키며 대머리와 몹시 다투었다.

병사들은 잡은 이들을 질긴 줄로 묶은 후 강화성을 향해 말을 달렸다. 속도를 맞추지 못하면 돌바닥에 질질 끌려갈 판이라, 세 사람은 허파가 찢어질 때까지 달렸다.

하루가 채 가기도 전에 금성탕지라 알려진 강화성은 어이없을 정도로 시시하게 함락당했다. 남은 사람들은 성을 지켜야 할 놈들이

제일 먼저 도망친 것을 깨닫고 망연자실했다. 성안에 있던 세자빈, 봉림대군을 위시한 왕실 종친과 고관 대신의 가족, 피난민, 백성들이 한 발짝도 움직이지 못한 채 고스란히 적의 손에 떨어졌다. 세자의 아들 석철만 내관들의 손에 이끌려 간신히 섬을 벗어날 수 있었다.

만주 팔기군은 어느 정도 군율이 있는 편이라 알려졌지만, 강도 공격에 투입된 병사는 주로 몽골과 한족 귀화 병사들로 하는 짓은 도적 떼와 다름없었다. 시체들은 그들의 발길에 걷어채어 차가운 바닥에서 뒹굴었고, 산 사람들은 성을 빠져나가지 못하고 대부분 붙잡혔다. 병사들은 손이 많이 가는 아이들과 심하게 늙은 자들은 그 자리에서 죽이고 팔아먹을 수 있는 이들만 닥치는 대로 잡아들였는데, 여자라면 환장을 했기 때문에 사로잡힌 조선인 중 열에 일고여덟은 여인들이었다. 그들은 피로인(被虜人)들을 굴비 두름처럼 주렁주렁 묶어 어디를 가든 끌고 다녔다.

구월이가 묶여 있는 군막 주변은 청병들에게 사로잡힌 자들의 울부짖는 소리로 가득했다. 아버지의 일로 이미 제정신이 아니었던 구월이는 이제 절반쯤 풀린 눈으로 막사 앞에서 벌어지는 일을 멍하니 지켜보고 있었다.

"지금이라도, 지금이라도 해 줘."

"아씨! 안 되십니다. 제발, 대감마님을 생각하셔서라도."

"네가 안 도와주면 난 못 해! 제발."

옆에서 우는 소리가 들렸다. 빨간 금박댕기, 다홍빛 공단 치마저고리 차림의 아가씨가 계집종에게 무언가를 쥐여 주며 애원하고 있었다. 앳되어 보이는 계집종은 울며 고개를 저었다.

"저는 못 해요, 아씨! 제가 어떻게 그런 끔찍한 짓을 해요! 어머님과 세 분 마님께서도 돌아가셨는데 아씨까지 이러시면 어찌해요. 대감마님께서 크게 상심하실 거예요."

아씨라는 여자는 머리를 흔들었다.

"아니야. 내가 살아 돌아가면 대감마님께선 더 상심하실 게야. 흉악한 도적놈들 손에 잡힌 판에 무슨 일을 당할지 알고! 구하러 올 병사도, 싸울 지휘관도 모조리 도망쳤다 하지 않느냐!"

계집종이 끝까지 고개를 저으며 울자 아씨는 파들파들 떨리는 주먹을 목에 가져다 댔다. 주먹 안엔 희끄무레하고 작은 날붙이가 들어 있었다. 하지만 아무리 애를 써도 목에는 아주 작은 생채기만 날 뿐이었다. 한두 방울 피가 맺혀 흐르자 아씨는 비명을 지르며 손을 멈췄고, 계집종은 울며 손을 잡아끌었다.

소란이 커지자, 새로 잡은 여자 서넛을 줄에 묶어 끌고 오던 대머리 주인이 허둥지둥 달려와 아씨를 후려쳤다. 그는 여자의 손에 쥐어진 은장도를 보고 얼굴을 확 일그러뜨리더니, 그녀의 머리채를 잡고 팔을 비틀어 칼을 뺏어 갔다. 옆에 있던 계집종이 비명을 지르며 대머리 주인의 소매를 붙잡자 옆에 있던 동료 병사가 계집종의 두 손을 뒤로 꺾어 막사로 끌고 들어갔다. 뒤이어 아씨도 같은 군막으로 끌려 들어갔다.

잠시 후 날카로운 비명이 터졌다. 난도질이라도 당하는 듯, 비명은 날카롭고 급박했다. 몸싸움이라도 하는 것처럼 부산하게 툭턱툭

턱하는 둔중한 소리가 나더니 이번엔 울부짖으며 애원하는 소리가
터졌다.

"제발, 그만해! 이 짐승 같은 놈! 네 이놈! 우리 아버지가 누군지
아느냐! 일인지하 만인지상의 몸이시다! 네놈들이 얼굴이나 뵐 수
있는 분인지 아느냐? 네 이놈! 이 육시를 할 놈! 놔라, 하지 마라, 제
발!"

구월이는 비명이 터질 때마다 귀를 틀어막았다. 그녀의 아버지가
누군지 전혀, 전혀 궁금하지 않았다. 아버지를 대감마님이라 칭했던
걸 보면 삼공육경 귀한 집의 서녀인 듯한데, 조선에서 가장 안전하
게 숨어 있던 딸의 팔자가 이 판이면 그 '대감마님'도 저 아씨의 꼴
이 아니라 누가 보장하겠는가.

잠시 후 군막 밖으로 다시 나온 몽골 병사는 마래기가 벗겨져 대
머리가 드러났고 얼굴에 불그레한 자국이 생겼다. 목덜미까지 벌그
데데 열이 올라온 것을 보니 아씨의 반항에 단단히 화가 난 듯했다.
그는 씨근덕대다가 댕기 머리 아씨의 머리채를 잡고 밖으로 질질 끌
고 나왔는데, 아씨의 몸에 남아 있는 것이라고는 꽃수가 곱게 놓인
흰 버선과 붉은 금박댕기, 그리고 하얀 피부에 남은 붉은 흔적뿐이
었다.

아씨는 알몸으로 중인환시에 놓이게 되자 두 팔로 몸을 가리고 미
친 듯이 비명을 질렀다. 병사는 아씨에게 침을 뱉으며, 발로 하얀 몸
을 무참하게 짓이겼다. 병사들은 둥그렇게 모여 킬킬대고 웃으며 구
경했다. 주인 병사는 그녀가 늘어져서 더 이상 반항하지 못하게 되
었을 때에야 다시 군막으로 끌고 들어갔다. 아씨는 젖은 빨래처럼
축 늘어져서 사지를 벌리고 질질 끌려갔다.

주인 병사는 초장에 고분고분 길을 들일 작정인 듯, 동료 세 명을 같은 막사로 불러 아씨의 팔다리를 나누어 잡게 하고 서로 돌아가며 몸을 취했다. 네년이 반항할 때마다 이 짓을 당하게 될 것이다, 하는 협박은 말이 전혀 통하지 않아도 아씨에게 고스란히 전해졌다. 아씨는 막사 구석에 발이 묶여 있던 계집종에게 제발 나 좀 죽여 달라고 울부짖다가 결국 포기하고 조용해졌다.

그날 밤, 아씨 대신 계집종이 속치마를 찢어 자결했다.

새로 끌려온 여자 넷은 구월이의 뒤쪽으로 꼬리처럼 매달렸다. 남색 공단 치마에 당의 차림이었는데 반항이 심했는지 옷이 온통 찢어졌고 얼굴은 피투성이였다.

"빈궁마마께서 잡히셨소, 두 분 대군마마께서 잡히셨소. 그 많은 지휘관과 병사들은 다 어디 가고 빈궁마마와 원손 아기씨를 이리 내팽개친단 말인고. 이런 망극할 데가 어디 있소."

그들은 고름이 모조리 떨어져 나가 앞자락이 훤히 벌어진 당의와 허리가 찢어진 치맛자락을 수습도 못 하고 수세미가 된 머리를 늘어뜨린 채 흐느꼈다.

구월이와 네 명의 여자는 그날 해가 떨어지기 전에 막사로 끌려들어갔다. 깜깜한 막사 안, 여기저기서 몸싸움하는 소리, 그리고 미친 듯 고함을 지르는 소리가 들렸다. 당의를 입고 있던 네 명 여자들의 저항은 길었고, 비명은 밤새 끊이지 않았다.

반면 구월이는 반항하지 않았다. 무엇을 위해 반항해야 하는지 이제 알 수 없었다. 피로인 사내들은 안으로 들어가지 못하고 밖에 쭈그리고 앉아 아내, 누이동생, 어미가 유린당하며 울부짖는 소리를 잠자코 들었다.

당의를 입고 있던 네 명은 궁에서 일하던 여인들이었다. 그들은
군영이 삼밭나루에 닿기도 전에 모두 죽었다. 몸을 뺏기기 전에 자
진한 여자가 하나, 후에 죽은 여자가 셋이었다. 가장 나중에 죽은 이
는 가장 나이 어린 나인이었는데, 그녀가 치마를 찢어 상궁들의 목
을 졸라 죽였다. 우리를 죽이고 너도 죽으라는 상궁들의 엄한 명이
있었고, 그녀는 그것을 거역할 수 없었다. 그녀는 상궁들을 죽인 천
으로 제 목을 조르다가 세 번쯤 다시 풀고 괴로워했다. 스스로 죽는
다는 것이 그렇게 힘든 것인 줄 젊은 나인은 몰랐다. 나인은 주변에
같이 묶여 있던 댕기 머리 아씨와 구월이를 붙잡고 제발 나 좀 죽여
달라 애걸했다. 하지만 구월이와 아씨는 나인과 시선이 맞닿을 때마
다 고개를 돌리고 외면했다.

소원을 들어준 것은, 그녀를 잡은 주인 병사였다. 그녀가 함께 있
던 상궁들을 모조리 죽인 것을 알아차린 주인이 격노해서 젊은 나인
을 몽둥이로 때려죽였다. 그녀는 단매에 머리가 깨져 즉사했고, 시
체는 머리가 깨진 상태로 수습도 못 된 채 흙바닥에서 얼어붙었다.
이튿날 그들이 진을 철수해 남한산성으로 이동할 때까지 나인의 시
체는 맨땅에서 굴러다녔다.

구월이는 며칠 동안 눈앞에서 벌어지는 일을 물끄러미 지켜보았
다. 끔찍한 일들이 정신줄을 마비시켰는지 이젠 무슨 일이 생겨도
아무 감각이 없었다. 사람들은 아무렇지도 않게 죽어 나가는데, 자
신은 멀쩡하게 살아 있는 게 이상하게 느껴졌다.

잡혀 들어온 사내들의 신세 한탄과 여인들의 울부짖음 사이로 많은 이야기가 오갔다. 적을 막아야 할 책임자 중 자리를 지키고 제 몫을 한 이는 세 손가락 안에 꼽혔다. 스스로 목숨을 끊은 사대부는 그보다는 많았고, 스스로 목숨을 끊은 여자들은 수백 수천을 헤아렸다.

여자란 당연히 잡히기 전에 스스로 죽어 절개를 지켰어야 하는 것, 살아남아 욕을 당한 여자들은 살아 있는 것이 너무 부끄러워 서로 시선이 맞닿기라도 하면 화들짝 놀라 고개를 돌렸다.

강도에 숨어 있던 반가의 무수한 여인들이 스스로 목숨을 끊었다 하였다. 별좌 권순장의 아내 역시 어린 딸 세 명을 제 손으로 목 졸라 죽인 후 자신도 스스로 목매 죽어 뭇 사람들의 칭송을 받았다. 강도 검찰사 김경징의 어머니, 부인, 며느리, 아비의 첩은 같은 곳에서 한꺼번에 죽었다. 며느리가 먼저 죽는 것을 본 다음에 시어머니 시할머니도 죽었다더라, 삼대가 한꺼번에 부덕(婦德)과 명예를 지킨 것이니 얼마나 아름다운고. 여인들은 한탄하며 가슴을 쳤다. 아내를 자결하게 한 후 도망친 사내의 이야기나, 섬의 백성과 어머니, 아내, 며느리, 배다른 여동생까지 모조리 버리고 배로 도망친 검찰사의 이야기 따위는 여인들의 공분을 사지 못했다.

나중에 잡혀 온 여자는 참의의 첩실로 바다에 뛰어들어 자결하려다 붙잡혔다 했다. 여자는 어머니와 유모를 따라 바로 뛰어들지 못하고 머뭇거린 것 때문에 잡혔다며 눈가가 짓무르도록 울었다. 엄마와 유모보다 먼저 바다에 빠져 죽은 여자들도 몹시 많았으며, 그들이 입었던 쓰개치마와 색색의 치마, 하얀 속치마가 차가운 바다에 빼곡하게 떠올라 바닷물이 온통 오색으로 물든 것처럼 보였는데 한 여름 꽃밭처럼 화려했다 하였다.

구월이는 이야기를 들으며 무릎에 고개를 파묻었다.

나도 죽어야 하는 걸까?

상상이 되지 않는다. 대체 얼마나 모질어야 제 목숨을 스스로 끊을 수 있으며, 얼마나 지독해야 엄마가 아이들을 죽일 수 있을까? 앞에 남아 있는 길이 얼마나 험난할 일이기에 엄마 손으로 딸을 죽인 게 아름다울 지경이고, 바다에 빠져 죽은 여자의 시체 무더기가 꽃밭처럼 보인다 하는 걸까?

그럼 나, 이제 무사히 살아나도 반촌으로 돌아갈 수 없는 걸까?

생각하던 구월이는 쓸쓸하게 웃었다. 반촌 밖의 세상은 과연 듣던 것만큼, 아니 듣던 것보다 훨씬 무서웠지만, 이제 집에 돌아가면 또 무엇하나 하는 생각이 들었다.

아니, 만에 하나 돌아간다 해도 그곳이 여전히 작은 무릉으로 남아 있을까?

그곳이 나에게 무릉이었던 이유는, 사랑하는 사람들이 있었기 때문이었다. 그런데, 이제 내가 간신히 살아서 돌아간대도 나를 반갑게 맞아 주며 살아 줘서 고맙다, 돌아와 줘서 고맙다 할 사람이 과연 누가 있을까?

아무리 생각해도 마땅히 떠오르는 사람이 없었다. 남편이라면 돌아와 고맙다 하기는 고사하고 더러운 년이라 때려죽이려 덤빌 것이다. 지금도 눈만 마주치면 더러운 년이라며 이를 갈고 있지 않으냐 말이다.

아빠는 성에서 돌아가셨을 것이고, 친구들이 무사한지는 알 수 없었다. 학분이, 아기가 아파서 나중 배로 강도에 들어온다던 학분이는 무사할까. 아기를 낳은 민호 언니는 다시 볼 수 있으려나. 내가 잠시 돌보았던 민호 언니 딸도 자꾸 눈에 밟힌다. 내가 정성껏 키워 주겠다고 약속했었는데.

다들 다시 만날 수나 있을까.

그리고…….

양시님도.

전란 때 반촌이 적군에게 떨어졌었다더니, 별일 없었느냐.

갑자기 그분의 목소리가 귓가에 훅, 끼치는 것 같다. 서늘하고 낮은 목소리. 하지만 온몸을 오싹하게 만들던 그분의 더운 숨결. 갑자기 숨이 막힌다.

눈물이 괸 눈으로 사방을 둘러보았다. 물론 그분이 여기 와 계실 리는 없다. 알면서도 가슴이 찢어지는 것만 같다. 그분에 대해서는 무슨 생각을 하건 도무지 덜 아파지는 법이라곤 없었다.

살아 계실까?

살아 계시겠지. 집이 한양이 아니라 하셨으니 살아 계실 거야.

천만다행으로, 일이 잘 풀리거나 내가 속환이 되어 반촌으로 돌아가면, 그리고 다시 성균관으로 돌아오신 양시님이 지나가다가 우리 집에 들르시면, 양시님은 무슨 말씀을 하실까?

다시 이렇게 얼굴을 보니 반갑구나.

그의 손가락이 가만히 뺨을 쓰다듬는 것처럼 느껴졌다. 구월이는 다시 주변을 둘러보고, 또 한 번 둘러보고는 힘없이 고개를 수그렸다.

피로인이 되었다는 말을 들었는데. 살아 돌아왔구나. 살아 줘서 고맙다.

온 세상이 온통 그분의 부드럽고 따뜻한 목소리로 가득 차 있는 것 같은데, 정작 그분은 계시지 않는다. 끄윽, 끅. 눈물이 터질 것 같아 얼른 손으로 눈을 가렸다.

그분이 그렇게 말씀하실 리가 없다. 아마 나는 그분에게 건방지고 되바라지고 고약한 년으로만 남아 있을 것이다. 함께 가자는 간절한 청을 거절하고 다른 사내와 혼인한 여자, 죽어야 할 때 죽지 못하고 만신창이로 돌아온 여자에게 그런 말을 해 줄 사람이 어디 있단 말인가?

차라리 내가 깨끗하게 자결했다는 소문을 들으시는 게 낫지 않을까? 그럼 안타까워하시긴 할 텐데.

아니다. 생각해 보니 이제 그분이 나를 걱정할 이유도, 안타까워할 이유도 없다. 어쩌면 흥, 그까짓 계집종, 하고 바로 잊으셨을 수도 있으니까.

"흐, 흐흐, 흐, 흐으으."

울음과 웃음이 뒤섞여서 흘러나왔다. 그분을 생각할 때마다 가슴에는 커다란 구멍이 새로 뚫리는 것 같고, 그곳으로 찬바람이 들이치는 것 같다.

껍데기만 남는다는 게 이런 걸까?

유일하게 죽고 싶을 때가 그분을 생각할 때.

하지만 유일하게 살고 싶을 때도 그분을 생각할 때.

그래서 구월이는 죽어야 할지 살아야 할지 알 수 없었다.

"……나도 그 아이처럼 이 질긴 목숨을 끊어야 편안해질 텐데."

댕기 머리 아씨는 시커멓고 얇은 이불로 몸을 감싸고 막사 입구에 쪼그리고 앉아 있었다. 자결한 계집종에 대한 애도 대신 부러움만 느껴졌다.

귀히 자라 반빗간과 뒷간을 오가는 것 말고는 발에 흙을 묻혀 본 적도 없다던 아씨의 눈은 퀭하니 빛을 잃었고, 얼굴은 벌겋고 퍼렇게 멍이 든 데다 곱게 기름 먹여 땋아 두었던 머리는 수세미처럼 산발이 되었다. 치마허리가 주르르 터져 더러운 속치마 속바지가 다 보이는데 수습도 하지 않았다. 꼴만 보면 미친 여자가 따로 없었다.

"편안해질 때를 놓친 것뿐이야. 은붙이에 환장한 새끼들이라 은장도부터 뺏어 갔어. 망설이지 말고 얼른 목을 그었어야 했는데. 잠깐, 아주 잠깐 머뭇거리는 바람에."

아씨는 죄를 지어 변명이라도 하는 것처럼 고개를 숙이고 중얼거렸다.

"목을 매려 했지만, 줄을 걸 대들보도 찾지 못했고, 굶어 죽자니 시간이 너무 길지 않으냐. 어찌하란 말이냐."

"아씨는 기다리는 분들이 계시잖아요. 마음 약하게 먹지 마세요. 아버지도 애타게 아씨를 기다리고 계실 거잖아요. 이 난리만 끝나면 아씨를 찾으러 은덩이를 들고 오실 거예요."

"누가 날 반가워하며 받아 주겠어. 걸레짝 같은 몸이 됐는데! 다들 돌아가셨다. 어머님도, 마님도, 큰마님도, 모두 한자리에서 다 돌아가셨어! 나만 못 죽은 거야!"

아씨는 신경질적으로 고함치며 흐느꼈다.

아니에요. 아씨, 아무리 여인들이 많이 죽었대도, 남아 있는 사람들이 더 많아요. 훨씬, 훨씬 많아요. 전쟁에 져서 사로잡힌 몇십만 명의 여자들이 모조리 목에 은장도를 박고 죽을 수는 없잖아요.

하지만 구월이는 그렇게 말하지 않았다. 아씨는 자신처럼 포기하는 것들로만 이루어진 삶을 살지는 않았을 것이니, '삶을 포기하는 일' 조차 포기하는 구월이의 마음을 이해할 수 없을 것이다.

"운이 나빴어. 더럽게 나빴어."

오랑캐에게 붙잡힌 것이 운이 나빴다는 건지, 한 번에 죽지 못한 게 운이 나빴다는 건지 조금 궁금하긴 했지만, 구월이는 궁금한 것을 입 밖으로 내지는 않았다. 대신 품에서 조그만 나무 빗을 꺼내 아씨의 머리를 곱게 빗겨 주고 잘 땋아서 금박댕기를 드려 주었다. 그리고 주머니에서 작은 실꾸리를 꺼내 아씨의 뜯긴 치맛단과 동정, 고름까지 꼼꼼하게 다시 달아 주었다. 바느질을 하는 동안은, 잠시 집에 돌아간 기분이 들어 구월이는 조금 행복해졌다.

"그런 걸 속주머니에 넣어 두다니, 천생 여자구나."

구월이가 치마 속에 달아 둔 주머니 속의 빗과 작은 실꾸리, 골무, 바늘을 보며 아씨는 희미하게 웃었다.

"아씨, 훨씬 예뻐지셨어요. 이렇게 머리도 빗고, 옷도 곱게 입으시니 얼마나 보기 좋아요. 이 멍만 가라앉으면 훨씬 더 예뻐 보이실 거예요."

"예뻐 보이는 게 뭐가 좋은 일이란 말이냐. 죽지 못해 붙여 둔 목숨인데. 조만간, 어차피……."

"조만간 어차피 어떻게 되더라도 기왕이면 예쁜 게 낫잖아요."

아씨는 그 말을 듣고 무릎 사이에 얼굴을 박고 울기 시작했다. 구월이는 바늘을 놀리며 조용히 말했다.

"아씨, 집에 와 있는 것 같아요."

"응."

"저를 사랑하는 사람들이 기다리고 있는 우리 마을, 우리 집에
요."

폭, 사르르, 폭, 사르르르.

바느질을 하고 있노라니, 등 뒤로 따뜻한 무언가가 와 닿는 기분
이다. 나만 바라보며 가만히 웃고 계시던 어떤 분의 따스한 시선. 등
을 부드럽게 쓸어내리는 듯한 그 시선. 이제는 돌아갈 수 없는 작고
아름다웠던 나의 세상, 그 아름다운 세상에서 가장 눈부시던 나의
양시님. 눈물이 울컥 쏟아질 것 같아 구월이는 가만히 눈을 감았다.

"더러운 년."

탁하고 쉰 목소리에 구월이는 옆을 돌아보고 어깨를 움츠렸다. 옆
의 말뚝에 묶인 용출이 살쾡이처럼 으르렁대고 있었다.

"암캐 같은 에미나이! 부끄러움도 모르는 갈보 년."

또 시작이구나.

구월이와 용출을 한꺼번에 잡은 대머리는 구월이가 몹시 맘에 든
눈치였다. 그래서 용출이가 조금이라도 해코지를 하려 들면 어김없
이 몽둥이찜질을 했다. 다만 용출의 몸이 워낙 강골이라 간신히 목
숨을 부지하는 중이었다.

"다른 에미나이들은 다른 사난 손 타기 전에 깨끗허니 잘도 죽는
데, 저년은 어드렇게 되어 먹은 년이 넙죽넙죽 가랭이나 벌리고 지
랄을 하네?"

용출은 몽둥이에 잘못 맞아 앞니가 나간 후로는 큰 소리로 욕을
하는 대신 눈이 마주칠 때마다 중얼대는 소리로 욕을 했다. 그때마
다 잇새로 식식 바람이 새서 그러잖아도 재수 없는 말이 더욱 재수

없게 들렸다.

"부끄러움을 안다면 진작 죽었어야디 않네! 다른 데두 아니구 반궁 유사를 받들던 반촌에서 어드르게 저런 년이 나와. 카악, 퉤! 더러운 년!"

"지금까지 맘보만 제대로 박혔으면 백 번도 더 죽었서! 밥을 굶어도 되고, 치마 찢어서 모가디 졸라도 되고, 혓바닥을 콱 깨물어두 되디 않네?"

지겹고 시끄러웠다. 저놈의 입술을 굵은 무명실로 쫑쫑 꿰매 놓을 수만 있다면 소원이 없겠다. 그리고 아무리 생각해도 한 가지는 도저히 이해할 수 없었다. 구월이는 고개를 들고 멀뚱하니 물었다.

"나는 잘못한 게 없는데 왜 나한테만 죽으래요?"

"잡히자마자 혓바닥 콱 깨물디 않은 게 잘못이디."

"혀 깨물어도 안 죽는 사람 많대요. 한번 먼저 해 봐요. 성공하면 나도 따라 해 볼게."

"저 개, 개쌍년 말하는 거 보라?"

"어차피 아버지도 살아 계실 것 같지 않고, 가 봐야 반가워할 사람도 이제 없으니 살 생각도 없어요. 안 아프게 죽는 방법 있으면 그렇게 하고 싶긴 해요. 그런데."

"……기런데?"

"당신이 죽으래서 죽는 건 싫어요."

"뭐라?"

"오랑캐 사이에 나 내려놓고 당신 혼자 내뺐잖아요. 그런데 왜 내가 죽어야 해요?"

뇌관을 건드린 말에 드디어 사내의 입에 부그르르 거품이 일었다.

무언가 거한 욕설이 화산처럼 터지려 할 때 구월이는 씁쓸하게 한마디로 막아 버렸다.

"배 속에 당신 애도 들어 있는데 이건 또 어떻게 할까요."

삽시간에 싸르르 침묵이 내려앉았다. 사내의 입이 멍하니 벌어지고, 주변에서 귀를 기울이고 있던 여자들도 입을 떡 벌리고 말았다. 구월이는 조용해진 것이 마음에 들어서 후, 한숨을 쉬며 몸을 바짝 웅크리고 앉았다. 순간 눈앞에서 불이 번쩍했다. 용출이 새끼줄에 묶인 채 구월이 앞으로 달려와 얼굴을 후려친 것이다.

"거짓말 마라 이년! 오데서 더러운 씨를 붙여 놓고!"

"그래요, 이 판에 누구 씨든 뭔 상관이야. 오랑캐의 씨라 하든가."

"이 쌍녀러 에미나이 말하는 거 보라! 죽고 싶네? 오데서 감히 호림수작을 하네? 사실대로 말하라! 생겼서, 안 생겼서?"

"어차피 무슨 말을 해도 안 믿을 거잖아요."

구월이가 코피를 흘리면서도 심드렁하자 용출은 분노로 몸을 들들 떨며 다시 여자를 미친 듯이 때리기 시작했다.

"이년! 이년! 지금 뉘 것인지도 모를 씨를 배 놓고 나에게 덮어씌우자는 수작이디? 감히 누구한테 오쟁일 지우려 하네? 네년이 혼인 전부터 사난들만 보면 쌜쌜 꼬리 치던 거 모를 줄 아난? 또 한 번 내 갓난이라 좋아리면 주둥일 찢어 죽여 버릴 기야!"

하지만 그렇게 소리를 질러 놓고는 또 구월이의 목을 졸라 대며 억억 고함을 질렀다.

"죽이지 않을 테니끼니, 솔직히 말해 보라! 뉘 애야! 참말 내 아이네? 좀 말해 보라! 흰소리면 죽여 버릴 끼라 안 하네?"

군막 밖의 소란이 귀찮아진 대머리 주인이 나오더니 몽둥이로 용출의 어깨를 내리쳤다. 으억! 그가 죽는소리를 하며 엎어지자 대머리 주인은 용출의 머리를 발로 밟아 누른 후, 하늘로 솟은 엉덩이를 곤죽이 되도록 후려치며 깨랑깨랑 고함을 질렀다. 시끄럽게 하지 말라고 했지! 내 물건에 손대면 죽는다고 했지! 대충 그런 의미일 거라 구월이는 짐작했다. 으악, 아악, 잘못했시요, 내래 다시는! 아이고 어흐으! 구월아, 나 죽는다, 아이고 대신 빌디 않고 뭘 하네! 구월아! 으악, 저 죽일 년이 서방 잡는 거 보라. 용출이 아무리 꽥꽥 소리를 질러도 구월이는 말리지도 외면하지도 않고 멀거니 바라보기만 했다.

용출이 피투성이가 돼서 바닥에 널브러진 후에야 구월이는 띄엄띄엄 말을 이었다.

"달거리가 없어요. 어제 새로 시작했어야 했는데. 산성에서부터 없었으니 두 달째요."

피떡이 되어 쓰러진 사내가 구월이의 배를 향해 손을 내밀며 꿈틀거렸다. 사내의 꿈틀거림을 본 순간, 구월이는 갑자기 소름이 쫙 끼쳤다. 무언가가 머리를 후려치는 것 같았다.

아 맞다.

구월이는, 자신이 살아 돌아가길 간절히 바라는 사람이 세상에 한 명 있었다는 것을 문득 깨달았다. 이제는 돌아가셨을 아버지도, 지금쯤 나를 잊었을 양시님도 아니었다. 내가 살아야만 같이 목숨줄을 이을 수 있는 한 명.

바로 여기 있었네.

구월이는 여전히 홀쭉한 아랫배를 내려다보며 웃었다. 기가 막히고 허탈해서 말도 나오지 않았다.

저 인간의 애새끼를 위해 이 지옥같이 긴 시간을 버티며 살아야
한다고?

웃기시네.

드디어 마음이 정해졌다.

구월이는 품 안에 소중히 간직했던 주먹밥을 모두 꺼내 배를 채웠
다. 간이 심심해서 주인이 첫날 쥐여 주었던 암염 덩어리도 꺼내 핥
아 먹었다. 붉은빛이 살짝 도는 돌에서는 짠맛과 상쾌하고 은은한
단맛이 났다. 메슥메슥하던 주먹밥에 확 생기가 돌며 입이 개운해졌
다. 오랫동안 들끓던 속이 편안해진 기분이었다.

구월이는 그날 저녁 대머리 주인의 바지 주머니에서 아씨의 은장
도를 훔쳐 목에 깊이 박았다.

13
삼밭나루(三田渡)

"저하, 삼배구고는, 청의 황제에 대한 신하들의 인사입니다. 전하와 저하를 모욕하기 위해 특별히 만들어 낸 예가 아닙니다."

"야만족 오랑캐에게 신하의 예를 취해야 한다는 것 자체가 모욕이네, 이해가 되지 않나?"

말 위에서 날 선 반응이 돌아왔다. 이완은 고삐를 잡은 채 위를 올려다보지도 않고 말했다.

"함벽여츤(銜璧輿櫬)의 예를 행하실 뻔했던 걸 생각하면, 글쎄요."

함벽여츤은 입에 구슬로 재갈을 물리고 관을 메고 몸을 결박해서 적진에 나가는 항복례였다. 말에 타고 있던 사내의 몸이 뻣뻣하게 긴장했다. 홍타이지 혹은 용골대가 한 걸음 양보하지 않았으면 정말 그 꼴로 출성할 뻔했다는 것을 세자는 알고 있었다.

이완은 고삐를 쥐고 발걸음을 조금 빨리했다. 푸르르, 푸르르, 한 달 반 새 바짝 야윈 말이 힘겹게 투레질을 한다. 말 위에서 긴 한숨과 함께 가는 흐느낌이 흩어졌다. 뒤쪽에서도 간헐적으로 끅끅대는 소리가 터졌다. 사람들은 소매로 얼굴을 감싸고 소리를 죽이고 있었다. 이완은 그를 잠시 올려다보며 조심스럽게 말했다.

"해 지기 전에 끝날 일이니, 너무 상심하지 마십시오."

"치욕의 기억은 그보다는 더 오랠 것이고, 기록은 기억보다도 더 길겠지."

"망국의 기록이 나을까요, 치욕의 기록이 나을까요. 대국을 위한 망국은 또한 명예로울까요. 저는 잘 모르겠나이다."

"그대의 혀는 붉은 독초보다 맵고, 장수의 검보다 날이 푸르구나."

세자는 길게 탄식하고 한쪽 소매로 얼굴을 가렸다.

이완은 익위사 관리들 사이에서 성큼성큼 따라오는 다른 사내를 향해 고개를 돌렸다. 폭이 좁은 갓을 쓰고 둥덩산처럼 솜을 넣은 두루마기를 입은 자였는데, 명치와 배가 퉁퉁 나오고 다른 배종 관리들보다 머리 하나는 불쑥 올라올 정도로 키가 컸다.

"……민호 씨, 음, 그, ……상태가, 괜찮습니까?"

남장이 너무 잘 어울려 변장한 내자라고 세자에게 알려 주기도 무색했다. 민호는 지금 보면 그냥 익위사의 몸집 좋은 하급 관리나 구실아치로 보였다. 여하튼 어느 무리에 갖다 놓든 주변에 묻어가듯 동화되는 능력 하나만큼은 세계 최강이었다.

오케이. 베이비슬리핑, 굿.

민호는 불룩한 명치께를 툭툭 치더니, 한 손으로 동그라미를 그려 보였다.

아기를 데리고 따라갈 만한 행렬이 아닌지라, 이호는 엄마 품에 칭칭 감겨 숨어 있어야 했다. 성에서 나오기 직전 배를 채운 아기는 다행히 깊이 잠들었다. 중간에 아기가 일어나 배가 고프다 하면 뒷간 핑계를 대고 함께 빠져나갔다가 돌아오기로 작전을 짰고, 세자에게도 적당히 양해를 구해 두었다. 민호는 손이 시려 겨드랑이에 팔을 넣는 시늉을 하며 가슴께를 감싸 안고 혼잣말처럼 속삭였다.

"많이 힘들었지. 우리 이제 집에 가자."

이완은 고개를 들어 사방을 한 바퀴 빙 둘러보았다. 코와 입에서 흩어지는 입김이 공기 중에서 하얗게 얼어 구름이 되는 것처럼 느껴졌고, 사람들의 흐느낌은 차가운 공기 중에 고스란히 녹아들어 가는 것 같았다. 다들 저리 손쉽게 눈물을 흘리는데 나는 왜 눈물이 나지 않을까. 마땅한 이유가 생각나지 않아, 이완은 이가 시리도록 새파란 저놈의 하늘 때문이라고 생각하기로 했다. 해가 능선에서 한 뼘 정도 높이로 오른 아침, 정축년 정월 30일의 진시였다.

46일간의 농성이 끝났다. 이제 그들은 청의 황제에게 신하의 예를 표하기 위해 삼밭나루로 가는 중이었다. 왕과 세자는 남한산성 서문을 나섰다. 곤룡포, 익선관 대신 푸르게 물들인 철릭을 걸치고 평범한 갓을 쓴 상태였다. 오십여 명에 이르는 사람들이 길게 뒤를 따랐다. 세 정승과 다섯 명의 판서, 다섯 승지, 언관, 환궁할 때 수발할 내관, 의관, 세자와 그를 배종하는 시강원, 익위사의 관리, 그리고 각사의 이속과 견마잡이, 구실아치들로 이루어진 두서없는 무리였다. 무장한 호위군도 위풍당당한 깃발도 없었다. 키 큰 백마 위에 앉은 왕은 덤덤하게 앞장섰고, 세자와 무리는 소매로 얼굴을 가리고 흐느끼며 따랐다. 성안에서 도열한 백관들이 통곡하는 소리가 성벽을 넘어왔다.

이완은 세자의 부탁을 받아 견마위의 명색으로 그를 호종하고 있었다. 성안의 말들이 굶주림과 추위로 온전한 것이 거의 없어, 민호가 끌고 온 백마가 왕의 체면을 위해 하루 차출되었고, 이완과 민호는 말구종으로 따라나서게 된 것이다.

일이 이렇게 된 것이 천만다행이었다. 왕의 일행을 따라가면 그나마 안전하게 창경궁에 닿을 것이고, 지척이 성균관이니 아마 늦더라도 오늘 내로 서울에 도착하게 될 것이다. 현재 한양과 경기 일대는 병사들이 약탈을 일삼는 위험천만한 무법지대라, 왕의 행렬을 따라 귀환하는 것이 가장 빠르고 안전한 방법이었다.

"우리는 이제 어찌 되는가?"

말 위에 앉은 세자는 혼잣말처럼 중얼거렸다. 대답하는 이는 아무도 없었다.

"우리는 기어이 성을 나서게 되는가? 대체 왜 일이 이 지경이 됐지?"

강도가 함락되고, 세자의 동생들과 세자빈, 숙의들이 모조리 잡혔다는 소식이 전해진 날, 결국 출성이 결정되었다. 그렇게 힘겹게 버티던 것에 비하면 어이없을 정도로 간단한 결말이었다.

어둠에 반쯤 잠긴 세자의 얼굴은 눈물로 얼룩져 있었다. 세자는 출성을 앞두고 거의 매일 밤 이완이 머무는 행각을 찾았다. 세자는 폭격으로 오 초시의 행랑채가 크게 파괴된 후 이완과 그의 가족을 불러들여 익위사의 하급 관리와 구실아치들이 머무는 행각을 한 칸 내주어 조용히 머무르게 했다. 호의는 고마웠지만, 이완은 딸을 보낸 후부터 거의 잠을 이루지 못하던 상태라 그의 방문이 반갑지만은 않았다.

"성을 나가기로 정한 건 제가 아닙니다, 저하. 어찌 제게 와서 물으십니까."

이완은 세자 앞에서 종종 피로함을 드러내거나 무성의한 대답을 하기도 했으나, 세자는 그를 비난하지는 않았다. 세자는 이 시대에 속하지 않은 자에게 이 시대의 권위란 쓸데없는 것이라 생각했고, 눈앞의 사내가 며칠 전에 힘든 일을 당했음도 기억하고 있었다. 세자는 신음하듯 말했다.

"아바마마께서 적진에 가셔서 무사하실지 어찌 알고 출성을 해? 오랑캐들이 살려 주겠다는 말을 믿으라고?"

"못 믿으시면 다시 가셔서 모두 다 옥쇄할 때까지 싸우자 주청하십시오. 지금까지 10년 넘게 척화와 화의로 다투었고, 산성 안에서도 한 달 반을 꼬박 싸웠으니 조금 더 다툰다 한들 무슨 상관이겠습니까. 어차피 청의 황제도 조선 조정에 하도 속아서, 진심으로 충성할 거라고 믿지 않으니 피장파장입니다."

"그렇다면 척화신들은 어찌 되는가? 그들 모두 죽음을 두려워 않는 충신이고, 명예와 부끄러움을 아는 의기 높은 선비들이다. 그런 자를 우리 손으로 묶어 정말 적진으로 보내야 하는가?"

끝까지 싸우자 주장한 신하들을 결박해 보내라. 그러면 짐은 그들의 목을 베어 매달아 뒷사람을 경계할 것이다. 그들이야말로 나의 대륙 진출을 그르치고, 너희 백성들을 도탄에 빠뜨린 자들이니라.

황제의 명은 지엄했다. 너그러운 대국의 군주를 표방한 이상, 반항한 자들을 몰살하진 않았지만 본보기를 보여야 함을 잘 알고 있었다.

대신들은 왕과 함께 외행전에 모여 앉아 적진에 보낼 희생양을 골랐다. 작년 봄부터 사신단의 목을 베고 싸우자 극렬한 상소를 올리며 여론을 주도했던 사헌부 장령 홍익한의 이름이 가장 먼저 수면으로 올랐다. 대전에 함께 앉아 있던 세자는 이렇게 돌아가는 상황을 도무지 받아들일 수 없었다.

'내가 가겠소, 내가 가서 죽으면 될 일 아니오!'

세자는 왕과 대신들의 앞에서 통곡했다.

'지금이라도 나가겠다, 당장 나갈 것이다! 아무도 없느냐, 말을 대령하라!'

입대한 신하들은 망극했고, 왕은 탄식하며 마음이 여린 아들을 나무랐다.

'어리도다. 어리석도다. 어린아이가 한 말이니 경들은 괘념치 말라.'

젊은 당하관들도 달려와 왕 앞에 엎드려 울부짖었다.

'전하, 신을 보내 주시옵소서, 신이 척화파의 우두머리이옵니다.'

'아니옵니다. 신이야말로 적진에 가야 마땅한 자이옵니다. 소신이 오랑캐 사신의 목을 베고 싸우자 주장하였습니다.'

'소신이 가겠나이다, 전하, 전하, 전하아!'

젊은 언관들 역시 드높은 의기와 대쪽 같은 성정을 지녔으되 눈물이 흔한 자들이었다. 곡기를 끊고 죽을 날만 기다리던 예판 김상헌도 자리에서 일어나 자신을 보내 달라 주청했다. 꼿꼿한 노인은 안간힘을 쓰며 자리에서 일어나 다시 식사를 시작했다.

'내가 만일 굶어 죽으면 적진에 가는 것을 피하려 그랬다 할 것아니냐! 내가 갈 것이다, 다른 누구도 아닌 내가 갈 것이다!'

소식을 들은 군인들은 무장을 한 채 행궁에 몰려왔다. 척화신들을 내놓아라. 우리를 이 지경으로 몰아넣은 척화신들을 한 놈도 빼놓지말고 끌어내라. 우리가 모조리 묶어 넘기겠다. 군인들의 기세는 금방 난이라도 일으킬 것처럼 흉흉했다.

'네 이놈! 어느 안전이라고! 무엄하다!'

'아하하하, 승지 영감께선 똑똑하시니, 저희랑 같이 적을 진멸하러 쳐들어갈까요. 백전백승하시리이다.'

승지의 호통도 소용없었다. 삶을 포기한 군사들 역시 죽음을 각오한 척화신들처럼 거칠 것이 없었다. 산성 안에서는 죽음과 삶, 죽고자 하는 욕망과 살고자 하는 욕망이 우스꽝스럽게 짝지어져 시간이갈수록 추한 모습을 드러냈다.

척화신은 홍익한 한 명으론 모자랐다. 황제가 시큰둥하게 반응했으니 사람을 더 보내야 한다는 뜻이었다. 영의정 김류는 그동안 화의파를 지긋지긋하게 비난했던 척화신 열한 명의 이름을 모조리 적어 왕에게 올렸다. 대사간의 만류로 홍문관 교리 윤집, 수찬 오달제, 당하의 젊은 언관 두 명만 추가로 뽑혔다.

‘내 그대들의 가족은 성심으로 보살필 것이다. 아무 염려 마라. 내 그대들의 가족만은…….’

왕은 기꺼이 가겠노라 용감하게 고하던 두 명의 손을 잡고 기어이 통곡했다.

“척화신들이 어찌 되기는요. 죽으러 가는 거 다들 알고 뽑으신 것 아닙니까. 다 뽑아서 등 떠밀어 놓고 뭘 어찌 보내느냐 한탄하십니까?”

“이보게. 자넨 정말 말 한마디를 해도.”

“저하, 척화신들이 죽음을 두려워하지 않는 진짜 이유를 알려 드릴까요?”

“그들의 의기와 명예를 깎아내릴 셈이라면 그만두지.”

“깎일 명예나 의기가 정말 있다고 믿으십니까? 아아, 대책도 없이 큰소리나 뻥뻥 치면서 다른 사람들까지 모조리 사지에 몰아넣고, 고결한 죽음으로 면피하는 것을 이 시대에는 명예와 의기라고 부릅니까?”

“자넨 입에 날카로운 칼을 물고 태어났군. 아니면, 이 시대를 경멸한다더니 그게 그대의 입을 그리 날카롭게 벼려 놓았나? 적어도 그들의 의기는 칭송받을 자격이 충분하다.”

“어차피 저 같은 놈이 칭송 안 해도 그분들이야 두고두고 길이길이 칭송을 받을 터이니 저는 사양하겠습니다. 하니, 저라면 이판 대감께나 가서 큰절을 올리겠습니다.”

“그자를 왜! 이판은 조정의 영구한 수치로 기록될 자임을 모르는가?”

"그렇군요. 그분이 하신 일이라야 고작 목숨 걸고 적진을 드나들면서, 자존심 명예 다 버리고 온갖 더러운 일과 뒷수습을 도맡으신 것뿐이니, 이빨과 붓으로만 열심히 싸우는 고매하신 선비님들보다는 백배 한심합니다."

"……네 이놈!"

세자의 눈썹이 꿈틀거리는 것을 보고 이완은 고개를 어슷하게 돌리고 고소했다. 기록에 남아 있는 소현세자는, 명을 배신하는 자, 오랑캐와의 화친을 말하는 자를 불쾌히 여겼다. 하지만 그는 분노를 겉으로 뿌려 대는 대신 안으로 다스렸다.

"……됐네. 옳고 그름에 관한 이야기는 그만하세. 다만, 한 가지만 알 수 있을까? 아바마마께옵서는 정녕 무사하실지. 그리고 강도에서 없어진 내 아들은? 그 애는 절대 잘못돼서는 안 될 아일세."

"잘못돼도 괜찮을 아이는 세상에 없습니다. 저하."

"아, 내 말은, 석철이는 몇 년 만에 얻은 원손이고, 장차……."

말을 잇던 세자의 움직임이 멈췄다. 눈앞의 사내가 며칠 전 딸을 묻고 왔음을 잠깐 잊었다. 그는 더듬대는 목소리로 사과했다.

"미안하네."

"저하께서 사과하실 일은 아닙니다."

세자는 헛헛하게 웃으며 고개를 저었다.

"자네 딸의 일은 나도 마음이 몹시 아파. 나도 몇 해 만에 어렵게 아들을 얻은 아버지야. 왜 그 마음을 짐작하지 못하겠나. 그냥, 내가 안타깝고 미안하게 여기는 마음만 받아 주게."

이완은 세자를 보며 씁쓸하게 웃었다. 눈앞의 사내에게 정을 안 주려고 애를 쓰는데 어째 잘 되지 않는다. 심양으로 가기 전의 세자는 숭명 척화의 사상에서 아직 벗어나지 못한 상태라 한심하고 답답할 것 같았는데, 의외로 미워할 수 없는 사람이었다. 기본적으로 선하고 반듯했으며 주변 사람들을 아끼고 사랑할 줄 알았다.

아마 현대에 태어났으면?

열심히 공부하고 학교에서 배운 바대로 살려고 노력하는 청년의 모습이 그려졌다. 융통성은 다소 부족하지만, 행실이 반듯하고 성품이 고운 '바른생활사나이'의 모습이 쉽게 그려졌다. 자신과 묘하게 닮은 부분도 있었다. 학교에서 친구로 만났다면 마음이 맞는 단짝이 되었을지도 모르겠다.

기록에 남은 대로, 그는 눈물이 많았고 정도 많았다. 아버지인 인조에게서 내림한 성품인 듯도 했다. 그의 무능한 아비도 인간적으로는 정이 많아, 불쌍하고 딱한 백성을 보면 자주 눈물을 흘렸고, 나라를 말아먹은 측근 신하들에게 모진 소리 한 번 못 하고 이리저리 휘둘리기 일쑤였다.

저는 이 시대를 좋아할 순 없지만, 당신의 성품이 통치자로 합당한 것 같지도 않고, 지금 당신이 하는 생각에 동의할 수도 없지만.

그래도 ……저하를 미워하긴 힘들 것 같습니다.

콰르르, 쾅, 쾅.

멀리, 가까이, 다시 멀리 대포 소리가 울렸다. 출성을 코앞에 두고, 마음을 변개치 말라 경고라도 하는 듯 계속 홍이포의 탄이 날아왔다. 처음에는 행궁에서 멀찍이 떨어진 곳에 쏘아 댔지만, 망월봉에 홍이포를 끌어 올린 후부터는 아예 행궁을 조준해서 쏘아 댔다. 왕과 내관, 궁녀, 대신들은 포탄이 떨어질 때마다 기겁했다. 어떤 내관은 탄이 터지는 소리가 들릴 때마다 복도를 미친 듯이 뛰어다녔고, 어떤 상궁은 구석에 머리를 박고 흐느꼈다.

세자는 고개를 들었다. 아내와 아이가 잠든 모습을 담담히 바라보고 있는 사내가 보인다. 동떨어진 세계에 속한 듯 조용하고 흔들림이 없었다. 그걸 보니, 이리저리 감정에 휘둘리는 자신의 모습이 조금 부끄러워졌다.

"자넨 겁이 참 없어. 대범하고. 그 시대의 사람들이 다 그런가?"

"설마요. 제 내자에 비하면 저나 다른 사람들은 범 앞의 하룻강아지죠. 아마조네스, 음, 여장부, 여걸입니다. 걸리면 죽는다는 마음으로 살고 있습니다. 저하도 뭐 저와 사정이 딱히 다를 것 같진 않습니다만."

"어찌 알았지? 우리 빈궁도 보통이 아니야. 어. 빈궁을 흉보는 건 아닌데, 음…… 그런데 그런 것도 기록에 남아 있나? 내가 막 잡혀 살았다고 나와 있고 그래?"

"하하하. 설마요. 금슬이 퍽 좋으셨다고…… 어, 어쨌든 시강원 관원들이 그 정도로 저하의 체면을 깎진 않았습니다. 몇 가지 일화 보고 아하, 빈궁마마도 여장부시구나, 그래서 뭐, 저하께 조금 동병상련을……."

"네 이놈. 간덩이가 퉁퉁 부었느냐. 네놈이 다른 시대에서 객사하고 싶은 모양이구나."

짐짓 으름장을 놓긴 하는데, 영 어설프기 그지없었다. 여전히 대포는 쿵쿵대고, 방 한구석에선 여자와 아기가 깊이 잠들어 있고, 두 사람 사이에선 작은 화롯불이 이글거렸다.

"우리가 어찌 될지 알려 주기 어렵다면, 다른 한 가지 청을 해도 되겠는가."

"말씀하십시오."

"나는 곧 오랑캐의 땅에 인질로 끌려가게 되네. 그럼 그곳에 가서 무엇을 해야 하는지 알려 주게. 그곳에서 내가 할 수 있는 일이 무엇인가?"

이완은 물끄러미 그의 눈을 바라보았다. 십 년 전의 소년을 처음 보았을 때처럼 곧고 맑은 눈이었다. 소년의 나이를 따져 보면, 정묘호란을 겪은 직후였을 것이다. 나는 후손에게 어떻게 기억되는 자인가 묻던, 아름답고 명예로운 이름으로 기억되길 바라던 소년의 눈빛은 지금도 여전히 맑고 아름다웠다. 이런 사람에게 진실을 고하는 것은 아픈 일이었다. 이완은 무슨 말로 에둘러 말해야 할지 잠시 고민했다.

"저하, 지금부터는 죽기 위함보다 살기 위해서 더 많은 용기가 필요할 것입니다. 그리고, 저하께서 살아남는 일보다 남은 사람들을 살아남게 하는 일에는 훨씬 더 많은 용기가 필요할 겁니다."

"……."

"……아닙니다. 괜히 삿된 말로 심기를 어지럽혔나이다. 하루하루, 그저 포기하지 않고 살아서 강건히 버텨 주시기만 바랄 뿐입니다."

"그것뿐인가? 고작 살아 버티라는 것뿐인가? 할 말이?"

"타국에서 힘들게 지내실 저하께 무엇인가를 더 바라야 합니까?"

"대체, 대체 후대 사람들은 나에 대해 어떻게 생각하기에 그런 말을 하는 거지? 나 혹시 패주나 폭군으로 기록돼 있나? 무능한 군주? 부덕한 치자로 기록되어 있나? 대가리가 텅 비고 놀기만 좋아한다고, 그렇게? 그러니까 살아 버티는 거로도 장하다고 하는 건가?"

세자는 머리를 감싸더니 끙, 괴롭게 신음하며 물러앉았다. 하지만 아무리 물어봐야, 이완이 대답해 주지 않으리라는 것을 알기에 길게 조르지는 않았다. 이완은 잠시 망설이다가 크게 심호흡을 했다.

"저, 저하. 실토할 게 있습니다."

"뭔가?"

"솔직히 말씀드리면, 제가 전에 말씀드린, 저하께서 존경받는 유명한 학자가 된다는 이야기는 사실이 아닙니다."

"그건 나도 알아! 자넬 처음 만나기 전부터, 사가에 있을 때부터 알고 있었어. 사가에서 날 가르친 스승님도, 지금 시강원 문학들도, 내관들도 다 아네! 하지만 오해는 하지 마시게. 공부하기 싫어서 그리된 게 아니고, 바빠서 그런 거야! 바빠서!"

"아, 예, 그래서 농땡이도 치시다가 길 가던 누구한테 걸리시고."

"사람 참. 나라에 복잡한 일이 많으면 세자도 공부 말고 할 일이 많이 생긴단 말일세. 나도 나름 바빴어! 자넬 만나기 한 해 전에도 바로 호란이 있어서, 아바마마께서 강화도로 들어가시고 내가 청주에 남아서 조정을 나누어 맡았었다고. 그러다 간신히 환궁했는데 얼마 안 가서 장가까지 덜렁 들어 놓으니 낮에 바쁜 것도 모자라 밤에까지 바빠지더란 말이야. 일각도 쉴 틈이 없어서 그랬던 거였어! 그런 나한테 존경받는 학자라니 말이 되나?"

세자는 자포자기한 듯 아예 큰 소리로 웃었다. 이완도 따라 웃었다. 기록에서의 소현세자는 통감절요를 배울 때 진도가 느린 편이라, 약간 늦된 학생이 아닐까 추측했었다. 이런저런 핑계로 시강원의 휴강도 무척 많았다. 머리가 나쁜가, 공부를 싫어하나 했는데, 현실 속의 세자는 어린 나이부터 격무에 시달려서 바쁘고 가끔 땡땡

이도 치는 평범한 학생이었고, 다감하고 유쾌한 사람이었다. 이완은 기록 속에만 있던 이들이 자신의 앞에서 생명을 얻고 감정을 주고받게 될 때, 생각보다 마음 아픈 일이 많아진다는 것을 배워 가는 중이었다.

"부탁이 한 가지 더 있는데 말해도 되겠나?"

"그놈의 한 가지 부탁으로 만리장성 쌓겠습니다. 말씀하십시오."

"30일에 출성할 때 견마위로 나를 수종할 수 있겠는가? 자네 내자가 끌고 온 백마도 하루만 차출했으면 싶네만, 난 자네도 따라와 줬으면 싶어. 배종 인원은 500명까지 허락한다고 들었네. 지금 체부의 영상 대감이 전하를 모시고 갈 자들을 인선하고 있어."

"저 같은 자가 따른다 한들 무슨 도움이 되겠습니까. 저하께 짐만 되겠지요."

"무슨 말인가. 천군만마 이상으로 든든하겠지."

이완은 세자를 물끄러미 바라보다가 픽 웃었다. '적어도 미래를 아는 자라면 죽을 구덩이에 스스로 발을 들이밀지는 않을 테지.' 하는 속이 빤히 보였다.

항복하러 가는 왕과 일행은 안전하다. 홍타이지는 왕의 무사 귀환과 왕권 보장을 약속했고, 실제로 약속을 지켰다.

더욱이 이완은, 남한산성이 열린 후 민호와 아기를 가장 안전하게 한양까지 데려갈 방법을 노심초사 궁리하던 중이었다. 성이 열리자마자 바로 돌아가는 것은 위험천만한 일이었고 그렇다고 당분간 기다리자니 치안이 불안한 상태가 언제까지 이어질지 몰랐다. 전쟁이 끝난 후로도 한참 동안 청병들의 약탈과 민간인 납치가 횡행했다. 그런 상황에선 어가를 따라가는 것보다 더 안전한 귀환 방법은 찾기 어려울 것이다. 이완은 선선히 고개를 끄덕였다.

"함께 가겠습니다. 그래야만 저하의 마음이 편하시다면, 저하의 말고삐 잡아 드리는 일 정도야 기꺼이 해 드리지요."

"아, 그래 주겠는가? 고맙네."

"천만에요. 저야말로 그간 살펴 주셔서 진심으로 감사합니다. 제가 아이와 한 달이라도 함께 지낼 수 있었던 것은 저하 덕분이었습니다."

이완은 잠시 망설이다 결국 한마디 덧붙였다.

"부디 돌아오시는 날까지 강녕하십시오. 그래야 아바마마도 뵙고, 건강하게 자란 아드님, 아, 원손님도 뵙지 않겠습니까."

세자의 웃음이 천천히 멎었다. 그는 이완이 감사와 덕담을 가장해 무슨 말을 흘리는지 이내 알아차렸다.

눈물이 고였다. 지금 세자에게 편안하고 아름다운 길은 삶이 아니라 죽음이었으나, 삶은 여전히 반가운 것이었다. 특히 살아 있는 아들과 재회하리라 하는 암시가 눈물겹게 기뻤다.

그거면 되었어. 지금은 그것만이라도. 안도하는 순간, 갑자기 눈물이 툭, 터졌다.

"저하, 저하?"

당황한 이완이 무릎걸음으로 가까이 다가가자, 세자는 소매로 얼굴을 가리고 손을 젓다가, 그의 어깨에 잠시 고개를 묻었다. 짧은 흐느낌과 뜨끈하고 축축한 감각이 어깨에서 번져 나갔다. 이완은 잠시 당황했다. 자세를 바로잡을까 했지만 잠시 생각한 후, 세자가 유난히 눈물이 많았던 자였음을 생각하고 그대로 두었다. 빌려준 어깨가 너무 아프고 무거워서, 이완은 후에 그에게 이어질 이야기들에 대해서는 더 이상 한마디도 할 수 없었다.

왕은 세자의 흐느낌이 가장 듣기 싫었다. 성을 나설 때부터 여기 저기 우는 소리뿐이었으나 맏아들의 울음은 길고도 질겼다.

"세자. 눈물을 거두어라. 고작 세 번 절하고 아홉 번 조아리는 것 뿐이다."

"죽여 주시옵소서. 차라리, 차라리, 저희가 이 자리에서 모두 죽겠 나이다."

"죽어서 무엇이 달라질까. 황제란 자의 노여움이 더 커지면 어차 피 남은 자들이 그 몫을 지게 된다. 결정된 것이다. 더 이상 말하지 마라."

왕은 피곤했다. 강도가 함락되고 아들들과 며느리가 붙잡히고 많 은 사람이 포로로 잡혔다는 말을 들은 후부터, 그는 아름다운 이름 으로 남을 기회를 박탈당했음을 알았다. 백성 중 가장 약한 아이들 은 적병의 손에 죽었고, 그다음으로 약한 여인들은 제 손으로 목숨 을 끊었다. 스스로 죽지 못한 여인들의 운명은 죽음보다 못한 진창 에 처박혔다. 사내들의 운명이라고 딱히 낫지 않을 것이고, 왕이라 해서 또 다르지도 않을 것이다.

"전하."

뒤에서 평연한 목소리가 들렸다. 이조판서 최명길이었다. 모든 이 가 앞다투어 흐느끼는 중이라 그런지, 그의 담담한 목소리는 낯설고 기이하게 느껴졌다.

"전하께서는 여전히 조선 왕이십니다. 이 나라는 여전히 조선이고, 백성들은 여전히 조선 백성입니다. 곤고한 중에도 부디 백성들이 여전히 삶을 영위하고 있음을 기억해 주시옵소서."

"이판 대감! 당신 같은 인간들 때문에 우리가 이렇게 바닥까지 비굴해졌음을 잊었습니까! 불학무식의 백성들조차 삶을 비굴하게 잇는 것보다 깨끗하게 순절함이 백배 나음을 아는데 대감은 어째 아직도 모르십니까!"

뒤에서 매서운 호통이 터졌다. 바로 어제 동료 둘을 한꺼번에 묶어 적진에 보낸 홍문관의 젊은 교리였다. 품계가 낮은 언관이 감히 판서에게 고함을 지름에도 나무라는 자가 없었다.

왕의 목숨을 구걸하고, 조선이라는 이름을 살렸으며, 화의 조건을 조금이라도 유리하게 조정하려 목숨을 내놓고 적진을 드나들었던 이조판서는 이제 더럽고 비굴한 자로 낙인이 찍혔다. 아마도 그는 조선이라는 나라가 이어지는 한 그 낙인에서 벗어나지는 못할 것이다.

최명길은 자신의 몫을 감수할 생각인지, 당하관의 무례한 고함에도 덤덤히 침묵했다.

견딜 수 없던 것은 왕이었다. 그는 아직 이조판서만큼 비굴의 몫을 받아들일 준비가 되어 있지 않았다.

"그만, 그만하라. 아무 소리도 듣고 싶지 않다."

사방이 조용해지자 세자의 가는 흐느낌이 새로이 귀를 파고들었다.

삼밭나루 남녘에 설치해 둔 거대한 단이 가까워지면서, 왕과 일행은 말에서 내려 걸었다. 단은 아홉 층으로, 단 위에 장막을 두르고 금색 일산을 받쳤다. 단 위는 수놓은 비단으로 지은 교룡요가 화려했고, 그 위로 황금빛이 도는 비단 차일을 높이 쳤다.

뜰에는 금색 일산 셋을 세웠다. 비단옷에 갑주 차림의 전사들이 사방으로 도열했다. 깃발과 창검이 사면으로 수풀처럼 늘어서서, 단까지 이르는 거리가 천 리 길처럼 멀게 느껴졌다.

아홉 개 단 위에 앉은 황제는 가마득히 높아 더욱 두려웠다. 넓고 황량하던 삼밭나루는 청의 십수만 대군과 그들이 끌고 온 조선인 포로들로 인해 검은 파도가 일렁이는 것처럼 보였다.

왕은 초병이 지키는 동문 밖에서 세 번 절하며 얼어붙은 진흙 바닥에 이마를 댔다. 단 위의 황제가 용골대를 통해 환영 인사를 전했고, 왕은 세자의 부축을 받으며 문 안으로 들어와 다시 삼배구고례를 행했다. 뒤이어 호종한 이들도 모두 같은 예를 행했다.

"지난날의 일을 말하려 하면 길겠지만, 이제 용단을 내려 성을 나왔으니 짐은 매우 기쁘고 다행스럽다."

"천은이 망극하옵니다."

"이제 두 나라가 한집안이 되었으니, 이 어찌 좋은 일이 아니겠느냐."

황제는 왕과 그의 일행을 단 위로 올라오게 해 합석시킨 후, 잔치를 베풀었다. 왕에게 내주는 술상은 황제의 술상과 똑같이 차려 황제가 왕을 용서했음과 적절하게 예우함을 보여 주었다.

청의 황제와 군사들은 활을 쏘거나 사냥개를 데리고 장난치며 유쾌하게 노는 것을 즐겼는데, 왕과 그의 일행도 동참하여 격의 없이 어울리기를 청했다. 하지만 대부분 문관이었던 그들은 떠들썩하게 같이 즐기기는커녕 비분강개에 가득 차 온몸을 떨었고, 황제가 아끼는 개들에게 고기를 던져 주며 재주를 부리게 하는 모습을 보며 심한 모욕감을 느꼈다.

황제는 왕에게 황제의 백마와 담비 털로 만든 겉옷을 하사했고, 인평대군과 정승, 판서, 승지들에게도 담비 털 겉옷을 하사하며 산성에서 주상을 모시느라 애썼다 위로했다. 용골대는 '조선의 복식이 우리와 많이 다르니 억지로 입으라는 것은 아니고 정리를 표하는 것이라 하셨습니다.' 라고 정중하게 황제의 말을 전했다. 왕과 대신들은 담비 털 옷을 겹쳐 입고 단 위의 황제에게 사의를 표했다.

이완은 민호와 함께 군막 앞에서 대기하며 멀찍이 그들의 모습을 바라보았다. 품속의 아이가 일어나 배고프다 칭얼거렸고, 민호는 나무에 묶어 둔 말들 사이에 숨어서 젖을 먹였다. 아기는 주변 상황 따위는 상관없이 배고프면 울고, 배부르면 자고, 마려우면 쌌다. 이호는 끊임없이 무언가를 하도록 민호와 이완을 몰아쳤고, 두 사람은 이호에게 신경을 쓰느라 슬픔에 잠길 틈이 별로 없었다. 두 사람은 밤이고 낮이고 울컥 치미는 감정을 내색하지 않고 최대한 밝은 모습만 보이려 애쓰던 중이었기에 정신 빠지게 바쁜 무언가가 있다는 것이 고마웠다.

망을 보던 이완은 한숨을 쉬며 중얼거렸다.

"미안해요. 민호 씨. 제가 도와 드릴 수 없어서. 돌아가면 제가 최선을 다해서……."

"응? 이완 씨가 최선을 다해서 애 젖 먹일 거야? 이게 무슨 변태 같은 소리야."

"……아기가 우유 먹게 되면 밤에 먹이는 건 제가 전담한다고요."

"그 일이 얼마나 헬게이트인지 모르……. 아, 그, 그래! 약속한 거다?"

민호는 얼른 고개를 끄덕였다.

"저거 언제쯤 끝나?"

"얼마 안 남았어요, 신시나 유시쯤 끝나고 돌아간다 되어 있으니, 음…… 저녁 여섯 시 정도면 끝날 거예요. 청나라 황제도 내려가서 자야죠."

말들이 투레질하는 사이로 여자가 고개를 비쭉 들어 높이 솟은 단을 올려다보았다.

"청나라 황제가 진짜 저기 와 있는 거라고?"

"예. 민호 씨도 알걸요? 드라마에서 나오잖아요, 인조가 청 황제한테 항복하는 거. 세 번 절하고 아홉 번 이마를 조아리는."

"아! 나 그거 알아! 이마 꽉꽉 찍어서 마빡에서 피 철철 나는 거!"

시루 속 콩나물이 다시 한 뼘 자라……지는 않았다. 야사(野史)로는 제대로 된 콩나물이 자라지 않는다. 이완은 풀썩 웃으며 고개를 저었다.

"피가 철철 나긴 뭘 나요. 피가 철철 날 정도가 되려면 두개골이 깨질 정도로 이마를 박거나 울퉁불퉁한 돌에 이마를 박박 갈아야 했을 텐데요. 왕의 마빡이 그 정도가 되면 여기서 대기 중인 내의원, 혜민서, 전의감 의원들이 눈썹에 불이 나게 튀어 나갔을 거라고요."

"어? 피 안 났어?"

"승정원일기, 조선왕조실록, 산성일기, 병자록, 죄다 찾아봐도 피 났다는 기록은 없어요. 발에 동상 조금 걸리고 감기 몸살 기운이 조금 있는 것까지 모조리 적어 놓는 사관들이 그렇게 큰일을 빼먹을 리가 있나요? 저는 십중팔구 안 났다고 생각하고 있어요."

"그럼 왜 그렇게 소문이 난 거야?"

이완은 금빛이 번쩍번쩍하는 9층 단을 바라보며 코웃음을 쳤다.

"뭐, 뻔하죠. 전하께서도 이렇게 모진 핍박을 당하시고 몹쓸 일을 겪으셨다. 전하께서도 너희처럼 힘들었다, 그런 걸 구구절절 호소했어야 할 테니까요."

"그건 이상하네? 왕이 개쪽 당했다는 걸 왜 구구절절 호소해야 했는데?"

"생각해 보세요. 인구가 간신히 천만인 나라에서 50만 명이 넘는 사람들이 포로로 잡혀서 끌려갔어요. 게다가 죽은 사람은 세지도 않은 거예요. 인구수 비율로만 따지면 적어도 한두 집에서 한 명씩은 죽거나 잡혀간 사람이 나왔다고 봐야 해요. 그런데 왕이라는 놈이 산성 안에 꼭꼭 숨어 있다가 말짱한 몸으로 나와서 해맑게 동실동실 궁으로 돌아가 봐요. 기분이 어떻겠어요. 차라리 그런 말이라도 믿고 싶지 않겠어요? 왕에게 동병상련이라도 느끼지 않으면 살심 올라와서 살겠느냐고요."

"그래, 마빡에 피라도 났다고 해야 화가 좀 덜 나긴 하겠다, 응."

"그렇죠. 그런 판인데 왕하고 대신들이 끝까지 '이것만은 안 되니 제발.' 하고 빌었던 게 뭔지 아세요?"

산성 꼭대기에 올라가 인사하는 거로 퉁치면 안 되겠느냐, 신하 신 자를 꼭 써야 하겠느냐, 척화신을 꼭 묶어 보내야 하겠느냐, 전하께서 나가실 때 곤룡포 대신 그 이상한 퍼런 군복을 꼭 입으셔야 하겠느냐, 대신들의 아들들을 꼭 인질로 보내야 하겠느냐, 나는 그럼 벼슬 그만두겠다, 그들이 최후까지 다투었던 내용은 그런 것들이었다. 민호는 손을 부들부들 떨었다.

"아오, 씨! 그게 사실이면 도시락 폭탄 싸 들고 가서 확! 그냥 확!"

이완은 여자의 코에서 증기기관차 비슷한 소리가 나는 것을 보며 그쯤 해서 말을 멈추기로 했다. 콩나물시루에 물을 자주 주는 것은 좋지만, 시루를 폭포수 아래에 갖다 놓으면 콩나물이 다 터져 죽는 법이다. 여자는 당장 양철 도시락에 니트로글리세린을 퍼 담을 것 같은 얼굴로 씨근대며 물었다.

"근데 이완 씨. 이 사태는 정확하게 누구 잘못이야? 도시락 폭탄 어디에 던져야 해?"

가끔, 시루에서 싹이 난 콩나물은 대답하기 굉장히 어려운 질문을 하기도 했다.

"따지기도 부질없네요. 애초에 힘없는 놈으로 태어났다는 게 제일 큰 잘못이겠지요."

"무슨 말이야. 태어날 땐 누구나 다 힘없이 태어나. 하지만 세상에 태어난 게 잘못이 될 순 없잖아. 그렇지 이호야?"

께루룩, 아기가 화답하듯 트림을 했다. 아이고, 장하다. 트림도 참 예술적으로 한단 말이야. 민호가 아기의 엉덩이를 두드리며 칭찬을 한다. 이완은 눈을 가늘게 뜨고 싱긋 따라 웃었다.

"민호 씨는 가끔 보면 득도한 철학자 같아요."

해가 뉘엿뉘엿 질 무렵 홍타이지는 들에서 기다리던 왕과 일행에게 이제 돌아가도 좋다고 허락했다. 다만 심양으로 함께 갈 세자와 세자빈 강씨, 그리고 봉림대군 부부와 배종인들은 그대로 머물게 두었다. 세자와 그의 일행은 들에 쳐 둔 막사에 남았고, 뒷수습을 위해 이조판서 최명길도 함께 남았다. 왕의 일행은 급하게 자리에서 떠났다. 해가 강물 위로 천천히 가라앉고 있었다.

걱정했던 일은 일어나지 않았다. 삼배구고례를 행한 왕의 이마에는 피 한 방울 없었고, 대기 중인 의원이 불려 가지도 않았다. 모욕적인 언사도 없었고 신체적인 위협도 없었다. 과거 정복 군주가 패전국의 왕에게 아주 흔하게 저질렀던 일들, 즉 왕의 목을 베거나, 왕자들을 왕의 눈앞에서 모조리 죽이거나, 홀딱 벗겨서 긴 장대에 항문부터 머리까지 꿰어서 높이 세워 두거나, 눈을 뽑고 사슬로 칭칭 묶어 본국으로 질질 끌고 가거나, 수도 한복판에서 말 다섯 마리로 사지를 찢어 죽이거나, 왕의 부인들을 모조리 끌고 가서 강간한 후에 부하들에게 나누어 주거나, 함께 나온 일행까지 몰살시키고 성으로 진격하는 일 따위는 벌어지지 않았다.

그럼에도 왕과 일행은 참담한 표정이었다. 여전히 이를 악문 채 걸음을 옮기는 그들은 죽음보다 못한 치욕을 받은 얼굴이었다.

이완은 그들의 모욕감을 이해하고 싶지 않았다. 황제는 명나라 방식의 까다로운 전례를 어설프게 따르지는 않았지만, 의도적으로 무례하고 치욕적인 분위기를 조성한 것도 아니었다. 솔직히 말하자면 명에서 온 사신을 접대할 때 이보다 훨씬 더 모욕적이고 지랄 같은 일들이 많았다. 명의 사신과 장수들이 돈을 뜯어내기 위해 가난한 조선에 저질렀던 해괴한 짓들을 생각해 보면 오히려 오랑캐라 무시당하는 용골대와 도르곤의 행동이 훨씬 품위 있어 보일 지경이었다.

창경궁의 그들이 조금만 더 현명하고 객관적이었더라면, 명나라가 아닌 백성을 위해 싸우고 분개하고 슬퍼했더라면, 어차피 정의를 위한 전쟁도 아니었으니 민호 씨 말대로 힘에서 밀리는 것을 알면 죽자고 덤비는 대신 시간을 끌며 전쟁만이라도 피했더라면.

……비참하게 타국으로 끌려간 50만 피로인이 생기지는 않았을 텐데.

이완은 쓴웃음을 지으며 고개를 흔들었다. 과거를 아는 자의 가정법처럼 부질없는 것이 있을까. 이미 한 번 본 영화를 두 번 세 번 돌려 보면서 화면 속 배우에게 그런 짓은 하면 안 된다고 고래고래 고함을 지를 필요는 없는 일이다.

요 며칠 낯을 익힌 익위사의 정이중 위솔이 다가오며 묵례를 한다.

"세자 저하께서 찾아 계십니다."

이완은 말고삐를 잡아 건네며 막사 쪽으로 걸음을 옮겼다.

"하직 인사 드리러 왔습니다, 저하."

막사 안에는 꽤 여러 사람이 모여 있었다. 함께 삼전도까지 걸어왔던 낯익은 내관과 의관, 견마위들도 보이고, 출성 시 보지 못했던 사람들도 웅성거리며 앉아 있었다. 강도에서 포로로 잡혔던 봉림대군 일행이나 세자를 심양까지 모시고 갈 시강원, 익위사의 관원들일 것이다.

"지금? 지금 당장 어가를 따라간단 말인가? 하룻밤이라도 이곳에서 머물러 줄 순 없는 겐가? 언제 다시 보겠다고!"

세자는 얼굴을 잔뜩 일그러뜨리며 소매를 붙잡았다. 눈물도 많고 정도 많은 세자. 앞으로 남은 힘든 시간을 어찌 견딜까. 그간 쌓아

온 정을 생각하면 그대로 떠나기가 몹시 미안하고 딱했지만, 이완은 도저히 그의 부탁을 들어줄 수 없었다.

"죄송합니다 저하. 막사 밖에 제 내자와 어린 아기가 기다리고 있사온데, 어가를 따르지 못하면 둘이서 반궁까지 찾아가야 합니다. 하오나 한양은 아직 만몽한 병사들이 여전히 득시글대면서 약탈을 하는 중이라 무법천지와 다를 바 없어 위험하기 짝이 없습니다. 부디 양허하시고 인사를 받아 주십시오."

이완은 한 걸음 물러서서 그에게 숙배하고 일어나 고개를 숙였다. 보는 눈이 많아서 길게 말할 수는 없었다. 세자는 시강원 관원들을 물리고 그를 가까이 다가오게 한 후 속삭이듯 물었다.

"이제, 자네가 왔던 시간으로 돌아가는 건가?"

"예, 저하."

"우리 다시 볼 수 있을까?"

이완은 가늘게 한숨을 쉬었다. 저 간절함이 난감했다. 그동안 이완은 눈앞의 사내를 같은 시대를 사는 친구가 아닌 몇 번 되풀이해서 관람한 영화 속 배우처럼 보기 위해 내내 노력했다. 하지만 마음대로 되지 않았다. 인연이란 사람의 마음을 무르게 하는 무언가를 말하는 것 같았다. 다른 시간에 살고 있던 민호 씨, 앤디, 스승님, 친구가 되어 달라는 이 젊은 왕자, 모두.

하지만 안 되는 것은 안 되는 일이다. 이완은 마음을 다잡았다. 세자에게 남은 시간은 그리 길지 않고, 나는 만주의 세자관에 갈 일이 없으니 더는 볼 일이 없을 것이다. 이완은 둘러 대답하지 않고 고개를 저었다.

"아뇨. 이제 다시 뵙긴 어려울 듯합니다."

"사람 참 인색하네. 그때처럼 인연이 닿으면 또 뵙겠습니다, 한마디 해 주면 안 되나? 빈말이라도."

세자가 가라앉은 목소리로 투덜거린다.

"저하. 이 못나고 고약한 자를 왜 그리 애틋하게 여기십니까?"

"내가 언제 애틋하게 여겼다고? 세상 보는 눈이 하도 삐뚜름하니 남들보단 조금 쓸모가 있을까 싶어 곁에 두려던 것뿐일세."

세자가 콧방귀를 뀌며 퉁겨 본다. 이완은 푸슬푸슬 웃고 말았다. 콧방귀 뀌는 모습이 이렇게 안 어울리는 사람은 처음 보았다.

"저를 정히 보고 싶으시면 저하, 나중에라도 저처럼 성질 고약하고, 퉁명스럽고, 버릇도 없고, 안하무인에 말본새까지 까칠한 선비를 만나셨을 때, 저겠거니 여기시고 친구처럼 대해 주십시오. 그러면 그자도 뭔가 쓸모 있는 말을 뱉어 놓고 갈지도 모릅니다."

"됐네. 내 앞에서 자네처럼 속의 말 다 쏘아붙이는 사람이 세상에 둘이나 될 줄 아는가?"

"황공합니다. 그래도 무엄하다 신칙하지 않으시고 사가의 친우처럼 편히 대해 주시고 살뜰히 챙겨 주셨던 것 진심으로 감사드립니다."

"친우가 별건가. 마음이 통하면 친구지. 같이한 시간은 길지 않지만 한번 마음이 이어졌으면 그걸로 된 거야."

이완은 깊이 한숨을 쉬었다. 그의 마음이 진심이라는 것을 알아 더욱 속이 쓰렸다.

"백성의 눈에서 눈물을 닦아 줄 치자가 되고 싶네."

"예."

"만에 하나, 후일 나를 만났을 때, 내가 몹쓸 치자가 되어 있으면 사정없이 꾸짖어 줘. 자네는 이 시대 사람도 아니고, 조선의 백성도,

내 신하도 아니니 거리낄 것도 없잖은가."

"책에서 만나 뵙고 마음에 안 들면 그때 잔소리하는 거로는 안 되겠습니까?"

"살다 보면 한 번쯤 더 인연이 닿을 일이 정녕 없을까?"

눈에는 습기가 고여 있었고, 목소리는 간절했다. 당신은 이 살벌한 시대를 헤쳐 나갈 냉혹한 치자가 되기에는 너무 눈물이 많고 마음이 물렀다. 성벽에서 비 맞고 추위에 손발이 얼어 썩어 가는 병사를 위해 울고, 인질로 끌려가야 하는 신하를 위해 대신 가겠다며 울고, 굶주리는 백성들을 보고 눈물을 흘리며 자신의 것을 털어 나누어 주던 세자. 백성들을 진심으로 사랑하고 아끼던 청년의 간절한 부탁에, 과연 무어라 대답해야 할까.

이완은 부질없는 것을 알면서도 이번엔 그가 원하는 대답을 해 주었다.

"그럼, 인연이 닿으면 다시 뵙겠습니다, 저하. 모쪼록 아프지 마시고, 잘 다녀오십시오."

세자빈의 막사 밖에서 뒷짐을 지고 서 있던 이조판서를 발견한 이완은 민호를 잠시 세워 두고 그의 앞에 갔다. 모두가 앞다투어 어가를 따라 한양으로 가는데 이조판서는 뒷수습을 위해 청의 진영에 남았다. 그는 전란 내내 항상 그랬으나 그의 공을 치하하는 자는 아무도 없었다. 화친론자라는 이유 하나로, 그는 무슨 일을 하든 더럽고 역겨운 자로 몰렸다.

가늘고 무심한 듯한 눈이 그를 일별한다. 이완은 말없이 그의 앞에 엎드려서 절을 했다.

"세자궁에서 종종 본 자로군. 시강원 관료는 아닌 듯하고, 익위사 인가?"

"아닙니다. 아무것도 아닌 자가 저하께 폐를 끼쳤습니다. 그저 돌아가기 전에 이판 대감께 감사의 인사를 드리고 싶었습니다."

"감사 인사라. 허허. 나 같은 것에게 무슨?"

명길은 보일 듯 말 듯 고개를 기울이며 이완을 바라보았다. 가늘고 날렵한 눈에는 의아함이 서렸다. 이완은, 더럽고 비굴한 이름은 모조리 뒤집어쓰기로 작정한 저 사내가 죽을 때까지 자신의 행적을 변명도 공치사도 하지 않았음을 기억하고 있었다. 이완은 구태여 설명을 붙이지 않고 다시 고개를 숙였다.

"훗날이라도 대감의 마음을 알아줄 이들이 반드시 있을 것입니다. 부디 강녕하십시오."

"그리 말해 주니 고맙군."

장년의 사내는 담담하게 웃었다.

이완과 민호는 어가의 꼬리에 붙어 한양으로 돌아왔다. 용골대가 호위 군졸들을 이끌고 길의 좌우에 도열해 왕을 인도했다.

도성은 처참했다. 집들은 불타고 부서지고 노략질을 당해 식량이든 물건이든 남은 것이 없었다. 사람도 없었다. 기껏 남은 사람들은, 노비로 팔아먹지 못할 만큼 늙은 자들과 어린아이들뿐이었다. 그나마 돌아다니는 사람보다 바닥에 굴러다니는 시체가 더 많았다.

도심 한가운데선 여전히 병사들이 말을 타고 뛰어다니며 민가를 쑤석였다. 몰래 밥 짓는 연기라도 올라왔다 하면 득달같이 달려가 사람들을 끌어냈다. 강화가 성립된 이상, 더 이상 민간인을 포로로 잡으면 안 된다는 말은 폭도로 변한 이들에게 별로 먹혀들지 않았다. 호위 부대가 따라붙지 않았으면 왕의 행렬도 어찌 되었을지 알 수 없었다. 용골대가 차출한 호위 부대는 왕을 정중하게 모셨으나 약탈을 막지는 않았다. 민간인 약탈과 포로 장사는 그들의 가장 큰 수입원이었기 때문이다.

두 사람은 한밤중이 되어서야 창경궁에 도착했다. 도성 안이 너무 위험해 왕을 모시고 온 백관들은 궐 밖으로 나가지도 못하고 궁 안에서 머물러야 했다. 이완과 민호 역시 어가를 따라오지 않았으면 포로로 잡혔을 것이 틀림없었다. 두 사람은 궐문이 닫힌 순간 크게 안도의 한숨을 쉬었다.

이완은 차출당했다 돌려받은 말의 고삐를 잡고, 민호는 아기를 꼭 끌어안은 채, 어둠을 틈타 북쪽으로 살금살금 걸었다. 왕이나 세자가 성균관을 드나들 때 사용하던 집춘문은 평시에는 초관을 두어 엄하게 단속했을 테지만 지금 궁의 문을 지키는 자는 아무도 없었다.

두 사람은 문을 열고 좁은 길을 통해 성균관 안으로 들어섰다. 사람이 기백씩 버글대던 넓은 명륜당은 텅 비어 있었다. 뜰에는 유건을 쓴 시체가 몇 구 얼어붙은 채 굴러다녔고 이곳저곳에서 부서진 문짝이 을씨년스럽게 덜렁대고 있었다. 민호는 반촌 방향으로 고개를 돌리더니 한숨을 쉬었다.

"이완 씨, 구월이는 살아 있을까? 할아버지는 살아 있을까?"

"지금 반촌은 텅 비어 있어요. 신경 쓰이세요?"

"응. 혹시 구월이가 포로가 되거나 하진 않았겠지?"

이완은 생면부지의 어린 생명을 구하기 위해 퍼렇게 멍든 얼굴로 젖동냥하러 다니던 작은 아가씨를 떠올렸다. 자기가 낳은 아이도 아닌데 친딸처럼 애써 보살피고는 공치사 하나 없이 자신이 키울 인연이 닿아서 그랬다고 했었다. 이런 크고 작은 인연들이 이제는 너무 고마워서 생각할 때마다 가슴이 아렸다.

"중간에 성을 빠져나갔으니 굶어 죽진 않았을 거고, 남편이 억세고 눈치 빠르니 어디서든 안전하게 숨어 있겠죠. ……그랬기를 바라야죠."

여자는 고개를 수그리고 품에 안은 아기를 내려다보았다. 잠에서 깬 아이가 입을 오물거리고 있었다. 여자의 눈에 천천히 눈물이 괴는 것이 보였다.

"……그래도 무사한지 보고, 고맙다는 인사 정돈 하고 갈까 했더니. 여행 같은 거 다시는……."

"민호 씨. 그만."

이완은 말을 막았다. 부질없는 가책으로 쓸데없는 약속을 만들 필요는 없었다.

"……그래. 지금은 어차피 아무도 없으니, 나중에 구월이가 무사한지 한번 확인하러 오지 뭐. 그때 같이 와 줄래?"

"그럼요."

"집에 가자."

여자의 말에는 아픔은 있었지만 어떤 비난도 자책도 책임 전가도 없었다. 그저 눈앞의 사내가 더 이상 슬픔에 잠식되어 자신을 망가뜨리지 않도록 막아 보겠다는 애처로운 의지만 남아 있었다. 하지만 약속하는 말의 끄트머리가 가늘게 흔들렸다. 지금까지 필사적으로 슬픔을 내색하지 않던 여자는 이제 한계에 다다른 것 같았다.

두 그루 은행나무 가지 사이로 바람이 지나간다. 우으으, 후으으으, 꼬리가 긴 곡성이 들렸으나 이상하게 무섭다는 생각은 들지 않았다. 이완은 여자의 손을 가만히 끌어당겨 잡았다. 여자의 손은 항상 따뜻했다.

"민호 씨, 부부란 건 말이에요."

"응."

"아무에게도 말 못 하는 상처도 다 보여 주고 핥아 줄 수 있어서 부부인 거예요."

이완은 여자를 끌어안았다. 툭, 두 사람의 사이에서 무언가 터지는 것 같았다. 이완은 여자가 품속에서 한참 울 동안 등을 가만히 토닥여 주었다. 은행나무는 그들의 머리 위에서 오랫동안 우우, 우우우, 길게 소리하며 울었다.

그래. 다시는 오고 싶지 않겠지. 과거를 고치기 위해, 아이를 다시 살려 보기 위해 무언가를 하기 위해 돌아오는 대신, 우리는 이 시간을 기억조차 하지 않으려 필사적으로 애쓸 것이다. 이 역시, 촬영이 끝나고 영화관에 걸려 상영까지 되어 버린 영화인 것이다.

이제 돌아가면, 나는 작고 꼼지락대던 가는 손가락과, 나를 말끄러미 바라보던 까만 눈동자와, 내 가슴에 포, 하고 와 닿던 실낱 같은 숨결을 잊을 것이다. 꿈속에서 나를 만나러 왔던, 아빠 아빠 하고 목에 매달리던 아이의 웃음까지 모두 잊을 것이다. 그리고 민호 씨가 나를 위해 오늘처럼 억지로 웃어 보이고 쾌활을 가장할 때마다 함께 웃어 주고 깊이 안아 줄 것이다.

오래도록, 아주 오래도록 그럴 것이다.

저녁 여덟 시 반. 성균관 인근 종로 거리에는 함께 손을 잡고 달콤한 말을 속삭이며 걷는 연인들이 유난히 많았다. 교회의 첨탑에서 화려한 장식이 반짝이고, 사람들이 들뜬 얼굴로 모여 성탄 전야제 행사를 하고 있었다. 한쪽에선 천사 복장을 한 사람들이 핸드벨을 들고 거리 공연 중인데, 맞은편에서는 쿵작쿵작 캐럴이 흘러나오고 있었다. 늦은 저녁 종로 거리는 한껏 흥청거렸다.

"어머, 저기, 저기 좀 봐!"

모인 사람들의 시선이 성균관에서 나온 사람들에게 집중된다. 한복을 입은 두 명의 사내가 눈부시게 빛나는 백마를 끌고 천천히 도심을 걷고 있었다. 키 큰 사내는 말고삐를 쥔 채 거리 공연을 하는 사람들과 불빛이 번쩍대는 야경을 한 바퀴 둘러보더니 길게 한숨을 쉬고 희미하게 웃었다.

"말과 아기라, 맞춤한 날에 돌아왔네요."

그는 머리에 쓴 갓을 벗고, 곁에 아기를 안고 서 있는 사내의 이마와 아기의 볼에 입을 맞췄다. 휘익, 주변에서 휘파람이 쏟아졌다. 키 큰 사내는 고개를 들고 주변 사람들을 향해 손을 흔들었다.

"메리 크리스마스."

14
인간시장

청군의 진영은 온통 시커먼 물결이었다. 수십만에 이르는 피로인들은 사슬에 매인 채 막사 인근에서 굼실굼실 허드렛일을 하거나 얼어 죽지 않도록 몸을 잔뜩 웅크리고 잉걸불을 쬐었다. 배를 곯거나 몸이 얼어 더는 견디지 못한 사람들은 여기저기서 픽픽 쓰러졌고, 그들은 두 번 다시 일어나지 못했다. 이제는 누가 쓰러져도 놀라 달려가는 이도 없었다. 주인 병사만 혀를 차며 시체를 군영에서 떨어진 들판으로 치웠다.

살아남은 이들도 딱히 살아 있는 인간처럼 보이지는 않았다. 갈아입을 옷은 고사하고, 빨래할 물조차 없어 옷과 머리에는 이가 들끓었고, 맨발로 동동거리다가 동상에 걸려 발가락이 썩어 들어가는 사람들이 속출했다.

여인들은 처지가 더욱 비참했다. 스스로 목숨을 끊지 않은 여인들은 얼어 죽고, 굶어 죽고, 자신을 잡은 사내에게 몹쓸 짓을 당하며 반항하다가 가끔은 맞아 죽기도 했다. 관서 지방에서 잡힌 기생들의 팔자가 차라리 나았다. 그네들은 화려한 옷에 머리를 높이 올리고 담뱃대를 길게 물고 수레에 올라앉아 깔깔대고 웃으며 피로인 무리를 스쳐 지나갔다.

피로인들은 혹시나 자신을 속환하러 오는 이들이 있을까 하여 지나가는 사람만 있으면 눈을 희번덕거렸다. 피로인들 사이에서 가족과 친구를 찾는 이들 역시 피가 말랐다. 병사들은 은으로 포로를 거래했기 때문에 다들 은을 전대에 담아 허리에 두르고 찾아다녀야 했다. 누구야, 누구 있소, 어디 사는 누구 본 적 있소, 그들은 몇십 리에 이르는 긴 피로인 행렬을 줄줄 따라다니며 목이 쉬어 터지도록 가족들을 찾았다.

"구월이라 하는 반인 계집종을 아십니까? 키가 작고, 얼굴이 동그란 아이입니다. 강도 점령 며칠 전에 섬에 들어갔다고 했는데, 혹시 모르십니까?"

막사 옆에서 웅크리고 있던 용출은 귀가 번쩍 뜨였다. 다른 사람보다 키가 머리 하나는 더 큰 사내가 건너 건너 막사에서 구월이를 찾고 있었다. 누구지? 구월이는 일가친척도 없고 구해 주러 올 만한 돈 많은 친구도 없는데? 장인어른은 진작 죽었을 테고. 용출은 고개를 갸웃하며 소리 나는 쪽을 훔쳐보다가 눈을 휘둥그레 떴다.

"……이 양시?"

틀림없었다. 짐을 잔뜩 실은 말을 끌고 예친왕의 군영을 실성한 사람처럼 헤매고 있는 사내는 틀림없이 이 양시였다.

강도를 점령한 예친왕 부대에는 몽골인과 귀화한 한인 병사들이 많아 진에서 오가는 언어는 만어, 한어, 조선어, 몽골어로 뒤죽박죽이었다. 이 양시는 조선인을 만나면 조선어로 구월이에 대해 물었고, 한인을 만나면 한어로 물었다. 한어는 역관처럼 능숙했다. 몽골 병사와 만주 병사를 만나면 초상화를 꺼내 보여 주며 더듬더듬 애를 태웠다. 하지만 오륙십만에 이르는 피로인 무리에서 초상화 한 장으로 원하는 사람을 찾을 수 있을 리가 없다.

용출은 침을 꿀꺽 삼키며 이 양시를 바라보았다. 예전에 자신을 두드려 잡던 날, 신장(神將)처럼 무시무시하던 선비는 지금 혼이 절반쯤 빠져나간 듯했다. 행색을 보면 꽤 오랫동안 찾아 헤맨 듯했다. 저 사람이 왜 저 꼴로 여기까지 와서 헤매고 있을까? 일가붙이를 찾는 것도 아니고, 왜 남의 마누라를 여기까지 와서 찾고 있을까?

뻔하잖아! 에서 찾으면 끌고 가서 제 것으로 취하려는 것이지!

혼례 전에 혹시나 하긴 했었다. 저 허여멀끔한 선비 놈이 구월이를 탐내는 게 아닐까, 한번 따먹어 보려고 눈독을 들이던 게 아닐까. 사내들이란 본디 맘에 드는 여인을 보면 씨를 뿌리고 싶은 법이고, 그 욕심을 채울 때까지는 지글지글 끓는 열불이 가라앉지 않는 종자 아니던가. 온갖 점잖은 척은 다 하는 반궁의 유사님들이 더럽기는 동네 개보다 더하다는 건 반촌 사람이 가장 잘 안다.

"월아! 천구월, 월아! 어디 있느냐? 있으면 제발 대답해라. 구월아!"

애타게 찾는 소리가 가까워진다. 이 양시의 목소리는 거칠게 갈라지고 푹 쉬어서, 예전에 들었던 그 낮고 매끄럽던 목소리가 아니었다.

용출은 필사적으로 생각했다. 어떻게 해야 저 호구를 붙잡아서 이용해 먹을 수 있을까? 도망치려다 발꿈치가 잘리고, 구월이를 구박하다가 몽둥이로 맞아서 앞니가 모조리 빠지고, 발가락이 두 개 썩어 나갔다. 이대로 갔다간 압록강을 건너기도 전에 뒈지고 말 것이다. 속환이 될 수만 있다면 무슨 짓을 해도 상관없었다.

눈썹을 찌푸리고 생각에 잠긴 용출의 입가가 야릇하게 비틀어졌다.

그렇지. 이제 보니 지금 내 목숨을 건지려고 저년이 양시 나리께 꼬리를 쳤던 게로구나.

지금 구월이는 막사에 누워 꼼짝 못 하고 앓고 있었다. 목을 찌른 은장도의 날이 짧고 손에 힘이 없어 깊이 베지 못했으나 피를 많이 흘려 의식을 잃었다. 사흘 만에 정신을 차린 여자는 살아난 것을 알고 소리 없이 울었다. 소리가 나올 때마다 목을 움켜쥐고 괴로워했다. 물이나 음식도 잘 삼키지 못했고 말도 제대로 하지 못했다. 말한마디를 하려 할 때마다 심하게 기침을 하며 핏물을 게웠다. 그 꼴이 보기 싫어 "아바이는 봉사고 딸년은 벙어리니 잘 어울린다, 입 닥치라." 쏘붙였더니 억억대는 소리를 내다가 다시 정신을 잃고 말았다.

아마도 죽을 것 같다. 오늘내일 새 죽는다 해도 이상하지 않다. 구월이는 지금 열이 펄펄 끓는 상태고 누가 누군지 알아보지도 못했다. 뺨을 때려도 몸이 땅에 질질 끌려도 반응이 거의 없었다.

일이 이 지경이 되었으니 이제 저 계집이 마누라인지 아닌지 따위 더 이상 중요하지 않았다. 어차피 걸레처럼 더러워진 년이고, 배 속에 내 아기가 있다 주절대지만, 그 말을 믿을 만큼 멍청하지도 않았

다. 나만 속환된다면, 얼마든지 저년의 저고리 고름을 잘라서 놓아
줄 의향이 있었다.

결심한 그는 몸을 일으켜 큰 소리로 외쳤다.

"나리, 이 양시 나리!"

"네 이름이 무어라 했니?"

아씨는 누워서 앓고 있는 여자의 머리를 받쳐 들고 물었다. 온몸
이 뜨겁게 끓고 있었다. 눈빛은 탁했지만, 위를 올려다보는 눈동자
를 보니 잠시 정신이 돌아온 모양이었다. 의식이 온전한 시간이 점
점 짧아지는 걸 보니 명이 얼마 남지 않은 모양이라, 아씨는 혀를 차
며 귓가에 속삭였다.

"혹시, 네 이름이 구월이라 하지 않았더냐?"

구월이는 고개를 끄덕였다. 바싹 말라 꺼풀이 일어난 입술이 달싹
이지만 아무 소리도 나오지 않았다. 아씨는 구월이의 입술에 젖은
천 조각을 대 주며 말했다.

"잠시 정신 차려라. 누군가 지금 널 찾고 있는 것 같아."

"……?"

"정말 너를 찾는 사람인가 싶어서. 이 양시라는 사람인가 보던데.
혹시 아는 사람이니?"

구월이의 몽롱하던 눈이 확 떠졌다. 그녀는 열이 펄펄 끓는데도
억지로 몸을 일으키려 버둥거렸다. 끅, 끄으으, 소리를 낼 때마다 아
픈 신음이 흘러나왔다. 아씨는 입을 막고 달랬다.

"걱정하지 마, 가지 않을 거야. 양시란 사람, 네 남편을 만났어. 네 남편이 자기를 먼저 속환시켜 주면 너를 찾아 주겠다고 흥정을 하는 것 같은데."

구월이의 손이 허공을 향해 허우적댄다. 안 돼, 그러지 마, 제발 그러지 마세요. 열에 들뜬 얼굴에 눈물이 흘러내렸다. 당황한 아씨는 다시 물었다.

"싫어? 일으켜 줘? 괜찮겠어?"

그녀는 구월이를 간신히 일으켜 앉혔다. 바로 밖에서 두 사람의 목소리가 들리고 있었다.

"오떤 놈이 잡아갔는디 똑똑히 기억합네다. 제가, 제가 찾아 드리갔시요. 이래 마구잡이로 찾으시면 백날 가도 못 찾으십네다."

"자네……."

"더 멀리 가기 전에 저를 속환해 주시라요. 내래 조꼼도 차착 없이 찾아 드리갔습네다. 까짓 열 냥짜리 은자 한두 덩이면 넉넉히 떡을 칠 기야요."

포로 값은 조금씩 오르고 있었다. 만주로 가기 전에는 피로인 거래가 금지된 상태였지만 끌고 가기 귀찮은 병사들이 비밀리에 팔아치우는 중이었다. 처음의 시세는 백은 닷 냥, 많아야 열 냥 정도 되었으나, 슬금슬금 값이 오르기 시작했다. 데리고 가긴 귀찮아도 일단 만주로 가면 얼마든지 값을 올려 받을 수 있었던 것이다.

근처 막사에서 술을 마시고 있다가 불려 온 대머리 주인은 용출이를 향해 열 손가락을 쫙 펴서 세 번을 헤아렸다. 백은 서른 냥이란 뜻이었다. 양시의 다급한 안색과 입성을 본 주인이 값을 두 배 넘게 부풀렸던 것인데, 일 잘하는 황소 한 마리가 은 일곱 냥의 시세였으니 날강도도 그런 날강도가 없었다. 양시는 눈썹을 찌푸리면서도 고개를 끄덕였고, 대머리 주인이 한인 귀화 병사를 통역 삼아 끌고 오면서 용출의 속환은 일사천리로 진행됐다.

양시는 짐을 내려 열 냥짜리 은자를 세 개 꺼내 주인 병사에게 건넸다. 그는 은자 세 덩이를 일일이 이로 깨물어 확인한 후, 양시가 들이댄 속환 문서에 대충 수결했다. 용출의 손발을 길게 묶은 끈은 이 양시에게 돌아갔다. 용출은 황급히 엎드려 머리를 조아렸다. 앞니가 모조리 빠져 버린 터라 웃음이 비굴했다.

"아이고 양시 나리, 황감하옵네다. 경우대로 한다면 양시 어르신 댁으루 가는 거이 마땅합네다만, 이 천것이 애초 반궁에 속한지라."

"자네를 집에 데려가 일을 시키려 산 건 아니야. 구월이를 찾으면 그 값을 한 것이다."

"하온데 나리, 구월이 기년두 반궁에 소속된 계집이라 속환된다 해도 다시 반촌으루 가야 할 기야요. 기렇디 않으면 펭생 쫓기며 살게 될 겁네다."

"뒷간 들 때 다르고 날 때 다르다더니 말을 손바닥보다 쉽게 뒤집는구나. 내 네놈이 그런 말을 할 줄 알았다."

코웃음을 친 양시는 싸늘하게 덧붙였다.

"그 아이를 찾지 못하면 너 역시 이 무리에서 벗어날 수 없을 것이다. 그것이 너를 산 조건이었고, 지금이라도 얼마든지 무를 수 있지. 그러니, 되도록 빨리 찾는 것이 좋을 거야."

군막 문 뒤에 주저앉아 듣고 있던 구월이가 아씨의 팔을 꽉 잡았다.

"아씨, 저, 저, 를, 숨겨, 주, 세요……."

쩍쩍 쉬어 갈라진 목소리로 구월이는 빌었다. 이 꼴로는 죽어도 저분을 만나지 못할 것이다. 나는 저분을 따라가지 못할 것이다. 나는, 나는 죽는 한이 있어도, 이 자리에서 다시 죽는 한이 있어도.

"왜? 너를 속환하러 오신 분이 아니냐? 저분을 놓치면 너는 오랑캐의 땅까지 질질 끌려가게 될 것이다."

"아씨…… 제발, 저를."

"월아! 안에 월이 너 맞느냐?"

가죽으로 된 장막 문이 확 젖혀졌다. 구월이는 자리에 털썩 주저앉았다. 양시, 님, 양시님, 눈물이 왈칵 쏟아지는 것을 지저분한 저고리 소매로 문지르며 그녀는 엉금엉금 기어 누더기 이불을 뒤집어썼다. 구월아, 월아! 구월아! 장막 안으로 따라 들어오려 몸부림치는 사내를 막은 것은 구월이의 주인인 대머리 몽골 병사였다.

"아씨, 저를, 양시님, 오, 오지 마세요, 여기 오지 마……."

"네 목소리가 왜 그러지? 월아! 혹시 목에 무슨 상처라도……?"

순간 그는 구월이의 목에 친친 감긴 천을 보고는 그대로 얼어붙었다.

"자해를 한 게냐? 너 무슨 짓을 한 거냐! 월아!"

"……."

막사 안으로 급하게 들어오려던 사내는 장막 문에서 몇 명의 병사에게 붙잡혔다. 양시와 청병 사이에선 격한 말싸움이 벌어졌다. 양시님과 주인 병사, 그리고 통역하는 한인 병사 사이의 말소리가 너무 높고 빨라 구월이는 도저히 알아들을 수 없었다. 월아! 몸은 괜찮으냐, 월아, 제발, 제발 나와 다오! 제발! 그는 막사 문을 움켜잡고 피를 토하는 것처럼 고함을 질렀다.

구월이는 아씨의 치맛자락 뒤에 숨어 귀를 틀어막고 울부짖었다. 쉬어 터지고 갈라진 목소리가 컥컥 튀어나오면서 간신히 피딱지가 앉힌 목에서 칼로 짓이기는 듯한 통증이 일었다.

"가세요, 양시님, 가세요. 아씨, 아씨, 제발 저 사람 좀 가게 해 주세요, 아씨! 나는 어떡해. 나는 어떡해. 이 꼴이 된 나를 찾아오면 나는 어떡해. 양시님, 제발 가세요!"

"말하지 마라!"

밖에서 외마디 고함이 들렸다. 목소리가 덜덜 떨리고 있었다.

"왜, 왜 그랬니, 네 귀한, 몸에, 대체 무슨 짓을……. 왜 그랬어."

"양시, 양시님! 들어오지 마세……!"

"소리 지르지 마라, 말하지 마. 싫으면 들어가지 않을게. 아무것도 보지 않을 테니, 제발 소리 지르지 마라. 그 예쁜 목소리 잃기 싫으면, 제발, 아무 소리도."

구월이는 손으로 목을 감쌌다. 너의 귀한 몸, 너의 예쁜 목소리, 이제는 벌레보다 못한 상태로 진창을 기는 나에게, 아직도 그런 말을 해 주는 사람이 남아 있었다. 한 겹 장막 밖에 선 사내는 목이 메어 제대로 말을 잇지 못했다.

"미안하다. 내가 잘못했다. 내가, 내가 잘못했다. 내가 실수했어."

양시님이 무얼 그리 잘못하셨나요. 실수도 내가 했고, 잘못도 내가 저질렀고, 바보짓도 제가 한 건데.

양시님은 천하고 못난 계집종을 아끼고 연모한 죄밖에 없지 않나요.

천하고 못난 계집, 끌리는 대로 취하고 버리는 대신, 요청대로 저를 놓아주신 죄밖에 없지 않나요.

구월이는 아씨의 치맛자락 뒤에 숨어서 소리 없이 울다가 까무룩 정신을 놓았다.

"미안하다, 월아. 내가 잘못했다."

이 양시는 막사 안에 들어서서 구월이가 누워 있는 모습을 보자 가까이 다가가지도 못한 채 고개를 돌리고 눈을 질끈 감고 말았다. 구월이 옆에 쪼그리고 있던 아씨는 민망해서 슬그머니 일어나 밖으로 나갔다. 구월이의 남편을 그리 무시무시한 얼굴로 협박하던 사람이라곤 믿을 수 없을 지경이었다.

그는 한참 만에야 누워 있는 구월이의 곁으로 다가와 손을 잡았다.

"조금만 더 서둘렀으면 너를 구할 수도 있었는데."

"……."

"내가, 내가 그때 지레 포기하지 말고 조금만 더 강단 있게 말했으면, 너를 조금만 더 설득했으면 네가 이 지경이 되지는 않았을 텐데. 내가, 내가 그리 화를 낼 일이 아니었다. 네가 마지막으로 나를 불렀던 게, 제발 구해 달라는 말이라는 걸 알면서도 난……."

"……."

"내가 잘못했다."

구월이는 그의 두서없는 이야기를 이해할 수 없었다. 자신의 손을 잡고 있는 큰 손이 부들부들 떨리는 것도 이해할 수 없었다. 사내는 한 손으로 눈물이 흐르는 것을 어떻게든 감춰 보려 애를 썼으나, 눈물은 손가락 사이로 줄기차게 흘러나와 팔목을 타고 옷자락 속으로 스며들어 갔다. 구월이가 이해할 수 있는 것은, 흐릿하게 보이는 그의 눈물 한 가지뿐이었다.

　단번에 거래가 성사된 용출과 달리, 구월이의 속환은 성사되지 않았다. 주인 병사는 구월이를 팔 생각이 없었다. 땟국이 꾀죄죄하고 입성도 엉망이었지만, 반촌의 계집종은 작고 예뻐서 보기만 해도 기분이 환해지는 느낌이 들었다.

　「오십 냥, 백 냥, 다 팔지 않는다! 내가 데리고 산다. 내 계집이다.」

　대머리 주인 병사는 딱 잘라 거절했다. 그는 아직 장가를 들지 못한 노총각으로 사내종 열보다 맘에 드는 계집종 하나가 더 절실했다. 실랑이는 점점 간절한 부탁으로 바뀌었다.

　"저 아이는 저대로 그냥 두면 죽소. 열이 이렇게 심해! 열부터 내려야 한단 말이오."

　"목에 천공이 있으면 폐도 성치 못할 게고, 이대로 놔두면 목소리도 제대로 회복되지 못할 거요. 대인, 대인! 내가 돌볼 수 있게 해 주시오!"

　"혹시나 하여 아는 의원에게 약재를 몇 종류 싸 온 게 있소! 그러면 급한 대로 환자를 돌볼 수는 있지 않겠소? 지금 예까지 올 의원도 없는데."

　"그냥 놔두면 심양까지 가다가 길에서 죽을 게요! 아니 이대로라면 사흘 길도 못 따르고 시체가 될 거야! 제발, 대인께서도 저 아이를 총애한다 하지 않았소? 저 아이를 내게 팔고 싶지 않으면, 목숨만이라도 살릴 수 있게 해 주시오!"

위풍당당한 양시는 오랑캐 병사에게 대인이라는 호칭까지 써 가며 애원했다. 통역을 사이에 두고 언성이 점점 올라갔다. 데려가 봐야 며칠 내에 길에서 죽을 거라는 말에 주인은 한참 고민했다. 사실 아씨가 보기에도 구월이라는 아이는 하루 이틀 사이 숨을 거둘 것만 같았다.

"일단 아이를 고쳐 놓기나 하라고 하시오. 살린 다음에 다시 이야기해 보자고."

역관으로 불려 온 사내는 말을 전하면서도 이해하기 어렵다는 듯 혀를 찼다.

"정신이 들었느냐? 내가 누군지 알아보겠니?"

열에 들뜬 눈에 조용히 눈물이 괸다.

'왜 오셨어요, 양시님. 대체 예까지 왜 오셨어요. 왜.'

"아무 말 마라. 고갯짓으로만 대답해도, 다 알아듣는다."

그는 천천히 허리를 구부리고 구월이의 귀에 입을 가까이 가져다 댔다.

"내 말 잘 듣고 조용히 고개만 끄덕이거나 저으면 된다."

"……."

"너를 데리러 왔다. 주인이란 자가 속환에 동의하면 돈을 내어 속환할 것이고, 그게 아니 된다면 네 몸이 낫기를 기다려 밤을 틈타 도주라도 할 것이다."

'양시님, 무슨 말도 안 되는 말씀이신가요! 저는, 저는!'

구월이는 찢어지는 듯한 비명을 질렀다. 하지만 비명은 터지지도 못한 채 목구멍에서 막혔다. 지독하게 아팠다. 칼로 목을 찌르던 때

만큼.

'제가 지금 여기서 무슨 꼴로 지냈는지 모르시나요? 제가 왜 죽으려고 했는지 모르시나요?'

눈물이 울컥울컥 흘러 귀 뒤의 머리카락으로 흘러내려 갔다. 양시는 머뭇머뭇하다가 수건을 꺼내 그 눈물을 조심스럽게 닦았다.

"그게 네 잘못이더냐? 왜 네가 목숨을 끊어. 잘못한 자들은 멀쩡하고, 너를 사지로 몰아넣은 자들도 멀쩡한데 왜 가장 힘들게 고생한 네가 목숨까지 버린단 말이냐."

그가 뺨에 구월이의 손을 갖다 댄 채 속삭인다. 띄엄띄엄 말하던 사내의 눈에서 기어코 눈물이 흘러내렸다. 손에도 귀가 달려 있을까? 양시님의 음성이 손을 타고 몸에 스며드는 것 같다.

"나는, 네가 살아 있는 것만으로 고맙다. 나는 괜찮다. 다, 다아, 괜찮아. 살아만 준다면, 다시 툇마루에 수틀을 펴고 앉아서 예전처럼 그리 노래하면서 웃어 줄 수만 있으면 다 괜찮아."

흠칫 몸이 떨렸다. 예전과 달리 양시님의 감정 표현이 선명해진 것이 느껴진다. 눈빛 역시 예전과 확실히 달라져 있었다. 구월이로서는 이해할 수 없는 자책이 그를 묶어 두고 있던 무언가를 부순 것 같았다.

"네 아버지는 내가 찾아 목숨을 구했다. 아버지가 의식을 회복하지 못했으면 네가 어디에 있는지도 몰랐을 게다."

구월이의 눈이 크게 벌어졌다.

'양시님! 그게 무슨 말씀이신가요. 아버지가 살아 계신다는 말씀인가요?'

"그래, 지금 산성 안에서 초조하게 기다리고 계실 게다. 돌볼 사람을 붙여 두고 왔다."

구월이는 양시의 말이 채 끝나기도 전에 그의 손을 움켜잡고 통곡
했다. 아버지가 살아 계신다고요! 양시님이 아버지를, 아버지를! 목
구멍에서 쇠를 긁는 것 같은 소리가 나왔지만 그냥 울었다. 자신을
옥죄고 있던 가장 무거운 사슬이 풀리는 기분이었다. 양시는 구월이
의 손을 꼭 잡아 주더니 주변에 사람이 있는지 확인하고 작은 소리
로 속삭였다.

"나만 믿어라. 내가 반드시 아버지를 만나게 해 주겠다. 속환을 시
키든, 탈출을 하든 나만 믿고 내가 시키는 대로만 하면 된다."

양시는 조심스럽게 구월이를 끌어안았다. 머리를 쓰다듬는 그의
손이 가늘게 떨렸다.

"아무것도 생각하지 말고 네 생각만 해라."

구월이는 눈물을 철철 흘리면서 목이 터지도록 울었다. 이렇게까
지 말씀해 주시는데 이분이 원하는 말씀을 드릴 수 없기 때문이었
다. 이런 자신이 지독하게 증오스러웠다.

"양시님, 저는 그런 호의를 받을 자격이 없습니다. 저는 남편이 있
는 계집이고, 양시님이 원하시는 어떤 것도 해 드릴 수 없습니다. 속
환이 된다 해도 반촌으로 가서 구 서방과 함께 살아야 합니다. 그러
니 양시님, 저 때문에 이런 모진 고생 마시고, 부디 여기서 돌아가세
요."

구월이가 색색 소리를 내며 간신히 대답하자 양시는 쓰게 웃으며
고개를 저었다.

"그자에게 갈 것 없다. 이제 그자는 네 남편이 아니야."

'예?'

"······그자가 네 저고리 고름을 자르고 갔다."

아씨는 막사의 구석에서 이 양시라는 사내를 곁눈질로 살폈다. 기골이 장대한 무인 같은 사내였다.

반궁의 유사라 했던가?

하긴, 저 아이가 반촌의 계집종이라 했었지.

영의정인 아버지에게 몇 번 이야기를 들은 적이 있다. 반궁의 유사들과 반인 계집들 사이에서 정분이 나 골치 아픈 일이 생기는 경우가 종종 있다고. 반인 계집들이 미련한 것이, 아무리 괴임을 받아 봐야 반궁의 소유인 몸이라, 첩실이 되지도 못하고 마을 밖으로 나가지도 못하는 것을 뻔히 알면서, 총애하던 유사가 성균관을 떠나면 고대로 끈 떨어진 뒤웅박 신세가 되는 것도 뻔히 알면서 미련하게 정 주고 마음 주고 하며 시끄러운 소문을 낸다는 것이다.

혹시 저 아이도 양시와 깊은 정분이 있거나 아이라도 가졌던 건 아닐까? 저리 속환할 돈까지 바리바리 싸 들고 온 걸 보면?

글쎄. 얼마 전에 혼인한 새댁이라 했었는데.

서방이라는 자는 구월이가 있는 장소를 알려 주고는 기절해 누워 있는 여자에게 눈길도 주지 않고 등을 돌렸다. 이 양시라는 사내는 나직한 목소리로 그를 붙잡았다.

"이 여자는 속환이 되지 못했지만, 엄연히 자네 처일세. 인사도, 나중에 찾으러 온다는 약조도 안 하고 가는가?"

"마누라는 무슨 마누랍네까. 딴 놈 손 탄 계집허구 다시 합치는 고이, 사난으루 얼굴두 못 들구 다닐 일 아닙네까? 기러느니 밑천을 떼구 말디요."

양시의 이맛살이 확 구겨졌다. 하지만 그는 다시 표정을 다듬고, 짧게 한숨을 쉬는 것으로 감정을 다스렸다.

"자네가 마음에 안 들어 아내를 놓을 거라면 고름이라도 잘라 주고 가게."

"고름을 자를 게나 있습네까. 저 꼴로 속환이 된대두, 서방한테 고개 빳빳이 들구 돌아오지두 못할 테구, 기양 새벽참에 물레방앗간 앞에라두 섰다가 지나가는 객이든 각설이든 손 잡구 따라가 살믄 되는 게디요. 반촌서야 뒈진 줄 알 게니 귀찮은 일도 없을 게고요. 나리, 혹시 저 에미나이를 속환시켜 데려가실 겁네까?"

"속환은 어찌 될지 모르네만, 일단 사람부터 살려야 하지 않겠는가?"

"거, 사람 명이 질기긴 합네다만, 저 에미나이도 에렵게 결심한 긴데……."

"뭐라 했느냐?"

"늦게라두 죄를 갚갔다구 결심한 긴데 놔두는 고이 옳디 않갔습네까. 양시님두 저런 년을 첩실로 딜이셨다간 고개도 못 들고 다니실 기야요. 일가 어르신 노염도 대단하실 게고, 집안에 똥칠…… 아니, 먹칠을……."

"입 닥쳐."

양시의 입에서 이가 갈리는 소리가 튀어 나갔다.

"듣자 하니 사람 껍질을 쓴 짐승이로구나. 적어도 서방이라면 제 여자가 죽어 갈 때 눈물이라도 보여야 옳고, 헤어질 땐 함께 못 가 미안하다 말이라도 해야 하지 않나? 아내를 사지에 끌고 들어가고, 네 잘난 몸뚱이 속환용으로 팔아먹은 것도 모자라서 망신살 안 뻗치게 죽어 주어야 해? 네놈이 사람인가?"

양시의 분노는 무시무시했다. 용출은 단번에 꼬리를 내렸다.

"아이고, 나리. 기게 아니라, 도, 도리와 법도가 기렇다는 기야요. 내래 비록 천것이디만 반궁 유사님 모신 세월만 30년이 훌쩍 넘으니, 사람 사는 도리와 법도 정도는 압네다."

"또 한 번 그 개 같은 도리를 입에 담았다간 이 군영을 뜨기도 전에 네놈 주둥이에 칼이 박힐 줄 알아라. 너 같은 놈, 그리고 그따위 개소리 주절거리는 반궁의 개새끼들을 모조리 죽여 버리는 게 나에게는 바른 경우고 도리다. 알겠느냐?"

그는 말에 걸린 긴 장검을 가리키며 으르렁거렸다. 용출은 무시무시한 양시의 무공을 생각하고 어깨를 찔끔하며 입을 다물었다.

아씨는 막사 귀퉁이에서 두 사람의 대화를 엿듣다가 고개를 툭 떨궜다. 양시의 말을 이해하기 힘들었다. 반가의 선비라면, 여인이 정절을 지키기 위해 자결하는 것을 도와주진 못할망정 저리 말해서는 안 되었다.

안 되는데…….

그래도 나에게 한 명이라도 저리 말해 주는 사람이 있으면 얼마나 좋을까.

반가의 여인으로 태어난 도리라며 칼을 던져 주고 자결을 말하는 마님, 노마님, 어머니, 그리고 저만 살겠다고 도망친 이복 오라비의 얼굴을 떠올린 아씨는 무릎 사이에 고개를 묻었다. 이런 몹쓸 생각 따윈 하면 안 된다는 걸 알면서도 왜인지 양시의 말을 곱씹을 때마다 자꾸 서럽고 억울하고, 생각할수록 목이 멨다.

용출은 흥, 이까짓 것, 하는 결기 어린 얼굴로 정신을 잃은 구월이의 옷고름을 잘라 주었다. 한시라도 이 지옥 같은 곳에서 벗어나고 싶은지 움직임은 몹시 부산했지만, 주인이 발꿈치를 힘줄부터 잘라 놓은 데다 발가락까지 동상으로 뭉개지는 중이라 비틀비틀 절름절름하며 천천히 군영을 빠져나갈 수밖에 없었다. 구월이는 남편이 자신을 버리고 떠나는 것도 알지 못했다.

"졸리면 자거라. 네 상처는 어떻게든 손을 써 보마."
긴장이 풀렸는지 안심이 됐는지, 구월이는 그의 손을 붙잡고 깊은 잠에 빠져들었다. 양시님의 목소리를 듣는 것만으로도 포근하고 안심이 되었다.
"자니? 구월이, 자느냐?"
양시님의 목소리가 아득했다. 크고 따뜻한 손이 자신의 손등을 덮는다. 구월이는 선녀의 옷자락을 잡고 하늘을 훨훨 나는 꿈을 꾸었다. 선녀님, 선녀님. 구월이가 선녀의 손에 얼굴을 비비며 배시시 웃자 하하하, 하는 부드럽고 맑은 웃음소리가 안개처럼 뽀얗게 내려앉았다.
정신을 차렸을 때, 구월이는 양시님에게 업혀 이동하고 있었다.

'양시님?'

"아, 정신이 들었구나. 깊이 잠이 들어 깨우지 않았다. 목에 금창약을 발라서 붕대 감아 두었으니 손대지 말고. 덧난다."

구월이의 발에는 여전히 쇠사슬이 절그럭절그럭 묶여서 앞뒤로 다른 피로인들과 연결돼 있었다. 피로인들의 행렬은 앞을 봐도 끝이 안 보였고, 뒤를 돌아봐도 끝이 안 보였다. 옷도 얼굴도 온통 시커 면, 시체들의 행군 같았다. 이 양시는 그녀를 업은 채 다른 포로들과 속도를 맞춰서 걷고 있었다.

'제가 걷겠습니다! 내려 주세요.'

"아직은 안 돼. 망원정까지만 가면 되니 조금만 참아라. 아마 거기서 며칠을 머물 수 있을 게야."

'양시 나리! 세상에, 제가 이렇게 까맣게 잠이 들다니요.'

"푹 자게 하느라 앵속(양귀비) 달인 물을 조금 먹였다. 자꾸 말하지 마라. 상처가 아물려면 한참 걸릴 거고, 지금 상처가 다시 터지면 네 예쁜 목소리를 찾기 어렵게 된다."

양시는 색색대는 거친 소리만 듣고도 쉽게 말을 알아들었다. 예전부터 속의 말을 잘 알아듣던 분이시라 딱히 신기하지도 않았다.

'제가, 제가…… 너무 송구해서.'

"신경 쓰지 마라. 네 주인이 발의 사슬을 풀어 주지 않겠다 하니 말에도 태울 수 없어서 그냥 업은 것뿐이다. 목의 상처가 아물 때까지만 이러고 가자. 지금 이 몸으로 무리하면 덧난다. 괜찮아. 괜찮대도! 구월아, 힘들지 않다! 몸부림치면 내가 힘들어. 월아!"

언성이 높아지자 말에 앉은 대머리 주인에게서 냉큼 철편이 날아왔다. 용케 피한다고 했지만, 철편의 끝이 양시의 발목에 감겼다. 꽤 아팠는지 양시는 눈썹을 찡그렸고, 구월이는 이러지도 못하고 저러지도 못하고 바늘방석에 앉은 듯 꿈지럭거렸다. 가만있어 봐라. 떨어지겠다, 하는 말에야 그의 등에 바짝 붙었다. 양시는 구월이가 팔을 바짝 두르자 그제야 만족한 듯 하하, 웃었다. 맞닿은 등이 따뜻했다.

이분이, 본디 이렇게 따뜻하고 다정하신 분이었구나.

알고 있었다. 원래 웃음이 많고 다감하신 분이라는 거, 괜히 아닌 척, 쌀쌀한 척 감추고 계셨던 거, 나는 처음부터 알고 있었어.

구월이는 깊이 숨을 들이쉬었다.

양시님.

양시…… 나리.

그의 어깨에 가만히 얼굴을 묻었다.

인연이 뭔지, 연분이 뭔지는 잘 모르겠지만 양시님과 나는 원래 연분으로 태어났어야 옳았을 것 같다. 연분이 아니라면 이렇게 서로의 마음이 깊이 이해될 리 없고, 서로 애틋하게 여기며 평생을 같이하려는 염원이 절절하게 솟을 리가 없다.

그런데 상제님은 중간에 뭔 심술이 나셨기에.

왜 나는 반촌에 태어났고, 왜 나는 천 봉사의 딸로 태어났고…….

왜 나는 지금 구용출의 씨를 몸에 담아 두고 있는 걸까?

눈물이 나왔다. 엉망으로 엮여 버린 인연이 너무 아프고, 지금 이렇게 시간이 흘러가는 것도 너무 아까워서 눈물이 자꾸 나왔다. 구월이는 며칠간 업혀 가는 이 시간이, 대답을 미루고 있는 이 짧은 시간이 자신에게 주어진 인연의 마지막 순간이라 직감했다.

상제님, 지금 이 시간만이라도 양시님을 붙잡아 두면 안 될까요?

그게 그리도 큰 죄일까요? 제가 초열지옥, 무간나락, 풍도지옥 고루고루 다 거쳐도 좋으니 지금 이 짧은 순간만은 양시님과 함께 보내게 해 주세요. 몇 달까지는 아니 바라고, 몇 순(旬)까지도 아니 바랍니다. 그저 며칠만이라도. 딱 며칠만이라도. 목의 상처가 나을 때까지만이라도.

구월이는 그의 목을 두른 두 팔에 지그시 힘을 주었다. 제멋대로 흘러나오는 눈물은 그의 어깨에 제멋대로 떨어지도록 그냥 두었다.

구월이가 몸을 회복하는 동안, 예친왕의 부대는 망원정에서 머물렀다. 세자를 심양까지 호송하는 책임이 예친왕에게 있었고 세자는 출발 준비를 하며 망원정의 군영에서 대기했다. 떠나기 전날은 눈이 펑펑 내려 발목까지 쌓였다가 이튿날은 쨍하게 맑고 추웠다. 푸르스름하게 얼어붙은 눈 위를 피로인들은 질질 끌려가듯 걸었다. 눈길 위에 맨발에서 흘러나온 붉은 피가 홍매화처럼 피었다가 이내 짓뭉개졌다.

세자와 왕은 창릉에서 눈물로 이별했다. 세자의 일행은 의외로 인원수가 많았다. 신변을 보호할 익위사도 있었지만 가장 많은 인원을 차지한 것은 세자의 교육을 담당할 시강원 관료들이었다. 고위 관료의 아들들을 보내라는 요구에 당상관들이 연이어 사퇴했고, 늙고 몸이 병들어 세자를 호종하지 못하여 사임한다는 고관들을 향해, 왕은 호통 한번 치지 못하고 고개를 끄덕였다. 결국 총대를 메고 나선 것은 젊고 혈기 넘치는 당하관들이었다.

왕은 얼마 전까지 오랑캐라 부르던 젊은 왕에게 고개를 숙이며 청했다.

"제대로 가르치지 못한 자식이 떠나니, 대왕께서 잘 가르쳐 주시기 바랍니다."

"불편 없이 보살필 것이니 크게 심려하지 마십시오."

"자식들이 궁궐에서만 자랐는데, 지금 들으니 며칠 동안 노숙을 해서 벌써 병이 생겼다 합니다. 가는 동안 온돌방에서 재워 주시면 감사하겠습니다."

왕은 간곡히 부탁했다. 야전 생활이 익숙한 오랑캐의 젊은 왕은 별다른 경멸을 표시하지도 않고 예를 갖추어 대답했다.

"그리하겠습니다."

왕이 온돌방을 운운하는 동안, 군영 주변에서는 통곡 소리가 하늘을 찔렀다.

"전하! 전하! 저희를 살려 주십시오! 가고 싶지 않습니다. 무섭습니다! 제발 살려 주십시오!"

"전하! 전하, 집이 가난하여 속환할 돈이 없습니다. 평생 이국에서 어찌 살겠습니까? 저 없으면 우리 가족은 올봄도 못 넘기고 굶어 죽을 것입니다. 제발 풀어 주십시오!"

"상감마마! 남편은 죽고 아이들만 셋이 남았습니다. 그 어린것들을 두고 잡혀 왔습니다. 죽었는지 살았는지도 모릅니다! 제발 속환하여 주십시오! 제발, 마마!"

길가에 늘어서서 왕을 보며 통곡하는 백성들은 이미 인간의 몰골이 아니었다. 병사들이 여기저기서 채찍을 휘둘렀고 백성들은 그때마다 피를 흘리며 나동그라졌지만, 그래도 부르짖는 소리는 그치지 않았다. 통곡은 빠르게 전염되어 이내 귀청이 터질 것처럼 커졌다.

하지만 그들이 울부짖는 것 말고는 아무것도 할 수 없는 것처럼, 왕 역시 그들에게 해 줄 수 있는 것이 아무것도 없었다. 왕은 그들을 외면하고 다른 길로 빙 돌아 환궁했다.

양시의 등에 업힌 구월이는 울지 않았다. 울고 울고 또 울다 보니, 우는 것도 부질없었다. 어차피 양시님과의 마지막 시간이니, 웃어 보이는 것만으로도 시간은 모자랄 것이다.

그래도, 아직 죽지 않고 살아 있으니 좋기는 좋구나.

죽는 건 언제든지 할 수 있잖아, 그렇지?

구월이는 양시의 호의를 더 이상 거절하지 않고 받아들이기로 했다. 그가 행동하는 것, 말하는 것, 그가 표현하는 모든 것들은 그녀를 향한 어떤 감정이었기에, 구월이는 그 모든 것을 기억하고 싶었다. 그는 길이 험해지면 그녀를 업고 걸었고, 가끔 냇가나 우물을 찾아 빨래를 하여 갈아입을 마른 옷을 내주기도 하고, 빈집 지붕에서 이엉을 끌어 내려 말에게 먹이거나 서투르게 짚신을 삼아 구월이의 발에 신겨 주기도 했다. 구월이는 뻔뻔하지만 사양하지 않고 받아들이면서, 그 모든 것들을 남김없이 기억하기로 했다.

내가 뻔뻔하고 몹쓸 년이 되어 이분께 기쁨이 될 수만 있다면 그것도 괜찮아.

구월이는 그의 어깨로 내려앉은 이른 봄볕을 어루만지며 배슬배슬 웃었다.

아씨에게도 건장한 구실아치와 노비, 역관이 따라붙어 아씨의 몸

값을 비밀리에 흥정했다. 좁은 갓을 쓰고 허리에 전대를 두른 사내를 보고 아씨는 반색하며 한참을 울더니 이내 앙칼지게 고함을 질렀다.

"왜 이제 와! 지금껏 무얼 하고 있다가 이제 오느냐 말이야!"

"운영 아씨, 얼마나 고생하셨습니까요. 용서해 주십시오! 대감마님께서도 아씨를 찾느라 얼마나, 얼마나 애를 쓰셨는지……."

"난 가지 않아! 이제 와서 무슨 낯짝으로 돌아가겠느냐! 이렇게 집안의 명예를 더럽혔으니, 예서 죽을 거라 말씀 올려라!"

하지만 아씨의 고함은 오래가지 못했다. 아씨가 영의정의 서녀라는 것을 눈치챈 주인의 안색이 확 변했다. 병영에는 이미 조선의 재상들이 붙잡힌 아들딸들을 위해 천금을 내리라 약조했다는 소문이 파다했던 것이다. 대머리 병사는 의미심장하게 웃으며 새로 값을 불렀다.

「백은 일천 냥.」

주변이 싸하게 가라앉았다. 좁은 갓을 쓴 구실아치와 노비는 난색을 표했고, 아씨의 얼굴은 새파랗게 질렸다. 대머리 병사는 고개를 저었다.

「여기서 거래하는 것, 위에서 금하고 있다. 백은 일천 냥, 마련하여 심양으로 와라.」

아씨는 잠시 까칠하게 굴던 것을 집어치우고 하인의 소맷자락을 잡고 울부짖었다. 나한테 이대로 죽으라는 게냐! 나는 그곳에 가고 싶지 않아. 살려 다오! 제발! 주인은 못 들은 척하고 걸음을 옮겼다. 사슬에 발이 매인 아씨는 속절없이 끌려갔다.

주인인 몽골 병사는 아씨의 몸값이 비싸다는 것을 알게 된 후, 그녀를 때리지 않게 되었다. 그는 아씨에게 붉은 비단 치마와 두루마기를 입게 하고 수레에 태운 후 구월이에게 시중을 들라 명했다. 아씨는 곱게 단장하고 수레에 앉아 끌려가면서 가슴을 치며 울부짖었다.

「반촌, 천구월, 몰래 도망치면 네 동네로 찾으러 간다. 조선 왕, 도망한 포로들, 주인들에게 돌려보내기로 칸과 약조했다. 도망치면, 끌고 와서, 발꿈치, 자른다. 도와준 놈도, 다 자른다.」

조선 역관에게 백은 한 닢을 주고 구월이와 양시에게 서너 번씩 되풀이해 일러둔 말은 바로 그것이었다.

「천구월, 너 예쁘다. 아주 예쁘다. 팔지 않는다.」

그는 아씨와는 또 다른 의미로 구월이의 속환에 응하지 않았다.

구월이는 이 양시의 간호로 몸이 많이 회복되었다. 관서에 이를 때쯤 되니 시오 리, 이십 리씩은 혼자 걸을 정도가 되었다. 구월이는 양시가 생각보다 말이 많은 사람이라는 것과, 자신만 보면 아무 때나 웃어 대는 꽤 실없는 사람이라는 것을 알고 좀 당황했다. 게다가 열이 있는지 확인한다는 핑계로 걸핏하면 이마나 뺨을 만져 보았다.

"열은 다 내린 것 같고, 목은 안 아프니?"

그리고 말투가 어째, 점점 간지러워지고 있었다.

"다 나은 모양입니다. 양시님께서는 참으로 명의십니다."

"그새 아부가 더 많이 늘었구나. 명의는 개뿔이고 낫기도 개뿔이다. 완전히 아물 때까지 참새 짹짹 수다 떨 생각은 좁쌀만큼도 하면 안 된다."

"아부라니요, 천부당만부당합니다. 아파서 죽을 것 같던 목이 안 아프고 열도 내렸으니 하늘이 내린 명의가 아니십니까?"

"유사 된 자에게 고작 의원이라니 고약하구나. 벌로 환약을 한 주먹씩 더 먹도록 해라. 한 이레나 보름쯤 더 먹으면 정신을 차리겠지? 내가 아주 쓴 약만 골라서, 쓴맛이 잘 느껴지게 막자에 박박 갈아서, 특제 탕약으로 만들어 줄 것이다."

"으이! 그 진저리 나게 쓴 것을 이레, 보름이나 더 먹어야 합니까? 양시니임!"

허우대만 멀쩡한 사내는 협박도 제대로 못 하고 금방 물렁해졌다.

"그럼, 쓴 약을 다 마실 때마다 당과를 하나씩 주마."

투덜대던 소리가 쏙 들어갔다. 아이고 나는 참 단순하기도 하지. 저절로 볼우물이 쏙 패도록 웃는 꼴에 양시는 짧게 소리 내 웃었다.

"조금만 더 회복되면 너를 데리고 탈출을 했으면 싶은데."

"예? 나리!"

"사슬 정도야 어찌하든 자를 수 있다. 하지만 청병을 피해서 산길로만 가야 하는데, 길이 너무 위험하고 아직 네 몸이 온전치 않아서 기다리고는 있다. 그래도 압록강을 건너기 전에는……."

"세상에, 안 돼요! 절대 안 돼요!"

구월이가 기함을 하며 고개를 저었다. 양시님 아무래도 문과 아니고 무과에 가서 장원을 하시려나. 잡혔다 하면 나는 둘째 치고 양시님까지 발꿈치가 날아가서 앉은뱅이가 될 판인데 이게 뭔 간 떨어지는 소리냐. 구월이는 필사적으로 핑계를 생각해 냈다.

"지금 하루 시오 리, 이십 리 따라 걷는 것도 죽을 판인데 야밤에 산길로 도망을 어떻게 가요. 금방 잡혀서 발꿈치가 날아갈 거예요.

안 돼요, 절대, 절대 그런 말씀 마세요!"

"그래, 알았다, 알았어. 이 새가슴 아씨, 알았다니까."

그는 손을 퍼덕이는 구월이가 귀여워 죽겠다는 듯 껄껄 웃었다.

"그러면 구월아. 만약 속환이 되면 너는 어찌하겠느냐?"

속환이 안 될 것 같은데. 저 대머리가 나한테 뿅 간 거 같은데. 하지만 아무리 속의 말을 다 하는 구월이라도 그런 말까진 하기 어려워 한참 동안 우물거렸다. 양시는 조용히 말했다.

"바로 대답하라는 건 아니다. 위험을 감수하고 탈출할 결심이 서면 언제든지 얘기해 다오. 되도록 압록강에 도착하기 전에."

압록강까지는 며칠이나 남았을까. 헤아리던 구월이는 퍼뜩 정신을 차렸다.

뻔뻔해라.

지금이라도 양시님을 보내 드려야 하는데. 이렇게 무익한 고생을 오래 시키면 안 되는데. 사람의 욕심이란 게 참 가증하고 몹쓸 것이다. 하루, 하루, 그리고 하루씩 지나가는 나날이 너무 달고 행복해서. 구월이는 그의 눈을 보며 빙긋 웃었다.

"양시님, 제가 탈출할 일은 없을 거예요."

"들어가지 마세요."

쓰개치마를 뒤집어쓴 운영 아씨가 양시의 앞을 막았다. 약사발을 들고 온 양시는 군막 앞에서 멈춰 섰다.

"지금은 들어가지 마세요."

아씨는 눈을 내리깔고 또박또박 되풀이했다.

작은 막사 안에서 희미하게 어떤 소리가 흘러나왔다. 그는 일순 눈을 크게 뜨더니 이내 약이 담긴 그릇으로 시선을 내렸다. 사내의 얼굴이 순식간에 시퍼레지는 것을 아씨는 모르는 척하고 말을 이었다.

"양시님, 시간이 좀 걸릴 듯하니, 잠시 다른 곳에 가서서……."

"여기서 기다리겠소."

그는 낮은 목소리로 말을 끊었다.

아씨는 순간적으로 등이 써늘한 느낌이 들어 눈썹을 찡그렸다. 그의 눈이 이글이글 끓어오르는 것이 보인다. 손등으로 푸르게 올라온 핏줄이 무서웠다. 차고 살벌한 시선이 막사의 문에 머물렀다가, 한 바퀴 휘돌아 그가 끌고 다니는 덩치가 큰 말에 가서 멈춘다.

아씨는 등에 솟은 한기의 정체를 눈치챘다. 그의 시선은 말에 매달려 있는 칠보 장검에 닿아 있었다. 약그릇을 움켜쥔 주먹, 이글이글 들끓는 눈과 이를 악물어 도드라지게 튀어나온 턱, 터질 것처럼 긴장한 근육이 선명하게 느껴졌다.

구월이가 지금껏 이런 일을 겪지 않았으리라 믿을 만큼 멍청한 사내는 아닐 것이다. 하지만 직접 맞닥뜨린 것은 오늘이 처음인가 보다. 사내의 시선이 다시 막사의 문과, 말의 안장에 매달린 장검에 가 닿는다.

무인 같은 사내가 무슨 생각을 하는지 짐작하는 것은 어렵지 않았다. 분노든, 혹은 사랑이든 극에 치달은 감정은 죽음을 두려워하지 않는 법. 그의 감정대로라면 당장 칼을 들고 막사 안으로 뛰어들어 대머리 주인의 등에 칼을 꽂을 것이다. 운이 따라 준다면 주인 놈을 죽일 수도 있을 것이고, 그러고도 운이 약간 남는다면 몰려나온 병사들 몇 명쯤은 더 죽일 수도 있을 것이다.

그리고?

그것으로 끝이었다. 이곳은 오랑캐 부대의 한가운데였다. 귀환하는 병사들의 수는 십만이 넘었다. 저 사내는 살아서 빠져나갈 수 없을 것이다. 그리고 양시를 잃은 구월이는 새로운 주인에게 끌려가게 될 것이다.

변하는 것은 없다. 저 작은 아이의 삶이 더 끔찍하게 추락하는 것 말고는.

"양시님."

아씨는 조용히 말을 걸었다. 사내는 대답하지 않았다.

"양시님이 여기서 목숨을 잃으면, 저 아이에겐 상상할 수도 없는 지옥이 펼쳐질 거예요."

"……."

"새로운 주인을 만날 테고, 똑같은 일을 겪을 테고, 세상에 더 이상 양시님은 없고, 양시님을 죽게 했다는 가책까지 저 작은 아이를 짓누를 테니."

"……."

"틀림없이 저 아이도 죽겠지요."

"압니다."

"양시님께서 원하시는 게 그런 건가요?"

용감하게 죽는 것보다 살아 버티는 일에 더 큰 용기가 필요하다는 것을 저 사내가 알까? 구월이, 저 작은 아이에게 양시님이 어떤 의미인지, 짐작이나 할까?

양시의 손에서 천천히 힘이 빠져나간다. 그의 표정은 이제 얼어붙은 호수처럼 고요해졌다. 하지만 자리를 피하지는 않고 그 자리에서 그대로 버티고 서 있다. 아씨는 잠시 다른 곳에 가 있으라 재차 청하는 대신 막사 앞에 다시 쪼그리고 앉았다.

눈을 들어 사내를 바라보았다. 안에서는 간헐적으로 비명 같은 신음과 짐승 같은 숨소리가 새 나왔는데, 그는 소리가 멎을 때까지 손에 약그릇을 든 채 감정 없는 석상처럼 서 있었다.

마치 스스로를 벌하고 있는 모습처럼 보였다.

양시는 한동안 구월이 앞에 나타나지 않았다. 그가 힘들어서인지, 구월이가 힘들 것을 배려해서인지는 잘 알 수 없었다. 하지만 구월이는 그가 어디 있는지 언제나 찾아낼 수 있었다. 멀찍이 앞서가는 세자와 예친왕 무리의 끄트머리, 누른빛으로 반짝이는 말 위에서 높직이 솟아오른 그의 뒷모습이 보였다.

"아으! 써! 써요."

구월이는 약을 한 모금 마시고 진저리를 쳤다. 환약을 삼키지 못하는 구월이를 위해 '아주 쓴 약만 골라', '쓴맛이 잘 느껴지게 박박 갈아' 만들었다는 특제 탕약은 말 그대로 지독하게 썼다. 양시는 나무 대야에 담긴 더운물과 마른 옷을 내밀며 덤덤하게 말했다.

"씻지 못해 답답할 것 같아 물을 조금 끓였다. 씻고 옷이라도 갈아 입으렴."

양시님은 귀가 밝았다. 그것도 속의 말을 듣는 귀가 참 밝아서 구월이는 가끔 민망했다. 주인 놈에게 몹쓸 일을 당하고 나면 한동안 목욕을 하고 싶어 온몸이 근질근질했다. 갯물로든, 모래로든, 하다 못해 새 측목으로라도 온몸을 박박 긁어내고 싶었다.

그래도 이런 속말은 안 들렸으면 좋겠는데.

"주인 놈이 들어오면……."

"방금 민가에 식량 구하러 나갔다. 저녁때나 되어야 돌아오겠지."

어쩐지 항시 시끌시끌하던 군영이 조용하다 했다. 북쪽으로 올라갈수록 먹을 것을 구하기 힘들어져서 군인들은 걸핏하면 떼를 지어 약탈을 했다. 민가와 관아를 모조리 휩쓸면서 좁쌀 한 톨 남겨 놓지 않았다. 구월이의 대머리 주인은 궁녀 넷이 죽은 손해를 벌충하느라 온갖 종류의 약탈에 열을 올리는 바람에 그의 수레는 온갖 물화와 곡식으로 넘쳐 났다. 퇴각하는 청병과 피로인들이 지나가는 길목에는 병들어 죽은 피로인의 시체가 쌓였고, 그들이 휩쓸고 지나간 마을에는 굶어 죽은 시체가 쌓였다.

구월이는 대야의 물을 물끄러미 바라보았다. 양시는 그녀가 부스럭대며 몸을 씻는 동안 밖에 나가는 대신 등을 돌리고 막사 문 앞을 지켰다. 잘박잘박 물소리가 들리는 내내, 그는 몹시 어색해하면서도 아씨에게 부탁하지 않고 끝까지 요지부동 앉아 있었다. 구월이 역시 어색해하면서도 그의 뒤에서 몸을 씻고 옷을 갈아입었다. 그가 빨아서 말려 둔 옷과 수건은 품에 넣어 덥히기라도 했는지 아직 온기가 남아 있었다.

이 물을 데워 오면서 양시님은 무슨 생각을 하셨을까.

아니, 며칠 전 막사 밖에 서 계시면서 무슨 생각을 하셨을까.

……생각하고 싶지 않다.

"다 입었니?"

눈을 끔벅끔벅하던 구월이는 조그맣게 중얼거렸다.

"죄송해요."

"뭐가……?"

구월이가 무엇을 미안해하는지 바로 알아차린 양시는 얼굴을 일그러뜨리며 목소리를 높였다.

"뭐가 미안한데? 왜 네가 미안해하지?"

구월이는 어깨를 움츠렸다.

내가 무슨 말을 잘못했을까? 지금 이 행렬에 묶여 있는 반가의 여인들은 대부분 깨끗하게 죽지 못해서 죄를 지었다고 얼굴을 가리고 다니고, 구용출 그 인간도 내가 죽지 못한 것을 부끄러워했었는데? 하지만 조용하게 흘러나온 말은 의외였다.

"내가 너를 지키지 못해 생긴 일이다. 내가, 내가 능력이 모자라서 네가 이렇게 질질 끌려가는 거야. 네 잘못이 아니다. 네가 이 지경이 된 건 절대 네 잘못이 아니야."

"……양시님?"

"이 겁쟁이가 애초에 인연이 될 수 없다고 지레 포기하고 네게 마음을 주지 않으려 했다. 기회가 왔을 때도 끝내 될 일이 아니라 여겨 내가 먼저 물러섰다. 그날 너를 설득하기 위해 어떤 노력도 하지 않았어. 네가 최후까지 몰려서 나를 불렀을 때도, 나는 너를 설득해서 바깥세상으로 데려갈 방법을 찾는 대신, 네가 모든 걸 포기하고 나를 택할지를 시험했다. 내가 못난 대가를 네가 치르는 거야."

양시님의 생각은 아무래도 이해할 수 없었다. 모두 네 잘못이니 자결해서 수치를 풀어야 한다는 폭포 같은 말 속에서, 양시님의 말은 너무 생소하고 이상했다. 하지만 네 잘못이 아니다, 아니다, 하는 말을 되풀이해 듣다 보니 점점 목이 싸하게 아리기 시작했다.

네 잘못이 아니다.

네가 이 지경이 된 건 네 잘못이 아니야.

강도에서 몽골 병사에게 잡힌 후 처음으로 듣는 말. 양시님 말고는 아무도 그렇게 말해 주지 않았어. 나는 내가 죽어 마땅한 죄를 지었다고 생각했어.

천천히 눈물이 괴었다. 그녀는 아픈 목을 달래며 조그맣게 띄엄띄엄 말했다.

"양시님, 여자들은요, 몹쓸 일을 당하면 염통이 저절로 턱 멈춰지게 만들어졌으면 좋았을 것 같아요. 그러면 은장도도 대들보도 필요 없고, 몹쓸 짓을 여러 번 안 당해도 되니까요."

"……그건 안 되지. 힘이 없어 치이고 사는 것도 억울한데 보란 듯이 행복해지지도 못하고, 바로 죽기까지 해야 한단 말이냐."

그는 여전히 가라앉은 목소리로 대답했다.

"양시님께서 그러셨잖아요. 살아남은 무녀리는 삶을 잇는 것 자체가 고통이니 죽는 것이 제게 복이라고요."

"……그때는 내가 말을 잘못했다."

그는 몸을 돌려 구월이에게 다가앉더니 천천히 머리를 쓰다듬었다. 구월이는 가만히 고개를 수그렸다.

그는 말없이 한참 동안 그녀의 머리를 매만졌다. 손이 닿는 시간이 길어질수록 두 사람 사이에 흐르는 공기는 짙고 무거워졌다. 점점 숨이 막힌다. 폐가 녹아 나올 것 같은 긴 한숨. 그의 한숨 속에는 수컷의 이글대는 욕망과 그가 스스로 정해 둔 단호한 금기가 녹아 있었고, 그의 찌푸린 눈에는 그의 절절한 감정과 후회와 위로가 희부옇게 엉겨 있었다. 어깨에 멈칫멈칫 닿는 손과 끌어안는 몸짓이 너무 조심스러워 그만 눈물이 날 것 같다.

내깟 게 뭐라고.

대체 나 같은 게 뭐라고 이런 분이. 구월이는 가만가만 속삭였다.

"양시님, 저는 왜 태어났을까요?"

"……."

"태어나 고생만 하다 금방 죽을 무녀리나, 아빠나, 엄마나, 저나, 여기 묶인 다른 사람들이나, 길바닥에 굴러다니는 시체들은 무엇을 위해서 태어난 걸까요?"

"사람은 무엇을 위해서 태어나는 건 아냐."

"그래도 사람으로 태어난 데는 뭔가 이유가 있지 않겠어요? 누군가를 위해서라든가, 무언가를 위해서라든가."

"그런 거 없어도 돼."

양시는 이를 갈듯 나직하게 으르렁거렸다.

"너는 아버지를 수발하기 위해 태어난 것도 아니고, 누군가의 아내가 되기 위해 태어난 것도 아니고, 비참하게 죽기 위해 태어난 건 더더욱 아니야."

"양시님."

"무엇인가, 누군가를 위해서 태어난 목숨이라니, 비참하구나. 그냥 살기 위해서, 오로지 살기 위해서 태어난 목숨이라 하면 또 어때서."

"그럼 금수 벌레처럼 오로지 먹고 마시고 새끼 낳고 살다 죽기 위해 태어나는 건가요?"

"꼭 무언가를 위해서 살아야 하니? 그냥 태어났고, 그래서 그냥 살기 위해 먹고, 마시고, 일하고, 사랑하고, 아이를 낳고 산다, 하고 말하면 안 돼?"

구월이는 고개를 저었다. 그렇게 생각했다면 나는 아무런 망설임도 없이 아버지를 버리고 당신을 따랐을 것이다. 하지만 그건 정말 짐승의 행동과 다를 바가 없지 않을까? 구월이는 쓸쓸한 목소리로 대답했다.

"아뇨. 제게는 무언가를 위해, 누군가를 위해 태어났다는 거짓말이 차라리 나아요, 양시님."

잠시 침묵이 흘렀다. 양시님의 눈빛이 더욱 깊고 어두워졌다. 하지만 그는 애써 논쟁하거나 말을 꺾으려는 대신 눈을 잔뜩 일그러뜨리고 속삭였다.

"그래. 그러면 차라리, ……나를 위해서 태어나고 나를 위해서 살겠노라 거짓말이라도 해 다오."

양시님은 손을 들어 목에 남은 흉터를 더듬었다. 흉터를 매만지는 손이 가늘게 떨리는 것이 느껴졌다.

"다시는 이런 짓 하지 않겠다고 약속해라. ……나를 위해서라도 악착같이 살아 주겠다고 해 다오. 거짓말……이라도 괜찮으니까."

양시님의 잔뜩 눌린 목소리를 듣자마자 기다렸던 것처럼 눈물이 터졌다. 흐으. 흐으으. 구월이는 더 이상 참지 않고 울었다. 지금까지 몸속 어딘가 모여 있던 눈물들이 한꺼번에 쏟아져 나오는 것 같았다.

어쩌면 내 마음은 이런 말을 기다리고 있었던 건지도 모르겠다.

살아 줘, 죽지 마. 금수 벌레처럼 살아갈 아무 이유도 없이 살아가면 어때. 살 이유가 없어? 그럼 나를 위해서라도 살아 줘. 미안하지만 힘들겠지만 그래도 살아 줘. 제발 살아 줘. 도무지 눈물이 멈추지 않았다.

"약조할게요. 양시님을 위해서 죽지 않고 살겠습니다. 다시는 이런 짓 안 하겠습니다."

"그래, 그래, 잘했다. 장하다."

대답하는 양시님의 목소리도 물에 잠겨 있었다.

그래. 이걸로 됐어.

다른 사람들은 어떤 이유로, 얼마나 높고 위대한 이유로 살아가는지 알지 못하지만, 내가 살기 위해서는 이것만으로도 충분하다. 이분이 꼭 내 곁에 없어도, 같은 하늘 아래 어딘가에만 있어도, 내가 살기 위한 이유로는 충분할 것 같다.

양시님은 뺨에 얽힌 눈물을 손가락으로 닦아 주고 조심스럽게 입을 맞췄다. 흘러나오는 흐느낌 속으로 그의 목소리가 스며들었다.

"많이 힘들었을 텐데, 버텨 줘서 고맙다."

구월이는 대답하는 대신 양시님의 목에 팔을 감았다. 희끄무레한 어둠 속, 얕은 물에 잘박 잠긴 그의 눈이 보였다. 이번에는 그녀가 먼저 양시님에게 입을 맞추었다. 입맞춤은 길고 깊었다. 양시님의 눈이 커다랗게 벌어지는 것이 보인다. 그곳에 아슬아슬 괸 것이 툭 터질까 두려워, 구월이는 눈을 꼭 감았다.

그의 호흡이 강팔라졌다. 밭은 호흡은 그가 욕망하는 것이 무엇인지 선명하게 말하고 있었다. 그가 원하는 것. 그에게도 단순하고 직설적인 탐욕이 존재했다. 다만 믿을 수 없을 만큼 오랫동안 의지로 눌러두고 있었을 뿐이다. 그는 이제야 폭발하듯 솟아오르는 욕망과 맞대면해서 당혹스러워했다. 구월이는 희미하게 웃으며 그의 손을 끌어당겨 입을 맞췄다.

다 주고 싶다. 이분께, 내가 가진 것을 전부, 전부 다 드리고 싶다.

"양시님은 제게 살 이유를 주셨는데, 제가 양시님께 무엇을 드린들 아깝겠어요."

연이라도 맺으면 미련이 남지 않을까, 혹은 미련한 마음에 더 큰 미련이 남을까. 드릴 수 있는 것을 다 드려야 할까, 더 큰 미련이 남지 않게 닫아 버려야 할까.

그는 대답하지 못하고 구월이를 안은 채 가빠진 날숨을 다스렸다. 구월이는 저고리 고름의 잘린 중동을 양시님의 손에 쥐여 주었다.

"그런데 저는 양시님께 드릴 게 없어서. 아무것도 없어서."

"구월아."

다시 목소리가 차가워졌다. 하지만 이제 터져 나오기 시작한 그의 감정과 욕망은 의지를 짓눌렀다. 목소리가 들들 떨렸다.

"더럽다 여기시면 침을 뱉고 나가셔도 괜찮아요, 양시님."

"입 다물어! 그걸 말이라고 해?"

구월이는 다시 그를 바짝 끌어안고 속삭였다.

"전 끝까지 약속을 지킬 테니, 양시님도 제게 살아갈 이유를 하나만 남겨 주세요."

포기하는 것들로만 이루어진 삶, 가질 수 없는 것은 포기하고, 허락할 수 없는 감정은 잘라 내고, 지킬 수 없는 것은 버리고, 저항할 수 없는 팔자는 받아들이도록 배웠던 계집종에게 무엇인가 하나 남았다. 포기하고 포기해도 남은 것 한 가지.

그는 침을 뱉고 나가는 대신 말라서 휘청대는 작은 몸을 아스러질 듯 끌어안았다. 구월이는 고름 끝을 움켜잡고 있는 그의 손을 아래로 길게 잡아당겼다.

눈앞으로 어둠이 깊어졌다. 눈 위로 그의 입술이 나비처럼 가볍게 내려앉았다. 그는 신중하고 조심스럽게 몸을 어루만졌고, 상처가 남은 곳마다 입을 맞추었다.

구월이는 눈을 감은 채 그와 처음 만나던 날을 생각했다. 수를 놓을 때 뒤에서 자신을 쓰다듬던 부드러운 시선과, 자신을 향한 따스한 웃음을 생각했다. 베틀에 앉아 한 필의 베보다도 긴 노래를 끝없이 흥얼거릴 때, 그는 눈을 감고 등을 기댄 채 가만히 웃고 있었다. 생각해 보면 이분은 나의 흥얼대는 그 노랫가락을 참 좋아하셨다. 그와의 기억은, 툇마루에 떨어지던 햇살처럼 항상 노란 금빛이었고, 천리만리 이어지는 긴 베보다 더 길었고, 수틀 안의 작은 세상처럼 눈부시게 선명하고 아름답기만 했다.

그는 귀한 옥돌을 세밀하게 조각하는 장인처럼 온몸을 매만졌다. 그의 손과 입술이 닿는 곳마다 몸에서 꽃을 피우는 것 같았다. 한 송이 두 송이 수줍게 망울을 터뜨리던 꽃이 어느 순간 온몸에 만개했고 그 위로 나비가 나풀나풀 날아올랐다. 장막 밖에서 보았던 묘향산 초입에도 벌써 꽃이 피기 시작했던데. 이미 우리가 지나던 길목마다 온통 어여쁜 꽃밭이던데.

흐드러진 꽃밭으로 그가 푹, 몸을 파묻었을 때, 작고 어두컴컴한 막사 안은 한꺼번에 날아오른 꽃잎과 나비들로 가득해졌다. 후드후드후드득, 나비들의 날갯소리가 들린다. 그녀는 눈을 꽉 감고 숨을 멈췄다. 눈이, 눈이 부셨다.

"가자, 구월아. 지금이라도 가자. 너, 너를 더 이상, 잠시도 이곳에 두고 싶지 않다. 밤에만 이동하고, 산길로만 골라서 천천히 이동하면 갈 수 있어. 남한산성까지만 무사히 가면 돼. 남한산성까지, 네 아버지가 있는 곳까지만 들키지 않고 가면 그다음은 아무 걱정 없다. 제발 나를 믿어 다오."

헐떡임이 잦아들기도 전, 양시님이 귀에 대고 애타게 속삭였다. 그가 말을 하면서 몸을 어찌나 꽉 끌어안았는지 몸이 그만 부스러질 것 같았다.

구월이는 눈을 꽉 감고 고개를 저었다.

말씀하지 마세요. 제발 그러지 마세요. 제가 양시님을 파멸시킬 짓을 부추기게 하지 마세요. 제가 지금 어떻게 참고 있는지 모르시나요?

고개를 확확 저을 때마다 눈물이 관자놀이를 타고 흘러내려 귓가로 스며들었다. 양시님은 그녀의 단호한 거부 반응에 긴 한숨을 쉬며 조용히 말을 돌렸다.

"그래, 지금 네 상태로는 탈출하는 것도 무리고, 산성까지의 긴 거리를 쫓기는 동안 붙잡힐까 겁내는 것도 이해한다. 돌아갈 동안의 안전은 나도 장담할 수 없으니까."

구월이는 눈을 떴다. 꽃과 나비가 사라진 차고 습한 어둠 속, 땀에 살짝 젖고 붉게 상기된 얼굴이 자신을 내려다보고 있었다. 그는 부드럽게 웃으며 말을 이었다.

"그렇다면 내가 심양까지 따라가서 너를 안전하게 속환하마. 천금이 들든, 만금이 들든 안전하게 풀려나도록 하겠다. 그리고 남한산성에 가서 네 아버지까지 모시고 우리 본가로 가도록 하자. 반촌으로 돌아가지 않아도 된다. 추쇄하는 자들에게 들킬 일도 없고 너와 네 아비가 어디로 갔는지는 내가 말하지 않는 한 아무도 모를 것이다. 내가 평생 너와 네 아버지를 안전하게 보호하겠다. 약조하마. 나를 믿어 다오."

그는 지난번 지레 포기한 것을 벌충이라도 하려는 듯 간절하게 설득하기 시작했다. 구월이가 고개를 저으려 꿈틀거리자 얼른 입을 맞추고는 급히 말을 막았다.

"아, 그래. 네 아비가 바깥세상에서 적응하지 못하는 것이 걱정이라 했던가? 물론 눈도 안 보이고 나이도 많으시니 모든 것이 생소한 바깥세상에서 편히 적응해 사시기는 몹시 버거우실 것이다. 그럼 이리하면 어떻겠느냐? 네가 네 아비를 정녕 떠날 수 없다 하니, 네 아비가 살아 계실 동안 내가 반촌에 가 있으면 되지 않겠느냐."

……맙소사.

구월이는 얼빠진 얼굴로 일어나 앉았다.

왜 저런 말씀을 하시는지는 안다. 양시님으로서는 몇 달간의 절절한 후회 끝에 어렵사리 내린 결정일 것이다. 아마 나를 잊으려 애를 쓰시기도 했겠지만, 지금까지 그게 안 되었으니 이런 말도 안 되는 결심까지 하신 것이겠지.

하지만 될 말이 아니다. 아무리 연모의 정이 깊다 해도 반촌에 정착해 사는 유사님이라니. 구월이는 서글프게 웃었다.

아직 압록강에 도달하지도 않았는데, 벌써 양시님께 제대로 된 대답을 드려야 하는구나.

허락된 시간이 끝났다.

구월이는 깨끗한 옷으로 갈아입고 주머니에서 참빗을 꺼내 들었다. 양시는 빗을 받아 들고 그녀의 머리를 새로 곱게 빗어 땋은 후, 쪽을 찌는 것이 아니라 길게 댕기를 드려 주었다.

단장을 마친 구월이는 자리에서 일어나 양시에게 큰절을 올렸다. 붉게 상기되어 있던 사내의 얼굴이 희게 굳었다.

"이게 무슨 뜻이냐?"

"양시님, 속환이 된다 해도 저는 양시님께 가지 못할 것입니다. 저는 다시 아버지를 모시고 반촌의 남편에게 가야 합니다."

"왜? 그게 무슨 말이지? 그자는 너를 놓았다."

"배 속에 그의 아이가 있습니다."

앉아 있는 사내의 얼굴이 순식간에 퍼렇게 변했다. 그는 차가운 목소리로 말을 잘랐다.

"언제부터?"

"산성에서부터 몸이 없었습니다."

"아이의 아버지는 그 사실을 아느냐? 알고도 너를 버리고 간 게냐?"

"알지만 믿지 않습니다. 하지만 그가 아비라는 사실이 달라지는 것은 아닙니다."

"그럼……."

"이 아이로 인해 목숨을 끊으리라 마음먹었지만, 오늘 양시님과 약속대로 어떻게든 살아 보기로 새로 결심하였으니 이 역시 아이의 운일 것입니다. 이 아이도 생명을 얻어 땅에 태어날 것이니, 제가 어떻게든 살게 할 것입니다. 하니 저는 아이 아버지가 있는 반촌으로 돌아가야 합니다."

"천구월……."

그가 덜덜 떨리는 목소리로 말을 막았다. 나오면 안 될 말이 나올 것 같아 구월이는 고개를 젓고 단호하게 말했다.

"반촌의 계집종과, 눈먼 아비도 모자라 남의 아이까지 거두겠다는 말씀은 추호도 하지 마십시오. 양시님은 제가 살 이유를 이미 충분히 주셨습니다. 그것만으로도 넘치는 은혜를 얻었습니다."

"네가…… 어찌 나에게 이럴 수가 있어?"

그는 부들부들 몸을 떨며 고함을 질렀다.

"네가, 네가 어찌 나한테, 어찌 나한테 이럴 수가 있어? 차라리, 차라리 내가 포기할 수나 있게 미리 말을 해 주지!"

"양시 나리. 차라리 포기하시라 여러 번 말씀드렸습니다. 하지만 지금까지 되지 않았기에, 제가 드릴 수 있는 것을 모두 드린 것입니다. 이제 저는 더 이상 드릴 수 있는 것이 없습니다."

"누가 네게 몸뚱이를 대가로 받고 싶다 했느냐?"

"……."

"너는 내 첫 여자다. 나는 너 말고 다른 여인을 생각해 본 적이 없었다. 한 번도 없었다. 나는, 나는 너만 있으면 다 괜찮다고 생각했다. 그런데 네가 어찌 내게 이럴 수 있어. 네가 어떻게."

맙소사. 구월이는 입을 틀어막고 고개를 숙였다. 마님께서 안 계시다더니 사별하시거나 헤어진 게 아니라 애초에 혼인조차 안 하셨던 거구나. 구월이는 다시 엎드려서 이마를 바닥에 조아렸다.

하필이면 내가, 하필이면 나 같은 것이 저런 귀한 분 곁에 붙어서 욕을 끼치다니.

잠시 후, 그가 길게 신음하는 소리가 들렸다. 고개를 들어 보니 양시는 얼굴이 새파랗게 변했고 움켜쥔 주먹 위로 퍼렇게 핏줄이 올라와 있었다.

"야, 양시님……?"

"……약……을 썼다."

"예?"

"……독한 약을 오래 썼어. 너, 너를 살리려고……."

구월이는 무슨 말인지 몰라 눈을 동그랗게 뜨고 그를 바라보았다. 그는 입을 틀어막은 채 손을 우들우들 떨며 대답했다.

"아……기가 온전치 않게 태어날 수 있다."

"혼자 있고 싶다. 따르지 마라."

눈물이 많은 세자는 눈물을 숨길 곳이 없음이 괴로웠다. 삼월 보름, 의주부윤 임경업이 군영을 찾아와 세자와의 알현을 청하며, 포로로 잡혀간 척화신 홍익한이 심양에서 참살당했음을 고했다. 소식을 전하는 자가 먼저 눈물을 쏟았고, 시강원과 익위사의 관료들도 함께 울었다. 예친왕은 그들의 슬픔을 나무라는 대신 예의 바르게 외면했다.

세자는 아랫사람에게 눈물을 보이는 것이 부끄러워 말을 타고 진을 잠시 벗어났다. 익위사의 위솔과 감시하는 청병 두엇이 멀찍이 따라오는 것까지 막을 순 없었다.

눈앞을 막아선 묘향산의 산세가 웅장했다. 봉우리가 이리저리 엮여 조밀한 대신 크고 우뚝우뚝한 느낌이었다. 어느새 북쪽의 산에도 이렇게 봄이 들었을까. 흰 눈은 산꼭대기로 올라가고 붉고 노란 꽃들로 산은 곱게 단장한 처녀 같았다. 세자는 화사한 봄빛에 더욱 울적해졌다. 그는 잡풀이 두서없이 돋은 나무 아래에 말을 매 두고 그늘에 앉아 소매로 눈가를 눌렀다.

산을 넘으면 얼마 안 가 의주, 압록강이 들이닥칠 것이다. 압록강을 건너면 이제 말도 통하지 않는 곳에서 사방 목 졸릴 일만 남았다. 충성스러운 신하 하나도 구명하지 못한 내가, 자신만 바라보고 살려 달라 울부짖을 50만 불쌍한 백성들을 어떻게 감당할 수 있을까. 세자의 눈물에는 올곧은 신하의 죽음보다 복잡한 이유가 있었다.

멀찍이 말을 풀어 놓고 풀을 뜯기는 푸른 도포 차림의 사내가 거슬렸다. 눈썹을 찌푸리고 그를 바라보자 시선이 겹친 듯, 잠시 움직임을 멈추더니 이내 방향을 바꾸어 천천히 다가왔다. 세자는 그의 모습이 어딘가 눈에 익다는 사실을 알아차렸다.

"아……, 저자는?"

세자의 행렬과 가까이 붙어 이동하는 사내였다. 세자는 저 거구의 사내가 피로인이 아닌 반궁의 유사이며, 반인 계집종의 속환을 위해 따라오는 중이라는 이야기를 들었었다. 어지간히 실없는 사내라 웃었던 기억이 났다. 먼발치에서 본 사내는 움직임이 절도가 있고 간결해 무인처럼 느껴졌으나 가까이서 본 그는 희고 수려한 얼굴을 하고 있어 학자다운 풍모가 느껴졌다. 그는 세자의 붉어진 얼굴은 모른 척하며 읍을 하더니 손에 들고 있던 장죽을 들어 올렸다.

"혹 적적하시면 연초라도 드리리까?"

"너는 뉘냐."

"이 양시라 부릅니다. 세자 저하 아니신지요."

아, 보통 유사도 아니고 양시였던가. 내로라하는 성균관 유사들 사이에서도 양시쯤 되면 귀한 재원이라 할 만했다. 멀찍이 있던 위솔이 다가오려는 것을 세자는 손을 저어 물린 후 물었다.

"이 양시라. 본과 이름은 무엇이지?"

"이름자를 알릴 만한 행적도 없으니 면구합니다. 본관은 한산이옵고 굳셀 무 자에 밝을 명 자를 씁니다."

세자는 그가 내주는 담뱃잎을 동그랗게 뭉쳐 대통에 채워 넣다가 픽 웃었다.

"유사에게 무부(武夫)의 이름자라. 자네도 어머니가 이름을 지어 주었나? 혹시 어미가 베를 잘 짜서 누이들 이름이 항라, 능라, 공단이고 형님들 이름이 저포, 마포인가?"

"예? 이 이름은 제 아비에게 받은 것입니다만."

그가 어리둥절한 얼굴로 대답했다. 세자는 자신이 실없는 소릴 지껄였음을 깨닫고 겸연쩍게 말을 돌렸다.

"아닐세, 농을 했어. 이름을 말하기 싫어서 엉뚱한 소리만 늘어놓던 친구 생각이 나서."

연기를 빨아들이던 세자는 이내 장죽을 떼고 눈썹을 찡그렸다. 양시가 내준 남초는 지금까지 맛보았던 어떤 것보다 독했다. 찡, 하는 연기에 눈물을 찔끔하면서도 세자는 조금 기분이 좋아졌다.

"향이 세고 좋군."

"제가 아는 것 중 가장 독한 남초로 골라 왔습니다."

"예까지 따라오는데 남초를 챙길 여력도 있었나 보군."

"호인들이 은보다 환장하는 것이 남초니까요."

"내가 맛있게 태우는 걸 보면서 환장한다는 말이 나오는가? 자네도 말버릇이 얌전치는 않군."

아차 싶은 얼굴로 그가 황급히 고개를 숙였다. 송구합니다. 제가 실수를 했습니다. 세자는 껄껄 웃다가 잠시 목소리를 낮추고 물었다.

"혹시 자네 여행객인가?"

그는 멀찍이 보이는 행렬을 바라보며 미간을 잠시 찌푸렸다. 세자의 말이 어딘가 마땅찮은 기색이었다. 하지만 그는 적당히 예의를 갖추어 대답했다.

"피로인을 따르는 간난신고의 여정에 여행이란 호사스러운 말이 가당할지요. 물론 본가에 돌아가서는 걱정 많은 아비어미에게 묘향산 압록강 만주벌 이름 없는 촌락까지 유람을 하고 왔노라 고하기는 할 참입니다만."

이번에는 세자가 머쓱해져서 푸스스 웃었다. 하긴 지금 이 행렬에 여행이란 말을 갖다 붙이는 놈이 있다면 정신이 나간 놈이겠지. 공손하게 대답하면서도 말 속에 살짝 가시를 박는 사내를 보며, 세자는 말끝마다 가시를 박고 토를 달면서도 속은 두부처럼 물렀던 누군가가 떠올랐다. 그 친구처럼 한산 이씨라는 저 선비도 속이 물러 터졌으려나. 두 사람의 사이로 독한 연기가 조르르 올라가는 동안 세자는 목이 점점 매캐해졌다.

"삼전도에서 작별하고 온 친우가 있는데, 자네와 말본새가 좀 비슷해."

"저하께 친우라면, 입궁 전 사가에 계실 때 사귀신 분입니까?"

"아니. 세자가 돼서 반궁에서 처음 만났어. 사서(史書)에 대해 서로 의견을 나누다가, 단번에 뜻이 통하는 게 있어 친구가 되었어."

"반궁의 유사입니까? 두 분께서 어떤 심오한 의견을 나누셨을지 궁금하군요."

세자는 그자가 반궁의 유사가 아니라 알 수 없는 시간에서 온 여행객이며, 심오한 의견 교류가 아니고 공부가 개뿔 안 된다는 한탄이었으며, 단번에 통하는 것이 사실은 무서운 마누라들에 대한 뒷담이었다는 것을 살짝 숨겼다. 담배 맛은 좋고 연기는 짙어서 대답 따위는 안 해도 상관없을 듯했다. 양시라는 사내는 이쯤이면 세자에 대한 예를 갖췄다 여겼는지 조심스럽게 용건을 끄집어냈다.

"저하, 실은 청을 드릴 것이 있어서 계속 저하의 군막 근처에서 이동하고 있었습니다."

"그래, 그럴 것 같았지. 내가 이동하는 주변에서 자네하고 자네 말이 눈에 자주 띈다 했네. 배고프다, 억울하다, 살려 달라 청을 넣는 사람이 한둘도 아닌데 진작 와서 말해 보지 그랬나. 속환하고자 하는 반촌의 계집 때문인가?"

"그 소문이 저하의 처소까지 이르렀습니까?"

그는 몹시 당황한 얼굴로 되물었다. 세자는 풀풀 웃었다.

"그 계집종과 같은 막사에 북저 대감의 서녀가 있다고 들었다. 그 여자를 수발하는 반촌의 비복과 그 비복을 따라온 반궁의 유사 정도라면 소문이 들릴 법하지. 북저 대감이 딸을 속환시키려고 얼마나 애면글면하고 있는지 아는가."

"주인 병사란 놈은 북저 대감의 딸을 비싸게 거래할 요량이니, 금

액만 맞으면 심양에서 속환을 시킬 겁니다. 하지만 제가 찾는 계집 종을 속환시킬 생각은 없는 듯합니다."

세자는 한숨을 연기에 녹여서 길게 뱉었다.

"……힘이 없네. 지금 나는 끌려가는 이 많은 피로인을 모조리 속환해야 하는 자리에 있는데, 내가 해 줄 수 있는 것은 아무것도 없어. 이들을 모두 풀어 줄 수만 있다면 내 목숨을 내놓은들 뭐가 아까울까. 하지만……."

그는 우울하게 말했다.

"내가 가진 곡식을 애써 나누어 보아야 고작 열 명도 구휼하지 못하는데, 가는 길목마다 내 발목을 잡고 우는 이들은 어찌 그리 많은지. 내가 할 수 있는 것은 이렇게 나와 몰래 울거나 구왕(예친왕)에게 부지런히 선물을 보내며 비위를 맞추는 것밖에 없어. 그냥 놓아 달라는 부탁은 안 될 거야."

"그냥 풀어 달라는 것이 아닙니다. 속가를 내고 사 갈 수 있게라도 해 달라는 것입니다. 그녀는 반촌의 수복과 혼인을 했고, 배 속에 그의 아이도 있습니다. 그 서달병도 굳이 다른 사내의 아이가 딸린 여자를 내자로 삼고 싶진 않을 것 아닙니까? 속환하는 값이면 그자의 고향에서 말 통하는 여인 열 명과도 혼인할 수 있을 테니까요."

"……가만. 반촌의 비복이 혼인을 했다고?"

"예, 그 아이는 속환이 된다면 반촌의 남편에게 돌아갈 겁니다."

세자는 얼빠진 듯 눈앞의 사내를 바라보았다. 이건 실없는 사람을 넘어 무언가 좀 이상했다. 제가 취할 여자도 아니고 반촌 수복에게 아내를 돌려보내려 이 고생을 하며 따라오고 있다는 말인가? 그의

266

시선을 받은 양시는 희미하게 웃었다.

"저는 그 아이가 안전하고 편하게 사는 것만 보면 됩니다. 아이를 낳는 것까지만 확인하고 본가로 내려갈 생각입니다. 다시는 한양에 올 일이 없겠지요."

남초 연기 사이로 보이는 그의 얼굴이 무척 허탈하고 지쳐 보였다.

보름 후, 예친왕의 부대는 압록강을 건넜다. 이국의 황량한 벌판에 팽개쳐진 피로인들에게 최종 경고가 떨어졌다. 이제 황제의 땅에 들어왔으니, 혹여 조선으로 도망친다 해도 조약대로 주인에게 환송될 것이며 그때는 발꿈치를 잘리는 정도로 끝내지 않으리라는 내용이었다.

세자 일행과 이 양시도 함께 압록강을 건넜다. 백은을 수레로 싣고 온 북저 대감댁 하인들과 호송 무인들도 행렬의 끄트머리에 끼어 있었다. 청병들과 피로인들의 도하를 위해 의주부윤 임경업은 이십여 척의 배를 새로 건조했다. 압록강 이북에도 봄기운이 넘실거렸다. 정축년, 삼월의 마지막 날이었다.

"사람을 찾습니다. 강도에서 붙잡힌 사람 중에 병조참의 댁 가속 분 보신 적 있습니까?"

"삼백 냥, 백은 삼백 냥이라 하오."

"제정신이오? 백은 칠백 냥이면 소 백 마리 값이요! 이런 날도둑

같은 짓거리가 어디 있단 말이오!"

"한 푼이라도 모자라면 어머니는 못 찾아갈 줄 알라 하오만?"

"동생을 찾습니다. 임진강 나루터에서 잡혀간 김도고라고, 얼금뱅이고 키가 작아요."

"누가 제 딸 연조 본 적 있나요? 황연조, 뺨에 사마귀가 있고 열다섯 살이에요. 강도에서 서달병이 끌고 가는 걸 봤다 했어요. 연조야, 아가야, 연조야, 아이고 아가야. 엄마 왔다! 제발 대답 좀 해라."

"북저 대감의 따님 혹시 보셨습니까? 압록강 건널 때까지는 용케 따라왔는데 어이구, 어이구 이 일을 어쩝니까. 아씨, 운영 아씨!"

"아이고 마님! 이게 무슨 변고랍니까! 이 짐승 같은 오랑캐 놈들이, 마님을, 어, 아이쿠, 이놈이 사람 치네, 아이고! 잘못했소, 잘못했소, 주인마님, 주인마님!"

"백은 천 냥이오? 그게 대체 무슨 말이오? 압록강을 건너기 전만 해도 백은 서른 냥이 고작이었잖소! 천 냥이라니!"

"이 사람 소식 모르는군, 지금 정승의 아들딸도 잡혀 와 있는데 백은으로 기천 냥 소리도 막 나오고 있소. 겨우 천 냥 가지고?"

"아이고, 소 팔고 집 팔고 땅 팔아도 백은 백 냥이 안 되는데 이걸 어째. 대인, 대인! 어찌 안 되겠소! 아이고! 이 아이는 삼대독자요. 예서 이러면 우리 가문은 대가 끊긴단 말이오! 차라리 나를 여기서 죽이고 이 아이를 돌려보내 주시오."

심양 황궁 앞 광장은 5월 들어서면서부터 매일 아비규환 아수라장이었다. 조선에서 승전한 병사들이 잡아 온 피로인들을 사고파는 시장이 그곳에서 열렸던 것이다. 조선에 출정했다 돌아온 병사는 추가

병력까지 합쳐 대략 14만, 하지만 그들이 끌고 온 조선 피로인은 줄잡아 50만에 이르렀고 그중 대다수가 여인들이었다. 청의 군대는 남한산성을 포위한 한 달 반 동안 한양과 경기, 충청, 경상도 일부 지역까지 휩쓸고 다니며 인간 사냥을 했는데 특히 강도를 점령한 예친왕의 몽골인, 한인 부대는 아예 그물로 훑듯이 사람들을 사냥했다. 어차피 전쟁에서 병사들이 가장 이익을 보는 것이 포로 장사였기 때문이었다.

회군 중에 피로인을 매매하는 것을 원칙적으로 금한 터라, 본격적인 피로인 매매는 심양에 도착해서 이루어졌다. 청은 노동 인구가 몹시 부족한 상태였기 때문에 피로인들을 사려는 수요는 많았다. 일 잘하는 노비를 원하는 이들은 성벽에 쭈그려 앉은 피로인들을 하나씩 일으켜 세워 가축처럼 이리저리 돌려 보며 가격을 흥정했다.

하지만 주인 병사들이 가장 원하는 거래 상대는 피로인들의 가족이었다. 특히 양반 집안에서 잡혀 온 피로인의 경우 일반 백성에 비해 수십 배, 많게는 백 배까지 폭리를 취할 수 있었다. 운이 좋으려는지, 강화도 산성 안에서 잡아들인 사람 중에는 양반의 가족들이 수두룩했다. 특히 왕실 종친이나 당상관이라 불리는 고관의 가족들을 잡아들인 자들은 그야말로 그런 횡재가 없었다. 몇몇 사람들은 압록강을 건너기 전에 고작 은자 여남은 냥, 혹은 몇십 냥에 피로인을 풀어 주었다고 땅을 쳤다.

재상들이 딸, 아들을 속환하기 위해 천금을 약속했더라 하는 소문은 이미 군영에 파다했다. 아씨를 잡은 대머리 몽골 병사는 동료들에게 부러움의 대상이었다. 새로 영의정이 된 이성구의 아들도 피로인으로 잡혀 와 있었다. 이성구는 아들을 속환하기 위해서 역관에게만 은 천 냥의 뇌물을 먹였다.

소식이 전해지며 몸값은 무섭게 올랐다. 대부분의 백성은 전 재산을 팔아 봐야 은자 이삼십 냥도 채울 수가 없는데, 심양에서는 은자 백 냥은 돈도 아니었다.

간신히 심양까지 살아 도착한 피로인들과, 기껏 집과 소와 땅을 팔아 돈을 마련해 올라온 백성들은 더 이상 버티지 못했다. 희망을 잃고 이국땅에서 자결하는 피로인들이 다시 속출했고, 악착같이 따라온 부모 형제들은 준비해 온 돈으로 베 한 필과 관을 사서 죽은 사람을 묻고 통곡하며 돌아갔다.

"무얼 보고 있느냐?"

와글와글, 시끄러운 장터 한구석, 붉은 빛이 도는 담벼락 앞에 쪼그리고 앉은 구월이 발치로 긴 그림자가 늘어졌다. 눈을 드니 양시님이 말고삐를 잡은 채, 고개를 삐딱하게 기울이고 서 있었다.

퍽 오랜만이었다. 구월이는 그가 자신을 따라서 압록강을 건넌 것을 알고 있었다. 하지만 목이 완치된 후, 그는 더 이상 그녀의 곁으로 다가오지 않았다. 멀찍이 떨어져서 세자 일행의 꼬리에 붙어 이동했고 가끔 잘 지내는지 살펴보러 왔다가 당과나 홍시, 약과 따위가 담긴 주머니나 몰래 밀어 넣고 가는 게 고작이었다. 구월이 역시 굳이 반가운 척 다가가지는 않았다.

그런데 지금 이렇게 멀뚱멀뚱 내려다보는 얼굴을 보아하니 바로 어제 만났다가 오늘 다시 만나서 아침 잘 먹었느냐, 인사를 하시는 것만 같았다. 양시님의 말투가 삐딱하고 조금 심술궂게 들리는 것은, 그때 화가 난 것이 아직 안 풀려서 그런 것일 테고.

대머리 주인은 옆에서 담배를 뻑뻑 피우며 다른 피로인들을 흥정하는 중이었는데 두 사람의 대화를 딱히 제지하진 않았다. 양시를 의원으로 착각하고 있었기 때문이었다. 구월이는 새로 알게 된 사실을 냉큼 말했다.

"나리, 여기는 산이 없어요. 온통 벌건 흙하고 새파란 하늘뿐이에요."

그는 얼빠진 얼굴로 그녀를 내려다보고 사방을 둘러보더니 퉁명스럽게 대답했다.

"그게 그리 신기하냐."

"나리, 저는 온 세상이 다 울퉁불퉁한 산으로 둘러싸여 있는 줄 알았어요."

"평생 반촌에 갇혀 지냈던 누군가의 놀라운 깨달음이구나. 그래. 고향 생각이 나?"

구월이는 눈을 동그랗게 뜨고 머리를 긁었다. 떠나온 지 몇 달이나 됐다고, 반촌에서 아버지와 살던 기억이 아주 희미해졌다. 중간에 무슨 일이 있었는지도 잘 기억나지 않는다. 아이 이건 좀 너무하다. 구월이는 무릎 사이에 고개를 묻고 코를 훌쩍거렸다.

"아뇨, 이제 우리 집이 어떻게 생겼는지도 기억이 잘 안 나요."

"네가 고향 생각을 자꾸 하면 마음이 아파서 견딜 수 없으니까 네 마음이 너 자신을 지키려고 반촌의 기억을 막아 버린 거야. 나중엔 기억날 게다."

양시님은 알 수 없는 소리를 하며 수건을 내밀었다. 무슨 말인지 이해는 안 되지만 울지 말라는 뜻이라는 건 대충 알겠다. 구월이는 수건을 받아 들고 콧물을 닦는 척하며 양시님의 냄새를 맡아 보았다. 이제 그에게서 나는 냄새라면 모든 것이 꿀처럼 달기만 했다.

이것도 병일까.

아무래도 그런 것 같다. 하지만 이 병은 양시님께 절대 말씀드리지 않을 생각이다. 이 병이 심해져서, 아파서 죽는 일이 있어도 절대 알리지도 않고 치료하지도 않을 것이다.

"마을 전체가 온통 먼지투성인데 집에 있지 않고 왜 나와 있는 거냐."

심양의 봄은 누런 먼지로 가득했다. 몸을 씻는 것이 별 소용이 없었다. 종일 밖에서 쪼그리고 있다 보면 머리카락이든 옷이든 얼굴이든 비슷한 색깔로 변하기 일쑤였다. 구월이는 소매를 팡팡 털며 말했다.

"냄새 때문에요."

"냄새?"

"말고기 삶는 냄새만 나면 속에서 난리가 나거든요. 한번 비위가 상했다 하면 토하고 토하고 하루 종일 토해요. 그런데 집에선 사방 말고기 냄새가 배 있어요. 벽돌에 옷에 지푸라기 하나하나까지, 푹, 아주 푹푹이요."

"입덧이 아주 심하니?"

"이 정도면 괜찮아요. 저희 엄마는 팔삭까지 물만 마셔도 토했대요. 그거에 비하면 얘는 효성이 지극한 것 같아요."

"너를 이리 고생시키는데 효성 같은 소리 한다. 뭐 먹고 싶은 건 없고?"

"당과요."

일각도 망설이지 않고 튀어나오는 대답이 창피했다. 양시님은 입술을 실룩거리며 인상을 뿍뿍 쓰더니 소매에서 창호지와 기름종이에 싼 약과와 당과를 한 뭉치씩 꺼내 주었다. 어떻게 알고 매번 이리 준비해 오시는 걸까? 도깨비에 홀린 것 같은 기분이었다.

기름종이를 벗기고 약과를 입에 넣자 지금 죽어도 좋을 것 같은 기분이 들었다. 구월이는 입에서 아스러지는 고 달콤한 것이 너무 아까워 앞니로 조금씩 깨물어 입에 넣고는 살살 굴려 녹여 먹었다. 아, 좋아. 아이 좋다. 양시님의 불퉁한 목소리가 들렸다.

"제대로 먹는 것처럼 먹어라. 내일 더 구해다 주마. 아예 한 목판 가득 구해다 주마."

"양시님, 이제 여기 오셔도 저 못 만나실 텐데요."

"왜?"

"저 대머리 주인 놈의 대장의 대장의 대장이 황제 마마의 동생인데요, 구왕이라고."

"안다. 예친왕 도르곤 말이냐."

"예. 그 사람 부하가 와서 '전하께서 저 아이가 예쁘다'고 했대요."

"……그래서."

"그 '저 아이'가 저고요."

"그럼 예쁘다는 아이가 대머리 주인이겠느냐."

"그랬다고요, 그냥."

"그래서."

"그래서 뭐 저를 그냥 예친왕부에 시녀로 드리기로 했대요. 그래서 저 인간이 기분이 되게 더러웠는데, 그날 아씨 속환 거래가 성사

됐고, 이튿날 예친왕부에서 굉장히 독한 남초를 한 뭉텅이나 선물로 주는 바람에 저 대머리 주인이 지금 기분 완전 째졌어요. 지금 남초 한 줌에 백은 한 줌이란 말이 있을 정도로 비싸거든요."

"잘됐구나. 독한 연초 푹푹 피우고 허파나 푹푹 곯아 버리라지."

어쩐지 양시님도 굉장히 기분이 좋은 듯했다. 놀라운 소식에 놀라지도 않고 나쁜 소식에 화를 내지도 않았다. 구월이는 양시님을 멀끄러미 보다가 조그맣게 말했다.

"제가 좀 예쁜 건 맞나 봐요."

"……속도 없구나. 예친왕은 바람둥이로 소문이 자자해."

"그래도 왕이니까, 여자들이 많을 테지요. 그럼 저처럼 작은 사람은 눈에 안 띄고 지나갈지도 모르고요, 이 꼴로 씻지 않고 들어가면 들여다보지도 않고 소박을 줄 수도 있고요, 제가 배 속에 애가 있어서 일경에 한 번씩 미친 듯이 토한다고 하면 내관들이 알아서 빼 줄 거예요. 밥값 못 한다고 하면 베 짜고 수를 놓아 밥값을 한다 하면 되겠지요. 그럼 상방에 넣어 줄지도 모르고요. 오랑캐들도 옷 입고 이불 덮고 사니까 당연히 상방 같은 곳이 있지 않겠어요? 제가 바늘 하나로 조선 바늘쟁이의 본때를 보여 주겠어요."

"허 참. 구체적으로도 생각해 두었구나. 씩씩해서 좋다."

양시님은 오랜만에 빙긋 웃어 보였다. 한번 웃기 시작하니 참았던 웃음이 기회는 이때다 하며 한꺼번에 튀어나오는 듯, 양시님은 한참 웃었다. 웃음 끝에 양시님은 툭, 덧붙였다.

"너 예쁜 거 맞다."

구월이는 이튿날 조선 세자관에 들렀다가 예친왕부에 가라는 전언을 들었다. 아씨도 귀향하기 전에 저하께 인사를 여쭙고 귀국하기로 하여, 두 사람은 정명수라는 역관을 따라 함께 수레에 올랐다.

아씨는 백은 천이백 냥에 속환이 되었다. 조선에선 기껏해야 백은 이삼십 냥으로 거래가 되던 것을 생각하면 기가 막힐 노릇이었지만, 아씨의 아버지인 전 영의정 대감은 돈이 많았기 때문에, 값을 전부 치를 수 있었다. 큼직한 백 냥짜리 은괴 무더기를 받은 주인이 글자도 아닌 이상한 그림으로 속환 문서에 수결을 마치자, 아씨는 그동안 자신을 살갑게 보살펴 준 구월이를 끌어안고 미친 듯이 울었다.

용골대 장군의 통역관인 정명수라는 자가 두 사람을 데리러 왔는데, 천민 출신이라는 역관은 삼정승 이상으로 고압적이었다. 그는 양반이고 서출이고 천것이고 무조건하고 반말을 했는데, 그의 권세를 아는 자들은 삼공육경이라도 벌벌 긴다는 소문이었다.

아씨와 구월이는 그자와 함께 수레를 타고 새로 지었다는 세자의 처소인 심양관으로 향했다. 황궁 성벽 앞에 거지 같은 꼴로 쪼그리고 앉아 속환을 기다리는 사람들에게서 우우우, 하는 한 맺힌 소리가 흘러나왔다. 구월이는 조심스럽게 물었다.

"저 사람들이 왜 이러는 건가요?"

"왜일까? 알면서 그래?"

정명수라는 역관은 아씨 쪽을 턱짓하며 콧방귀를 뀌었다. 다른 때 같으면 천것이 방자하구나, 매운 소릴 뱉을 아씨가 이번만큼은 입을 꼭 다물었다. 아씨는 서녀라 해도 어머니 신 씨가 중인 출신이라 집안에서 아씨 소리까지 듣고 살았으나, 정명수는 조선 관노 출신에 청으로 귀화해 온갖 개짓거리는 다 저지르고 있었던 것이다. 정명수는 히죽히죽 웃으며 대답했다.

"네가 뫼시던 이년의 잘난 아비나 지금 영의정인 이성구란 놈이 말이지, 자식 연놈을 속환하는 데 백은 천오백 냥, 천 냥씩 턱턱 내놓고 있거든? 그러니 어떤 멍청한 병사들이 제 종들을 이삼백 냥에 팔고 싶겠어? 부르는 값이 사백, 오백, 칠백으로 뛰고 있으니, 간신히 백 냥이나마 마련해 온 사람들은 어쩔까? 코만 뗄 일이지. 기껏 집 팔고 땅 팔고 종 팔아 올라와서 제 자식 제 부모가 여기서 죽어가는 꼴만 확인하고 내려가야 하니 잘난 대감의 아들, 딸들을 찢어죽이고 싶지 않겠어?"

아씨의 얼굴이 파랗게 질렸다. 입술을 꼭 앙다물고 주먹을 파들파들 떨었지만 한 마디도 할 수 없었다. 그는 청의 황제와, 세자 저하의 관리를 책임진 용골대의 총애를 듬뿍 받는 역관이었다. 비위가 틀렸다간 무슨 짓을 할지 몰랐다.

"그러잖아도 최명길이란 놈이 다른 동료들에게 자제분들 속환가 올리지 말라고, 힘들겠지만 백 냥 이상으로는 거래하지 말자, 가격을 올려놓으면 백성들이 속환해 갈 수 없다고 몇 번이나 부탁했지만 들은 척도 안 했다더군. 나로서야 우리 청나라 군졸들이 돈을 많이 버니 좋다 생각하지만 한심하고 짜증 나는 건 어쩔 수 없잖아?"

"다, 당신이 그런 말을 할 자격이나 있소? 당신이 심양까지 오면서 조선 백성들에게 취한 게 얼만지 모를 줄 아시오? 조선 사람인 당신이 하는 짓은 명나라 사신이나 청병들과 진배없었어!"

"아가리 째기 전에 입 닥쳐. 아니면 다시 그 집으로 돌려보내 줘?"

정명수는 비열하게 웃으며 아씨의 턱을 손가락으로 들어 올렸다.

"뭘 모르나 본데, 나는 이제 조선 사람이 아니야. 얼마든지 말하지. 조선이 왜 그 지경으로 뭉개졌는지 알아? 네년 아비나 강도 검찰 사인 네 이복 오라비 같은 놈들이 조정에 득시글대서 그래. 재수 없어서 재수 없다 한 것뿐인데 분하신가? 내가 여기서 네년 옷을 벗겨 희롱하든, 다른 정승 아들놈을 끌어와서 철편으로 쳐 죽이든, 누구도 찍소리 못 해. 네 아버지든, 이성구든, 조선의 왕이든 나한테 꼼짝할 수 없어. 천이백 냥? 천오백 냥? 그깟 돈 내놓고 내가 산 계집종 내가 때려죽였다고 하면 그만이야."

아씨는 새파랗게 질려서 파들파들 떨었다. 분했지만 한 마디도 할 수 없었다. 구월이가 그의 소매를 잡고 조그만 소리로 말렸다.

"나리, 대인. 그래도 명을 내리신 분이 저희 전하가 아니고 예친왕 전하라 하지 않으셨습니까?"

"아 젠장. 맞아. 그렇지. 나는 이제 청국의 오랑캐니 예친왕 전하의 비위를 거스를 순 없지."

그는 혀를 차더니 코를 실룩대며 웃었다.

"콩알만 한 계집종이 돌대가리 정승 놈의 딸년보다 훨씬 똑똑하군 그래."

새로 지었다는 세자 관소는 만주 사람들이 머무는 집과 비슷했다. 만주 사람들의 집은 조선의 집과 많이 달랐다. 벽돌을 쌓은 다음에 진흙을 그 위에 발라 벽이 훨씬 단단했고, 나무로 댄 위로 짚을 이은 지붕도 훨씬 뾰족하고 높았다. 기와집도 마찬가지라, 처마가 짧고 가파른 팔작지붕에 누른빛이 도는 기와, 구조도 직선이 아니고 꺾여 있어 이상했다. 뒤로 따로 빠진 크고 높은 굴뚝도 인상적이었다.

구월이는 심양관의 뜰에서 아씨와 작별했다. 아씨는 세자 저하의 처소로 가서 인사를 올리고 억울하게 잡혀 온 피로인 몇 명과 함께 바로 고국으로 돌아갈 거라며 그간 정이 들었던 구월이를 안고 한참 울었다.

구월이는 볕이 드는 담벼락에 기대앉아 눈을 감고 볕을 쬐었다. 나는 그럼 언제쯤 예친왕이라는 사람의 처소로 가게 되려나. 생긴 건 호리호리 기생 오라범 같은데 싸울 때는 야차 아수라가 따로 없다던데. 게다가 엄청나게 바람둥이라니 되도록 그 사람의 눈에 안 띄어야 할 텐데.

"아차, 맞다. 얼굴하고 옷에 개흙을 뒤집어쓰고 가기로 했지."

구월이는 생각이 멈추기도 전에 바닥에서 흙을 움켜 옷과 얼굴에 마구 문질렀다. 머리에는 마른 흙을 뿌려 비비고 젖은 흙은 얼굴에 한참 문질렀다. 이 정도면 되었을까? 면경이 있으면 좋을 텐데. 진흙으로 뒤발한 옷 꼬락서니만으로도 그럴듯하긴 했다.

"월아? 처, 천구월? 너 이게 대체 무슨 짓이냐!"

외마디 고함이 들렸다. 당황한 구월이가 고개를 들어 보니 말에서 막 내린 양시님이 입을 멍하니 벌리고 서 있었다.

"꼴이 그게 뭐냐."

"예친왕이 바람둥이라는 소문이 있어서……."

"그런데?"

"그런데 제가 예쁘다 하셨기에."

끙, 그가 앓는 소리를 하며 이마를 짚었다. 화를 내야 할지 폭소를 터뜨려야 할지 애매한 얼굴이었다.

"그래서 진흙으로 뒤발하고 계셨나? 왕부에서 여자들 올리기 전

278

에 목욕 다 시키고 옷 다 갈아입힐 거란 생각은 안 하나?"

"……원래 그러는 건가요?"

"됐다. 넌 예친왕부로 갈 게 아니니까."

"예?"

그는 수건에 물을 적셔 와서 구월이의 얼굴을 박박 닦으며 퉁명스
레 말했다.

"애초부터 내가 속환한다 하지 않았더냐. 저하께 부탁해서 예친왕
께 청을 넣었지. 남초와 은 삼백 냥을 주었다."

"……예? 예친왕이 그런 부탁도 들어줍니까?"

"예친왕이나 용골대 장군은 상식적이고 예의를 지키려 나름 애쓰
는 사람들이다. 게다가 세자 저하와 잘 지내려고 꽤 신경 쓰는 편이
라 일이 수월했어. 물론 예친왕부에도 남초를 넉넉히 뿌렸지. 내가
말에 싣고 온 게 쌀과 옷이라고 생각한 건 아니겠지? 지금 청병들이
막 남초 맛을 알게 돼서 환장을 하니까. 중독성으론 앵속에 비견할
만하지."

구월이는 바보처럼 입을 벌리고 그를 바라보았다. 아무것도 믿어
지지 않았다.

"그럼 저는 이제 어디로 갑니까?"

"지금까지 하는 말을 어디로 들었느냐. 내 너를 속환했다 하지 않
았느냐. 이제 집에 돌아가야지."

"……예?"

"네 아비가 산성에서 기다리고 있다 했는데 다 까먹은 게냐? 돌
볼 사람까지 붙여 두었다고 했는데? 네 아버지는 지금 네가 수놓은
그 이불을 닳아빠지도록 매만지면서 너만 애타게 기다리고 계실

게다."

구월이는 여전히 실감이 나지 않아 한참 동안 눈만 껌벅거렸다. 풀려났다, 살아났다, 여기서 벗어난다, 하는 생각보다 그럼 나는 양시님과 아버지에게 돌아가는 건가, 하는 생각밖에 나지 않았다. 눈을 들어 그의 얼굴을 빤히 바라보았다. 그의 눈은 웃음을 함빡 머금고 있었다. 입술의 끝이 가볍게 움직인다. 활짝 웃으며 그녀를 끌어안고 싶은데 구월이의 반응이 예상 밖이라 억지로 참고 있는 것 같았다.

"어? 어어?"

갑자기 속에서 울컥 무엇인가 올라왔다. 시시때때로 터지던 구역질 대신 울음이 터졌다. 구월이는 자리에서 일어나 급하게 절을 올리며 억억 소리를 내고 울었다. 입을 틀어막아도 그 소리는 멈추지 않았다. 왜, 왜 이러느냐, 좋은 일에 왜 이리 울어! 울지 마라! 울지 마라니까! 그는 황급히 바닥에 무릎을 대고 앉아 수건으로 눈물을 닦아 주었다. 목소리는 여전히 퉁명스러웠다.

"착각할까 봐 미리 말해 둔다만, 한양에 가서도 너를 바로 서방님이 계시는 반촌 집으로 데려갈 건 아니다. 아기 낳을 때까지는 반촌 밖의 임시 거소에서 아비와 살다가 아기를 낳은 후에 서방에게 돌아가도록 해라."

"살려 주셔서 고맙습니다. 정말 감사합니다. 꼼짝없이 비참하게 이국땅에서 죽게 될 줄 알았습니다. 이 은혜를 어떻게 갚아야 할지요."

"은혜는 무슨. 네 아비의 간절한 청을 못 이겨서 이리하는 것뿐이다. 괜한 약속을 했지. 누가 너 따위를 생각해서 아직까지 이 궁상을 떨고 있는 줄 아느냐."

양시님은 심술궂은 얼굴로 길바닥의 돌멩이도 믿지 않을 거짓말을 내뱉은 후 자신 없는 목소리로 덧붙였다.

"네가 무사히 아기 낳는 것만 보면, 나는 고향으로 돌아갈 것이다. 징글징글 유사연 하는 짓거리는 이제 작파할 거고, 너 안 보이는 데서 묻혀 살 거고, 한양에든 반궁에든 다시 오지 않을 게다."

구월이는 눈물을 씻고서 눈치를 할끔 보더니 종알종알 말했다.

"양시님, 유사 노릇 안 하실 거면 변복하시고 취미 삼아 의원 노릇을 해 보시면 어떠시겠습니까?"

"뭐?"

"양시님이라면 분명 신의가 되실 거고, 결국 어의로 발탁되셔서 다시 반촌 앞을 지나다니시게 될 겁니다."

"넌 정말…… 입에 침이나 좀 발라라."

양시님은 못 당하겠다는 듯 두 손을 들고 웃고 말았다. 구월이도 따라 배시시 웃으며 조그맣게 말했다.

"그리고 양시님, 아기는 이제 신경 쓰지 마세요. 아이도 양시님께 이미 목숨을 빚졌습니다. 아기가 살아가는 것은 온전히 제 몫입니다. 어찌 그 짐까지 자청해서 지려 하십니까."

"그 일은 아기 낳고서 찬찬히 말해 보도록 하자."

그는 가늘게 한숨을 쉬고 구월이의 팔을 잡아 일으켰다. 구월이는 조심스럽게 물었다.

"양시님? 그런데 세자 저하께서는 왜 저 같은 천것을 위해 그리 백방으로 애를 써 주셨을까요?"

"같이 올라오며 소문을 듣지 못했느냐? 저하께서는 인품이 높고 정이 많으신 분이시다. 눈물도 많은 게 흠이긴 하지만."

양시님께서 울보 저하를 흉보실 입장은 아닐 텐데요. 구월이는 혀끝에 대롱대롱 걸린 말을 입속으로만 종알거렸다. 하지만 그걸 또 어찌 귀신처럼 알아들었는지 눈썹이 와그르르 구겨졌다.

"너는 대체 나를 어찌 보고 걸핏하면 놀리려 들지?"

"나리, 전 아무 말씀도 아니 드렸습니다."

흠, 그는 고개를 휙 돌리고 콧방귀를 뀌더니 그래도 대답은 해 주었다.

"나를 보니 헤어진 벗이 생각난다 하시며 백방으로 애를 써 주셨다."

"벗이요? 저하께서는 친구 사귀시는 취향이 고약하신가 봐요!"

"너는 대체!"

이 상황에서 그런 말이 나오느냐, 바락 고함이 나오려는 것을 목구멍으로 꿀꺽 삼키는 모습이 보인다. 양시님은 아무래도 너무 물러 빠진 것 같다. 갑자기 뒤에서 껄껄대는 웃음이 터졌다.

"이 양시, 자네는 대체 이 되바라진 아이에게 어떤 사람으로 찍혀 있는 겐가?"

"저하."

양시님은 급히 몸을 돌려 눈앞의 사내에게 허리를 숙였고, 구월이는 황급히 맨바닥에 엎어져 머리를 박았다. 나는 죽었다, 나는 망했다, 기껏 속환됐는데 나는 죽었다를 복창하고 있노라니 다시 웃음소리가 들렸다.

"됐다. 일어서라. 기껏 어렵게 목숨을 구해 주었는데 설마 때려잡기야 하겠느냐?"

위에서 들리는 목소리는 유약했지만 다정했고, 천한 비복을 대하는 태도라 믿을 수 없을 만큼 부드러웠다.

고개를 살그머니 들어 보니 얼굴이 창백하고 체구가 작은 사람이 푸른 도포 자락을 펄럭이며 서 있었다. 키가 크고 어깨가 바라진 양시님 옆에 서 있으니 더욱 왜소하고 말라 보였다. 안색이 어둡고 초췌한 것으로 보아 몸 고생보다 마음고생을 훨씬 심하게 하신 듯했다.

"친구 사귀는 게 고약한 게 아니라 특이한 거라 해 둘까."

"황송하옵니다. 소신이 단단히 일러두겠습니다."

"괜찮네. 뭐 사실 그 친구 말투가 고약하긴 했지."

"아, 예."

"입궁을 하고 나니, 주변엔 온통 신하나 스승뿐이지 친구는 아무도 없었는데, 그중에서 유일하게 다른 목소리를 내 주는 벗이었네. 처음엔 귀에 몹시 거슬렸지만, 사실 내게 진짜 절실했던 건 그런 인연이었지. 오래 잡아 둘 수 있었으면 배울 것이 많았을 터인데. 진심으로 아쉬울 뿐일세."

"그리 애틋한 인연이라면 후일 그 현우와 반드시 재회하실 수 있으실 겁니다. 그 유사의 이름 석 자와 사는 곳을 일러 주시면 제가 조선에 돌아가서 꼭 연통을 넣겠습니다."

"반궁에서 만났네만 그곳의 유사는 아니었어. 아마 더는 못 볼 거야. 궁금한 것이 있었는데 답을 알면서도 말을 끝까지 안 해 주고 가더라고. 몇 번이나 물었는데도."

세자는 쓸쓸한 얼굴로 대답했다.

"괘씸한 자로군요. 익위사를 불러 당하에 꿇리고 토설하라 징치하지 그러셨습니까."

"저런, 그 친구가 아니었으면 자네 부탁을 들어주지도 않았을 텐데 징치라니. 너무하는군. 그 친구가 '저를 정히 보고 싶으시면, 나중에라도 저처럼 성질 고약하고, 퉁명스럽고, 버릇도 없고, 안하무인에 말본새까지 까칠한 선비를 만나셨을 때, 저겠거니 여기시고 친구처럼 대해 주십시오.' 하고 부탁했단 말일세."

세자는 이완의 심드렁하고 이죽대는 말투와 입술 모양까지 고대로 흉내 내며 웃었다. 어쭙잖은 세자의 농담에 장난기라곤 요만큼도 없는 양시님의 얼굴은 요상하게 일그러졌고 구월이는 뒤로 돌아서서 한참을 웃었다. 세자 저하는 친구 고르는 기준뿐 아니라 당신의 성정도 요상하고 괴상한 것이 맞았다. 누군진 모르지만 그 친구 덕에 목숨을 구하여 돌아갈 수 있게 된 것이 그저 다행일 뿐이었다. 너그러운 세자는 방자하다 나무라는 대신 부드럽게 웃었다.

"작고 어여쁜 아이로구나. 귀히 얻은 생명이다. 너는 돌아가서, 부디 좋아하는 이들과 오래오래 행복하거라."

세자의 목소리에서는 귀천상하를 단호히 가르는 구분 대신 고생했던 제 백성에 대한 미안함과 연민이 가득했다. 저런 분께서 위에 계시는데 우리는 어째서 이렇게 힘든 일을 겪어야 했는지 구월이는 이해할 수 없었다. 양시는 깊게 허리를 숙였고, 구월이는 바닥에 엎드려 절을 했다. 목소리가 바르르 떨렸다.

"저하, 은혜가 하해와 같사옵니다. 저하께서는 후일 천대 만대 널리 회자되실 성군이 되실 것이옵니다."

"말은 고맙다만, 과연 다시 돌아갈 수 있을지."

"반드시, 반드시 돌아가실 수 있을 것이옵니다. 훗날 환궁하옵시면, 반궁에 들르실 때 반촌에 한 번만 거동하여 주시옵소서. 제가 그동안 세자 저하의 은혜를 온 동네 다니며 칭송하겠사옵니다."

"고맙구나. 그럴 날이 오길 바란다."

그리고 고마워하는 건 네 곁의 양시에게 해야지. 안 그러냐? 세자는 덧붙이며 부드럽게 웃었다. 그 모습이 퍽 쓸쓸해 보였다.

"말을 탈 줄 모른단 말이냐?"

양시님은 난감한 듯 혀를 찼다. 구월이는 구월이대로 난감해졌다.

"양시님! 잘 아시지 않습니까. 저는 천것이라 말을 타면 안 되는데요. 반촌에서 이런 짓을 했다간 단박 치도곤을 당합니다. 게다가 이렇게 좋은 말을!"

"여기는 반촌도 아니고, 조선도 아니다. 또 조선이라 한들 무슨 상관이냐. 내가 옆에 있는데 누가 네 신분을 따질까."

듣고 보니 그렇다. 구월이는 눈을 말똥말똥 떴다. 반촌도 조선도 아닌 것이 아주 나쁜 것만은 아니었구나. 가슴이 펑 뚫리는 것 같으면서, 콧속으로 밀려 들어온 꽃향기가 뒤늦게 느껴졌다. 반촌도 조선도 아닌데 봄은 똑같이 예쁘고 고왔고, 근심 없이 말을 탈 수도 있었다.

하지만 문제는 다른 데 있었다. 양시님의 말이 조랑말처럼 작은 말이 아니다 보니 무거운 몸으로 아무리 바둥거려도 등자에 발을 올릴 수가 없었다. 양시는 버둥대는 구월이를 보며 얼굴을 잔뜩 찌푸렸다. 입가가 꿈틀대는 걸 보니 왜 저러는지 알 것 같다. 양시님은 웃음이 터지려고 하면 이마를 찌푸리는 좋지 않은 버릇이 있었다.

"아, 아이고, 아으아으! 양시님!"

갑자기 몸이 붕, 하늘을 날았다. 어떻게 된 영문인지 모르지만 엉덩이가 가죽 안장에 닿았다. 엇차, 바로 뒤에 양시님이 턱 올라탔다. 등으로 양시님의 가슴과 배가 맞닿았다. 날이 덥지도 않은데 진땀이 조르르 흘러내리기 시작했다. 그의 목소리가 귓가에서 살랑거린다.

"한양까지 긴 길을 무거운 몸으로 걸어갈 순 없지 않니. 네가 자세를 잡을 때까지만 같이 타고 가자. 튼튼한 녀석이니 그 정도는 버텨 줄 게다."

"으악, 야, 양시님! 저 떨어져요! 높아요, 엄마야!"

"그만, 그만! 쉬이, 내가 잡아 주마, 버둥대면 더 떨어진다. 넘어져도 내가 막아 줄 테니 아무 걱정 하지 말고. 쉬이, 겁먹지 마라. 내가 직접 길들인 말인데 순한 아이다. 자자, 이제 옆에 묶어 둔 줄을 잡고 허리 펴라. 음, 그래 잘한다. 빨리 달리면 엉덩이와 허리가 아플 것이니 천천히 가마."

"예."

평소보다 훨씬 길게, 조곤조곤 이야기하는 양시님은 생소했다. 말씀대로 허리를 곧게 폈다. 양시님의 말은 키와 몸집이 조랑말보다 훨씬 크고 다리 힘도 좋아 두 사람이 탔는데도 기운차게 발을 디뎠다. 아래를 보는 순간 눈이 저절로 꼭 감겼다. 땅이 까마득하게 멀어 보이면서 벌써부터 어지러웠다.

"이러이럿, 헛헛!"

"으으, 꺄악!"

양시님이 몸을 바짝 붙여 허리를 꽉 감싸 안았다. 웃음일지 한숨일지, 귀에 끼치는 그의 숨이 덥게 느껴졌다. 말이 천천히 움직이기 시작했다. 다각, 다각, 다그락, 다그락. 굽 소리가 경쾌해졌다. 그는 완연히 들뜬 목소리로 말했다.

"만주도 우리 고향만큼이나 봄이 좋구나. 우리 천천히, 천천히 돌아가자."

15
For Sale, My Big brother

"그러니까. 나이 서른도 안 됐는데 선이 다 뭐야. 어른들 보기엔 벌써 그렇게 나이를 먹었나 싶어서 갑자기 짜증이 확 나더라니까."

소희는 수화기를 귀에 대고 한숨을 쉬었다. 약속 장소에 너무 일찍 도착해서 무료하게 기다리자니 더 짜증이 났다.

— 그래도 나가 앉아 있으면서 뭘 그래? 싫으면 거절하면 됐잖아.

"큰아버지 소개란 말이야. 딱 한 번이라도 만나 보라고 손까지 붙잡고 신신당부하시는데 어떻게 거절해. 어휴, 지금 회사 취직할 때 큰아버지가 연결해 주신 것만 아니었어도."

— 애, 큰아버지 소개면 나쁘지 않은 자리일 텐데? 너희 큰아버지 박물관에 계시다가 은퇴하셨다고 안 했어?

"좋기는 뭐가 좋니. 나보다 세 살이나 어리고, 이제 간신히 메디컬 스쿨 1년 차란다. 한국엔 방학 때나 간신히 들어올까 말까? 그럼 연애는 물 건너간 거고, 대충 조건 맞춰 결혼해서 뒷수발 들어 줄 여자 찾겠다는 건데, 졸업까지 창창 남은 데다 공부가 너무 빡세서 졸업할지 말지 장담도 못 하는 판에 미쳤다고 그 수발을 다 들겠니? 우리 집이 그렇게 딸리는 집도 아니고, 내가 밑지고 들어가는 것도 아닌데? 현직 의사라면 모를까. 너 내가 3년 전에 인턴하고 연애하다가 그 갑질에 아주 학을 떼고 헤어진 거 알지?"

소희는 투덜거리며 시계를 들여다보고, 커피를 한 모금 마시고, 다시 시계를 보고, 좁은 골목 맞은편에 있는 아이스크림 매장을 바라보았다. 젊은 사내 너덧 명이 야외 파라솔 아래 앉아 아이스크림을 먹으면서 유쾌하게 웃고 있었다. 평범한 셔츠에 청바지, 운동화 차림의 학생들이었는데 이목이 뚜렷하고 시원시원한 데다 웃음소리가 유쾌해서 눈에 띄었다.

어느 학교 학생들인지 풋풋하네. 나도 저럴 때가 있었는데.

윤식은 아이스크림을 퍼먹고 있는 윤사를 보며 소곤소곤 물었다.

"형. 연하 남자 인기 좋지? 큰형이 세 살이나 연하니까 점수 많이 딸 거야. 우리 아빠 봐."

"나이가 뭔 상관이야. 불꽃만 튀면 되지."

"왜 이래. 한 송이 불꽃에도 취향이 있어. 보통은 연하남 싫어하는 여자들이 더 많을걸?"

윤오가 끼어든다. 윤식은 눈썹을 찌푸리며 중얼거렸다.

"그런가? 그럼 정국 아저씨한테 형 나이 열 살쯤 더 올려서 불러

달랄 걸 그랬나? 형이 워낙 영감탱이 같아서 티도 안 났을 텐데.”

윤삼이 맞은편 카페의 테라스에서 통화하는 여자를 보더니 팔짱을 끼며 윤식에게 물었다.

“야야, 박뚱식? 정말 큰형이 저런 스타일 누님 좋아해? 확실해?”

“틀림없어. 저 스타일이 이상형이라니까. 내가 형 옆에서 반만년 동안 온갖 구박을 다 받아 가면서 틈틈이 주워듣고 내린 결론이야. 얼굴이 보름달 호빵맨처럼 동그랗고, 이목구비가 고양이처럼 오목조목하고, 키는 형님 어깨에도 안 닿을 만큼 아담하고, 보조개가 터질 것처럼 탱탱한 스타일.”

그들의 큰형님께서는 26년 연애고자치고 이상형이 굉장히 또렷했다.—물론 취향은 존중받아 마땅한지라 그들은 형의 취향에 단 한 마디도 입을 대지 않았다.— 하여, 지난 명절에 최정국 아저씨가 안락재에 들러서 아끼는 조카딸 자랑을 하며 사진을 보여 주었을 때, 그들은 불문곡직 바짓가랑이에 매달렸다. 정국 아저씨는 기다렸다는 듯 흔쾌히 허락했다.

“이상형이 눈앞에 있으면 뭐해. DNA에는 연애고자 명령어가 박혀 있는데.”

다들 남의 일이 아닌지라, 하늘이 무너질 정도로 한숨을 쉬었다. 윤사가 머리를 감싸고 중얼거렸다.

“DNA의 명령대로 내버려 두면 연애 세포가 다 말라비틀어져서 서른 마흔 될 때까지 똥차로 행진할 게 틀림없어. 그럼 우리도 꿈도 희망도 없는 거야.”

우리에게도 곧 닥쳐올 일. 그들은 형님의 연애 세포 소생 프로젝트를 위해서라면 몸 팔고 마음 팔고 영혼까지 팔아 협력할 용의가 있었다. 그들은 비장하게 결심을 굳히고 아이스크림 통에 대고 삽질을 시작했다.

— 어머, 세 살 어린 의대생? 아, 의전원? 그 정도면 완전 좋은 거 아냐? 몇 년만 버티면 다들 널 부러워할걸?

"부러운 거 좋아한다. 더 헬게이트는 뭔지 알아? 시아버지 자리는 골동품 장사고, 시어머니 자리가 대종가 집안에 집도 지방의 한옥인데다 남동생이 여섯이나 된대. 세상에 믿어지니, 7형제? 피임약 살 돈도 없었나 웬일이야."

— 세상에, 너희 큰아빠 미쳤다. 전형적인 개천 용이네? 개천 딸려 오는 개천 용? 어디서 그런 남자를 소개해 준대?

"게다가 익스트림 스포츠 마니아에 격투기광이래. 왜 하필 운동을 해도 흉하게 얼굴 깨지고 코피 줄줄 나는 그런 운동이야? 난 그런 거 질색이야. 운동 좋아하는 남자는 주말마다 운동이니 동호회니 다닌다고, 와이프들 죄다 주말 과부에 독박 육아 하더라."

"그래도 우리 형이 사람은 참 괜찮지? 형이 장가만 가면 우리도 드디어 해방…… 아니, 형수님 귀찮지 않게 우리가 기꺼이 의절해 줄 수도 있는데."

"운동도 좋아하고, 신체 건장하니 정력도 좋을 거야. 그리고 익스트림 스포츠에 격투기 지존이니 데리고 다니면 천하무적일 텐데. 태권도, 무에타이, 주짓수, 검도, 사격, 국궁까지 배웠으면 아무리 밤길을 노닐어도 든든하지 않을까?"

"근데 너희들이 여자라면 형이랑 연애할래?"

윤삼의 말에 모여 앉은 아우들은 그대로 입을 다물었다. 그 후로 그들은 아이스크림 통이 바닥을 드러낼 때까지 아무 말도 하지 않고 바닥만 닥닥 긁어 댔다.

"여튼 큰아버지는 킹카 중의 킹카라고 그러시던데 난 먼지 나는 골동품 장사도 싫고, 시골 종갓집도 싫고, 형제 많은 집 장남도 싫고, 연하는 더 싫고, 운동선수도 싫고, 뒷수발 구만리 의전원생도 질색이야. 한 번만 만나 주고, 이 판은 끝이야."

시큰둥하게 말하던 소희는 순간 눈을 동그랗게 떴다. 분명 골목 맞은편 아이스크림 매장 파라솔 아래에서 아이스크림을 먹고 있던 사내들이 감쪽같이 사라진 것이다. 눈을 분명 한 번 깜박, 한 것뿐인데 순간적으로 벌어진 일이었다. 놀라서 수화기를 내려놓고 잠시 일어나 두리번거리는데, 옆에서 낮고 굵은 목소리가 다가온다.

"혹시 최정국 이사님 조카분, 최소희 씨 맞으십니까?"

트렌치코트를 입은 키 큰 사내가 소희를 내려다보고 있었다.

"네. 맞는데요."

"아, 바로 찾아서 다행입니다. 안락재의 박윤이라고 합니다."

순간 소희의 머릿속이 휑, 하니 비어 버렸다.

세상에 맙소사, "이 판은 끝이야!" 하는 호언장담이 순식간에 멀리 멀리 날아가는 소리가 들렸다. 낮고도 부드럽고도 달콤한 초콜릿 보이스, 산삼보다 귀한 연하남, 힘 좋고 오래가는 운동선수, 존스 홉킨스 메디컬 스쿨, 멘사 회원, 종가 댁 자제답게 품위 있고 신중한 성격, 남들이 채 가기 전에 미리미리, 킹카 중의 킹카 중의 킹카 중의…… ∞. 큰아버지가 열심히 말하던 것이 순식간에 머릿속에서 펑펑 꽃을 피우기 시작했다.

그런데 대체, 왜! 왜! 큰아버지는 이렇게 잘생겼단 얘길 안 해 준 거냐고!

남자를 고르는 모든 판단 기준이 정지해 버릴 정도였다. 모델처럼 훤칠한 키에 곧은 자세, 일 대 칠, 삼 대 오 황금 비율, 선이 굵고 이목이 선명한 얼굴과 화장품 광고 하는 배우들보다 희고 투명한 피부, 그리고 단정한 입매에 붉고 매끄러운 입술의 조화가 가히 환상이었다.

"최정국 이사님께서 전화를 주셨습니다. 오늘 저녁에 조카딸하고 음악회에 가기로 했는데 급한 약속이 생겨서 대신 에스코트를 부탁할 수 있겠느냐고요."

"네, 연락받았어요. 하루 동행 부탁드려도 될까요?"

소희는 최대한 예쁘게 웃었다. 세 살이나 어리다는 사내는 빙그레 웃으며 점잖게 손을 내밀었다.

"물론입니다. 연주회까지 시간이 좀 있으니 함께 식사라도 하고 가실까요?"

"오늘 음악회 어땠어? 말러?"

"테러."

넥타이가 윤식이 누워 있는 침대로 날아와 난간에 뱀처럼 척 늘어진다.

"정확하게 컨트롤이 안 되는 4관 편성 말러가 얼마나 끔찍한지 오늘 처음 알았지. 금관악기 쪽이 시끄럽게 뭉개져서 내 손발이 다 오그라들 지경이었는데 정말 놀라운 건, 최소희 씨는 오늘 연주가 웅장하고 박력 있어서 좋았다고 했다는 거야. 다음에 음악회 티켓이 생기면 같이 오자고 할 정도로."

"오호, 그린라이트! 뭐라고 했어?"

"글쎄. 먼지 나는 골동품 장사도 싫고, 시골 종갓집도 싫고, 형제 많은 집 장남도 싫고, 연하는 더 싫고, 운동선수도 싫고, 뒷수발 구만리 의전원생도 질색이라는 누님한테 내가 뭐라고 대답했을까? 더욱이 만날 사람이 언제 올지 모르는데 그렇게 부주의하게 통화하는 사람에게?"

큰형이 책상에 슈트와 셔츠까지 확확 집어 던지는 모습을 보며 윤식은 침대 난간 위로 고개를 쏙 내밀었다.

"에이, 쫀쫀하게 그런 걸 다 외우고 있어? 뇌세포를 그런 데 낭비하면 벼락 맞아. 형을 만나 보기 전에 한 말 같은 건 잊어 줘야지. 우리가 그건 성사시키느라고 정국 아저씨한테 얼마나 구차하게 빌었는지 알아? 영혼까지 팔 뻔했다고."

"왜 시키지도 않은 짓을 해? 내가 싫다고 여러 번 말했을 텐데?"

분위기가 싸늘해지자 윤식은 바닥에 납죽 엎드렸다.

"에헤헤, 에이이잉, 형니이임, 우리의 위대하신 윤이 형, 우리 아우들이 형님을 너무너무 많이 사랑해서 그랬징. 화났어?"

말이 끝나기도 전에 양말 뭉친 것이 날아왔다. 관록으로 날쌔게 피하지 않았으면 입에 틀어박힐 뻔했다. 저 인간이 힘을 주어 집어 던지면 스펀지에 맞아도 골절이 되고 말 것이다.

"너희들 내일 다 죽을 줄 알아. 내가 한 번 싫다면 그만이지 최 이

사님까지 끌어들여? 억지로 끌려 나온 조카 따님은 또 무슨 죄야? 그래 놓고 너희는 왜 거기서 줄줄이 앉아 있어? 정신 나갔지?"

말투를 보아하니 어지간히 화가 난 모양이다. 윤식은 얼른 두 손을 모으고 코에 힘을 빡 주어서 최대한의 애교를 짜냈다. 목숨과 자존심은 같은 값이 아니다. 다행히 저 인간은 알통만 딴딴하지 속은 물러 터져서 살살 달래면 또 얼럴러 하다가 넘어가기도 한다. 게다가 형은 다른 사람들에게는 과묵하고 쌀쌀맞은 편인데, 가족들에겐 정이 헤프고 배려도 깊었다. 의뭉하게 속을 숨기는 일도 별로 없어서, 윤식은 저 무서운 큰형님이 종종 만만한 호구로 보이기도 했다.

"에이, 이이잉. 우리가 존경해 마지않는 형님이 어릴 적부터 변함없이 말씀하시던 이상형이 딱, 사진 속에 있기에 기회는 이때다 하고 찰싹 달라붙은 것뿐이야. 형, 우리가 이 나이에 정국이 아저씨한테 애교 살살 부리기가 쉬운 줄 알아? 그 정성을 왜 몰라줘? 사람이 이상형하고 비슷한 애인 찾는 게 쉬운 줄 알아?"

"소희 씨는 내 이상형하고 백만 광년은 떨어져 있던데 무슨 말이야?"

"그게 뭔 소리래? 형이 가끔 이야기하던 꿈속의 그녀는 분명 아담하고 얼굴이 동그랗고 보조개가 있다고 했……."

"전혀 아니라니까. 그리고 그런 스타일에 호감이 간다고 했지, 내가 언제 꿈속에서 가끔 나타나던 여자가 이상형이라고 했어?"

윤식은 침대에서 내려가 형의 얼굴을 빤히 보면서 팔짱을 끼었다. 그 많은 뇌세포를 가지고도 자기 감정 하나 파악하지 못하는 바보 형님한테는 아무래도 충격 요법이 필요하겠다.

"형, 고자야?"

형님 대신 윤식의 뒤통수에 엄청난 충격이 몰려왔다. 듣지 말았어야 할 말을 듣고 분노한 소심킹 2세가 와락 언성을 높인다.

"내 이상형이 아니었다니까! 그런데 어떻게 그따위 결론이 나와!"

윤식은 머리를 쥐어 싸고 끙끙 죽는소릴 하면서도 할 말은 꿋꿋하게 했다.

"형, 형이 착각하는 게 있는데, '태초에 이상형이 있었느니라.', 가 아니고 '태초에 여자가 있었느니라.' 가 먼저라고. 이상형 정해 놓고 찾는 게 아니라 좋아하던 여자가 이상형이 되는 거라니까. 다들 반대로 알고 있는 이유는 형도 알다시피 뇌의 왜곡 기능이 굉장히 사악하기 때문이지. 그러니까 비슷한 사람들을 아무리 갖다 대도 오리지널이 아닌 바에야 이상형으로 여겨지지 않는 거야."

"오리지널이고 이상형이고, 하여튼 여자 얘기는 그만해. 흥미 없어. 학기 중엔 하루 서너 시간밖에 못 자는데 쓸데없이 연애할 시간이 어디 있어?"

윤식은 한숨을 쉬었다. 여자 이야기에 흥미가 없다니, 게다가 연애하는 게 쓸데없다니. 이대로 두면 저 인간은 조만간 솔로의 포근함을 알아 버릴 거다. 그런 꿈도 희망도 없는 상태로 가문의 장남을 방치할 순 없다. 윤식은 필사의 설득 모드로 돌아섰다.

"그럼 형, 어릴 때 꿈속에서 가끔 나타났다는 그 아가씨가 어떤 모습인지 기억나는 대로 자세히 말해 봐 봐. 우리가 수단 방법 가리지 않고 탐색질을 해서 찾아보겠어! 한두 번도 아니고 몇 번 나타났으면 그게 인연인지도 모르잖아? 지금도 어딘가에서 형님이 짠 하고 나타나기만 간절히 기다……."

"인연은 무슨. 자면서 내 무의식이 익숙한 소리를 타고 엉뚱한 데로 흘러들어 갔던 것뿐이야."

"익숙한 소리?"

"음. 베틀노래인지, 단조로운 노랫가락 같은 거 있어. 이불 위에 펼쳐진 거미줄 같은 데 앉아 있으면 노랫소리가 들렸고 그 방향으로 따라갔던가? ……정확하게 기억은 안 나는데……."

"거미줄? 거미줄이라고?"

윤식이 갑자기 말을 잘랐다. 윤이가 고개를 갸웃하자 윤식은 딱딱하게 굳은 얼굴로 말했다.

"형, 그거, 자세하게 얘기 좀 해 봐."

"이 이불을 덮고 자면, 꿈에서 소리가 들리고, 거미줄이 보인다……라. 이런 호러블한 이불을 지금껏 좋다고 부둥부둥 끼고 살았다고? 변태야?"

윤식은 손을 허리춤에 얹고 형님이 수장고에서 꺼내 온 이불을 내려다보았다. 어이가 없고 기가 막혀서 말도 안 나온다. 맞은편에는 안색이 희게 변한 형님이 눈썹을 찌푸리고 있었다.

"내가…… 그날 침대에 없었다고?"

"없었어! 없었다고! 그때 수박을 배 터지게 먹고 밤중에 일어났는데 형이 없더라고. 화장실에 간 줄 알았지. 그런데 화장실에 가니까 형이 없는 거야. 와 보니까 형이 악몽을 꾸면서 허우적대고 있기에 깨웠지. 안채 화장실에 갔다 왔나 했었는데 자그마치 트래킹을 한 거였단 말이지?"

"……확실해?"

"당연하지. 내가 그날 일은 아주 똑똑하게 기억하거든? 없어졌다 나타난 형이 땀을 쫄딱 흘리면서 일어나서는 뜬금없이 눈물을 쫄쫄 흘리고 있는데, 내가 그 좋은 건수를 까먹겠어?"

등짝 스매싱이 날아올 발언에도 형님은 아무 반응도 하지 않았다. 윤식은 이불 위에 털썩 주저앉아 말했다.

"사실 형이 침대에 없던 게, 그날 밤이 처음은 아니었어. 그때 말고도 형 자다가 없어질 때가 가끔 있었어. 기억나? 우리 언젠가 목숨 걸고 수박 먹던 해 있었지? 내가 아마 2학년 때였나? 그때 내가 밤에 자주 깼었거든. 그때만 해도 형이 밤중에 똥 누는 습관이 있는 줄로만 알았지."

"……나 그런 습관 없어."

고개를 젓던 윤이는 믿어지지 않는 듯 중얼거렸다.

"그게…… 꿈이 아니라, 내가 혼자 다른 시간에 갔던 거였다고?"

"거미줄이나 소리 타고 갔다는 거하고, 형이 자리에 없었다는 거로 보면 틀림없어."

"나는 지금까지 몸은 전혀 이동하지 못하는 드리머가 아닐까 생각만 하고 있었는데."

윤식은 형님의 얼빠진 중얼거림을 듣고 끙, 앓는 소리를 냈다. 기가 막혀서 말도 안 나온다. 멀쩡한 트래커가 지금까지 일반인이라고 자학하면서 열등감에 시달리고 있었다 이거지.

"소리나 거미줄을 타고 이동했다면 빼도 박도 못하는 트래커 레벨이야. 형, 소리든 길이든, 어떤 형태로든 다른 시간하고 연결된 통로를 느끼고, 그걸 타고 몸이 다른 시공으로 갈 수 있다는 건 시간 여행자에게 굉장히 중요한 거야."

"꿈에서 본 거미줄이나 들었던 소리 자체가 길이라고……. 너희들이 매번 보는 길이 그런 형태야?"

"난 소리 쪽은 몰라. 그런데 형, 혹시 이 이불에서 지금도 거미줄 같은 게 보여?"

형님이 미간을 찡그리며 이불 위를 뚫어져라 노려본다. 윤식은 잠자코 기다렸지만 보인다는 대답은 나오지 않고, 대신 형님은 얼굴빛이 점점 시커멓게 가라앉으며 미간까지 잔뜩 구겨진다. 윤식은 조심스럽게 물었다.

"어, 음……. 형, 혹시 무서워? 얼굴색이 안 좋아. 꼭 토할 것 같은 얼굴인데?"

"괜찮아. 토할 정도는 아니야. 참을 만해."

날 샜네. 윤식은 한숨을 쉬며 이불의 귀퉁이를 붙잡았다.

"됐어. 치우자. 시간 이동에 왜 이렇게 거부 반응이 있는진 모르겠지만, 기분 안 좋으면 치워야지 자청해서 고문받을 일 있어? 시간 여행 능력이란 게, 엄마 아빠 말대로 좋은 건 아냐. 이런 능력이 세간에 알려지면 보험 거절 리스트에 시간 여행자가 1순위로 올라갈걸?"

윤이는 이불을 치우려는 동생의 손을 막았다.

"치우지 마."

희미하게 무언가가 일렁이는 것처럼 보인다. 예전부터 희미하게 느끼고 있던 어떤 형태. 작정하고 눈을 부릅뜨고 보니, 처음으로 어떤 형태가 제대로 보이기 시작했다.

"보여?"

"……보여."

"나 참, 미치겠네."

윤식은 어깨를 으쓱하며 말했다.

"웰컴 형님. 왓더헬⋯⋯의 세계에 들어온 걸 환영해."

윤이는 이불 위에 손을 짚은 채 눈썹을 잔뜩 찌푸리고 점점 선명해지는 길을 살펴보았다.

꿈에서만 보였던 방사형의 가는 실 같은 형태가 이불 위로 일렁일렁 투명하게 겹쳐 보였다. 실의 끝은 알 수 없는 공간 속에 잠식되어 있었는데, 그 길을 인식하고 타고 들어가면 다른 시공으로 이동할 수 있으리라는 느낌이 들었다. 길을 직시하는 것은 여전히 속이 울렁거릴 정도로 두렵긴 했지만, 옆에 트래커인 동생이 있으니 어찌어찌 또 버틸 만도 했다.

그렇다면, 이 길이 그 소녀와 연결되어 있다는 말일까?

그 끔찍했던 날 이후 갑자기 만날 수 없게 된 그 소녀. 그때 소녀는 짐승 같은 사내에게 강간을 당하며 도와 달라고 애타게 소리를 질렀지만 나는 손 한 번 잡아 주지 못하고 비참하게 돌아왔다. 구해 주고 싶었다. 구해 주기로 약속했다. 그때의 분하고 안타까운 마음이 아직도 기억나고, 그 처참한 장면의 기억은 항상 마음 한구석에 빚처럼 남아 있었다.

소녀는 그대로 죽었을까?

그러지 않기를 바란다. 어떻게든 그 상황에서 소녀를 살려 내고 싶었고, 다시 만날 수 있으면 좋겠다고 생각했다. 이제는 그녀를 구할 수 있을 것 같다. 그 무시무시한 강간범과 무기를 들고 붙어도, 맨손으로 붙어도, 그렇게 허무하게 소녀가 당하는 꼴을 지켜보지 않을 자신이 있었다.

윤이는 이불 위로 얽힌 미로를 내려다보며 중얼거렸다.

"갈 수만 있으면 한 번쯤은 찾아가 볼 생각이었어. 오래전부터."

"형……?"

"한 번쯤은 꼭."

윤이 형이 첫 번째 여행에서 돌아온 건 나흘 뒤였다. 혼자서 가 보겠다고 했고, 아무에게도 알리지 말라고 부탁하면서 방에서 기다리고 있다가 제대로 돌아오지 못할 것 같으면 찾으러 와 달라고 윤식에게 부탁한 것이 전부였다.

윤식은 근엄하고 무게만 빡빡 잡던 큰형께서 여행을 준비하는 꼬락서니를 보며 입을 틀어막았다. 변장에 심혈을 기울이는 것이 딱, 여행 초보자답다. 분장용 상투에 도포에 갓에 아버지가 애지중지하는 쥘부채까지 빼 들고 와선, 거울 앞에서 펄럭펄럭 폈다 접었다 하며 이리저리 돌아보기 시작했다. 간만의 구경거리에 윤식은 침대를 뒹굴면서 웃고 싶었지만, 목숨이 아까워서 침대 난간을 움켜잡고 필사적으로 참았다.

나흘 내내 툇마루에 이불을 펼쳐 놓고 이 인간이 언제 오려나, 가 볼까 말까 초조하게 기다리던 윤식은 형님이 너무나도 멀쩡하게 귀환하는 바람에 외려 뻘쭘해졌다. 걱정돼서 바로 따라가 주고, 계집종의 신분 취조에 얼떨떨하며 대답도 제대로 못 하기에 바로 진사 생원보다 상위 레벨이라는 양시님으로 만들어 드리고, 분위기 풀려고 야시시한 농담까지 해 줬더니만 냉큼 진흙 바닥에 자빠뜨리는 못

된 인간을 미쳤다고 걱정씩이나 해 줬지 싶을 지경이었다. 게다가 통영에서 엄청 비싸게 올린 진사립을 작살내고 보름새 세모시 도포에 진흙 뒤발을 해서 엄마에게 척추가 뿌사지도록 등짝 스매싱을 당하고 보니 초보 여행객이 왓더퍽의 세계에 무사히 입성한 것을 축하해 줄 마음이라곤 쥐방울만큼도 남지 않았다.

게다가 겨우 한 번 제대로 다녀와 놓고는, "흔적 찾아서 돌아오는 일 따위야 껌이지." 하는 방자하고 같잖은 태도는 용서할 수 없었다. 자그마치 특급 트래커께서 귀환 요령을 세 시간에 걸쳐 실습을 시켜 주었다는 걸 새까맣게 까먹은 모양이다.

그러나 형님의 자만심은 오래가지 못했다. 형님은 그 이불 말고는 수장고의 어떤 물건에서도 길을 발견하지 못했다. 윤식은 형님을 중요 비상구 중 하나로 통하는 성균관의 은행나무까지 끌고 가서 같은 시간, 다른 통로로 드나드는 실습을 날 새워 시켜 보았지만, 형님은 그곳에서조차 길을 발견하지 못했다. 그 우중충하고 벌그데데하고 귀신 나올 것 같은 이불만이 형님의 유일한 시간 여행 통로였다.

결론이 났다. 형님은 어리바리 미아 확정급 트래블러까지는 아니었지만, 무슨 트라우마가 있는지 이동 통로가 단 한 가지뿐이라는 심대한 결함이 있었다. 그 정도면 트래커 중에서는 아마도 최하위급이 아닐까 싶은 레벨이었다. 형님은 비상구고 다른 길이고 아무것도 필요 없고, 귀환하려면 반드시 저놈의 이불이 있어야만 했다. 조선시대 어드메 초가집 울타리에 걸려 있던 이불이 휙 날아 제주도로 가 버리거나 안락재 툇마루에 놓아둔 이불에 불이 붙어 홀랑 타 버리기라도 하면 형님은 고스란히 미아 확정이었다.

어쨌거나 형님은 시간 여행에 엉성하게나마 성공했고, 얼굴이 복숭아꽃처럼 발그레하게 변해서 돌아왔고, 그곳에서 무슨 일이 있었는지 죽어도 말해 주지 않았다.

"그래, 윤식이한테 들었다. 친구 만나러 잠시 여행 다녀왔다고?"

"예."

"얼굴 보니 재미있었나 보구나. 그래도 엄마 아빠는 좀 허전했다. 방학이 얼마 안 남아서 얼굴 볼 시간도 적은데 연락까지 안 되었잖니."

"죄송해요. 출국 전까진 어머니 아버지랑 같이 시간 보내려고요."

이완은 서재에 앉아 예전 앨범을 뒤적이다가 윤이가 들어오는 것을 보고 표지를 덮었다. 밖에서는 시원하게 소나기가 쏟아지고 있었고, 열어 둔 창문으로는 싱싱한 풀 냄새가 들어왔다. 올해 스물여섯 된 아들의 얼굴은 여름철 새파랗게 잎을 내민 나무들처럼 싱그러웠다.

녀석은 민호 씨의 운동신경을 고스란히 내림해서 스포츠광이었고, 재능도 상당했다. 머리도 좋은 편이라 공부 문제로 속을 썩여 본 적도 없었다.

하지만 윤이는 동생들처럼 시간 여행을 하지 못한다는 말도 안 되는 이유로 오랫동안 열등감에 시달렸고, 그 열등감을 극복하기 위해서 자신을 어지간히도 닦아세웠다. 그래서 이 아이가 이루어 낸 성취나 무슨 경기에서 가끔 상을 받았다는 이야기를 들으면 자랑스럽다기보다 안쓰러웠다.

"드릴 말씀이 있어서요. 커피 좀 내려 드릴까요? 아, 그런데 어머니는 어디 계세요?"

오늘따라 무슨 좋은 일이 있는지 입가에 웃음이 활짝 걸려 있다. 또 무슨 자랑할 일이 생긴 걸까? 이완은 기분 좋게 웃으며 자리에서 일어섰다.

"커피는 내가 내려 주마. 엄마는 오늘 방송 촬영. 요새 아주 잘나간다. 화면발도 제대로야."

"엄마가 원래 예쁘시잖아요."

"이런 이런. 너 그거 엄마한테 세뇌받은 거야."

이완은 껄껄 웃으며 얼마 전에 볶아 둔 커피 원두를 핸드밀에 넣고 갈기 시작했다.

"앨범 보고 계셨어요?"

"그래. 너희들 어릴 때."

뒤에서 나직한 웃음소리가 난다. 고유물을 다루는 이완은 사진도 파일 상태로 두는 것이 아니라 종이로 찾아 보관하는 것을 선호했다. 그래서 앨범에는 아이들의 사진이 상당히 많이 있었다.

키득키득 웃으며 보고 있던 녀석이 한참 동안 조용하다. 분쇄된 커피를 드리퍼에 놓고 뜨거운 물을 붓는데, 녀석의 의아한 목소리가 들렸다.

"저, 아버지, 이건 무슨 사진인가요?"

뒤를 돌아보았더니 녀석의 손에는 거무스름하고 누렇게 변색한 사진이 한 장 들려 있었다.

"초음파 사진 아니니? 엄마가 너희들 임신했을 때 찍은 거. 누구 거냐? 뒤에 이름 써 두었을 텐데."

"저희 형제 중에 쌍둥이가 있었어요? 아기집이 두 개 보이는데요. 10주 차가 안 된 것 같긴 한데."

"……이런."

이완은 눈썹을 찌푸리고 혀를 찼다. 그 사진은 앨범 표지 안쪽에 안 보이게 테이프로 고정해 두었는데 오래전에 붙여 둔 거라 접착력이 약해져 흘러나온 모양이었다. 안 보았으면 좋았겠지만 보았다니 어쩔 수가 없다. 길게 한숨이 흘러나왔다.

"그거 네 초음파 사진이다."

"……제가 쌍둥이였어요?"

"그래. 네 누나가 한 명 있었어. 폐가 안 좋아서 한 달 정도밖에 못 살았지만. 다른 시간에 가 있어서 손을 쓸 수도 없었고."

윤이는 움직임을 멈추고 더듬더듬 물었다.

"누, 누나가 있었다고요?"

"……."

"아버지, 자세히 얘기 좀 해 주세요."

"네 누나가 시간 여행자였어. 송석 아저씨한테 얘기 들었겠지만, 쌍둥이들은 능력이 한 명한테만 발현해. 그 능력이 누나에게 가서 네게 시간 여행 능력이 없었던 거야. 하지만 이 이야기는 엄마나 나에게 꺼내기 힘든 일이라, 네게 해 주기는 어려웠지."

윤이는 눈을 크게 뜨고 고개를 저었다.

아니에요, 아버지. 시간 여행 능력은 분명 저에게 있어요. 며칠 전에 분명히 확인하고, 혼자 힘으로 무사히 갔다가 돌아오기까지 했는데요?

하지만 뭔가 이상한 예감이 들어서 선뜻 말을 할 수 없었다. 등으로 차가운 기운이 스멀스멀 기어 올라왔다. 아버지는 머그잔 두 개에 커피를 따르며 조용조용 말씀하셨다.

"목숨이 위험하다고 본능적으로 느꼈던 그 아이가 안심할 만한 곳이라 느꼈던 장소로 이동을 했어. 임신 중에 한 번, 태어나서 한 번더. 눈이 보이지 않던 상태였으니까 소리를 타고 갔던 것 같아. 그리고 그곳에서 돌아가지 않겠다고 버텼지. 문제는 두 번째로 이동한곳이 정말 위험하고 버티기 힘든 장소였어. 먹을 것도 없고 멀쩡한사람도 얼어 죽을 만큼 추운 행랑방이었거든. 그런데 이상하게 그아이는 가서 바로 돌아오지 않고 그곳에 남아 있더라고. 그래서 내가 찾으러 갔었고. 그리고 아이를 묻은 지 사흘 만에 다시 길이 열렸지."

'좋은 방법? 무슨 좋은 방법이요? 생각 많이 하면 좋은 방법이나올까요? 잘못된 아이들이 정상으로 돌아오나요?'

'아이들한테 말해 줘요, 나도 엄마만큼 용감해지려고 열심히 노력하겠다고.'

'사랑한다고……는 하지 마세요. 애들한테까지 비웃음당할 내공은 아직 안 돼.'

'학분이 애를 자장자장 해 주다가 저도 깜박 잠이 들었어요. 그런데 자다가 느낌이 뭔가 이상하더라고요. 손을 휘둘러 보니 방은온통 먹물처럼 깜깜한데, 이불 위에 뭔 베개 같은 게 두어 개 손에잡히는 거예요.'

'이게 뭐지, 베개야 옷 뭉치야, 왜 이렇게 무거워, 하면서 하나를 집어 들고 더듬어 보다가 기절하는 줄 알았어요. 글쎄 뭉치 속에서 이애애애, 하고 우는 소리가 나는 거예요! 얼른 밖으로 나가서 달빛에 확인해 보니까 진짜 살아 있는 아기더라고요. 눈이 칭칭 감긴 아기요.'

'저는 어떤 몹쓸 엄마가 자기 애를 여자들 자는 방에 몰래 버려 놓고 간 줄만 알았지 뭐예요. ……애를 안고 바로 울 밖으로 뛰쳐 나가서 주변을 샅샅이 뒤졌지만 아무도 없어서 얼마나 욕을 했는지 몰라요.'

아버지의 이야기는 차분하고 담담했지만, 윤이는 등 뒤로 한기가 송곳처럼 치솟았다. 다시 구토가 나올 것 같다.

이불 위에…… 베개 같은 게 '두어 개' 있었다고?

구해 준 사람이 그중 하나를 집어 들었는데 그게 누나였으면……남은 하나는?

남은 하나는 뭐였는데? 그건 어떻게 됐는데?

윤이는 덜덜 떨리는 손을 꽉 움켜잡고 조용히 물었다.

"이상하네요. 왜 누나가 죽은 지 하루가 아니라, 삼 일 후에 길이 열렸을까요? 누나가 귀환을 막고 있던 거였으면 죽은 직후에 길이 다시 열렸어야 하는데."

"글쎄다. 그건 모르지. 시간 여행자의 일에 대해선 여전히 아는 게 별로 없어."

"아, 그런가요."

알겠다. 아버지는 모르시지만 나는 이제 잘 알겠다. 그때 무슨 일이 있었던 건지. 내가 왜 시간 여행과 관련해서 연쇄적으로 지독한 공포를 느꼈었는지, 그리고 어머니 아버지께서 뭘 잘못 알고 계시는지도 알겠다.

내 쌍둥이 누나는 시간 여행을 하지 못했다. 왜냐하면 내가 시간 여행자였기 때문에.

어머니 배 속에서 공포를 느끼고 도망친 것도 나였고, 필사적으로 길을 막고 버틴 것도 나였다. 두 번째도 내가 본능적으로 공포를 느끼고 다른 곳으로 이동했는데 곁에 붙어 있던 누나가 딸려 갔던 거였다. 이불 위에 나동그라진 나는 주변 상황이 썩 좋지 않은 것을 느끼고 바로 부모님의 목소리가 들리는 곳으로 되돌아갔지만, 다른 사람 손에 안겨 밖으로 나갔던 누나는 그곳에 남았다.

……그러면 결국 누나를 죽게 한 건.

윤이는 눈을 크게 뜬 채 억지로 한 마디씩 밀어 냈다.

"두 분이 많이 힘드셨나요?"

"아니라고 하면 거짓말이지. 내색하진 않았지만, 우리 둘 다 한동안 많이 힘들었다. 하지만 네가 있어서 그 시간을 잘 넘겼던 것 같아. 너한테 많이 미안하고, 고맙고 그랬지."

"예……."

"그래도 주변에서 예쁜 여자아이들을 보거나 딸 하나는 있어야지, 하는 말을 들을 때마다 마음이 많이 아프고, 분하고, 그래, 정말 많이 분하고 속상하긴 했다. 게다가 꿈에서 그 아이가 우리한테 잘 다녀오겠습니다, 하고 인사하고 가는 바람에, 우리한테 언젠가 딸이 하나쯤은 생길 줄 알았지. 그런데 결과는 보시다시피."

아버지는 어깨를 으쓱하고 웃으면서 낡은 사진을 다시 갈무리해 표지 안쪽으로 보이지 않게 집어넣었다. 그리고 머그잔을 입에 갖다 대다가 싱긋 웃었다.

"그래, 하고 싶은 얘기가 뭐니? 무슨 좋은 일이 있는 것 같은데?"

윤이는 커피를 천천히 마셨다. 손이 잘게 떨리는 것을 아버지가 눈치채지 못하도록 손등에서 핏줄이 올라오도록 힘을 주었다. 달그락, 잔을 내려놓고 윤이는 빙긋 웃어 보였다.

"……아뇨. 별일 없습니다."

"형? 왜, 왜 그래? 무슨 일이야!"

윤식은 급히 방을 나가 형의 어깨를 붙잡았다. 술을 거의 마시지 않는 큰형에게서 알코올 냄새가 확 풍겼다. 큰형은 겉옷도 벗지 않고 침대에 길게 누워서 팔로 눈을 가렸다. 엉망으로 취한 것치고는 목소리가 차분했다.

"윤식아, 부탁이 하나 있어."

"응? 뭔데?"

"내가, 시간 여행을 할 줄 안다는 말은 절대, 절대 말하지 마라. 아무에게도."

"어? 왜……? 아침에만 해도 엄마 아빠한테 말씀드린다고 그랬잖아."

"이유는 묻지 마. 너도 잊어."

윤식은 형의 창백하게 일그러진 얼굴을 보며 입술을 달싹거렸다. 왜 그래, 형? 무슨 일인데? 대체 왜! 하지만 윤식은 궁금한 것을 누르고 한마디도 묻지 않았고, 얼굴에 얽힌 걱정스러운 빛을 갈무리했다.

"……알았어. 잊을게."

윤식은 아무것도 묻지 않고 약속했다. 윤이는 두 손으로 얼굴을 감싸고 깊이 신음했다.

16
모래내의 오두막

"양시님, 양시님 오셨어요!"

"양시님? 아이고 양시님 오셨습네까."

일곱 칸짜리 아담한 초옥의 평상에서 자그마한 여자가 수를 놓고 있다가 되똑이며 뛰어나와 고개를 폭 수그린다. 방문을 열어 놓고 햇볕을 받던 노인이 허청허청 일어나 소리가 난 방향으로 큰절을 올린다. 살짝 열려 있던 골방 문이 톡, 소리를 내며 닫히는데, 그 안에서 잘그닥잘그닥 베 짜는 소리, 덜덜덜 물레 돌리는 소리가 흘러나오고, 사이사이 여자들의 소곤대는 소리가 끼어들기 시작했다.

"아직도 아기 나올 기미가 없니?"

"아직 없어요. 예정일이 지나도록 버티고 있는 걸 보니 아마 위풍당당한 대장군이 태어나려나 봅니다. 아니 양시님처럼 크게 자라려면 배 속에서 열다섯 달쯤 있어야겠지요?"

"무슨 말이냐? 그 절반만 있다가 나와도 나처럼 커질 수 있다. 반 촌 제 아비를 닮은 사내아이라면 몸은 실할 터이지."

양시는 말에서 큰 자루를 내려 잡동사니라도 치우는 듯 턱 내밀었 다. 꺄아! 자루를 연 구월이의 입에서 환성이 터졌다. 당과, 강정, 약 과, 곶감, 호박엿. 온통 달콤한 것뿐이었다. 시전에서 단것만 온통 쓸어 오신 겁니까? 좋아라, 아이 좋아라. 작은 여자는 자루를 끌어안 고 마당을 붕붕 날았다. 양시는 부채를 펴서 입가가 실룩대는 것을 감췄다.

"임신 중에 먹고 싶은 것을 먹지 못하면 눈이 비뚤어진 아이가 나 온다고 했다. 다른 사람 나눠 주지 말고 너 혼자만 먹어라."

"임신했을 때 맘보를 고약하게 쓰면 심술보가 붙은 아이가 태어난 다 합니다."

"그건 다 거짓말이다. 너 혼자 먹어. 월아! 너 혼자 먹으라니까!"

이 양시는 이맛살을 찌푸리며 야단쳤지만 구월이는 혀를 날름하 며 웃더니 작은 접시에 당과와 약과들을 몇 개씩 나누어 담아 하나 는 툇마루에 있는 아버지에게 갖다 주고 하나는 베틀 방으로 밀어 넣었다. 창문 틈으로 여인들의 소곤거림과 웃음이 흩어졌다.

"좀 걷자. 몸이 너무 무거워지는 것보다 움직여야 아기가 빨리 나 올 게다."

애 낳는 일에 대해선 쥐뿔도 모르는 사내의 말이었지만 구월이는 군말 않고 따라나섰다. 아니 뭐 사실, 이렇게 둥실 따라 나올 생각은 아니었는데 발이 말을 듣지 않고 붕붕 돌아간다. 양시님 말고 저 하 늘의 흰 구름이나 바람에 찰랑이는 능수버들 가지나 보려 하는데 이놈의 눈깔은 또 자꾸 양시님 등짝을 향한다. 안 웃으려고 입술 끝에 억지로 힘을 주는데 요망한 입술이 비죽비죽 좋아서 춤을 춘다. 난 몰라. 에이 난 몰라. 다 집어치우고 그냥 대놓고 양시님 저 잘난 얼굴이나 보면서 웃고 말 테다. 구월이는 헤실헤실 웃기 시작했다.

"그만 봐라, 닳는다."

양시는 점잖게 부채를 펴서 얼굴을 가렸지만, 그 역시 큼, 큼 헛기침을 계속했다.

초옥 뒤로 큰 버드나무들이 물가로 가지를 늘여 한들거렸다. 명의 사신들이 드나들던 길목인 모래내 홍제원 부근은 풍광이 좋았다. 버들 군락 아래쪽으로 맑은 물이 바위들을 비집고 흘렀다. 몇몇 여자들이 바위 뒤에 몸을 숨기고 목욕을 하고 있었다.

"아직도 목욕하는 여인들이 많으냐?"

"아직이 다 뭔가요. 점점 많아지는 것 같습니다."

홍제천에 몸을 담그고 있는 자들은 구월이처럼 속환되어 돌아온 여인들이나 탈출하여 돌아온 주회인(走回人)들이었다. 그네들이 한양에 속속 도착하면서 집집마다 이혼 사태가 벌어지기 시작했다. 도리와 법도를 목숨처럼 따지는 반가뿐 아니라 일반 민가에서도 거지꼴로 집에 돌아온 여인들을 두들겨 내쫓는 바람에, 갈 곳 없는 여인들이 자결하는 일이 속출했다.

어디서부터인지 정체 모를 소문이 퍼지기 시작했다. 홍제천에서 몸을 씻고 돌아가면 절개를 회복한 거로 친다더라, 회절강(回節江)은 홍제천뿐이 아니라 낙동강, 금강, 영산강, 대동강, 몇 군데 더 있다더라. 씻고 갔는데도 쫓아내면 엄벌에 처한다고 주상 전하께서 어명을 내리셨다더라. 바람처럼 떠도는 낭설에 매달릴 만큼 여인들은 절박했고, 진위를 알지도 못한 채 몰려와 물에 몸을 담갔다.

"지금 네 집에 와 있는 여자들은 몇 명 정도 되지?"

"그제부터 승동 최 참의 댁의 숙부인 가의당 마님께서 머무르고 계십니다. 북저 대감 댁 운영 아씨는 이레 전부터 다시 와 계시고요. 지금 다섯 명 정도 있습니다."

양시는 남한산성의 어느 구실아치 집에 은자 열 냥을 내놓고 맡겨 두었던 구월 아비를 데리고 나와 홍제천 쪽에 작은 초옥을 한 채 마련해 주었는데, 그 집은 어느새 여인들의 휴식처가 되어 가고 있었다. 젖은 옷도 갈아입지 못한 채 큰 죄라도 지은 것처럼 웅숭그리고 걸어가는 여자가 보이면 구월이가 집으로 불러들여 따뜻한 국밥이나 숭늉 한 그릇이나마 내주고 옷이라도 말리고 가라 권했던 것이다. 너무 늦은 시각이면 베틀 방 한구석에서 재워 주기도 했다. 그들은 구월이도 속환녀라는 것을 알게 되면 으레 손을 붙잡고 서럽게 울었고, 구월이는 조용히 등을 토닥거려 주었다. 갈 곳 없고 돈도 없는 여인들은 베틀 방에 며칠씩 머무르며 밥값으로 물레를 돌리거나 베를 짜 주기도 했다.

"운영 낭자는 무사히 집에 돌아간 줄 알았더니, 왜?"

"사주단자까지 받은 약혼자분께 파혼당하셨대요. 북저 대감 댁은 정경부인인 큰마님부터 손자며느리까지 3대 여자들이 모두 자결하고 운영 아씨 혼자 남으셨잖아요. 그런 데다 파혼까지 당했으니 집에서 얼마나 견디기 힘드셨겠어요. 하긴 자식이 일곱인 가의당 마님 같은 분도 쫓겨나는 판이니까요."

"자결에, 이혼에, 파혼에…… 잘 논다. 다들 어명을 개 짖는 소리

320

로 아는군그래."

구월이는 화닥닥 놀라 들은 사람이 있는지 사방을 두리번거렸다. 양시님은 점잖은 것 같으면서도 말을 함부로 할 때가 있어서 간이 철렁철렁했다.

"정말 몸을 씻고 가면 이혼하지 말라시는 어명이 떨어졌나요?"

"아니. 씻든 말든, 어쨌든 집에 돌아가면 이혼하지 말라는 어명."

이 양시는 궁이 있는 방향을 바라보며 심드렁하게 쏘아붙였다.

조정에서도 더 이상 모르쇠를 할 만한 상황은 아니었다. 신풍부원군 장유는 절개를 잃은 며느리를 쫓아내겠다 왕에게 청했고 전 승지 한이겸은 사위가 속환된 딸을 쫓아내고 새 부인을 얻었다 하여 크게 싸움을 벌였다. 좌의정으로 임명된 최명길이 이번에도 나서서 여인들을 구제하기를 청했다.

"전하, 임진년과 정유년의 왜란 때도 잡혔다가 돌아온 여인들의 문제는 불문에 부쳤습니다. 예(禮)란 정(情)에서 나오는 것이니 상황에 따라 융통성 있게 받아들여야 하지 않겠습니까. 정절을 지키고도 실절했다는 누명을 쓴 여인도 있을 것이니 이혼은 정말 옳지 않습니다."

왕은 명길이 구구절절 풀어 놓는 이혼 불가 근거에 대해 뼈저리게 공감했다. 왕은 전란을 겪은 후, 정의로운 원칙주의자들에 대해 점점 신물을 내고 있었다. 그들은 아직도 '옳은 일에 목숨을 걸고, 싸우다 안 되면 다 죽으면 됩니다.', '곧고 깨끗한 절의에 목숨을 걸고, 못 지킬 듯하면 다 죽으면 됩니다.'만 줄기차게 외쳐 대고 있었다. 왕은 이제 죽은 자는 아무것도 할 수 없으며, 살아남은 자는 남은 자들을 위해서 비굴하든 더럽든 사태를 수습해야 함을 알고 있었다. 왕은 눈물이 많았고, 살아남고도 죽은 자보다 환영받지 못하는 여인들을 연민했다.

"경의 말이 옳다. 속환 부녀의 일에 대하여는 좌의정의 말대로 시행하라!"

하지만 명이 떨어졌음에도 사대부의 자제들은 명을 거역하고 모두 새로 장가를 들었으며, 돌아온 부인을 다시 맞아들이지 않았다. 심지어 사관이라는 것들은 '충신불사이군 정녀불경이부라, 속환 사녀들은 죽지는 않았으나 절의를 잃은 것으로, 절대 다시 합가하여 사대부의 가풍을 더럽히게 해서는 안 되며, 최명길이야말로 우리나라를 금수 같은 오랑캐로 만든 자이다.' 하며 맹비난을 서슴지 않았다.

조정의 일을 찬찬히 설명하던 양시는 씁쓸하게 중얼거렸다.

"너는 차라리 이혼을 당하는 것이 좋은 일이겠다만."

잠시 후 양시님은 눈썹을 찌푸리며 부채로 입가를 톡톡 쳤다. 말실수를 깨달았을 때 나오는 버릇이었다. 구월이는 못 들은 척했다.

"그래, 집에 와 있는 여자들을 어쩔 참이냐?"

"갈 곳이 생길 때까지 머무르셔도 된다 말씀드렸습니다. 마당에 뽕나무 세 그루가 있으니 봄에 누에라도 같이 쳐서 비단이라도 짜시고, 뒷마당을 일궈 콩이든 팥이든 부지런히 심어 드시고, 마당에서 병아리 길러 닭을 치셔도 될 거라 했지요. 아이들도 없으니 부지런히 일하면 각자 입 건사할 정도는 될 겁니다. 홀아비는 이가 서 말이고 과부는 은이 서 말이라 하잖아요."

양시는 조용히 고개를 끄덕이며 웃었다. 머리를 쓰다듬으려는 듯

손이 올라오려다 머쓱하게 뒤로 돌아간다.

"기특하다. 조그만 아가씨가 나라님, 삼공육경보다 낫구나."

"에이, 기왕지사 이리 된 거, 우리끼리 힘내서 잘 먹고 잘 살아요! 하는 것뿐인데요."

"죽고자 하는 자들을 살게 하였으니, 천하에 가장 귀하지. 어여쁘다."

양시님의 웃음이 선명해졌다.

구월이와 양시는 앞서거니 뒤서거니 하며 한참 걸었다. 양시가 구월이의 얼굴을 자꾸 힐끔대자 구월이가 참지 못하고 톡 묻는다.

"그런데 양시 나리, 무슨 안 좋은 일이 있으십니까? 왜 자꾸 제 안색을 살피십니까?"

"살피기는. 이상한 꿈을 하나 꾸었는데, 거기 네가 나와서 걱정스러워 그런다."

"무슨 꿈인데요?"

그는 꾸물꾸물 망설이다가 구월이의 줄기찬 채근을 받고 털어놓았다.

"하늘에 아주 커다란 해가 떴다. 황금빛 해가 하늘 꼭대기에서 쨍쨍 빛을 내며 하늘 꼭대기로 솟다가, 언덕에 서 있는 네게 점점 가까이 가지 않겠느냐."

"세상에 근사해라. 그래서요?"

"네가 글쎄 거기서 도망칠 생각은 안 하고, 아이코 저 해가 떨어지려 하네, 떨어졌단 우리 집에 불이 활활 붙겠구나, 얼른 내가 받아야지 하면서 뛰어가지 않았겠어?"

"세상에, 해를 받는 꿈이라니 그런 좋은 꿈이 있나요! 그, 그래서요?"

구월이는 침을 꼴깍 삼켰다.

"그런데 해 속에서 꼬리가 삐죽삐죽 튀어나오더니."

"……예?"

"꼬리가 아홉 개쯤 달린 황금 불여우 한 마리가 동글게 말린 몸을 쭉 펴더니만, 아홉 개 꼬리를 막 퍼덕이며 날아 내려와서는."

"……해가 아니고 구미호요? 꼬리로 날았단 말이에요?"

구월이는 김이 다 빠진 얼굴로 멍하니 양시를 올려다보았다. 양시님은 난감한 듯 헛기침을 하며 말했다.

"그래, 네 치마에 답삭 앉아서 호르르 웃으면서 너를 빤히 올려다보더라. 나 좀 키워 주실 거죠? 나 좀 예뻐해 주세요, 하는 얼굴로. 꼬리까지 살랑살랑하면서. 너는 그거에 홀랑 넘어가서 고 여우를 꼭 끌어안고 배슬배슬 웃기나 하고."

"태몽입니다! 제 태몽이 틀림없어요!"

"그런데 왜 내가 네 태몽을 꾸어 주어야 한단 말이냐."

"주변에 있는 사람들이 꾸어 주는 경우도 많대요. 제가 학분이 태몽이랑 민호 언니 태몽도 꾸어 준 걸요! 그런데, 이런 태몽이면 이 아이가 여우 같은 딸일까요?"

"왜? 대장군이 태어날 것 같다며?"

양시님은 불퉁한 기색을 감추지도 않고 투덜거렸다. 구월이는 입을 두 손으로 가리고 눈웃음을 치며 말했다.

"대장군의 탈을 쓴 여우 같은 딸이 태어나려나 봐요."

"날 놀리는 게냐? 으, 됐다, 됐어!"

그는 결국 두 손을 들고 껄껄 웃고 말았다.

"아 맞다. 양시님, 반촌에는 다녀오셨습니까? 이제 반촌 집으로 돌아가도 괜찮을까요?"

아이를 낳고 보내 주겠다, 아버지와 네 몸이 좀 더 회복된 다음에 보내 주겠다, 혹은 반촌에 가서 구용출이 사는 꼬라지를 보고 데려 다주겠다. 한양에 도착한 지 벌써 몇 달이 지났는데 양시님은 이 핑계 저 핑계를 대며 구월이가 반촌에 돌아가는 것을 막고 있었다. 구월이는 코에 잔뜩 주름을 잡고 태산처럼 부풀어 오른 배를 통통 쳤다.

"나리, 나리? 양시 나으리? 여기서 낳으나 반촌에서 낳으나 애가 달라질 건 없어요. 기왕이면 애아빠 있는 데서 낳아야지요. 그래야 애 낳는다는 핑계로 상투라도 뽑아 보지요. 이러다 이 애 낳아서 시집 장가 보내겠습니다."

"……."

"솔직히 말씀해 보세요. 가 보시긴 한 건가요?"

그는 조그맣게 한숨을 쉬고는 털어놓았다.

"가기는 갔다. 정말 한 달 전쯤 갔다 오고, 오늘도 갔느니라."

"아니 그런데 어찌 아무 말씀을 아니하십니까?"

"……지금 그놈은 네가 돌아오기만 손꼽아 기다리고 있다."

구월이는 눈을 커다랗게 떴다.

"양시님? 살 떨리게 왜 그런 농을 하세요? 술 퍼마시고 죽일 년 살릴 년 그러지 않고요? 그 인간이 죽을 때가 됐나요?"

"좀 비슷해. 발꿈치 잘린 것과 동상 걸린 발가락이 덧나서 앉은뱅이가 다 되었거든. 뒷간도 엉금엉금 기어갈 지경이 되어서……."

아아. 어쩐지. 구월이는 얼빠진 목소리로 웃었다. 그는 내키지 않는 듯이 덧붙였다.

"배 속의 아이도 자기 아이가 틀림없다는구나."

구월이의 얼빠진 웃음이 더욱 커졌다. 틀림없다고 할 땐 죽어도 믿지 않더니, 제 몸 수발할 사람이 급해지니까 믿는 척을 하는구나. 믿건 안 믿건 그 인간이 애아버지인 것은 사실이지만, 그가 이제야 인정했다는 소리를 들으니 더욱 한심하고 정이 떨어졌다.

"꼭 가야겠니? 그자는 너를 한 번 버렸다. 꼭 그의 곁으로 가지 않아도 된다."

"……."

"지금이라도 마음이 바뀌었으면 가지 말고 예서 영영 살아도 괜찮다. 네가 속환된 거나 아비가 살아 있는 건 반촌에서 아무도 모르니 추노꾼이 붙을 일도 없고, 네 얼굴을 아는 반촌 사람들이 여기까지 나올 일도 없다. 그래도 여의치 않으면 아주 시골에 숨어도 상관없고."

"……."

구월이가 조용히 듣고 있자, 그는 용기를 내어 한마디 더 이어 붙였다.

"물론 네가 좋다고만 하면 지금 당장에라도 네 아비와 함께……."

"반촌으로 가야죠. 양시님도 만약 양시님의 아들이 어디엔가 태어나 자라고 있음을 안다면 애타게 보고 싶지 않겠어요?"

구월이는 양시님의 말이 끝나기 전에 얼른 막았다. 아비와 용출의 아이까지 집에 데리고 가 살겠다는 말만큼은 막아야 했다. 그는 눈썹을 찌푸리더니 후, 길게 한숨을 쉬었다.

"……아이만 아비에게 보낼 수도 있어."

"어떻게 엄마가 돼서 아이만 들여보내고 저 편한 곳으로 도망치겠습니까? 천륜을 거스를 순 없습니다."

"……그래, 천륜이 중요하지. 남녀 간의 하찮은 정 따위보단 천륜이 백 배, 천 배 소중하고말고. 그러니 아들이 어미가 자결하는 걸 부추기고, 어미가 딸을 죽이고, 사람들은 그걸 칭송씩이나 하지 않더냐?"

하긴. 천륜이 뭔지, 사람 사는 도리와 법도가 뭔지, 이제는 잘 모르겠다. 예전엔 잘 안다고 생각했는데, 난을 겪으며 천륜과 예를 그리 중시한다는 유사님들이 어머니의 자결을 말리지 않고, 주변에선 그것을 칭송까지 하는 걸 보며 인간의 도리란 것에 대해 많이 헷갈리게 되었다.

그저 확실한 건, 사실 자신에게 천륜보다 소중한 것은 양시님과의 '하찮은 정'이라는 것.

그보다 더 확실한 건 양시님에게 그것을 절대 말해선 안 된다는 것뿐이었다.

"양시님, 장부일언중천금이라 했어요. 아이 낳는 것만 보고 가신다 분명 약속하셨습니다."

"누가 뭐라 하더냐. 네가 회태 중임을 모르고 약을 썼으니, 아이가 건강하게 태어나는 것까지 봐야 안심하고 내 갈 길 가겠다는 것이지. 내 속 편하자고 하는 짓이니 이것까진 말리지 말거라."

구월이는 눈을 동그랗게 뜨고 말을 바로잡았다.

"양시님. 말씀이 다르잖아요. 아기가 건강하든, 아니든, 그냥 가시는 거예요."

"만약 아이에게 무슨 일이 생기면? 그건 내 책임이 아니냐."

"아니에요. 그런 말씀 마세요. 아기가 어찌 태어나든 제 아이고 제가 키울 것이니 염려 말고 바로 돌아가세요."

양시님은 걸음을 멈추고 팔짱을 끼었다. 못마땅한 기색이었다.

"너는 걱정도 되지 않느냐?"

"예?"

"나는…… 네 아이가 어찌 태어날까 걱정이 되어 거의 잠을 이루지 못한다."

"……"

"눈이 안 보이는 아버지, 앉은뱅이가 된 남편, 그리고 아이까지 잘못되면? 난 견디지 못할 것이다. 앞으로 남은 평생 새로운 족쇄까지 매달고 살아야 하는데, 걱정되지도 않아? 내가 원망스럽지도 않으냐? 왜 나에게 책임을 나눠서 지라 말하지 않아?"

"저는 이제 걱정하지 않아요, 양시님. 원망이라뇨. 절대 원망하지도 않아요."

구월이는 고개를 들어 올렸다. 맑은 눈에는 말대로 두려움이 한 자락도 깃들어 있지 않았다.

"이 아이는 양시님께 목숨을 얻은 거예요. 양시님이 반나절만 늦으셨어도 우리 둘 다 그날 죽었을 거예요. 그때 생명을 얻은 것만으로도 고마운걸요. 전 아이가 어떻게 태어나든 '아 세상에 태어나서 참 좋구나, 이런 세상에 살도록 날 살려 주시다니, 어떤 분인지 몰라도 고맙기도 하지.' 하는 생각이 들도록 가장 귀하고 어여쁘게 키울 거예요."

"월아."

"염려 마세요. 어차피 나한테 주어진 몫이라 생각하니까 이젠 겁나지 않아요. 남은 평생처럼 긴 이야기는 잘 몰라요. 그냥 하루씩 하루씩만 아이랑 같이 웃을 일을 찾아서 살려고요. 저는 눈을 감고 양시님을 떠올리기만 해도 온종일 행복한걸요."

양시님을 기억할 수 있는 시간. 아이를 낳을 때까지만 허락된 귀한 시간. 하루하루 줄어드는 시간이 너무 소중해 피눈물이 날 지경인데 그 시간마저 걱정으로 흘려보내란 말인가요? 저는 그러지 않을거예요.

구월이는 그를 올려다보며 벌쭉 웃었다. 그녀의 마음을 읽기라도 했는지 양시님의 이맛살이 심하게 구겨졌다.

"너는, 정말……."

그녀의 작은 어깨가 그의 팔 안에 쓸려 들어갔다. 등을 누른 팔의 힘이 너무 세서 눈물이 나왔다. 그래서 그가 이마에 입술을 대는 것을 밀어 내지 못했다. 구월이는 눈을 감고 조심스럽게 청했다.

"아이가 태어나면, 이름자 정도는 지어 주실 수 있으신지요."

"……그리하마."

한참 만에야 덤덤한 대답이 떨어졌다.

"혹시 주무십니까? 일어나신 분 계십니까?"

운영 아씨가 문밖에서 들리는 거친 목소리에 소스라쳐 일어난 것은 새벽 미명이었다. 양시님인가? 첫닭이 아직 울지도 않았는데? 둘러보니 방에서 함께 자던 다섯 여자가 모두 자리에서 일어나 입성을 정리하고 있었다. 아흐, 아으으! 옆방에서 희미하게 끙끙대는 소리가 들렸다. 정신이 번쩍 들었다.

"혹시 구월이가 진통이 시작됐나요?"

"그런 것 같습니다. 그런데 여기서 아기를 받아 주신다는 분이 계시다 해서."

"제, 제가……."

승동 마님이라 불리던 가의당 이씨가 옷고름을 바짝 잡아당겨 매고 치맛자락을 정돈한 후 문을 열었다. 아이를 일곱이나 순산한 경험이 있고, 산파를 도와 조카들을 받아 본 경험도 있어서 구월이의 아이는 꼭 받아 주마고 약속했었다. 예정일이 지나 너무 큰 아이가 나올까 걱정했는데 그래도 열 달하고 세 이레를 넘기지 않고 나오니 그나마 다행이었다.

그곳에 머무르는 여자들은 구월이를 몹시 아끼고 고마워했다. 속으로는 개차반인 전남편에게 돌아가는 대신 지극정성으로 구월이를 살피는 이 양시의 첩으로 가기를 바랐지만 그걸 입 밖으로 낼 수는 없었다. 저고리 고름을 잘라 놓았다 해도, 용출은 아기 아버지였고, 지금은 구월이가 오기만 간절히 기다리고 있다고 하지 않은가. 적어도 그들이 배운 대로라면 구월이는 맞아 죽는 한이 있어도 용출에게 돌아가야만 했다.

하지만 그놈의 법도인지 뭔지 때문에 볼 꼴 못 볼 꼴 신물 나게 겪은 여인들은 구월이가 반촌으로 돌아가야 한다고 단호하게 말하지도 못했다. 그 모진 고생을 했는데 지금이라도, 저 아이만이라도 제대로 웃으며 살면 안 되겠느냐. 감정과 이성이 서로 반대 방향으로 요동해서, 여인들은 차라리 입을 다물고 말았다.

"아으으, 아아아! 야, 양시님! 양시님!"

"기다리거라 구월아, 내 지금 들어가마. 양시님은 바로 밖에 계시니 걱정하지 말고."

뜨거운 물이 담긴 대야와 미리 준비해 둔 짚단, 그리고 낫을 챙긴 가의당 이씨는 방으로 들어서려다 소스라치게 놀라 대야를 놓칠 뻔했다. 양시가 소매를 붙잡았던 것이다.

"숙부인, 어려운 청인 것은 알겠지만, 저도 함께 들어가면 안 되겠습니까?"

"그게 무슨 말씀이십니까! 산실에 남자가, 그것도 남편도 아닌 외인이 들어오다니요. 천부당만부당한 말씀이십니다!"

가의당 이씨는 기겁하며 소매를 뿌리쳤다. 그는 다시 한번 붙잡고 청했다.

"아기의 상태를 확인해야 합니다."

"아기의 상태는 태어나서 확인해도 늦지 않습니다. 의원이나 남편이라 해도 남자는 산실에 들 수 없습니다! 하물며!"

"숙부인!"

"안 됩니다."

가의당 이씨는 단호하게 뿌리치고 안으로 들어가 문을 걸어 잠갔다. 다시 끙끙대는 소리가 간헐적으로 흘러나오다 멎기를 반복했다. 노인은 아픈 몸을 끌고 나와 툇마루에 쭈그리고 앉아 빌기 시작했다.

"구월아, 많이 아프네? 아이고 삼신님, 상제님, 고조 우리 월이 잘생긴 갓난이 순산하게 합시오, 우리 갓난이 순산하게, 아픈 걸랑 죄다 이 늙은 아바이한테 보내시고, 우리 월이는 고조 순산하게 합시오."

반면 양시는 한마디도 하지 못한 채 방 앞에서 돌처럼 서 있었다. 마당에서 키우는 닭이 번갈아 횃대에 올라 꽥꽥 울고, 해가 중천에 솟아오를 때까지 그는 꼼짝하지 않았다.

"지금부터 미리 힘 빼지 마라. 애, 구월아. 이제 막 시작했는데 벌써 그러면 어찌하니. 그래그래. 정신 차려. 아직 머리도 안 보이니까. 벌써 이리 아파서 어찌하나. 초산이라 한참 걸릴 테니 마음 단단히 먹고. 양시님? 에구 저런. 그래그래. 바로 밖에 계셔. 이년, 지금 웃음이 나오느냐."

"양시님, 양시님, 아, 아아아! 아파, 양시님!"

"에그, 몸도 작고 길도 좁구나. 하루만 고생하자. 너 찾는 양시님 바로 문밖에 계시다. 그렇지, 그래! 힘내야지, 에그그."

여자들은 물을 끓이고 밥을 짓고 양시가 어렵게 구해 온 쇠고기와 미역으로 국도 끓였다. 각자 할 일을 하는 것 같았지만 모두 신경은 구월이의 방에 가 있었다. 서로 시선이 마주치면 목소리를 낮추어 소곤거렸다.

"저렇게 조그마한 애가 무슨 아기를 다 낳는다고."

"무슨 말이에요. 저렇게 작아 보여도 벌써 스물여섯이나 먹었답니다."

"세상에, 구월이가요? 열여덟 살이래도 믿겠는데. 그럼 첫아기를 너무 늦게 낳는 것 아닌가요? 왜 이렇게 늦었을까요?"

"아버지 모시고 산다고 평생 혼인 안 한다고 했었대요. 그러다 뒤늦게 한 거죠."

"에그, 세상에 효녀 지은이가 따로 없네."

"언제쯤 나오려나?"

"첫아이니 시간이 좀 걸리겠지. 새벽에 시작했으니 밤 되기 전에는 나오려나. 아프다는 간격을 보니 한참 더 걸리겠어."

산통은 새벽에 시작됐지만 점심때가 훌쩍 지났는데도 아이의 머리가 보이지 않았다. 신음은 점점 높아지고, 밭아졌다. 가의당 이씨도 지쳤는지 목소리에서 기운이 점점 빠져나갔다. 얼마나 덩치 큰 대장군을 낳으려고 이리 질질 끄느냐, 얼른 나오너라, 얼른…….

"에그머니! 이게 무슨!"

어르는 듯하던 가의당 이씨의 목소리가 갑자기 치솟았다.

"무슨 일입니까!"

마당을 돌던 양시는 바로 툇마루로 뛰어올라 문고리를 잡았다. 절겅절겅그럭! 안에서 걸린 걸쇠가 요란한 소리를 냈다.

"아기의 바…… 발이…….'"

"역위란 말입니까!"

양시의 얼굴은 순식간에 시퍼렇게 변했다. 아직 아이를 낳지 않은 새댁과 운영 아씨는 고개를 갸웃했지만 다른 여인들은 헉, 소리를 내며 숨을 멈췄다. 아이가 발이나 엉덩이부터 나오면 위험했다. 머리가 걸려서 아이가 죽기도 했고, 끔찍한 난산으로 이어져 산모까지 모두 죽는 경우도 많았다.

"이를 어째…….'"

"발이 지금 얼마만큼 나왔습니까?"

"발이 지금 보여, 보여요…….'"

"야, 양시님, 아빠, 양시님, 아악, 아파, 아파!"

"구월아! 이년! 제발 정신 차려라. 지금 네가 정신을 놓으면 안 돼. 무슨 짓을 해서든 아기는 살려야 할 것 아니냐!"

가의당 이씨의 목소리가 높아졌다. 양시의 주먹에 핏줄이 돋았다. 잇새로 으득, 이 갈리는 소리가 나더니 이내 벼락같은 고함이 터졌다.

"숙부인, 나오세요! 제가 들어가겠습니다!"

"에그, 나리! 양시 나리! 이게 무슨!"

"양시님!"

뒤에 서 있던 여자들이 기겁하며 만류했지만, 그는 무지막지한 힘으로 문고리를 잡아 비틀었다. 삐그덕, 빠작, 소리가 나더니 손잡이 부분의 문살이 부서져 나갈 듯 삐거덕거렸다. 창백하게 질린 가의당 이씨가 문을 열고 나와 몸으로 문앞을 막아섰다.

"지금 무슨 짓입니까!"

"나오십시오, 아기는 제가 받겠습니다."

"사내 된 자가 산실에 들다니 이게 무슨 망측한 짓입니까! 남편도 아니고!"

"남편이든 아니든, 아기가 살든 죽든, 저는 저 아이부터 살려야겠습니다."

그는 가의당 이씨를 밀어 낸 후 거칠게 문을 걸어 잠갔다. 밖에서 이씨와 다른 여자들이 외치는 소리 따윈 들리지도 않았다.

그는 옆에 놓인 더운물에 손을 씻은 후, 구월이의 다리 사이에 앉았다. 방은 불을 때서 절절 끓었고, 볏짚 더미와 하얀 다리는 이미 혈흔으로 엉망이었다. 출혈이 많아 거의 기절 직전인 구월이가 땀으로 범벅이 된 얼굴을 들어 올렸다. 깜박, 깜박, 믿을 수 없다는 듯 눈꺼풀이 바르르 떨렸다. 양시는 그녀의 등을 받쳐 안은 후 속삭였다.

"월아, 잘 들어라."

"양시, 양시님. 이, 이게 무슨…… 양시님."

"들었다시피 역위다. 아이 발이 먼저 나오고 있다."

"그럼, 아, 아기는…… 어, 어찌 되는 건가요?"

"나는, 너를 제일 우선해서 살릴 것이니 그리 알아라."

"양시님……?"

"물어라."

양시는 그녀의 입에 수건을 물려 주고 반듯하게 눕히는 대신 팔로 등을 받치고 쪼그리고 앉게 했다.

"이게 힘을 가장 잘 받는 자세야. 아파도 잠깐만 이 자세로 버텨라."

쪼그려 앉았다가, 다시 아기 상태를 확인하기 위해 몸을 말고 눕기를 되풀이하는 동안, 통증은 전신을 찢는 것처럼 지독해졌다. 군불을 얼마나 때고 있는지 방은 윗목까지 절절 끓었고, 깔린 짚더미에서도 김이 오르는 것처럼 느껴졌다. 두 사람의 몸에서는 땀이 줄줄 흘렀다.

양시는 도포와 저고리를 벗은 후, 갓도 풀어 집어 던졌다. 제대로 정리하지 못해 어지러이 흩어진 머리카락이 줄줄 흘러내린 땀에 젖어 이마와 뺨에 들러붙는데 덥게 느껴지기는커녕 오히려 소름이 돋고 턱이 덜덜 떨렸다.

피하지 못할 선택이라면 망설이면 안 된다.

선택? 아기를 간절히 살릴 생각이 애초에 있긴 있었나?

그는 떨리는 손으로 아기의 다리를 잡았다. 아기의 하반신은 너무 작고 가늘었고, 상대적으로 굵은 몸과 어깨, 머리는 골반에 걸려 빠져나오지 못하고 있었다. 탯줄의 상태도 확인할 수 없어 피가 말랐다. 탯줄이 목에 감긴 상태로 이렇게 시간을 보내면 아이는 죽을 것이고, 머리가 빨리 빠져나오지 못해도 죽을 것이다. 그리고 이 상태가 조금만 더 계속되면 산모도 죽을 것이다. 창밖은 이미 컴컴했고, 구월이는 거의 혼수상태였다.

"월아, 월이야. 힘을, 힘을 좀!"

"으으, 으으윽, 흐으."

신음 소리에 기운이 전혀 느껴지지 않는다. 의식도 몇 번이나 깜박깜박 오간 것 같다. 눈에선 눈물이 흘러내리는데 흰자위밖에 보이지 않았다. 지금 아기는 하반신만 간신히 나오고 있는데, 머리가 골반에 걸린 상태에서 억지로 빼면 아이의 약한 뼈가 부러지고 머리가 망가질 수도 있다.

안다, 잘 알지만…….

그는 이를 악물고 여자의 배를 눌렀다. 아아아악! 여자의 비명이 와락 치솟았다.

"싫어, 아아, 아파! 하지 마아! 제발, 살려, 살려 주세……! 아악, 아아아!"

하지만 이젠 무슨 짓을 해서건 아이를 빼내야 했다. 양시는 여자의 온몸을 덮다시피 하며 배를 눌러 아기를 밀어 내기 시작했다.

순간 문고리가 덜컹대며 바람이 훅 들어왔다. 양시는 이맛살을 확구기며 고함을 질렀다.

"뭐야! 아무도 들어오지 말라 했잖아!"

머리가 하얗게 탈색되는 것 같고, 아무 생각도 나지 않는다. 팔이 덜덜 떨리고 속에서 구역질이 치밀었다. 월아, 제발! 조금만 더! 몸을 조금만 더 열어!

　머리가 골반에 걸린 역위 태아를 살리는 법, 어미의 배를 가르는 법 외에는 아는 게 없다. 배를 가르지 않고 어미를 살리는 법, 아이가 죽든 말든 빼내는 방법 외에는 아는 게 없다. 아이를 살리려면 힘을 어느 정도 주어서 밀어 내야 하는지, 어느 정도 힘으로 아기의 몸을 당겨야 하는지 도저히 감이 잡히지 않는다. 숨이 밭게 차오른다. 순간 누군가 뒤에서 악센 힘으로 그의 팔을 잡아챘다.

　"안 들려? 썩 꺼지라니까!"

　양시가 팔을 휘둘러 붙잡은 손을 뿌리치자, 벽에서 무언가가 세차게 부딪치는 소리가 났다. 그가 몸을 돌리자 벽에 부딪쳐 뒹구는 소년이 눈에 들어왔다. 이런 제기랄, 그는 이를 부드득, 갈아붙였다. 구월이는 찢어지는 비명을 지르며 몸부림쳤다.

　"나 좀 살려, 살려 줘, 제발 그만…… 아악, 아아아!"

　잠시 정신을 차린 구월이가 고개를 들었다. 양시는 헐떡이며 배를 누르는 손에서 잠시 힘을 거뒀다. 하지만, 구월이는 귀신이라도 본 것처럼 눈을 커다랗게 뜨더니 외마디 고함을 질렀다.

　"서, 선동님!"

　구월이는 필사적으로 팔을 들어 양시의 손을 잡았다. 하, 하지 마세요, 양시님, 하지…….

　"도, 동생이……, 양시님, 제 동생이 왔어……."

　"동생은 무슨 동생이야! 저 아이는 네 동생이 아니야! 정신 차려!"

　"도, 동생이에요, 분명 ……·아기, 아기를 데리러 와, 왔어, 안 돼, 안 돼! 살려 달라고, 아기를 살려 달라고 해 줘요……."

　"정신 차려! 아이를 살리면 네가 죽어!"

양시는 으르렁거리며 아이를 잡은 손아귀에 힘을 주었다.

"아악! 아아아!"

벼락같은 고통이 온몸을 갈가리 찢고 지나간다. 구월이는 까마득히 멀어지는 의식 속에서, 자신의 일부였던 무언가가 몸 밖으로 빠져나가는 것을 느꼈다. 제기랄, 짤막하게 욕설을 삼키는 양시의 목소리가 아득하게 멀었다.

"월아, 아이가, 아이가……."

"……."

"이 일을 어찌한단 말이냐. 대체 이 일을……."

아기의 울음소리는 끝까지 들리지 않았다.

아침이 되어 정신을 차린 구월이는 아이와 양시가 함께 없어진 것을 알고 그대로 넋을 놓았다.

"오실 기야, 아무렴. 양시님이 아바이를 깨워 말씀하고 가셨다. 갓난이 살리려고 용한 의원을 찾아간다 허셨디. 오실 게다, 기러니끼니 아모 걱덩 말구, 응?"

천 봉사는 자리에 누운 채 꺼져 가는 목소리로 딸을 달랬다. 구월이는 아버지가 거짓말을 하고 있음을 알아차렸다. 아버지가 숨기는 것이 무엇인지 짐작하기는 어렵지 않았다.

양시는 온전치 않게 태어난 아이를 데리고 가 버린 것이다.

상제님, 삼신님, 살레 줍시오, 우리 월이를 살레 줍시오. 목숨이 필요하시면 저 불쌍한 에미나이 대신 이 늙은 목숨을 가져가시라요.

노인은 자리에 누운 채 진종일 빌었다. 남한산성에서 죽을 고비를 넘기며 몸이 부쩍 쇠약해진 노인은 딸이 아이를 낳는 그 시간조차 앉아 버틸 수 없었다. 해가 지고, 인정 종소리가 들리고, 파루 소리까지 지난 후, 드디어 방문이 삐걱 열리더니 이 양시의 지친 목소리가 들렸다.

"아기가 나왔네. 딸이야. 월이는 괜찮네."

노인의 힘없는 팔에 무언가 안겼다. 그는 품에 안긴 것을 가만히 더듬어 보았다. 양시는 잔뜩 쉬어 갈라진 목소리로 띄엄띄엄 말했다.

"……아기가 ……살 것 같지 않네."

"예?"

"몸무게가 다른 아이의 절반에도 못 미쳐. 열 달을 넘겨 나왔는데 왜 이 모양인지. 영양 상태가 엉망이어서 그런 듯하네만, 어쨌든 숨도 제대로 쉬지 못해."

"야, 양시 나리. 그럼 오졉네까?"

"어찌어찌 살아난다 해도, 자네처럼 앞을 못 보게 될 가능성도 있어. 평생 폐병으로 고통받을 수도 있고. 그때까지 살 수 있을지도 모르지만."

양시는 아기의 생존을 간절하게 바라는 이가 아니었고, 그 감정을 굳이 감추지도 않았다. 하여 부모 지친이라면 입에 담기 어려운 말을 아무렇지도 않게 쏟아 냈다. 노인의 눈에서 눈물이 흘러나왔다.

"저 때문입네까? 할아바이의 천형이 손네한테 가는 겁네까?"

"아닐세. 너무 작게 태어나서 그래. 애초에 약하게 태어난 것뿐이야."

양시는 덤덤하게 대답했다. 천 봉사는 떨리는 손으로 손녀의 뺨을 쓰다듬었다.

"어드레 할 방법이 없갔습네까? 갓난이를 살릴 방법은?"

양시는 한참 침묵하다가 메마른 목소리로 물었다.

"자네는, 딸이 새로운 족쇄에 또 매이길 원하나? 이 아이가 아니면 구월이는 반촌의 개 같은 서방에게 돌아가지 않아도 되고, 개가를 해서 새롭게 삶을 시작할 수도 있네."

천 봉사는 아기의 작은 몸뚱이를 더듬었다. 양시가 원하는 것이 무언지 안다. 양시의 말이 틀리지 않은 것도 안다.

천 봉사는 자신이 아주 잠깐 머물렀던 양시의 방을 떠올렸다. 그곳에는 구월이가 수놓았던 병풍과 보료, 이불이 놓여 있었고, 한겨울인데도 따스하고 밝았다. 규모 있는 사대부 집안의 큰사랑 정도 되려나 싶을 만큼 널찍한 방이었는데, 손끝에 만져지는 서안과 가구들은 사대부답게 단아하고 간결하면서도 고급스러운 품격을 느낄 수 있었다. 나라님이나 드실 만한 밥상이 올라왔고, 편히 입으라 내놓은 자리옷은 비단처럼 보드랍고 가벼웠다. 아기가 없으면, 구월이는 어쩌면 이런 귀한 집안 사내의 첩실이 되어 아낌을 받으며 살 수도 있을 것이다.

하지만 품 안에는 스스로 살 수 없는 생명, 그대로 놓아두면 한 시진도 못 되어 사라질 작은 생명이 아직 숨을 쉬고 있었다. 생명보다 소중한 딸의 분신이었다. 그는 아이를 안은 채 고꾸라져 흐느꼈다.

"나리, 요 갓난이를 살려 줍시오."

"……내가 무슨 재주로 죽어 가는 아이를 살린단 말인가?"

양시는 차가운 목소리로 내뱉었다. 천 봉사는 아이를 안은 채 양시에게 매달렸다.

"나리, 제발!"

양시의 태도가 미심쩍었다. 놓아두면 곧 죽을 것이라는 말이 틀린 것은 아니지만, 그의 미진한 망설임은, 아기를 어쩌면 살릴 수도 있다는 의미로 읽히기도 했다. 그는 손가락으로 아기의 얼굴을 더듬으며 울었다.

"나리, 갓난이가 월이를 닮았습네다."

흠칫, 그의 움직임이 멈췄다.

"보이나?"

"만져 보면 압네다. 월이와 똑같이 이쁩네다. 그 아이도 갓난이 때는 이리 작고 가늘었습네다, 나리. 어흐흐."

"예쁘다 말하지 마라. 자넬 죽이려 하고, 월이를 사지로 밀어 넣은 인간의 딸이다."

"안 하갔시요, 절대, 펭생 입도 뻥끗 안 하갔시요. 기러니 제발, 양시 나리."

그는 엎드린 채 하염없이 빌었다. 상제님, 삼신님, 천하고 아무짝에두 쓸모없는 늙은 봉사의 목숨을 가져가시고 이 불쌍한 갓난이만은 살레 줍시오.

"아기가…… 그리 닮았나."

"기렇습네다."

"틀림없나?"

"기럼요. 틀림없습네다. 내래 백 번도, 천 번도 더 만져 보았던 얼굴이야요."

"고약하구나……."

양시는 짧게 말을 끊었다.

"자넨, 내가 지금까지 어떤 마음으로 딸의 곁에 머물고 있었는지 알면서 이런 청을 하는 겐가? 잠을 수도 없고, 그렇다고 끊어지지도 않는 지독한 고통을 짐작이라도 하면서?"

"제발, 양시님, 그 아이를 통해 세상에 온 불쌍한 목숨입네다."

천 봉사의 애걸에 양시는 한참 침묵했다. 가는 숨소리가 이리저리 이지러지는 것을 들으며, 노인은 양시가 소리 없이 눈물을 떨어뜨리고 있음을 눈치챘다.

"오래전에 말일세, 난…… 내 누님을 죽게 한 적이 있어."

"나리? 무슨 말씀……."

천 봉사는 그가 무슨 말을 하는지 이해할 수 없었다. 양시는 노인을 굳이 이해시키지 않고 무겁게 가라앉은 목소리로 되물었다.

"업이란 거, 원래 다음 생이 아니고, 살아생전에 갚기도 하는 건가?"

"기런 경우도 있겠디요."

"……하필 이렇게 고통스러운 방법으로?"

"……."

바닥에 물방울이 툭툭 떨어지는 소리가 몇 번 들렸다. 노인은 섣불리 대답하는 대신, 그의 마음에 이는 풍랑이 손녀를 살리는 순풍으로 바뀌기를 간절히 빌었다. 그는 잠시 후 아기를 받아 안고 자리에서 일어섰다.

"모쪼록 구월이를 위해서라도 건강하게."

그의 목소리는 어느새 담담해졌다. 노인은 불현듯, 그가 지금 가면 영영 돌아오지 않으리라는 예감이 들었다.

"내가 돌아오지 않으면 이 아이가 온전치 않거나, 살지 못한 줄로 알게."

양시는 하루, 이틀, 사흘이 가고 이레가 지나도록 돌아오지 않았다. 구월이는 툇마루에 앉아 종일 사립문만 바라보았다. 가의당 이씨와 운영 아씨가 구월이를 부축해 산구완 방에 앉히면 그녀는 또 방문을 열어 놓고 하염없이 사립문만 바라보았다.

골방에서 달그닥달그닥 베 짜는 소리가 난다. 자리보전하고 앓는 노인은 하루하루 시나브로 시들어 가면서, 조금이라도 의식이 돌아오면 빌고 빌었다. 상제님, 천제님, 삼신님, 장군님, 고조 데려가실 거면 이 못난 노인 데려가시고, 가여운 갓난이는 살리시고, 우리 구월이는 불쌍히 여기셔서, 상제님, 삼신님. 아비는 꺼져 가는 소리로 밤이고 낮이고 빌었다. 끝없이 이어지는 물레 돌리는 소리, 베틀 소리, 아버지의 중얼거리는 소리, 해는 뜨고, 해는 지고, 다시 해가 뜨고, 시간은 속절없이 흘렀다.

구월이는 이제 시간의 흐름을 알 수 없었다. 밤인 듯도 하고, 낮인 듯도 하고, 자는 것도 같고, 깬 것도 같고, 산 것도 같고, 죽은 것도 같았다.

"구월아, 아가."

깜깜한 밤, 천 봉사가 희미한 목소리로 불렀다. 구월이는 비틀비틀 방으로 들어가 아비의 곁에 앉았다. 어둠 속에서도 천 봉사는 익숙하게 딸의 손을 잡았다. 노인은 웃고 있었다.

"괜찮다 월아, 갓난이는 살아 있단다."

"예?"

"천지간에 오데선가 잘 살아 있단다. 차사님이 내 이름 석 자를 부르시기로, 먼저 한 가디 청을 디리고 대답한다 했디. 내래 한세상 기럭저럭 살아, 차사님 따라가는 기야 아숩디 않디만 맘에 하나가 걸려 발이 안 떨어지지 않갔어? 아가야. 구월아. 차사님이 아바이 청을 들어주신단다. 기러니 이제 아모 걱뎡 마라, 응?"

대답이 나오지 않았다. 이젠 아버지가 그간 무슨 소원을 빌었는지도 잊어버렸다. 아빠, 그런 말 하지 마, 하지 말라고, 말하고 싶은데 머리가 텅 빈 것처럼 말이 나오지 않는다. 말 대신 눈물만 줄줄 나왔다.

"우리 아기, 울디 마라 응? 아바이는 이제 괜찮아. 이제 곧 네 예쁜 얼굴을 내 눈으로 볼 수 있는걸. 내래 네 얼굴 보기를 펭생 소원하디 않았갔네? 네 손으루 곱게 수놓은 이불두, 베개두, 벵풍두, 아바이 옷에 곱게 수놓아 준 꽃들두, 이제야 두 눈으로 볼 수 있디 않갔네."

"……."

"이 아바이 때문에 많이 힘들었디. 우리 월이, 미안하다 할까, 고맙다 할까, 죄를 지었다 할까."

"……행복했다고 해 주면 안 돼, 아빠?"

내가 아빠 딸이어서 행복했다고, 그냥 그렇게. 구월이는 간신히 말했다. 노인의 주름진 입술이 웃음을 머금고 딸의 귓가에서 달싹였다.

구월이는 아빠의 손을 잡아 얼굴에 가져다 댔다. 쪼그라지고 거친 손이 딸의 젖은 얼굴을 찬찬히 더듬었다. 노인의 입술이 움직였다. 주름진 입술이 환하게 벌어진다. 파들거리는 눈꼬리로 눈물이 스며 나온다.

"보인다, 우리 구월이, 우리 아기가 이래 곱게 생겼구나."

"……아빠?"

"내 생각보다 훨씬 곱고 어여쁜 체니였구나. 곱고, 예쁘구나."

구월이는 두 손으로 입을 막았다. 늙은 아버지는 허공에 대고 중얼거렸다.

"차사님, 차사님, 참말로 고맙습네다. 고조 고맙습네다, 늙고 천한 봉사 마지막 남은 소원까디 들어주시니 고맙습네다."

"아빠, 아빠? 내 얼굴이 보인다고? 정말이에요? 아빠?"

"보인다, 아조 잘 보인다. 이게 내 딸 구월이였구나. 천녀처럼 고운 내 딸."

천 봉사는 환하게 웃으며 중얼거렸다. 구월이는 믿어야 할지 말아야 할지 몰라 멍청하게 아버지의 웃는 얼굴만 바라보았다.

천 봉사는 그 밤에 딸의 옆에서 죽었다.

다섯 명의 여자들이 장례를 준비했다. 그네들이 짜 두었던 고운 삼베로 염을 한 후 새 멍석에 노인을 눕히고 감쌌다. 천것들은 꽃상여를 탈 수도 없고 관에 들어가 묻힐 수도 없었다. 난리 때부터 쪼그라들기 시작한 노인의 몸은, 이제 작은 날개만 있어도 훌훌 날아갈 만큼 조그맣고 가벼워졌다.

아비의 시신을 곁에 두고 구월이는 울지 않았다. 집에 깃든 다섯 여인이 가슴을 두드리며 대신 울었다. 울어, 안 울면 한이 쌓여 네가 죽어. 울어. 그네들은 자신의 슬픔과 남의 슬픔을 분별하지 않고 같이 끌어안고 울었다.

병풍 뒤에 있는 아비와 단둘이 있는 작은 방, 어둠 속에서 촛불이 일렁거렸다. 꼭꼭 닫은 방문과 창을 확인하고 구월이는 병풍 뒤를 물끄러미 바라보았다.

"……아빠? 아빠예요?"

아직 이승을 떠도는 아버지가 나를 보러 오셨을까? 어쩌면 동생이 아빠를 모시러 온 건 아닐까? 구월이가 두리번거리는 순간, 다시 바람이 일었다. 구월이는 조용히 눈을 감았다. 부드러운 바람이 뺨을 간질이고 지나갔다.

"……아빠……."

눈을 떠 보니 앞에는 아무것도 없고, 창밖에는 아버지를 전송하기 위해 나무에 걸어 둔, 만장처럼 펄럭이는 화려한 비단 이불들만 바람에 나부끼고 있었다.

여인들은 괭이와 삽을 빌려 집 뒤의 볕이 잘 드는 언덕바지에 깊이 땅을 팠다. 구월이는 주변의 예쁜 꽃들을 한 아름씩 따서 바닥에 깔고 거적에 감싸인 아버지를 내려놓은 후 다시 꽃으로 화사하게 덮었다. 가의당 이씨는 구월이의 등을 두드리며 위로해 주었다.

"이제 네 아비는 가는 곳마다 네가 만든 고운 꽃길만 밟고 가겠거니. 네가 만든 화려한 무릉의 경개도 조목조목 구경하며 갈 터이니 평생 앞 못 본 눈이 이제야 호사를 하겠구나."

구월이는 베로 지은 상복 대신 화려하게 수놓인 붉은 치마와 노란 저고리를 입고 머리를 길게 땋아 붉은 댕기를 드렸다. 뽕나무 높은 가지에는 구월이가 수놓은 화려한 홑이불이 만장처럼 춤을 추고 있었다. 바람이 유난히 거셌다.

　운영 아씨는 유난히 펄럭이는 구월이의 붉은 댕기와 수놓인 이불을 보며 생각했다. 매일 밤 딸이 수놓은 이불을 쓰다듬으며 딸의 얼굴과 딸이 만든 작은 무릉을 상상하던 불쌍한 아비가 잠시 이 뜰에 머물러 섰구나, 하고. 난생처음 딸의 고운 자태를 보니 그저 흐뭇하고, 딸의 솜씨를 이리저리 구경하니 그 또한 신통방통하고, 환하고 아름다운 세상을 휘둘러보자니 그저 신기하고 좋아서 먼 길 떠나는 것을 지체하는 게라, 갈 길 멀고 바쁘니 서두르자 채근하는 차사님을 졸라서 이 모래내의 작은 오두막 뜰을 빙 둘러보며 어여쁜 딸의 곁에 머물렀다 갈 모양이라고. 잠시만, 아주 잠시만.

17
오래된 숙제

　병실 문을 열자 거의 일 년 만에 보는 큰아들이 팔에 링거를 꽂고
누워 있었다. 이완은 지글지글 끓어오르는 마음을 지그시 누르고 아
들을 내려다보았다.

　"아버지? 여긴 어떻게 알고 오셨어요?"

　기척에 눈을 뜬 큰아들이 급하게 자리에서 일어나 고개를 숙인
다. 건장하고 힘이 넘치던 아들은 일 년 만에 몹시 초췌해졌고 지친
기색이 가득했다. 병실에 도착했을 때만 해도 멱살을 잡고 따귀라
도 한 대 후려갈기고 싶었지만, 몰골을 보니 걱정부터 덜컥 올라왔
다.

　"내가 어떻게 알고 왔는지 따지기 전에 먼저 해야 할 말이 있을 텐
데. 몸은 어떠냐. 다친 건 아니고?"

　"걱정 끼쳐 드려서 죄송합니다. 몸은 괜찮고, 다친 데도 없습니다."

"걱정시킨 걸 알긴 하는구나. 어머니가 정말 걱정 많이 하셨다."

"정말 죄송합니다."

USMLE(미국 의료면허시험) 최종 3차까지 무사히 패스해 놓고, 레지던트로 근무하던 병원에 갑자기 휴직계를 집어 던진 후, 쪽지 한 장만 남겨 놓고 잠적해 버린 아들이었다. 키우는 동안 한 번도 걱정 끼치는 일이 없던 녀석이었는데, 그동안 속 안 썩였던 것을 한꺼번에 벌충하려는 듯 일 년간 연락 한 번 하지 않고 속을 새까맣게 태웠다.

"대체 무슨 일이냐. 어딜 다녀온 거냐? 험한 오지 탐험이라도 다녀온 게냐?"

"죄송합니다."

"무슨 일이 있었냐고 하지 않아!"

똑같은 대답만 되풀이하는 아들에게 참지 못하고 버럭 고함을 질렀다. 원래 윤이는 신중하고 말수가 대단히 적은 편이었고, 자신이 잘못했다고 생각하면 자기변호나 변명을 늘어놓는 대신 입을 다무는 스타일이었다. 아나나 다를까, 이번에도 대답 대신 고개만 수그리고 입을 꾹 다물고 만다.

이완은 추궁을 잠시 멈추고 아들의 모습을 찬찬히 살펴보았다. 어깨까지 자란 머리카락은 뒤로 대충 묶었고, 거칠어진 손등은 수세미 같았다. 한참 만에야 아들이 긴 한숨을 쉬며 대답했다.

"의료 사고를 냈었습니다."

머리가 띵, 울렸다.

"……무슨 사고냐."

"임부에게 임신 여부를 확인하지 않고 고위험군 약제를 장기 투약

했습니다."

바닥이 빙그르르 도는 것 같았다. 운명의 장난이라는 구태의연한 말이 굉장히 현실감 있게 다가왔다. 아들은 여전히 고개를 숙이고 서 있었다.

"앉아라."

이완은 아들이 얌전히 앉는 것을 보고 무겁게 말을 이었다.

"검사 결과는?"

"아이 부모의 사정으로 검사를 할 수 없는 상황이었습니다."

이완은 한숨을 쉬었다.

"부모가 지금 네게 책임을 묻고 있니? 피해보상청구가 들어온 거냐?"

"그건 아닙니다. 차라리 돈으로 수습할 수 있는 사고였으면 좋겠습니다."

윤이는 고개를 저었다. 수척하고 거친 얼굴엔 깊은 좌절과 절망이 가득했다.

"전 아기에게 문제가 생겨서 그 여자의 인생이 진창에 떨어지는 꼴을 두고 볼 수 없습니다. 아이는 여자의 족쇄가 될 겁니다. 피해보상을 거절한다고 해도, 어떤 방법으로든 책임을 질 생각입니다."

이완은 고개를 갸웃했다. 의료 사고에 대한 의사와 피해자의 반응이 이런 경우는 거의 없다. 어렴풋이 짚이는 게 있었다.

"산모가 너와 친분이 있는 사람이구나."

"……예."

아들은 머리를 감싸 안은 채 무겁게 대답했다. 이완은 한 걸음 더 나간 질문을 입에 담을까 하다가 그대로 삼키고 다른 것을 물었다.

"어떻게 책임질 참인데? 아이 낳는 데 입회했다가 아이가 정상이 아니면 납치라도 해서 잠적할 참이냐? 그래서 네가 책임지고 몰래 키우면서 출생의 비밀로 아침 드라마라도 찍을 거고?"

이완은 애써 농담을 던지며 헛헛하게 웃었다. 기가 막히니 웃음밖에 나오지 않았다. 놀랍게도 아들은 그 농담을 듣고도 부인하지 않고 애매하게 고개만 돌렸다. 아들의 창백한 얼굴이 긴장하고 있었다. 순간, 등 뒤로 한기가 치솟았다.

"너…… 혹시 출산한 아이를 데려왔니?"

아니라는 대답이 나오지 않는다. 이런 맙소사. 민호 씨가 같이 가겠다 날뛰는 것을 떼어 두고 오기를 잘했다. 이완은 주먹을 지그시 쥐었다가 한숨을 쉬었다.

"제정신이냐. 그거 영아 유괴다."

"……목숨이 위태로워 치료차 데려가겠다고 다른 사람을 통해 말은 해 두었습니다."

"아이가 어떤 상태인데!"

"산모의 영양 상태가 열악해서 신생아의 발육 상태도 정상은 아닙니다. 43주 차 출산이라 하는데 2kg 정도밖에 되지 않고, 무호흡 증세도 몇 번 왔습니다. 일단 무엇이 문제인지 정밀 검사 중입니다. 잘못하면 눈 수술도 들어갈 수 있다고 하고요."

"그리고, 검사해서 아이에게 문제가 발견되면 네가 데리고 잠적할 생각이고?"

"……잘 모르겠습니다."

머리가 지근지근했다. 멀쩡한 아들이 순식간에 범죄자가 될 판이었다.

"아이는 어디 있지? 한번 보자."

투명한 인큐베이터 안에는 붉고 작은 아기가 누워 있었다. 아기는 작긴 했지만 이완이 받았던 쌍둥이보다는 덩치가 커 보였다. 보호자는 박윤이로 되어 있었는데, 눈에 이상하게 생긴 안대를 붙인 채 발을 버둥대며 힘없이 우는 중이었다. 이애애, 애으으으. 모기 날갯소리처럼 가늘고 희미했다. 대기하고 있던 금발의 간호사가 아기의 상태를 살피더니, 아기가 우유를 먹을 시간이 되었다며 자리에서 일어났다.

간호사는 소독된 작은 병에 우유를 혼합한 후, 인큐베이터에 손을 넣어 먹이기 시작했다. 아들이 담당 의사와 긴 이야기를 나누는 동안 이완은 붉고 자그마한 아기가 주먹을 꼭 쥐고 힘겹게 우유를 먹는 모습을 지켜보았다.

작은 입으로, 좁고 가는 목으로 꼴락꼴락 소리를 내며 우유가 넘어간다. 이완은 온 얼굴이 빨갛게 되도록 힘을 주어 젖병을 빠는 아기를 홀린 듯이 지켜보았다.

"여자아이로군요."

우유를 먹이던 간호사가 뒤를 돌아보며 고개를 갸웃했다.

"맞습니다. 이름표 확인도 안 하시고 어떻게 아셨나요?"

"보면 알죠. 제 딸이 태어났을 때 딱 이랬습니다. 정말 예쁘네요."

간호사가 아이를 들여다보며 소리 내서 웃는다. 작은 몸에 붙어 있는 작은 패드들과 그곳에 줄줄 연결된 선, 코에 꽂힌 튜브, 눈을 가리고 있는 흉한 안대를 보면서도 예쁘다는 소리가 나올까 싶었는데 그래도 눈길이 떨어지지 않고 마냥 애틋하고 예뻐 보였다.

"아기를 한번 안아 봐도 될까요?"

이완은 푸른색 가운을 덧입고 마스크를 쓴 후, 인큐베이터에서 나온 아기를 조심스럽게 품에 안았다. 담당 간호사는 딱 잘라 거절했지만 마침 병실에 들어와 있던 담당 의사에게 윤이가 특별히 부탁한 덕이었다. 의사 입회하의 짧은 시간이었지만, 이완에겐 그것으로 충분했다.

"아가야. 너 참 예쁘구나. 대단한 미인이 되겠는데."

"……."

"견적이 좀 나올지도 모르지만 뭐 어떠니. 누군지 모르지만 네 아빠가 돈 많이 벌면 되는 거지."

가볍게 등을 쓸어 주고 있노라니 아기가 게르륵, 트림을 한다.

이완은 천천히 가슴이 조여드는 것을 느꼈다. 너무 가벼워 무게감조차 거의 느껴지지 않는 아기가 품에 가만히 안긴다. 그리고 꼭 심장 소리를 들으려는 것처럼 머리를 가슴에 갖다 대고 두어 번 비비적거린다. 애처로울 정도로 작은 입에서 포오오, 하는 소리가 흘러나왔다. 눈을 감았다. 가슴이 지끈지끈 쑤시고 목이 멨다.

뒤에서 아들의 조용한 목소리가 들렸다.

"아버지라면 어떻게 하시겠습니까?"

이 아이에게 문제가 발견되면, 그래서 이 아이가 부모의 인생을 족쇄로 잡는 존재가 된다면. 아버지라면 어떻게. 어떻게. 묻고 있는 아들의 목소리는 거칠고 끝이 갈라졌다.

이완은 다시 웃었다. 오랫동안 덮어 두고 미뤘던 숙제를 다시 받은 기분이었다. 이상하게, 살면서 한 번쯤 이런 질문에 다시 맞닥뜨릴지도 모른다 항상 생각했었다.

삼십여 년이 지났어도 대답은 여전히 어려웠다. 이완은 작은 아기를 가슴에 조심스럽게 안고 말했다.

"어쩌면 이렇게 작고 예쁜지. 아무리 봐도 꼭 너 태어났을 때 모습 같다. 하품하는 모습도 붕어빵처럼 비슷하구나."

"그렇게 닮았습니까……?"

아들의 목소리가 가늘게 흔들렸다. 이완은 차마 아들의 얼굴을 보지 못하고 고개만 끄덕인 후, 조심스럽게 대답했다.

"그냥, 내 생각이니 걸러 들어라. 그냥 아이를 일곱쯤 키우다 보니 그런 생각도 한두 번씩 들더라. 대부분의 부모에게 연약하고 온전치 않은 아이란 삶의 무거운 족쇄지만……."

"……."

"어떤 부모는 온전한 아이도 삶의 족쇄라 여기고, 또 어떤 부모는 연약한 아이를 삶의 등불이라 여기기도 한다. ……부모와 자식의 인연이란 게 그리 간단하고 호락한 게 아니더라."

"……제가 판단할 문제가 아니라는 건 압니다."

"알았으면 됐다. 치료가 끝나는 대로 아기 엄마에게 데려다주고 백배사죄하거라."

"……."

"다만 후일 이 아이에게 어떤 장애가 뒤늦게 나타난다면, 그래서 엄마가 이 아이를 포기하거나, 이 아이로 인해서 엄마가 인생을 포기할 것 같으면……."

이완은 말을 끊고 아이를 물끄러미 내려다보았다.

오래전 나에게 '나를 포기하지 않고 키워 줄 거냐' 묻던 딸아이가 30년이 지나 다시 묻고 있다. 내 품속에 안겨서 포, 하고 한숨을 쉬던 작은 아이와 몹시 닮은 아이가, 그때처럼 작은 입으로, 그때처럼 작은 손을 여전히 꼭 움켜쥐고.

지금 생각해도 그 대답은 어렵다. 다시 돌아가서 생각해도 어려울 것이다. 이완은 아이를 쓰다듬으며 조용히 입을 열었다.

"그때는 이 아이를 안락재로 데려오너라. 네 엄마도 반가워할 것 같구나."

양시님은 영영 오시지 않으려나.

구월이는 방문을 열고 밖을 바라보았다. 짚이 비죽비죽 늘어진 초가지붕 아래로 새파란 하늘이 보이고, 얼기설기 얽힌 싸리울 너머로 누렇게 물들어 가는 들이 보인다. 지금이라도 말 위에 높이 앉은 양시님이 사립문을 열고 들어오실 것만 같다. 하루에도 몇 번씩 헛것을 보고 비틀비틀 나가 보려 했다.

아버지가 떠나고, 양시님이 아기와 함께 사라진 지 두 달이 넘어간다. 안다. 이제는 포기하고 받아들여야 한다는 거. 아버지는 돌아오시지 않을 것이고, 양시님도 아기도 다시 볼 일이 없으리라는 거.

양시님은 아기가 살아나면 내가 반촌으로 돌아갈 것을 아셨고, 아기가 온전하지 않으면, 내 남은 인생도 웃을 일이 없으리라는 것을 알고 계셨다. 양시님은 내게, 남은 생을 편하고 자유롭게 살라 하고 자유를 주신 것이었다. 이것은 내가 손댈 수 없는 양시님의 선택이었다.

역위라는 것을 알자마자 이렇게 할 계획이셨던 걸까? 용의주도하고 생각 많은 분이시니 그랬을 수도 있다. 양시님은 딸의 얼굴조차 보여 주지 않았다. 정을 붙일수록 괴로우리라는 것을 아셨을 테니까.

하지만 나 혼자 이렇게 반촌 밖에서 자유로이 사는 것이 무슨 의미가 있을까?

나는 양시님의 기억만으로 행복하게 살 수 있다 큰소리를 쳤는데 그게 정말이라 믿으셨던 걸까. 그런 말도 안 되는 헛소리를 정말 믿으셨던 걸까.

구월이는 목의 상처를 가만히 더듬었다. 아파, 아파, 오래전에 다 나았다 생각한 목이 터질 것처럼 아팠다. 눈물이 나올 정도로 아파서, 구월이는 목을 붙잡고 허리를 구부렸다.

툭.

투툭, 투툭.

발끝의 마른 흙에 물방울이 풀썩풀썩 소리를 내며 떨어졌다. 구월이는 목을 움켜쥔 채 꺽꺽 소리를 냈다. 연모의 정이란 건, 지겹다. 누군가를 깊이 사랑한다는 건, 이렇게도 지긋지긋한 거였다. 아무 때나 눈물이 터지고, 놓을 수도 없고, 놓이지도 않아.

월아, 월아? 울지 마라, 월아.

양시님의 목소리가 들리는 것 같다. 요새는 온통 눈이 가는 곳마다 양시님의 얼굴이 떠오르고, 허공에서 온통 양시님의 목소리가 들린다. 구월이는 몽롱한 목소리로 그를 불렀다. 눈물이 앞을 가려 천지가 온통 일렁일렁 찌그러져 보였다.

양시님, 이 양시님.

왜 그러느냐, 월아.

제가 바보였어요. 양시님 없이 남은 매일매일을 잘 살 수 있을 거라 생각했다니.

그걸 이제야 알다니, 괘씸하구나.

상상 속 양시님은 여전히 조금 비딱하고, 여전히 속을 말하는 것이 서툴렀다. 울지 마라, 울지 마라니까! 허공 속의 양시님은, 여전히 내가 우는 것에 당황해했고, 볼살이 밀리도록 눈물을 닦아 주고 또 당황해했다. 구월이는 목을 감싸 안은 채 컥, 컥 소리를 냈다.

그렇게 울지 마라, 목 상한다.

큰 손이 뺨을 천천히 쓰다듬는다. 안 울어, 안 울어요. 구월이는 억지로 웃으면서 눈을 문질렀다.

아버지가 돌아가셨지. 얼마나 고생이 많았니. 이리 늦어서 미안하다.

멍하니 눈을 깜박였다. 아버지 돌아가신 이야기를 입에 담다니, 정말 돌아오신 것 같잖아. 풀썩 웃으며 손끝으로 눈물을 털자 몽롱하던 그의 얼굴이 선명해졌다. 깊이 잠긴 우물 같은 눈이 자신을 내려다보고 있었다. 자리에서 벌떡 일어났다.

"……양, 양시님?"

갑자기 땅과 하늘이 빙글 돌았다. 몸이 앞으로 와락 당겨지며 으스러질 정도로 그의 품에 안겼다.

"아이를 살렸다."

"야, 양시님! 양시님! 양시님!"

"죽어 가는 아이를 살리고, 시력을 잃어버릴 뻔한 눈을 고쳐 주었다. 그래서 시간이 걸렸어. 그러느라 오지 못했어. 미안, 미안해. 버텨 줘서, 고마, 고맙다."

구월이는 뒤늦게 그의 한쪽 팔에 얼굴이 동그랗고 새까만 눈을 가진 아기가 안겨 있는 것을 알게 되었다. 조심스럽게 아기를 받아 안았다. 가늘게 웃는 눈, 조그만 입술이 오물오물 움직였다. 내 아기, 내 딸, 잘못된 줄로만 알았던 내 딸. 아기가 호아아, 얇고 붉은 입술을 벌려 하품을 한다. 순간 걷잡을 수 없이 눈물이 터졌다.

"아기야, 아기야, 아기야."

아이를 안고 하염없이 울던 구월이는 미지근한 물방울들이 툭툭 소리를 내며 자신의 어깨를 적시고 있는 것을 깨달았다. 양시는 그녀의 어깨 위에서 고개를 수그린 채 울고 있었다. 그의 잔뜩 눌린 목소리가 귓가에서 흔들린다. 흔들림이 너무 심해 잘 들리지 않았다.

"……용출이, ……기가 아니다. 오랑캐의…… 도……."

"양시님, 그게 무슨……."

구월이는 덜덜 떨리는 손으로 그의 옷자락을 움켜잡았다. 그의 악물린 잇새로 옅은 흐느낌과 띄엄띄엄 토막진 말이 뒤섞여 흘러나왔다.

"열 달을 넘겨 나온 아이가, 왜, 왜 그리 작았을까, 처음 보자마자 그것부터 의심했어야 했다. 영양 상태가 좋지 않은, 여인, 여인들은 회태하지 않아도, 몸이 멈추는, 경우도, 있다는 걸 염두에 두었어야 했다. 아무리 봐도, 아니, 처음 봤을 때부터 이상했어. 나도, 오늘 아침에야, 검사 결과를 받고, 겨, 겨우 믿게 되었느니."

구월이는 그의 옷자락을 붙잡은 채 그대로 얼어붙었다. 그러고 보니 그의 팔에서 웃고 있는 작은 얼굴에서 사모하는 분의 얼굴이 희미하게 느껴졌다. 그는 젖은 뺨을 맞대고 그녀에게 속삭였다.

　"우리 아이다. ……이 아이는 너와 내 딸이다."

18
네 죄를 사하노라

"괘씸한 놈. 들어오기만 해 봐."

7m에 이르는 검고 긴 식탁에 키가 큰 사내 여섯 명이 한 명씩 들어와 정해진 자리에 앉는다. 여섯 명 모두 검은 모닝코트에 보타이 차림이었다. 안락재의 식사 예절은 상당히 엄한 편이지만 이 엄한 규율을 제일 많이 흐리는 인간이 오늘의 주인공이었는데, 바쁜 형님들을 소환해서 하염없이 기다리게 하면서 정작 본인은 마냥 늑장이었다.

가장 인상이 좋지 않은 것은 식탁의 상석에 앉아 있는 큰형이었다. 피곤에 절어 붙은 듯한 얼굴에선 시커먼 오라가 뭉게뭉게 뻗쳐 나왔다. 긴급 소환에 억지로 응해 어젯밤 야간 비행기를 갈아타고 안락재에 밤늦게 도착했던 것이다. 큰형은 스트레스를 받으면 시간 여행을 다니는 동생들과 달리 오지 여행과 온갖 종류의 격투기에 빠져 있었다. 이게 듣기엔 그냥저냥 건전해 보이지만 꽤나 폐해가 큰 것이, 작년만 해도 잘 다니던 병원에 갑자기 휴직계를 내던지고—레지던트 주제에 진심으로 간덩이가 부어터졌다.— 일 년이나 오지 여행을 가 버리기도 한다.

하지만 형님들의 진짜 분노는 그의 늑장이 아닌 다른 방향으로 뻗쳐 있었다. 윤삼이 작은 소리로 투덜대던 것이 점점 커지더니 뒤이어 윤오와 윤사가 그 뒤를 이어 와글와글 떠들어 대기 시작했다.

"하극상이 따로 없지, 피앙세? 피앙세라? 이게 어디 감히 형들 통수를 쳐."

"못된 송아지 엉덩이에 뿔 난다더니. 건방진 자식."

"못된 버러지가 장판방에서 모로 긴다더니. 뜨거운 맛을 덜 봤지."

"얌전한 고양이 부뚜막에 먼저 올라간다더니."

"걔가 얌전해? 그 싸구려 나불나불 주둥이가? 얌전한 거 다 죽었지."

제일 상석에 앉아 있던 큰형이 눈썹을 꿈틀하더니 손가락으로 탁자를 툭 치고는 낮게 한마디 한다.

"······조용히 해라."

잠시 조용해졌던 식탁은 한참 후 다시 수군수군 술렁이기 시작한다.

"대체 어떤 여자를 꼬여서 데리고 오는 거야? 어떤 불쌍한 여자가 그놈에게 걸렸을까?"

"빤질빤질한 주둥이질에 당했겠지. 뻔해. 어릴 때부터 말질 하나로 살아온 놈이잖아."

"불쌍한 제수씨. 홀리지 않게 단단히 교육을 해 드려야 할 텐데."

"미리 세뇌를 잔뜩 당했을지도 몰라. 어느 집 영애인지 딱하기도 하지."

갑자기 식당 문이 확 열리더니 유쾌한 목소리가 쏟아져 들어왔다.

"이야! 형님들이 웬일로 정말 한달음에 다 안락재로 오셨네! 윤이 형, 노아 할아버지 작년에 형이 휴직계 내고 튄 거 때문에 완전 열 받아 있던데? 완전 쪼그랑 할아버지 다 되셨으면서 뭔 목통이 그렇게 화통 작렬인지, 형 복귀하면 앞뒤 좌우 동서남북 사정없이 굴린다고 쩌렁쩌렁! 축하해! 어쨌든 바쁜 스케줄을 째고 와 주시다니, 아아 완전 사랑해! 윤삼이 형 내일 아버지 오시는데 수장고에 보관해 둔 로봇들하고 보안 드론에 탑승시킨 피규어들 빨리 치워야지? 대체 플라스틱 로봇들한테 왜 온도 관리, 습도 관리, 먼지 관리가 필요한 거야? 정리 좀 도와줘? 아, 이젠 빼돌려서 팔아먹는 짓은 안 해, 안 한다니까? 사형 오형도 별고 없으시고? 윤사 형 요리 솜씨 좀 많이 늘었어? 의리로 먹어 주기엔 남은 의리가 별로 없으니 빨리 엄마 실력의 절반이라도 따라가 줘! 윤오 형님 장래 희망 좀 안 변했어? 아 진짜 쪽팔려, 같이 놀기 싫으니까 제발 다시 한번만 생각해 줘. 윤세이 자식아, 넌 형님이 오셨는데 인사도 안 하냐! 10년 전에 일기 좀 훔쳐봤다고 아직도 삐쳐 있냐? 넌 감수성이 예민한 게 아니라 그냥 꽁하고 뒤끝 작렬인 새끼인 거야! 너 하여튼 나중에 보자. 아이고 우리 귀염둥이, 자랑스러운 우리의 박윤팔 똥팔이! 빨리 멋진 바람둥이가 되어야지, 너야말로 우리 고자 형제들의 유일한 희망이다. 형들하고 이야기 많이 하지 마. 호흡으로 고자 바이러스 전염돼. 요새 자연과 하나 되는 기생충 공부 하느라고 힘들지 않고?"

"……."

"이렇게 마이 피앙세를 환영해 주기 위해 어려운 걸음을 해 주다니 어찌나 고마운지 모르겠어! 그런데 왜 다들 내 뒷담을 까고 그러실까. 사람 섭섭하게! 날 부러워하는 건 이해가 가지만 이건 어디까지나 개인 능력에 속하는 일이니까."

광대 같은 기나긴 인사에 콧방귀도 뀌지 않던 이들은, 뒤에서 두나가 멈칫멈칫하며 들어서는 순간 완전히 얼어붙고 말았다. 윤식은 두나의 어깨에 손을 얹고 활짝 웃었다.

"자, 마이 레이디를 소개할게. 이름은 박두나고, 방년 아리따운 꽃띠에 조선 최고의 예술가 집안의 둘째 영애시지. 다들 구면이지?"

"너 지금 이게 무슨 짓이야!"

큰형의 노성이 천장을 쩡 울렸다.

"무슨 짓은! 윤이 형, 왜 화를 내고 그래! 내가 드디어 제대로 된 직장에 취직하게 돼서 결혼할 레이디를 소개하려는 거잖아! 고난의 가시밭길이었던 적응 기간까지 완벽하게 거쳐서, 어렵사리 안락재까지 모셔 왔는데! 레이디 앞에서 다들 매너가 왜 이래!"

윤이는 자리에서 반쯤 일어나 이글이글하는 눈으로 동생을 노려보았지만 일단 큰소리를 내지는 않고 꾹 눌러 참았다. 다른 동생들은 오래전에 실종돼 사망 신고까지 되어 있는 두나의 등장에 기가 막혀 입만 벙, 벌리고 굳어 있었다.

"어, 윤이 형? 아, 형님들? 추잡하게 질투하지 말고 평소의 멋진 형님들답게 쿨하게 축하해 주면 안 돼?"

"너……."

"내가 이런 얘기까진 안 하려고 했는데, 형들이 먼저 착착 피앙세를 데려왔으면 얼마나 좋냐! 그럼 나도 적응이고 나발이고 바로 데려와서 소개했을 텐데. 난 정말 궁금한 게 형들이 대체 뭐가 모자라서 이렇게 폭폭 삭을 때까지 싱글일까? 아이큐가 부족하냐, 키가 땅딸보냐, 마스크가 떨어지냐, 스펙이 똥이냐. 연애고자 DNA 같은 소리 하지 마. 사실 정력이 후달리는 거 아니야? 아 글쎄, 그거 말고는 마땅한 이유가 없잖아!"

윤식은 환하게 웃으며 어깨를 으쓱거린다.

"대체 빅맨의 아들들이 이게 무슨 망신이래? 에이, 잡아떼지들 마셔. 난 형들이 아침에 텐트를 제대로 치지 못한다는 데 내 트래커 능력을 다 걸겠어."

"잡아."

큰형님의 조용한 말이 떨어지자, 장승같은 다섯 사나이가 한꺼번에 일어나서 왁 하니 달려들었다. 지지재재 떠들어 대던 오늘의 주인공이 갑자기 고함을 빽 지른다.

"야, 박윤세 너 이 배신자 새끼! 너까지 날 잡냐!"

"배신 좋아하신다, 형이 하고 다니는 짓 좀 생각해 봐! 형 잡아 족치는 게 이 집안의 정의야!"

윤식은 있는 힘껏 버둥거려 좌우에 달라붙은 형제들을 일차로 뿌리치더니, 무거운 대리석 식탁을 두 발로 확 밀며 의자를 뒤로 넘겨 도망칠 공간을 확보한 후, 뒤로 껑충 공중제비를 돌아 빛의 속도로 빠져나가 버렸다. 다섯 사나이는 의자를 쿠당쿠당 밀며 자리에서 튀어 오르더니 바람을 일으키며 쫓아간다. 도망자와 추적자들의 움직임에선 그야말로 오랜 세월 다져진 전광석화의 스피드가 느껴졌다.

"윤이 형! 담 넘어서 튀었어!" 하는 고함이 밖에서 들린다.

"윤삼아, 추적용 드론 붙여. 샅샅이 추적해서, 제주도까지 쫓아가 서라도 잡아끌고 와!"

"오케이!"

"얼굴은 얼룩덜룩 티 안 나게. 내일 밤에 아버님 어머님 귀국하신 다."

"노력해 보고."

누나아아, 나 도망가는 거 아니야아아, 잠깐만 기다려 줘어어, 하 는 고함이 아득하게 멀어진다.

윤이는 맞은편에서 땡땡 얼어붙은 여자를 보고 길게 한숨을 쉬었 다. 아버지 어머니 오셔서 기겁하시겠군. 하지만 두나가 실종된 지 30년이 훨씬 넘었고, 그동안 한 번도 그녀의 소식을 듣지 못했으니, 눈앞의 조카님은 돌아가지 않고 이곳에서 저 천하의 망종 녀석하고 계속 살게 되려는가 보다.

윤이는 이 사태를 어찌 수습할 것인지 지근지근하는 머리를 흔들 며 일어났다. 그러잖아도 골치 아픈 일이 산더미인데 아주 대미를 장식하는군. 윤이는 일단 두나가 자리에 앉을 수 있도록 의자를 뒤 로 빼 주었다. 키가 어머니만큼이나 큰 전직 체육 선생님이 바짓자 락을 쥐고 진땀을 폭포처럼 쏟으며 의자 끄트머리에 앉는다.

"저, 저기 큰아재, 윤이 아재, 이게, 그러니까 이게 말이죠."

"박두나…… 아니, 두나 씨."

"아, 네, 네에."

사시사철 진지하기만 하고 농담 한 톨 안 통하는 위엄 철철 만아 재께서 낮은 목소리로 누구 씨, 하고 부르는 것은 결코, 결코 좋은 일이 아니다. 다시 한번 땅이 꺼질 것 같은 한숨이 밀려 나온다.

"일단, ……차나 한잔 들지."

"아하암. 잘 잤다!"

민호는 일어나자마자 크게 하품을 하고, 있는 힘껏 기지개를 켰다. 몸을 이리저리 휘돌리자 뿌득뿌득 소리가 여기저기서 올라오더니 이내 몸이 개운해진다.

"이완 씨? 자기야, 일어나 봐요."

꿈을 꾸었다. 잊어버리기 전에 자동저장 사나이에게 이야기해 놓고 안심하고 까먹고 싶은데 잠꾸러기 올빼미는 한 번 깨워선 도무지 일어나지 않는다. 일어나 봐, 이완 씨이이? 아무리 귀에 살랑대고 이야기를 해 봐야 웅얼웅얼하며 그 커다란 몸을 새우처럼 말고 파고들기만 한다. 그 잠시의 시간 동안 꿈의 내용이 자꾸 팔랑팔랑 날아가고 있다. 민호는 소매를 걷어붙였다.

"아으! 여보, 아파, 으으, 정말 아파요."

"좀만 일어나 봐! 급하게 할 말이 있어."

"아으, 할 말은 할 말이고, 왜 이렇게 손힘이 세. 흐으, 일어나기 싫어. 어제 귀국했잖아. 피곤해서 눈이 안 떠진다니까."

우리 같이 비행기 타고 왔잖아! 하고 소리치고 싶었지만, 머리가 허연 인간이 한 손으로는 얻어맞은 엉덩이를 문지르고, 한 손으로는 다리를 끌어안고 머리를 비비적대며 칭얼대는 꼴을 보니 전투 의욕이 싹 사라져 버린다. 민호는 이완을 살살 달랬다.

"뽀뽀해 줄게. 얼른 일어나, 자자, 얼른."

올빼미 사나이의 눈이 부석부석 가물가물하다가 간신히 끔벅끔벅한다. 이마에, 볼에, 귀에, 입술에 차례차례 쪽 소리 나게 뽀뽀를 해 주니 그제야 꿈지럭꿈지럭 부스럭부스럭하며 간신히 정신을 차린다.

이완은 눈을 비비며 더듬더듬 탁자의 서랍을 열고 브러쉬를 꺼냈다. 그가 머리를 빗겨 주고 곱게 땋아 틀어 올려 주는 동안 민호는 침대에 걸터앉아 발을 동당거렸다. 이완은 이제 눈 감고도 머리를 땋아 쪽까지 찔 수 있는 경지에 이르렀다.

"이완 씨, 있잖아, 내가 꿈을 꿨는데."

"응, 잠깐만."

머리를 다 틀어 올리고 뒷머리에 실핀과 짧은 비녀를 꽂아 정리한 이완이 민호의 허리를 끌어안고 뒷목에 입을 맞춘다.

"무슨 꿈?"

"웨딩드레스 입고 여행 갔던 일호가 사파리 옷을 입고 배낭을 메고 커다란 모자를 쓰고 돌아와선 엄마 아빠 다녀왔습니다, 보고 싶었어요, 하더라?"

이완은 민호의 맨어깨에 뺨을 비비며 나른하게 중얼거렸다.

"나도 봤어요. 대문을 뻥 걷어차고 들어왔어. 문짝 부서질 뻔했는데 뭐가 다녀왔습니다, 야. 보고 싶었다고 뽀뽀하면 다야?"

"이거 태몽인가?"

이완의 표정이 골똘해졌다.

"민호 씨, 예전에 생리 끊어진 거 ……맞죠? 혹시 다시 시작했어?"

"인간아! 왜 댓바람부터 그런 끔찍한 소리를 해! 그게 바람과 함께 사라진 지가 언젠데! 내가 그때 속이 얼마나 시원하던지 동네방네 홀랄라 깨춤 추고 돌아다닌 거 다 까먹었냐!"

민호에게서 큰소리가 빽 터지는 것을, 다시 어깨에 얼굴을 비비며 입을 맞추는 것으로 무마했다. 입막음으로는 그만한 효과를 가진 것이 드물었다.

갑자기 방문이 벌컥 열렸다. 두 사람은 모세 앞의 홍해처럼 쫙 갈라져서 재빠른 종달새는 침대 끝에 앉고 느림보 올빼미는 이불을 뒤집어썼다.

"아버지 아직 안 일어나셨어요? 어제 늦게 도착하신 거예요?"

"아, ……윤식아. 노크 좀. 무슨 일이냐."

"어, 음, 제가 좀 급해서요, 아 진짜로 급해요. 제가 그동안 말씀드렸던, 결혼하고 싶은 여자를 드디어 데려왔습니다! 오늘 인사시키고 싶어서 두 분 돌아오시기만 눈 빠지게 기다렸다고요. 형들하고 동생들도 죄다 안락재로 소환해서 어제 같이 밥 먹었고요."

오랜만에 안 예쁜 말을 퍼부어 줄 기세로 주먹을 움켜쥔 민호의 움직임이 딱 멈췄다. 이완은 민호를 얼른 가로막으며 되물었다.

"네가 어렸을 때부터 좋아했던 연상 아가씨? 누군지 몰라도 인내와 노력의 승리로구나. 안 된다 하더니 어떻게 허락을 얻었니?"

"아버지! 사연팔이가 효과 짱이에요. 저의 불우하고도 가련하고도 척박한 어린 시절과 출생의 비밀을 팔아먹고 동정표를 얻었…… 아, 아야야야! 농담 농담 아버지, 아야야! 엄마아아! 왜 이래요. 나 조금만 있으면, 장가가서 한 집안의 가장이 될 거라고요! 대우 좀 해 줘요!"

"하극상이구나. 동생들이야 그렇다 쳐도 위로 형님이 넷이나 더 있는데? 형님들이 가만두겠어?"

"그래 봤자 30년 무능력 모솔들의 시샘이죠. 애교로 즐겁게 받아 줄 생각입니다. 하하하하하! 일단 장가간 사람이 먼저 어른 대우 받는 거라 했었죠? 형님들한테 드디어 존댓말 좀 받아 볼까 해요! 어디 그 마스크 그 스펙을 가지고 여친 하나를 못 만들어. 혼전 순결? 웃기시네. 아버지, 제가 이런 말은 안 하려 했는데 형들 아마 고자일지도 몰라요. 한번 쭉 줄 세워서 벗겨 놓고 서나 안 서나 죄다 검사를 해 봐야 한다니까? 대체 누굴 닮은 거야. 아우우! 엄마 살살 때려요, 쪼오옴! 아주 주먹이 무쇠 덩어리야, 진짜 뼈다귀가 작살나겠어요!"

윤식이란 놈이 한바탕 정신을 빼놓고 간 직후, 두 사람은 얼빠진 얼굴로 서로 마주 보았다.

"우리 그럼 바야흐로…… 며느리 맞이할 나이가 된 거야 그럼?"

"그렇죠. 그럼 이제 민호 씨는 파트 타임이 아니라 풀 타임 내숭 모드로 돌입해야겠네?"

"내가 왜? 방송도 강의도 아니고, 선생님, 제자들 앞도 아닌데 내가 미쳤다고 집에서까지 오홍홍 오홍홍 하고 있냐? 생긴 대로 사는 거지, 하루 이틀 볼 것도 아닌데 뽀록 안 날 거 같아? 이완 씨네 엄마가 살아 계셨다면 나 보고 내숭 모드 발동했을 거 같아?"

"……내숭은 무슨. 둘이선 친구였잖아요. 생각해 보니 어머니께서 살아 계셨으면 좀 거북할 수도 있었겠네."

"뭐가 거북해? 우리 삼십 대 결혼할 때 덕희 여사 살아 있었으면 호호 할머니 아냐? 당연히 나이 드신 만큼 세상 경험 많이 하신 거니, 내가 대접 빠방하게 잘해 드리지. 내가 그렇게 경우가 없진 않거든."

"민호 씨가 엄마라면?"

"내가 덕희 여사라면? 그런 경사가 있나. '친구여, 뒷일을 부탁한다! 나는 이제 모른다.' 하고 손 털고 해방의 만세 삼창을 하겠지."

너무나도 명쾌한 결론에 이완은 유쾌하게 웃었다.

똑똑, 하는 노크 소리가 들렸다. 들어오너라, 하는 소리가 들릴 때까지 방문을 열지 않고 기다리는 걸 보니 먼저 귀국한 큰아들이 틀림없다.

"저, 아버지……? 많이 피곤하시겠지만 잠깐 드릴 말씀이 있습니다."

"뭐니?"

"아, 그런데 그 전에 어머니, 여쭤 볼 게 한 가지 있습니다."

"뭔데?"

"제가 시간 여행자라면 어머닌 어떻게 하시겠어요?"

민호는 멀뚱멀뚱 아들을 보며 대답했다.

"어떡하긴 뭘 어떡해. 고기 스무 근 사 와서 마당에 바비큐 판 벌여 환영식하고, 동생들 방 돌리면서 선배님들한테 신고식 시키고, 인디언밥으로 후드려 까이고 나오면 그때부터 나의 서바이벌 스킬을 본격 전수하는 거지."

"아…… 예."

"너 그런데 시간 여행 되냐?"

"……예."

"얼씨구. 웰컴 투 헬게이트네. 언제부터냐?"

"안 지는 8년쯤 됐습니다. ……화 ……안 나세요?"

아들은 미심쩍은 표정으로 물었다. 살짝 찌푸린 미간, 대답을 기다리면서도 두려워하는 표정이 낯설었다.

"응? 네가 시간 여행자인 게 왜 화가 나? 너 시간 여행 못 한다고 항상 속상해했으니 좋은 일이지. 근데 왜 8년간 말도 안 했어? 이 음흉한 놈."

"저 태어나자마자 시간 이동을 했던 게 누나가 아닌 저라고 해도요?"

잠시 침묵이 흘렀다.

아아. 이완은 그제야 아들의 불안한 표정과 오랫동안 말하지 못했던 이유를 이해할 수 있었다. 갑자기 속으로 매운바람이 한 자락 들어오는 것 같아 이완은 멍하니 아들의 얼굴만 바라보았다. 미간에 잡힌 깊은 주름과 숨도 제대로 쉬지 못한 채 긴장한 얼굴이 보였다.

……뭐라고 해야 하지?

이완은 입이 떨어지지 않아 잠시 당황했다. 하지만 민호는 눈썹을 찌푸리며 고개를 갸웃했다.

"그때 이동한 게 너였니? 하 참. 그게 그렇게 되냐? 그럼 네가 최연소 시간 여행자가 되는 건가? 그런데 왜 그렇게 오랫동안 숨기고 있었어?"

민호는 순간 무엇인가를 깨달은 듯 콧김을 푸왁 뿜었다.

"야, 이 쫄보야! 그럼 그게 쫄려서 8년 동안 우리한테 숨기고 낑낑거린 거냐!"

민호는 얼굴이 아깝다는 둥, 떡대가 아깝다는 둥, 비겁한 겁쟁이, 콩나물시루, 똥멍청이, 배냇고자, 하여튼 그동안 비축해 두었던 안 예쁜 말을 한참 쏟아 내며 크릉크릉 했다.

이완은 간신히 긴장을 풀고 길게 한숨을 쉬었다. 민호의 반응 덕분에 아들에게 웃으며 대답해 줄 수 있게 되었다. 이완은 자리에서 일어나 조심스럽게 말했다.

"윤이야. 우리가 그 일로 네게 화를 낼 거라 생각했니? 그렇지 않아. 네가 아이를 길러 봤으면 당연히 그런 생각은 안 했을 텐데. 오히려 네가 무사히 살아 줘서 고맙지."

"……."

"그동안 마음고생이 많았겠구나."

민호가 허리에 손을 얹고 식식대며 끼어들었다.

"말이야 바른말이지, 그때 너 진짜 볼품없고 못생겨서 너두 견적 깨나 나오겠다 싶었는데 땡전 한 푼 안 들이고 이렇게 훤칠한 미남까지 됐으니, 대한독립만세를 해도 모자랄 판인데, 우리가 왜 화를 내겠냐고, 엉?"

"……어머니."

"그래. 윤식이 말이 맞어. 네가 장가를 못 가서 애를 안 키워 봤으니 그따위 쫄보, 고자 같은 생각만 하는 거야. 그러니 너도 윤식이를 본받아서, 빨리 여자 데려와서 장가를 가란 말이야, 엉? 내가 명색 의사 선생을 병원에 질질 끌고 가서 고자 검사까지 시켜야겠냐? 엉?"

"엄마, 아 정말, 걔 말은 좀 귀담아듣지 마세요……."

아들이 쭈그리고 앉아 웃기 시작했다. 처음엔 조그맣던 웃음소리가 점점 크고 시원해졌다. 바짝 긴장한 표정을 웃음과 함께 날려 버린 아들은 오래 짊어지고 있던 짐을 내려놓은 듯, 몹시 후련해 보였다.

이완은 자리에서 일어나 아들의 어깨를 툭툭 두드려 주었다. 그런 족쇄를 달고 있으면서 내색하지 않고 버티던 아이가 딱하고 안쓰러웠고, 미리 눈치채지 못했던 것이 미안했다. 그의 마음을 읽었는지 아들이 머쓱하게 웃으며 고개를 숙였다. 아들의 어깨너머로, 오래 묵은 족쇄를 단칼에 잘라 낸 여자가 눈을 찡긋하며 웃는 것이 보인다.

여자는 오래전 처음 만났을 때부터 지금까지 아픈 것은 대지처럼 넉넉하게 끌어안을 줄 알았고, 오래 묵은 매듭은 호탕하게 잘라 낼 줄 알았다. 나의 가이아, 나의 알렉산더는 여전히 씩씩했으며, 젊었을 때보다 눈물의 골짜기를 함께 헤치고 나온 지금이 훨씬 멋있고 사랑스러웠다.

윤이가 고개를 들더니 멋쩍은 얼굴로 용건을 꺼낸다.

"아, 그리고 오늘 저와 결혼할 여자 데려왔어요. 두 분 오신 김에 같이 식사나 하면서 인사드리고 싶어서요."

휑, 벼락을 맞은 것처럼 머리가 뒤죽박죽된다. 오늘 대체 무슨 날인가? 물론 좋은 일은 좋은 일인데 양쪽으로 스트레이트를 한꺼번에 맞은 기분이었다. 특히 원래 사귀던 여자 친구가 있다던 윤식이와 달리 이 녀석은 한 번도 그런 이야기를 한 적이 없어서 더욱 놀랍고 반가웠다. 이완은 얼떨떨한 얼굴로 대답했다.

"그, 그래. 그것도 축하한다. 좋은 일이 연속으로 터지는구나. 어떤 아가씨니? 나이는 어떻고?"

"나이 차는 좀 있어요. 올해 스물여섯입니다."

"뭐? 여덟 살 차이야? 이런 날도둑놈 같⋯⋯!"

민호가 두 주먹을 불끈 쥐고 안 예쁜 말을 폭포수처럼 쏟아 내기 전에 이완은 황급히 침대로 가서 민호의 입을 틀어막고 물었다.

"그래, 그래, 어떤 여자라고?"

"착하고, 예쁘고 음…… 성격도 밝고 좋습니다."

아들은 제 여자를 자세히 소개하는 대신 잔기침을 하며 꾸물거렸다. 하긴, 사랑에 빠지는 데 무슨 이성적인 이유가 구구절절 필요할까. 그래도 얼굴로 조금씩 붉은 기운이 도는 아들의 모습을 보니 어쩐지 낯설고 신기하게 느껴졌다.

"제 아이도 한 명 있습니다."

제대로 폭탄이 터졌다. 두 사람은 그대로 얼어붙은 채 한마디도 하지 못했다. 얌전한 뭐시깽이가, 뭐시깽이에 먼저 올라가서! 시키지도 않은 뭐시깽이를 해서!

"우리 가문에 감히 속도위반이라고!"

민호가 벌떡 일어나 정의의 이름으로 로켓처럼 튀어 나가기 직전, 간신히 이성을 회복한 이완이 여자에게 온몸으로 매달렸고, 그사이 윤이는 우물쭈물하며 한마디 덧붙였다.

"아주 예쁜 딸입니다."

드디어 민호가 이완을 뿌리치고 붕, 날아갔다. 격렬한 등짝 스매싱이 작렬할 줄 알았더니, 웬걸, 여자는 아들을 끌어안고 눈물을 철철 흘리며 장렬하게 외쳤다. 장하다! 박윤이, 네 모든 죄를 사하노라! 사하고말고! 펑펑펑펑, 이제는 격려의 등짝 스매싱이 작렬한다.

이완은 홀린 듯 자리에서 일어섰다. 아침부터 하도 놀랄 만한 소식을 많이 들어서 머리가 멍하다. 시선이 닿자 아들이 고개를 숙이고 멋쩍은 듯 웃는다. 혹시, 혹시나 하는 생각이 들며 뒤통수가 스멀스멀 간지러웠다.

"딸 이름이 뭐니?"

"아이를 낳기 얼마 전에 제가 태몽을 꾸었습니다. 큰 태양이 예쁜 여우로 변해서 안기는 꿈이었는데요."

어쩐지 무슨 대답이 나올지 알 것 같다, 알 것 같다, 알······ 것······ 같은데. 이완은 눈썹을 지그시 찌푸렸다. 심장이 조금씩 빨라지고 가슴께가 살그머니 간지러워지기 시작했다. 포오, 하는 자그만 한숨이 따뜻하게 간질이는 것처럼. 다녀왔습니다. 보고 싶었어요, 햇살처럼 밝고 풍경처럼 쟁강대는 목소리가 귓가에 불현듯 되살아난다. 평소 웃음이 드문 아들은 쑥스러워하면서도 맑게 웃으며 대답한다.

"일호(日狐), 박일호예요."

작고 연약한 것들을 위한 찬가

1

"구월이가 돌아오지 않았다고 했습니까?"

이완과 민호는 윤이를 안은 채 구월이네 집 앞에서 한동안 허탈하게 서 있었다. 구월이가 어찌 되었는지 한 번은 와서 확인하고 싶었다. 반촌과 남한산성에 머무를 때 적지 않은 도움을 받기도 했고 내내 걱정이 되기도 했다. 남한산성에서 무사히 빠져나가 안전한 곳에 꼭꼭 숨어 있었다면, 무사히 반촌으로 돌아갔으리라 생각했다.

폐허가 된 반촌에는 난을 피해 도망쳤던 반인들이 돌아와 복구 작업을 하고 있었다. 하지만 구월이는 없었고, 천 봉사도 없었다. 구월이가 꽃과 나무를 심고 예쁘게 꾸며 작은 무릉이라 불리던 집은 문짝이 떨어지고 지붕이 흉하게 벗겨져 봄철인데도 을씨년스럽기 짝이 없었다.

이 집에 머무는 이는 구용출 한 명뿐이었다. 이완을 보며 칼을 휘두르던 험상궂은 사내는 발꿈치 잘린 것이 덧나 앉은뱅이가 되어 있었다. 강도에서 아들 둘이 죽고, 한 명은 만주로 끌려가 어디로 팔렸는지도 모르고, 자신의 속환을 위해 팔아먹은 아내는 지금껏 돌아오지 않아 그는 혼자였다.

"그 에미나이 좀 보면, 남펜이 집에서 눈 빠지게 기다린다 말 좀 전해 주시라요. 서방님이 요 꼴이 됐는데, 기회 잡았다 하구 벌도망하는 겐 금수만도 못한 거이 아니겠쉐까?"

그는 거의 실성해서 사람들을 제대로 알아보지도 못한 채 들르는 사람마다 붙잡고 눈물을 흘리며 애원했다. 그의 머릿속에는 그저 제 손으로 고름을 잘라 쫓아냈던 계집을 되찾으려는 생각밖에 없었다. 민호와 이완은 대답조차 하기 싫어 말없이 사립문을 열고 나왔다.

"민호 언니. 언니, 언니."

학분이는 민호를 보자마자 달려와 목을 끌어안고 울었다. 학분이 역시 간신히 살아남은 사람이었지만 살아남았음을 온전히 기뻐할 수 없을 만큼 잃어버린 것이 컸다.

학분이는 남편인 박잠미 수복과 함께 강화도로 가려고 남한산성을 탈출했다가 어린 아기가 노중에 심하게 앓는 바람에 중도에서 갈라져 인근 산으로 숨었다. 강도로 가지 않았던 게 천행이라면 천행이었지만, 적에게 들킬까 봐 불도 제대로 피우지 못하고 버티던 열흘 동안 젖먹이는 얼어 죽었고, 박 수복과 학분이만 간신히 반촌으로 돌아오고 말았다. 의좋던 두 사람은 웃음을 잃고 하염없이 세월을 흘려보내고 있었다.

구월이의 행방을 묻는 말에 학분이는 사방을 두리번거리며 뒤꼍으로 끌고 가더니 민호의 귀에 대고 속삭였다.

"언니, 구월이 지금 살아 있대요. 그런데 반촌에는 안 들어올 것 같대요. 쉿."

"사, 살아 있구나! 다행이다!"

민호는 학분이를 끌어안고 커다랗게 소리 내어 울었다. 그저 살아만 있대도 고마웠다. 얼굴을 보지 못해도, 그저 고맙고 고마웠다. 하지만 이어지는 말에 민호는 피가 싸늘하게 식는 것 같았다.

"구월이는 강화도로 갔다가 잡혀서 심양까지 끌려갔대요. 구월이가 좋아하던 양시님이 따라가서 중간에 속환시키거나 탈출시키려고 몹시 애를 쓰셨는데 다 실패하고, 결국 심양까지 가셔서 세자 저하의 도움을 받아 간신히 속환을 시키셨대요."

"세상에, 그런데? 그런데 왜 여기 돌아오지 않아?"

"양시님이 저에게만 알려 주고 가셨어요. 구월이 아버지랑 구월이를 빼돌려서 바깥세상에서 편히 살게 한다고, 너무 속상해하지 말라고요."

"그게 어딘지는 모르고?"

"몸 씻으러 왔다가 같이 살게 된 여자들이랑 같이 누에 치고 베 짜고 수놓아 팔면서 잘 지낸다는 걸 보면 모래내 근처 아닐까 싶어요."

학분이는 치맛자락을 끌어 올려 콧물을 문지르며 흐느꼈다.

"언니, 구월이 만나면 이제 반촌엔 오지 말라고 전해 주세요. 여긴 이제 무릉이 아니고, 너 있는 데가 무릉도원이니 어디서든 행복하고 재미있게 지내라고, 꼭 그렇게 좀 전해 주세요."

모래내에선 여전히 적지 않은 여인들이 몰려와 몸을 씻고 돌아갔다. 부질없는 것을 알면서도 할 수 있는 것이 그것밖에 없었던 탓이다. 어떤 이는 씻고 남편에게 돌아갔다가 쫓겨나 친정으로 가고, 어떤 이는 고름이 잘린 채 물레방앗간 앞에 서 있다가 지나가는 사내의 손에 끌려 떠나고, 어떤 이는 모래내 회절강으로 다시 와 물에 빠져 죽거나 높은 나무에 목을 매기도 했다.

강이 빤히 내려다보이는 작은 언덕 위에는 복숭아꽃집이라 하는 초옥이 한 채 있었다. 그곳에는 여인들이 모여 살았다. 심양까지 끌려갔다가 돌아왔으나 더는 집에 머물 수 없게 된 속환녀들로, 모두 일곱이었다. 자식이 많은 여인도 있고, 없는 여인도 있고, 천한 계집종도 있고, 정승 댁의 서녀도 있고, 대갓집 맏며느리도 있었다.

그 초옥은 속환되어 돌아온 여인들 사이에서 꽤 유명했다. 그곳에 사는 여인들은 몸을 씻고 돌아가는 여인들을 불러 젖은 몸을 말리게 하거나 따끈한 숭늉이라도 마시게 했기 때문이었다. 뿐만 아니라 종종 물에 빠져 스스로 목숨을 끊거나 근처 나무에서 목을 맨 여인들의 시신을 수습해 양지바른 언덕에 곱게 묻어 주기도 한다 하였다.

민호는 초옥을 보자마자 구월이의 집이라는 것을 알아차렸다. 싸리울에 색색의 이불이 널려 있었는데, 민호가 가끔 보았던 이불들이 섞여 있었다.

"이완 씨. 이거 구월이가 수놓아서 만든 이불이야. 애지중지하면서 양시님 오실 때 꼭꼭 펴 드린다고 했던 거."

"저도 본 것 같습니다. 그럼 이 집이 맞을까요? 여기서 아버지랑 같이 사는 걸까요?"

사립문을 열고 마당으로 들어서니 아니나 다를까, 이곳저곳에서 친구의 흔적을 느낄 수 있었다. 친구는 집 주변에 항상 나무와 꽃을 옮겨 심었고, 나뭇가지를 예쁘게 다듬었다. 친구가 보물처럼 아끼는 나무는 복숭아나무와 뽕나무였다. 이곳에도 어김없이 어린 복숭아나무와 뽕나무가 울을 두르고 있고, 사방으로 가을꽃이 화사했다. 뒤뜰에는 분명 채마밭과 여기저기서 주워 모은 예쁜 돌로 꾸민 화단이 있을 테지, 하는 생각도 어김없이 들어맞았다.

수놓아 만든 장식이나 꽃을 한 줌 묶은 다발을 문밖에 내다 걸어 곱게 집을 꾸미는 것도 그대로고, 마당 빨랫줄에는 새로 짠 각색 포목들이 너울거렸다.

안에서는 물레가 돌아가는 소리가 덜그럭거린다. 베틀 소리는 좀 더 경쾌하게 짤그닥짤그닥 한다. 마당은 깨끗하고 툇마루는 반질반질, 장독에선 된장이 익어 가고, 채마밭에선 푸른 푸성귀들이 싱싱했다. 뒤란의 장작은 넉넉하고, 부엌에서는 밥 짓는 연기가 모락모락 오른다. 구수한 된장국 냄새가 마당으로 솔솔 흘러나오고 있었다.

"뉘십니까?"

붉은 댕기를 곱게 드린 젊은 여자가 부엌에서 나오며 물었다.

운영이라는 젊은 여자가 눈을 가늘게 하고 민호를 바라본다. 민호는 이번에는 반가의 여인으로 꾸몄고, 이완 역시 사대부의 복식으로 꾸미며 하대를 받지는 않았지만 반촌에서 추쇄하러 온 것인지 길게 의심하는 것 같았다.

"그런 사람은 지금 여기에 없습니다."

운영 아씨는 딱 잘라 말했다. 처음 보는 사람들이 구월이를 찾는
다는 말에 그곳에 있던 여인들은 귀가 쫑긋했다. 닫아 둔 들창을 괜
히 열어 마당을 힐끔대고 일없이 뜰로 나와 귀를 기울였다. 하지만
그네들 모두 한결같이 '그런 사람이 살지 않는다'고 잡아뗐다.

그곳에 사는 여인들은 모두 어떤 형태로든 구월이에게 신세를 졌
고, 그 작은 아이를 구심점으로 이곳에서 자리를 잡게 된 상태였다.
그네들은 남은 삶이 생각보다 외롭지도, 불행하지도 않으리라는 기
대를 조금씩 품게 되었고, 요새는 그래도 죽지 않고 살기를 잘했구
나, 싶은 생각도 가끔 했다.

구월이를 속환하고, 아기를 살려 내고, 결국 그녀를 데려간 이는
구월이를 아끼던 반궁의 이 양시였다. 하지만 그의 정체에 대해서는
여인들 사이에서도 의견이 분분했다. 가의당 이씨는 사실은 양시가
아니라 의원인지도 모르겠다고 애매한 소리를 했고, 천 봉사의 이야
기를 들었던 다른 여인은 지체 높은 종실분이 신분을 속인 게 아니
겠느냐, 짐작하기도 했다. 양시의 방이 온갖 귀하고 기이한 것들로
꽉 차 있었다는 천 봉사의 말 때문이었다.

천 봉사가 시료를 받는 동안 잠시 머무른 양시의 방은 몹시 넓었
고, 아름다운 향과 은은한 음률이 흐르고 있었으며, 사방이 폭신하
고 보드라운 것으로 깔려 있고, 나라님이나 쓰신다는 다리가 달린
높은 침상에, 햇솜보다 보드라운 침금이 준비되어 있었다 하였다.
게다가, 그곳에서 받았던 상은 쟁첩이 열 개가 넘었고, 처음 먹어 보
는 이름도 모를 산해진미가 그득했더라 하였다. 그렇게 듣고 보면
아무래도 양시의 집이 어지간한 반가 사대부의 규모를 벗어난 게 아
닐까 싶더라는 것이다.

여인들은 저녁때 수틀을 들고 모여 앉으면, 구월이와, 황금빛 말을 타고 와서 그녀를 데려간 양시에 대해 몇 번이고 말하곤 했다. 양시도 의원도 종친도 아니라면, 신선일지, 혹은 천계의 백마신장일지, 혹은 바다의 용왕일지 하며 웃기도 했다.

그녀들이 걱정하는 것은 한 가지였다. 구월이가 반촌의 추노꾼들이나 포졸들에게 잡혀 끌려가는 것. 그녀들은 자신이 배운 것과 반대로, 구월이 그 작은 아이만은 연모하는 양시와 함께 어느 곳에건 깊이 숨어 오래오래 행복하게 살기를 바랐다.

시치미를 떼는 것이 빤히 보이는데 따질 수도 없으니 어쩔 도리가 없었다. 민호는 배가 고파 우는 아기에게 젖을 물리기 위해 잠시 평상에 걸터앉았고, 이완은 말에게 풀을 뜯기러 고삐를 잡고 울 밖으로 나갔다. 울타리에 걸린 화려한 이불이 바람에 살짝살짝 흔들렸다.

"이 이불들은 왜 이렇게 이곳에 널어 두신 건가요?"

"눅눅하여 말리려 널었지요. 오늘 볕이 좋으니까요."

가의당 이씨가 뒤에 서 있다가 얼른 말했다.

사실 오늘은 천 봉사가 떠난 지 백일 되는 날이었다. 구월이의 효심이 하늘에 닿았는지 천 봉사는 죽기 전에 딸의 얼굴을 보고 갔다 하였으니 그 또한 기쁜 일이었다. 천 봉사가 사실을 말했는지 거짓을 말했는지는 딱히 따지고 싶지 않았다. 다만 기일에는 잊지 않고 구월이가 수놓은 이불과 옷들을 울타리에 널어 두기로 했다. 오랜만에 집 찾아온 아비가 찬찬히 딸의 솜씨 구경이나 하고 가라고.

"친구가 만든 이불이랑 똑같아요. 친구 생각이 나서요."

운영은 민호가 비단 이불을 애틋하게 바라보는 것을 보며 고개를 끄덕였다.

구월이나 양시는 이런 일이 있을 것을 알고 있었을까?

'아씨, 혹여 반촌에서 저를 찾는 사람이 있으면 절대 모른다고 하시고, 저를 그리워하는 친구가 찾아오면, 제가 있었다 하지는 마시고 제 물건을 한두 가지쯤 주어 간직할 수 있게만 해 주세요.'

운영은 키 큰 여자의 시선이 닿은 이불을 걷어 평상 위에 내려 주며 희미하게 웃었다.

"정 그러시면 이 이불은 가져가십시오. 어차피 저희는 쓰지 않는 것이니까요."

민호는 배부르게 먹고 이젠 재워 달라 칭얼대는 윤이를 이불 위에 잠시 내려놓았다.

이 이불을 기억하고 있었다. 구월이가 직접 물들인 실로 홍명주를 곱게 짜서 정성껏 수를 놓아 만든 것으로, 항상 곁에 두고 아끼다가 양시님이 오실 때 꼭 펴 드렸다던 그 이불이었다. 민호는 이불 위를 손으로 쓰다듬으며 가만히 웃었다. 친구의 작고 동그란 얼굴이 활짝 웃는 것 같다.

햇볕을 받은 이불이 따뜻했는지 윤이는 조그맣게 하품을 하더니 가물가물하다가 금세 잠이 들어 버렸다. 잠투정이 몹시 심한 아이였는데 이게 무슨 일인지 모르겠다. 싸리울 밖으로는 이완의 머리통만 불쑥 솟아 오락가락하는데, 옆에서는 여인들의 베 짜는 소리, 물레 돌리는 소리와 그네들의 노랫소리가 단조롭게 흐르고 있다. 운영 아씨는 민호의 곁에 앉아 수틀을 들었고, 민호는 노란 햇살을 받으며 잠시 졸았다.

"적적하면 제가 새로 지은 이야기나 한 자락 들려 드릴까요?"

운영 아씨는 수틀에 바늘을 꽂으며 말했다. 민호는 윤이를 토닥거리며 고개를 끄덕였다.

"옛날 옛적, 복숭아꽃 만발한 도화동이란 마을에, 효성이 지극한 여자아이가 살았더랍니다. 심성이 깊고도 맑은 아이이니 깊을 심에 맑을 청을 넣어 이름을 심청이라 해 봅시다."

"아하."

나 심청이 얘기 아는데, 하고 설레발을 치는 대신, 민호는 콧소리로 추임을 넣었다. 아씨는 누군가의 기억을 떠올리는 건지 풀풀 웃으며 이야기를 이었다.

"그 아비는 날 때부터 봉사로, 아내도 없이 하나뿐인 딸을 애지중지 키웠지요. 마을을 돌며 동냥젖을 먹여 딸을 키우니, 그 아이가 자라 열 살도 되기 전부터 마을을 다니며 음식을 얻고 일감을 얻어 아버지를 봉양하고 수발했더랍니다……."

화사한 무릉도원 위로 따뜻한 햇볕이 쏟아졌다.

도화동에 살던 효녀 눈먼 아비 수발 위해
좋은 자리 편한 자리 모두 다 거절하고
눈먼 아비를 봉양하니 그것참 어여쁘다
모진 풍파 다 겪으며 머나먼 곳 끌려가서
죽었다가 살아났으니 다행일세 천행일세
한 송이 연꽃으로 화사하게 피어올라
새로운 세상에서 옥골선풍 황제 만나

백년가약 맺었으니 그것참 잘되었다
간난신고 눈물 끝에 얼굴 보기 소원하던
늙은 아비를 만났으니 장하고도 장한지고
눈먼 아비 눈을 떠서 황후가 된 딸을 만나
고운 얼굴 보았으니 그것 역시 잘되었다
효심 깊고 어진 황후 백성에게 칭송받고
황제에게 사랑받아 다복다복 아이 낳고
오래오래 행복하였으니 그것 참말 잘되었다
……참말로, 참말로, 참말로 잘되었다

아무래도 뒤통수가 간질간질하고, 등짝이 따끈따끈한 것이, 구월
이 요 계집애도 옥골선풍 누군가를 만나 황후마마쯤 되었으려나. 천
봉사 영감님은 구월이 얼굴을 정말로 보셨으려나. 그러면 그 쪼글쪼
글한 얼굴이 활짝 펴지도록 환하게 웃었으려나. 그것도 사실이라면
그보다 더 좋을 순 없겠네. 요 망할 것, 어쨌든 살았으니 잘되었고,
어쨌든 좋아하는 분과 함께라니 더더욱 잘되었다. 어디 가서든 깨가
쏟아지게, 두루두루 사랑받으면서 잘 살아. 응, 오래오래 행복하게
잘 살아. 민호는 화사한 무릉도원 위에서 소르르 잠든 아기를 쓰다
듬으며 가만히 웃었다.

2

나는 서른다섯 살이 되기 전에 죽을 것이다.

어쩌면 내일, 어쩌면 오늘.

내가 조선에 돌아온 것은 두 달 전, 을유년 2월 열이레였다. 병자년의 전란이 끝나고 한양을 떠나 8년 만에 고국으로 돌아왔다. 떠날 때의 나이는 갓 스물여섯이었는데, 지금 나는 어느새 서른넷이 되어 버렸다.

서른네 살에 맞은 봄은 너무 화사하여 눈이 시렸다. 굳게 닫힌 집 춘문을 열고 반궁으로 천천히 걸음을 옮겼다. 반궁은 빈집처럼 고즈넉했다. 난리 중에 죽거나 낙향한 선비들도 많은 데다 그들의 학업을 뒷받침할 비용도 없었기 때문이었다. 그래도 담벼락엔 노란 민들레가 머리를 맞대고 피어 있고, 햇빛은 아담한 뜰을 하얗게 물들였다. 은행나무 버드나무는 벌써 잎이 푸르고 바람에는 온기가 깃들었다.

"아아, 참 곱구나."

참 이상하다. 예전에는 이곳이 이렇게 아름답다는 걸 왜 몰랐을까?

이곳을 떠날 때만 해도 강건했던 나는, 세상이 내가 믿는 정의와 질서대로 회복될 것이고, 나의 의지와 노력으로 무언가를 해낼 수 있을 거라 겁도 없이 믿었다. 그래서 그때는 손가락 두 개로도 뭉개지는 버드나무의 여리고 긴 잎이, 발에 밟히는 이 애처롭게 작은 노란 꽃이, 그리고 이 꽃들 사이를 애써 날아다니는 작은 나비와 벌레들이 이렇게 어여쁜 줄은 미처 알지 못했다.

은행나무의 큰 그늘로 천천히 걸음을 옮겼다. 얼굴에 와 닿는 햇볕이 따가웠고, 소매 사이로 들어와 휘감기는 바람은 송곳으로 찌르는 것처럼 아팠다. 낼모레면 오월인데 바람이 어찌 이리 매운가. 나무에 기대서 우르르 몸을 떨자 뒤에서 급한 목소리가 들린다.

"저하. 저하. 몸이 미령하시온데 어찌 자꾸 나오시고자 하십니까. 어서 동궁전으로 드시옵소서. 내관에게 일러 연이라도 부르리이까?"

시강원 당직인 안시현 필선과 이름도 모를 익위사의 시직이 뒤를 따르며 안타까운 목소리로 돌아가기를 채근했지만, 나는 못 들은 척 은행나무 아래 앉았다.

"필선, 내 몸은 내가 잘 알아. 날 잠시만 그냥 놔둬. 오랜만에 바람을 쐬니 살 것 같네. ……다른 이에게 나 여기 나왔단 말도 하지 말고 일지에 적어 두지도 말게. 아바마마께 노여움이나 살 터이니."

"저하. 지금 학질 증세가 온전히 가라앉지 않았사옵니다. 이러다가 열이 더 오르면 어쩝니까."

"내가 지금 약을 쓴 지 몇 달이 지났는지 알기는 하나? 심화의 뿌리가 너무 깊어 이제 손을 쓸 수가 없는 걸세."

부인하지 못하는 필선을 보며 씁쓸하게 웃었다.

천식으로 인한 호흡 곤란, 기침, 갑자기 치솟는 고열. 조선 최고의 의원들이 몰려와서 하루가 멀다 하고 진맥을 하고, 약을 올리고, 민가의 의원까지 동원되어서 시침을 받는다. 그게 귀국한 이래 두 달 내내 계속되고 있는데 차도가 없다. 잠시 더 누워 치료를 받는다고 호전될 단계는 진작 지난 것이다.

적국의 인질로 8년. 그곳에서는 나에게 무언가를 요구하는 자들만 사방에서 득시글거렸지만, 내가 할 수 있는 것은 아무것도 없었다. 나는 누군가 나를 찾거나 조선에서 서찰이 오면 가슴이 오그라들고 숨을 쉴 수가 없었다. 하지만 피할 수도 없는 자리였고, 피할 생각도 없었다. 나는 조선의 세자였기 때문에, 아무것도 할 수 없지만, 무엇이라도 해야 했다. 울과 화는 가슴속에 차곡차곡 쌓이다가 어느 날부터 간헐적으로 몸을 휩쓸기 시작했다.

어째서 약속한 조공을 제대로 바치지 않느냐? 조선으로 도망간 피로인들을 왜 잡아 올리지 않느냐? 황상께 바치는 홍시와 배를 썩은 것으로 올리다니, 조선 왕이 우리를 능멸하고자 함이 아니냐? 왜 자꾸 명과 내통하며 그들을 도와주느냐? 너희는 왜 끝없이 말을 바꾸고 우리의 뒤통수를 치느냐? 왜! 왜! 너희는 왜!

세자, 우리 조선이 전란으로 피폐하여 세폐의 양을 맞출 수 없다고 설득하라. 세자, 그곳에서 오랑캐들에게 위엄을 잃지 말고 우리를 위하여 최대한 힘쓰라. 세자, 고국으로 도망친 피로인을 어찌 차마 되돌려 보내겠는가. 사람으로서 그런 참혹한 일을 하겠는가. 그들에게 잘 이야기해 사정하라. 세자, 조선이 할 수 없는 것을 요구하면 중간에서 어찌하든 막아야 하지 않겠는가. 우리가 어찌 완전히 명나라와 척을 지고 그곳에 칼끝을 겨누겠는가. 세자, 세자, 세자.

저하, 저희를 살려 주시옵소서. 고향에 노모가 있습니다. 핏덩이 같은 자식들을 두고 왔습니다. 이곳에서 평생 살 수는 없사옵니다. 주변 사람들이 죽어 가고 있습니다. 제발 나라에서 얼마라도 내어 속환시켜 주시옵소서. 저는 전쟁이 끝난 후 억울하게 잡혀 왔습니다. 속환시켜 주시옵소서. 고향으로 제발 돌아가게 해 주시옵소서. 저하, 저하, 저하.

눈을 감기만 하면 귀가 시끄럽고, 속이 터질 것처럼 답답했다. 그곳에서 내가 한 일이라곤, 사방에서 때리는 것을 중간에서 대신 맞아 주고, 양쪽을 향해 대신 읍소하며 부탁하고 구걸하고 비는 일뿐이었다. 무엇을 이룩했는지 알 수 없으니 허망하고, 간신히 일구어 낸 세자관의 농장으로 인해 아바마마께 의심받고 노여움만 샀으니 그 역시 허망하다.

그리고 조만간 그런 일조차 할 수 없게 될 것이니, 허망하게 여겼던 그 시간조차 허망하다.

"안 필선."

"예, 저하."

"만나 보고 싶은 자가 있네."

새하얀 구름이 명륜당의 지붕 위를 쓰다듬으며 흘러간다. 눈물이 천천히 흘러내렸다. 그 친구는 알고 있었다. 내가 이 꼴이 되리라는 걸. 몰리고 몰리다 몸과 마음이 망가지고, 간신히 나라를 바꿀 가능성을 붙잡았지만 결국 아무것도 이룩하지 못하고 죽게 되리라는 것을. 그래서 내가 원하는 것을 단 한 마디도 말해 주지 못하고 건강하기만을 당부하며 끝까지 대답을 피했던 것이다.

"찾는 자가 뉘오니까. 급히 전언하여 부르리이다. 뉘오니까, 저하."

나이가 지긋한 필선은 안타까워하며 채근했다. 나는 이를 물고 고개를 숙였다. 필선이 안타까워하는 이유를, 급히 채근하는 이유를 모르지 않는다. 내게 남은 시간이 얼마 없는 것을 그도 짐작하는 것이다.

눈물이 뺨을 타고 바닥으로 떨어졌다. 조선 팔도를 샅샅이 뒤져도 그를 찾을 수는 없을 것이다. 열일곱 살, 이곳에서 다른 시간에 속해 있던 그를 만난 것은 쉽지 않은 인연이었고, 전란에 다시 마주친 것은 그야말로 기적과 같은 인연이었으니, 세 번째 기연까지 어찌 바랄까.

그와의 인연은 8년 전 남한산성에서의 작별로 끝난 것이다.

나는, 서른다섯을 맞이하지 못하고 죽을 것이기 때문에.

어쩌면 오늘, 혹은 ……내일.

필선과 시직의 부액을 받고 집춘문 쪽으로 향하다가 잠시 걸음을 멈췄다. 열이 올라 어질어질한 중에, 진사 식당 쪽에서 두 명의 선비가 들어오는 것을 발견했다. 백발이 성성한 두 선비는 단정하게 유건을 쓰고 청금복을 갖춰 입고 있었는데, 그들에게 시선이 갔던 것은, 두 사람의 뒤로 붉은 치마저고리를 입은 작은 아이가 깡충대며 달려오고 있었기 때문이었다.

"일호야, 뛰면 안 된다. 천천히, 천천히! 넘어진다."

어디서 들어 본 이름인데, 기억이 잘 나지 않았다. 눈썹을 찌푸리고 생각을 더듬느라 애를 쓰다가 아이의 손을 잡아 주던 키 큰 노 선비와 시선이 마주쳤다.

그대로 시간이 멈춘 것 같았다.

백발의 선비는 무심하게 시선을 돌려 명륜당 쪽을 바라보다가 갑자기 움직임을 멈추고 천천히 뒤를 돌아보았다. 다시 시선이 마주쳤다. 백발의 사내는 움직이지 않고 한참 동안 나를 바라보기만 한다. 나는 눈물이 흘러내리는 것을 그대로 둔 채 말했다.

"필선."

"예, 저하."

"잠시만 자리를 피해 주게."

"예? 저하! 지금 몸이 이리 안 좋으신데!"

"제발 부탁이니, 잠시만 피해 주게. 아주 잠깐이면 돼."

이제는 눈물이 줄줄 흘러서 소매를 흥건하게 적셨다.

필선과 시직이 뒤로 물러서자, 백발의 선비가 천천히 다가왔다. 나는 그를 알아보았고, 그는 나를 기억했다. 그와 나의 시간이 다르게 흘러갔으려니 짐작했지만, 다시 만났고, 서로 알아보았으니 그것으로 족했다. 지척으로 다가온 그가 내 앞에서 손을 모으고 숙배했다.

"오랜만에 뵙습니다, 저하."

눈물이 넘쳐서 한마디도 대답할 수 없었다. 그는 일어나서 읍을 한 후 조용히 물었다.

"몸도 편치 않으신데 어떻게 예까지 나오셨습니까?"

"격조했네. 뭐, 그때처럼 몰래 나왔지. 그간 잘 지냈는가?"

"그간 힘드셨을 저하께 평연히 지냈음을 고하기 송구합니다. 얼마나 고초가 심하셨습니까."

나는 그에게 나의 미래가 어찌 되는지 더 이상 묻지 않았다. 남은 미래가 없는 것을 이제는 알고 있다. 내게 이야기할 것이라고는 지난 일밖에 없었다.

"나의 지난 8년은 말일세…… 모든 게 무너지는 시간이었어."

"예."

그는 내용을 묻는 대신 조용히 수긍하며 들었다.

"굳건하던 것들이 모조리 무너지는 데 8년밖에 걸리지 않았어. 몸을 지탱하던 강건함이 무너졌고, 내가 알던 단단한 세계가 무너졌네. 나는 심양으로 떠날 때만 해도 명나라가 오랑캐를 치고 다시 힘을 회복하여, 내가 알던 단단하고 정의롭던 질서를 회복하기를 간절히 바랐어."

"예."

"하지만 그들의 전장을 따라다니며, 영원히 굳건하리라 믿었던 명이 무너져 가는 꼴을 목도했고, 머나먼 이국에서 온, 우리와 전혀 다른 세계에서 온 자와 교류를 하며 내가 알던 세상이 전부가 아니란 걸 알았어. 보기만 해도 치가 떨리던 용 장군이나 예친왕과도 친분이 생기고 만나면 기꺼울 지경이 됐으니, 내가 굳건하다 믿었던 것 중 남아 있는 건 아무것도 없어. 한심해도 이렇게 한심할 데가."

그는 아무 대답도 없이 조용히 귀 기울여 듣기만 했다. 나는 기침을 몇 번 하고는 허탈하게 웃었다. 이제 이야기를 길게 이을 체력도 남아 있지 않았다. 다시 천천히 열이 오르고 있었다.

"난, 그렇게 모조리 부서지고 한심한 꼴이 되어서야 무너진 부스러기를 다시 맞춰 세우는 게 부질없다는 걸 알게 됐어. 그래서 우리 조선을 일으켜 세울 새로운 무언가를 찾기 위해 애를 썼다네. 오랑캐들에게도 무언가 배울 것이 있을까. 눈이 파란 이국의 사내들에게 우리 조선을 밝히 이끌 만한 무언가를 빼낼 수 있을까. 그제야 간신히 새로운 길이 조금씩 보이더군. 아니, 보였다고 생각했었어."

"……."

"하지만 돌아오니 아바마마의 신뢰까지 무너졌더군. 남은 것은 아무것도 없고, 이룬 것도 없고, 내 명이 얼마 남지 않았으니 앞으로 이룩할 것도 없네. 차라리 홀가분해. 이렇게 홀가분할 줄 알았으면 진작 놓아 버릴걸. 그렇지 않은가?"

백발의 옛 친구는 대답하는 대신 품에서 흰 수건을 꺼내 내밀었다.

"저하께선, 여전히 눈물이 많으십니다."

"자네 앞에선 눈물 보인 적이 별로 없는 줄 알았는데, 그런 것도 기록에 남아 있나? 하긴 시강원 관원들이 워낙 부지런해서 말이지."

웃고 싶은데 열이 너무 심하게 오르고 몸이 아파 웃음이 잘 나오지 않았다. 어지러워 나무에 기댄 채 휘청휘청하자 그가 가까이 다가와 부액을 하고 바위 위에 편히 앉혀 주었다.

그와 동행한 다른 선비가 작은 여자아이의 손을 잡고 소복하게 피어오른 민들레 앞에 쪼그리고 앉는 모습이 보인다. 이제 조금 기억이 난다. 눈부신 백마에 올라앉은, 대장군처럼 위용이 당당했던 친구의 부인이었다.

우리 두 사람은 민들레 앞에 쪼그리고 앉은 두 여자가 무슨 이야기를 하는지 조금 궁금해하며 시간을 흘려보냈다. 나는 가쁜 호흡을 가다듬으며 띄엄띄엄 물었다.

"무명이라 했던가. 자네 진짜 이름이 뭔가. 어차피 다른 이에게 말은 안 할 테지만 갈 때 가더라도 친구 이름은 알고 가야지."

"이완⋯⋯이라고 합니다. 박이완. 주변 사람들은 동벽이라는 별호(別號)로 부르기도 합니다."

"그래, 박이완, 동벽이. 진작 알려 줄 것이지. 그나저나 약속은 영 아니 지킬 터인가? 다음번에 인연이 닿아 만나면 궁금했던 걸 알려 주겠다면서."

"⋯⋯."

"나는 어떤 자로 기억되는가? 차마 말 못 할 지경인가? 아니면 아무 공도 과도 남기지 못한 이름 없는 세자로만 기억되는가?"

"저는⋯⋯."

"말하기 싫으면 하지 말게. 어차피 궁금해하는 것도 길지 않을 터이니."

백발의 친구는 잠시 망설이다가 대답했다.

"저희는 저하를, 가장 낮은 곳에서, 가장 비참하고 연약한 백성들과 함께 계셔 주었던 분으로 기억합니다. 우리가 당신을 기억하는 이유는, 저하께서 고통받는 백성들의 곁에서 고통을 나누어 지고, 우는 백성들의 곁에서 함께 울어 주셨던 분이었기 때문입니다."

"아…… 그러한가?"

의외였다. 나는 고개를 들고 친구를 빤히 바라보았다. 친구는 거짓말을 하는 것이 아니었다.

"많은 사람들이, 조선이라는 나라에서 당신의 손실을 가장 안타까워합니다. 그때 조선은, 당신을 잃어서는 절대 안 되었다, 그리 고통스럽게 깨진 후에 새로운 눈을 뜨게 된, 백성을 그리도 사랑했던 당신을 잃어선 안 되었다 ……라고요."

나는 고개를 숙이고 웃었다. 모든 이야기가 현실감이 없었다. 나는, 나는 아무것도 한 일이 없었고, 할 수 있는 것도 없었고, 내가 애써 찾아낸 새로운 길은 시작도 하기 전에 덧없이 사라질 것이다. 하여 이런 이야기를 듣게 될 줄은 상상도 하지 못했다.

자꾸 새로운 눈물이 넘쳐 흘러내렸다. 사서엔 아무래도 내가 눈물 많은 울보로 기록이 되어 있나 본데 그 말이 아주 틀리진 않았다. 흰 수건이 다가와 내 눈과 턱을 지그시 눌렀다.

"그리고, 친구로서 말씀드리자면, 그간 겪으신 고통에 마음이 아픕니다. 차라리 저하와 아무런 인연이 없었으면 좋았겠다 싶을 정도로 아픕니다. 가장 마음이 아픈 것은, 상황이 나아질 테니 조금만 더 버티시라고는, 차마 말씀드릴 수 없다는 점입니다."

"아아, 자네 독설이 많이 죽었어. 재미없어."

"나이를 먹으면 아무래도 점잖아지기 마련이죠."

"흥, 늙으니 좋은가?"

"사실, 젊은 게 아무래도 더 좋죠. 내자가 더 이상 잘생겼단 말을 안 해 줍니다."

"민회빈은 나 젊었을 때도 그런 말 안 해 줬어. 복받은 줄 알게."

우리 두 사람은 서로 눈치를 힐끗 보다가 헛기침을 하며 흐흐, 웃었다. 나는 아무에게도 말할 수 없었던, 오랫동안 내 속을 갉아먹던 이야기를 털어놓기 시작했다.

"나는 내 나라와 나의 백성이 이렇게 연약하고 힘이 없는 것이 싫었다. 비참한 상태를 벗어나기 위해 무슨 짓이든 하고 싶었지만, 할 수 있는 게 없었어."

"압니다, 저하."

"왜 우리는 이렇게 작고, 약하고, 비참하게 태어났지? 심양으로 끌려간 자들은 대부분 아무 저항도 할 수 없는 여인들이었어. 그들은, 아니 우리는 왜 그렇게 작고, 연약하고 힘없는 존재로 태어났을까? 짐승들은 약한 무녀리를 살리지 않잖나. 죽게 두는 것이 약한 새끼들에겐 차라리 복이니까. 그런데 우리는 왜? 자네가 사는 시간에선 그 답을 아는가?"

"……저희도 여전히 모릅니다."

그의 대답은 무거웠다. 아마 그의 시간에서도, 그가 속한 나라에서도, 그의 주변을 두르고 있는 다른 백성들조차도 여전히 같은 고민을 하고 있을지 모르겠다.

"청국에 머무를 때, 새로운 세계에서 온 이국의 수도승을 만나 물어본 적이 있네. 왜 우리는, 나의 조선은, 우리 백성들은 이렇게 작고 연약하게 태어나 비참하게 살아가야 하는지."

"아담 샬 신부 말씀이십니까?"

고개를 끄덕였다. 친구가 이름을 알고 있는 것을 보니 그 벽안의 수도승이 꽤 유명한 사람인 듯싶었다. 점점 머리가 혼미해서 작고 마른 이국의 사내가 말한 내용이 제대로 기억이 나지 않는다. 친구는 조용히 손을 모으고 기다렸고, 나는 애를 먹으며 한 마디씩 이어나갔다.

"그가 무어라 대답했더라. 그래, 사람들이 ……현자에게 와서 물었다. 여기 ……있는 이 소경은 누……구의 죄 때문에 소경이 되었느냐. 이자의 죄 때문이냐, ……부모의 죄 때문이냐. 누구의 죄 때문이냐. 그때 현자는 이렇게 대답했다고 해."

헐떡이며 기억을 더듬는 나를 대신해서 친구가 조용히 말을 받았다.

"부모의 죄도 아니고, 이 사람의 죄도 아니며."

"아아, 그래. 이자가 이렇게 된 것은, 세상을 만드신 신이 하는 일을 나타내는 것, 하여 신의 영광……이라."

그제야 간신히 벽안의 수도승이 대답한 나머지 내용을 대략이나마 기억해 낼 수 있었다. 나는 힘들게 웃으며 덧붙였다.

"내가 그 말을 기억하는 이유는, 뜻이 전혀 이해가 되지 않아서였어. 작고 병들고 연약한 것들이 세상에 힘겹게 존재하는 것이 어째서 세상을 만든 신의 영광일까?"

그때 담벼락 그늘에 쪼그리고 있던 작은 여자아이가 우리 앞으로 조르르 달려왔다. 아이는 백발의 내 친구와 마찬가지로 조선 사람이 아니며, 나에게 어떤 예우를 해야 하는지 잘 몰랐다. 서너 살이나 간신히 되었을까 하는 아이는 수줍은 듯 배시시 웃으며 고개를 숙여

"안녕하세요." 인사를 하더니 손에 쥔 노란 민들레를 한 묶음 친구에게 불쑥 내밀었다.

표정 없이 덤덤하던 친구는 꽃을 두 손으로 받더니 환하게 웃는다. 아이는 두 손을 모아 다시 나에게 인사를 하더니 담벼락 그늘로 쪼르르 뛰어갔다. 곱게 땋아 내린 머리끝에서 붉은 댕기가 경쾌하게 나풀거렸다. 친구는 웃음기가 가시지 않은 목소리로 말했다.

"저하, 저 아이의 외할아버지도 소경이었습니다."

"아…… 그런가?"

"저 아이의 어머니는 반촌의 작고 힘없는 계집종이었고, 심양까지 끌려가 모진 고생을 한 피로인이었고, 남편에게 버림받았고, 죽기 직전에 간신히 속환되어 돌아온 여인입니다."

"……."

"저 아이의 아비 역시 독한 약 때문에 태어나지도 못하고 사라질 뻔했고, 저 아이 역시 칠 삭 만에 태어나 죽을 고비를 여러 차례 넘기고 간신히 살아남았습니다. 동물로 치면 아마 삼대째 계속 병든 무녀리로 태어난 생명쯤 될 거고, 원래대로라면 저 아이는 태어나지도 못했겠지요. 저는 그래서 저 아이가 태어나 살아가는 것 자체가 어여쁘고 기특합니다."

열이 새로 솟는지, 눈물이 새로 괴는지, 옛 친구의 손에 쥐어진 노란 꽃이 흔들리는 것이 잘 보이지 않는다.

"그럼, 저 연약한 무녀리를 저리 웃게 하는 건 누구냐."

"아마…… 인연이라는 이름으로 함께 곁을 지키며 긴 시간을 버텨준 이들이 아니겠습니까."

"……아하."

그의 말을 듣고 있노라니, 속에서 나를 옥죄고 있던 것들이 하나하나, 천천히 풀려 나가는 것 같다. 내가 겪지 못할 시간, 그리고 겪지 못할 나이를 차근차근 거쳐 온 친구는 이제 나를 묶어 두고 있던 매듭을 찬찬히 풀어 주고 있었다.

"그들 역시 연약하고, 볼품없고, 가진 것 없이 무시당하던 자들이었지만, 등 뒤에 있는 이들을 지키기 위해서는 그렇게 씩씩하고 용감했더랍니다. 저 아이의 어미나 제 아내나……."

친구는 빙긋 웃으며 한마디를 덧댔다.

"심양에서의 세자 저하처럼요."

더 이상 버틸 수 없어 자리에서 고꾸라졌다. 어지럽고 세상이 빙빙 돌았다. 뒤에서 멀찍이 대기하던 안 필선이 크게 고함을 치며 달려온다. 곁에 있던 친구가 부축해서 몸을 일으켰다.

"하나만 묻자, 그럼 네가 지금 사는 곳은 아름답고 눈부시냐."

옛 친구는 대답하기 곤란한 듯한 얼굴로 웃었다.

"저하께서 심양에 가시기 전에 이 시대를 객관적으로 판단하기 어려우셨듯, 저 역시 그러합니다. 저하나 저나, 각자의 시간에 묶여 있기 때문입니다. 다만……."

옛 친구는 한참 망설이다가 부드럽게 웃으며 말을 맺었다.

"제가 사는 시간에도 여전히 작고 연약한 자들이 서로 어깨를 기대고 살아가고 있습니다."

친구는 말을 마치고 내 눈가에 새로 괸 눈물과 이마의 땀을 걷어냈다.

눈가를 지그시 누르는 흰 무명 수건 사이로, 친구가 아까 들어왔던 문이 다시 열리고 훤칠한 젊은 사내가 말을 끌고 들어오는 것이 보인다. 금빛이 도는 말이 낯익었다. 그제야 나는 심양 가는 길에 보았던 젊은 사내가 내 옛 친구와 묘하게 닮았다는 사실을 알게 되었다.

발이 붕붕 뜨는 것처럼 들뜨고 웃음이 나오기 시작했다. 나는 드디어 친구에게 마지막으로 묻고 싶었던 것을 입 밖으로 낼 수 있었다.

"……아직도 그리 미운가?"

앞뒤를 다 잘라먹고 툭 튀어나온 말을 친구는 바로 알아들었다. 그는 부드럽고 느릿한 목소리로 대답했다.

"글쎄요. 나이를 먹어서 그런지, 이젠 다 짠한 마음이 듭니다."

"짠하다는 건 무슨 뜻인가?"

백발의 친구는 눈썹을 찌푸리고 골똘한 표정을 짓는다. 또 어떤 신랄하고 서슬 푸른 말이 튀어나올까. 조용히 그의 대답을 기다렸다. 그는 담벼락 앞에 쪼그리고 있는 두 사람의 뒷모습을 한참 응시하더니 드디어 빙긋 미소를 지었다.

"……제가 저 두 사람을 볼 때 드는 마음하고 비슷한 말입니다."

나는 친구의 얼굴과 붉은 치마를 입은 작은 아이, 그리고 아이의 곁에 있는 그의 아내를 번갈아 바라보며 짠하다는 말의 의미를 추측해 보려 애썼으나 정확히 알 수는 없었다. 하지만 두 사람에게 맞닿은 시선의 온도를 가늠하는 것은 어렵지 않았다.

"이젠 한심하거나 경멸스럽지 않다는 말인가?"

조심스럽게 묻는 말에 친구는 어깨를 으쓱하며 웃는다.

"글쎄 말입니다. 사내가 한번 미워하기로 뜻을 정했으면 죽을 때까지 밀고 나가야 하는데, 좋아하는 이들이 이 시간에 남아 있다 보니 길게 미워하기도 쉽지 않습디다. 제대로 된 선비가 되긴 글러 먹은 거죠. 이런 한심할 데가."

오랜만에 듣는 친우의 말버릇이 반가워 웃음을 터뜨렸다. 나의 시대에 대한 친구의 냉소가 사라졌음이 반가워 계속 웃었다. 웃음은 이내 헐떡이는 기침으로 이어졌다.

안 필선과 시직이 좌우에서 부축했다. 돌아가야 할 시간이었다. 앞으로 다시는 이곳을 보지 못하리라. 모든 풍경이 그립고 아까웠다. 친구를 돌아보며 마지막으로 물었다.

"어디로 가려고?"

"남한산성에 한번 다녀올까 합니다. 아들이 가 보고 싶다 해서요. 연무관 쪽 버드나무도 많이 자랐을 텐데 그간 한 번도 가 보지 않았습니다."

"다녀오시게. 봄볕이 좋으니, 이리저리 구경하며 천천히 다녀오는 것도 좋겠지."

뒤늦게 나를 발견한 그의 아들은 눈을 크게 뜨더니, 이내 손을 모으고 깊이 읍을 했다. 나는 그를 향해 눈을 찡긋하며 웃어 보인 후 필선과 시직의 부축을 받으며 천천히 집춘문(集春門) 쪽으로 걸음을 옮겼다. 집춘문 근처에서 봄기운을 모으듯 민들레를 모으던 작은 아이가 환히 웃으며 한 손으로 치마폭을 모아 잡은 채 곱게 인사를 한다. 필선이 무엄하다 하며 크게 나무라려는 것을, 나는 웃으며 만류했다. 붉은 치마에 소복이 담긴 노란 민들레와 작은 아이의 웃는 얼굴에선 봄의 화사함이 가득했고, 그래서 무척이나 어여뺐다.

나는, 이제 편안히 갈 수 있을 듯하다. 이 아름다운 풍광이 잊히기 전, 친구의 따뜻한 말이 잊히기 전, 서른다섯이 되기 전.

······어쩌면 내일, 어쩌면 오늘.

—fin

작가 후기

작가 후기

　친구가, 제가 쓴 책들을 한 문장으로 요약해서 소개해 달라고 하더라고요. 재밌을 것 같으면 사서 보겠다고요. "인간아, 의리가 있으면 재미없을 것 같아도 사서 봐!"라는 말은 하지 못하고, 얌전하게 일곱 권의 책을 한 줄로 요약해서 알려 주었습니다.

　"친구의 아들을 뺏은 여자가 친구들에게 아들들을 뺏기는 이야기야."

　"어머나, 넌 막장 드라마를 쓴 거구나!"

　빙고.

　저는 막장 드라마를 좋아합니다. 그 이유는—근엄한 표정을 짓고 말하자면— 그곳에는 여전히 '정의가 살아 있기' 때문이죠. 일반적으로 권선징악이라 알려진 전래동화들을 까 보면 실상 주제가 '인생은 로또 한 방이여.' 일 때가 많은데, 적어도 막장 드라마에서는 악당

이 반드시 벌을 받고, 일확천금 사기꾼은 깡통을 차며, 주인공은 살아남고, 홀랄라 해피엔딩으로 끝나지 않습니까? 그래서 저는 친구의 말을 듣고 무척 뿌듯했습니다.

……그랬다고 합니다.

드디어 타임 트래블러 3부작을 무사히 끝내게 되었습니다.

처음 구상할 때는 로맨스 소설이니까, 연애-결혼-육아 외전 삼부작으로 가면 좋겠다! 하고 막연하게만 생각했습니다. 물론 실제로는 1부를 쓰면서는 2부가 과연 나올 수 있으려나 했고, 어찌어찌 2부를 쓰면서도 3부는 못 나올 걸 염두에 두고 작업을 했습니다. 그런데 출판사에서 3부 외전까지 선선히 출간 허락을 해 주셔서…… 지금 와서 드리는 말씀이지만 좀 많이 놀랐습니다.

시간 여행이라는 소재로 만들어 낼 수 있는 반전적 재미는 1부에서 최대치를 찍었다고 생각했습니다. 같은 설정과 인물, 같은 구성의 2부란 어떻게 숨겨 두어도 들통이 나게 마련이고, 3부는 말할 것도 없으니까요.

그래서 3부 외전은 '쓸데없는 애먼 짓'을 하는 대신, 외전다운 외전, 특히 3부작을 아우르면서 마무리가 될 만한 이야기를 넣으면 좋겠다고 생각했습니다. 그래서 아이들에게 둘러싸여서 여전히 액션 어드벤처를 펼치며 사는 민호와 이완이의 자잘한 에피소드와 과거 이야기를 함께 엮어 넣는 쪽으로 가닥을 잡게 되었습니다.

개인적으로는, 과거와 현재를 대화 형식으로 연결한 퍼즐 조각들을 이어 가며 하나의 그림을 만드는 재미로 3부를 마무리했습니다만, 다 해 놓고 보니 결과물은 여전히 미숙하고 어정쩡하기 짝이 없었습니다. 실토하자면 '이거 야단났다.'와 '알 게 뭐야, 레드 썬.' 사이에서 한참 갈팡질팡하기도 했습니다.

이곳에 나온 여러 에피소드 중에는 널리 알려진 것과 다소 다른 내용도 있을 것입니다. 소현세자의 독살설이라든가, 왕이 여인들에게 회절강에서의 목욕을 진짜로 '명령'했다든가, 삼궤구고를 행한 왕의 이마에서 피가 흘렀다든가 하는, 널리 알려졌지만 실제 정사의 사료에서 근거를 찾기 어려운 이야기는 채택하지 않기로 했습니다. 특히 독살설의 경우, '심양일기'나 '을유동궁일기' 등을 살펴보면, 8년간의 지독한 스트레스로 몸이 많이 약해진 세자가 귀환 여독과 부왕의 냉대에 대한 좌절을 이기지 못하고 병사했다는 쪽으로 무게가 기울어져서, 저는 그쪽으로 판돈을 걸기로 했습니다.
……물론 음모론과 야사를 사랑하는 저로서는 아쉽기 그지없는 일이었습니다.

이제 수정 작업과 퇴고까지 마무리되어 책이 나오게 되었으니, 타임 트래블러 시리즈는 제 손을 떠나 온전히 독자님들의 영역에 들어가게 되었습니다. 그저 어느 곳에 가서든 사랑받으면서 살아가기만 바랄 뿐입니다.

이 자리를 빌려 감사드릴 분들이 여러 분 계십니다.

가족들에게 제일 많이 고맙고 미안할 뿐입니다. 가장 가까이 있다는 죄로 제 폭주를 먹을 것으로 틀어막느라 고생하면서도, 제가 글

쓰는 일에 대해서 물심양면, 아니, 식심양면으로 열심히 응원해 주셨습니다. 정말 천군만마를 등에 업은 것처럼 든든했죠. 부작용이라면, 미성년 조카들이 열심히 읽어 주는 바람에 한동안 순결한 3금 작가로 살아야 할지도 모른다는 것? 조카들이 주민등록증을 발급받는 그날이 속히 오길 바랍니다.

로맨스인지 아닌지 모호한 이 물건을, 팔릴지 안 팔릴지 알 수 없는 3부까지, 의리와 뚝심으로 출간해 주신 뿔미디어 정필 사장님과, 쓰면서 하도 뒤집고 바꿔 대느라 폭격 맞은 것처럼 정신없던 초고에서 팻물을 쫙 뽑아 깔끔하게 책으로 뽑아 주신 이영은 대리님과 김수정 주임님께 감사를 드립니다. 그리고 타임 트래블러 시리즈 3부작 표지를 맡아 주신 이백북 디자인의 이보라 디자이너님께도 감사드립니다. 1, 2, 3부 각각 개성이 뚜렷하면서도 헉 소리가 나올 정도로 멋진 표지를 뽑아 주셔서 책을 볼 때마다 가슴이 두근거렸던 사실을 뒤늦게 고백합니다.

모니터링과 초고 교정을 보아 준 지인 H님께도 고마운 마음을 전합니다. 생업으로 바쁜 와중에도 연재분을 꼼꼼하게 챙겨 보며 흐름과 가독성을 점검해 주시고, 구하기 힘든 자료를 수소문해서 보내 주시고, 뇌력 증진을 위한 고탄수화물 고카페인 아이템을 시시때때로 쏴 준 것도 모자라, 글의 구멍 난 부분과 오타, 비문을 매의 눈으로 찾아 주신 H님 덕분에 여기저기 산재한 지뢰를 제거할 수 있었습니다.

마지막으로, 오랜만에 찾아온 외전인데 잊지 않고 기억해 주시고 함께 연재를 달려 주시고, 유용한 피드백으로 도움을 주셨던 독자분들께도 이 자리를 빌려 고개 숙여 감사드립니다.

　옛사람들의 이야기를 좋아합니다. 오래된 물건을 보면서, 옛사람들이 그 물건을 사용하며 아기자기 옹기종기 사는 장면을 상상하기를 좋아합니다. 저에게 역사란, 연대표 속에 다닥다닥 박힌 왕들과 전쟁의 텍스트라기보다, 오래된 항아리 뒤에 있는, 작고 연약한 사람들이 서로 어깨를 기대고 위로하며 살아가던 따뜻한 장면들이었습니다. 그래서 저는 타임 트래블러 시리즈를 진행하는 동안 민호, 이완이, 그리고 독자분들과 함께했던 이 여행이 진심으로 즐거웠고, 많이 행복했습니다.

　읽어 주신 분들께서도 이 여정이 즐겁고 행복하셨기를 바랍니다.

　감사합니다.

2017년 2월, 윤소리 배상

참고 문헌

1차 자료

공자, 『논어』, 이원섭 역주, 마당문고사, 1987.

국사편찬위원회, 승정원일기(承政院日記) http://sjw.history.go.kr/main/main.jsp

국사편찬위원회, 조선왕조실록(朝鮮王朝實錄) http://sillok.history.go.kr/main/main.jsp

나만갑, 『병자록』, 윤재영 역, 정음사, 1979.

민종현, 『국역 태학지 1 · 2』, 태학지번역사업회 역, 성균관대학교 출판부, 1994.

소현세자 시강원, 『심양장계』, 정하영 외 6명 역, (주)창비, 2008.

소현세자 시강원, 『역주 소현동궁일기 1,2,6』, 서울대 규장각 한국학연구원 동궁일기 역주팀 역, 민속원, 2008.

　소현세자 시강원,『역주 소현심양일기』, 서울대 규장각 한국학연구원 동궁일기 역주팀 역, 민속원, 2008.

　소현세자 시강원,『역주 소현을유동궁일기』, 서울대 규장각 한국학연구원 동궁일기 역주팀 역, 민속원, 2008.

　윤기,『완역 반중잡영－조선조 성균관의 교원과 태학생의 생활상』, 이민홍 역, 성균관대학교출판부, 1999.

　작자 미상,『산성일기』, 김광순 역, 서해문집, 2004.

　작자 미상,『심청전 완판본』, 직지프로젝트 http://www.jikji.org

2차 자료

　강명관,『조선의 뒷골목 풍경』, 푸른역사, 2013.

　김대숙,『우부현녀 설화와 심청전』, 판소리연구 제4집, 판소리학회, 1993.

　김문식 · 김정호,『조선의 왕세자 교육』, 김영사, 2003.

　김정호,『만주족 주거문화의 수수께끼』, 한국학술정보(주), 2013.

　김종성,『조선 노비들－천하지만 특별한』, (주)위즈덤하우스, 2013.

　나정순,『베틀노래연구』, 이화어문논집 vol.9, 이화여대한국어문학연구소, 1987.

　박용옥,『병자년 피로인 속환고』, 사총 vol.9, 고려대역사연구소, 1964.

　박지영, 『조선 후기 반인의 존재양상과 반촌의 공간 변화』, 부산대학교 대학원 사학과, 2013.

　신달도 외 2명, 『17세기 호란과 강화도』, 신해진 역주, 도서출판 역락, 2012.

　윤용철, 『병자호란 47일의 굴욕』, 도서출판 말글빛냄, 2014.

　이성주, 『학교에서 가르쳐주지 않는 조선사 진풍경』, 추수밭, 2011.

　이승희, 『아름다운 자수』, 한문화사, 2015.

　이정철, 『왜 선한 지식인이 나쁜 정치를 할까』, 너머북스, 2016.

　장재천, 『조선후기 성균관의 반촌과 주변 환경 연구』, 인문사회논총 17호, 용인대학교 인문사회과학 연구소, 2010.

　장재천, 『조선시대 성균관의 반촌과 반촌인』, 향토서울 제 77호, 서울특별시, 2011.

　장재천, 『조선조 성균관 유생문화와 생활상 연구』, 한국교육사학 제22권 제2호, 한국교육사학회, 2000.

　정명섭, 『조선백성실록』, 북로드, 2013.

　최진형, 『심청전의 전승 양상-출판문화와의 관련을 중심으로』, 판소리연구 제19집, 판소리학회, 2005.

　한명기, 『병자호란과 최명길 주화론의 재조명』, 월간중앙 역사리포트, 2015.

　한명기, 『역사평설 병자호란 1·2』, 푸른역사, 2016.

　한영화, 『전통 자수』, 대원사, 2010.

Side story

1
인연과 선택

윤식은 새로 얻어 입게 된 알록달록한 색동저고리와 풍차바지, 그리고 반드르르한 오방장 두루마기 덕에 기분이 조금 들떴다. 아버지의 스승님이라는 분께 세배를 드리러 간다 했다. 입양된 지 몇 달이 지나 바뀐 환경에 어느 정도 적응한 상태였는데, 시끄러운 형들이 의외로 소리 없이 배려해 주는 게 많은 데다 성격도 본디 쾌활해서, 적응 속도는 빠른 편이었다.

"스승님, 일이 있어서 좀 늦었습니다. 죄송합니다, 새해 복 많이 받으십시오. 얘들아, 와서 할아버지한테 인사드려라. 아빠 스승님이고, 굉장히 유명한 한국화가시다."

"이건 뭐 꽃피는 춘삼월 다 지나고 엉금엉금 와서 세배질이냐? 엥, 이놈들은 누구냐. 꼬꼬마가 한 마리, 두 마리, 왜 갑자기 네 마리에서 여섯 마리가 됐냐."

"아들이 그사이에 둘이 더 생겼습니다. 윤식이하고 윤세라고 합니다. 여섯 살, 다섯 살입니다."

"너 몇 년 전에 꼬추 묶는 수술 했다고 안 했냐? 5년 내내 마누라 배 꺼질 날이 없어서 건들지도 못하고 죽을 거 같다고, 그냥 묶었다고 했잖아. 묶은 게 풀렸냐? 아님 그새 꼬추가 작아져서 묶은 게 헐렁해졌……."

"선생님 선생님 선생니이임! 그 얘길 여기서 하시면 어떡합니까! 분명 몰래 한 거라 말씀 드렸잖습……. 민호 씨, 아니에요! 아닙니다! 아, 그게, 얘들아! 뭐 하냐! 할아버지한테 얼른 세배하지 않고 뭐 해! 당장 세배 안 해?"

점잖던 아버지께서 야차처럼 변해서 얼른 절하라고 천둥처럼 을러대는 바람에 윤식은 동생과 형들과 함께 얼결에 세배를 올렸다. 그런데 옆에 서 있던 선녀처럼 예쁜 아줌마, 아니 엄마가 나찰녀처럼 팔을 둥둥 걷어붙이고 으르렁대다가 세배가 끝나자마자 뭔가 안 예쁜 말들을 폭탄처럼 터뜨리기 시작했다.

"얘들아, 튀어!"

큰형에게 흘러나온 한마디에 다른 형들은 굉장히 익숙한 솜씨로 파파팍 도망쳤다. 어리바리 윤세는 큰형이 옆구리에 끼고 도망쳤고, 윤식은 얼결에 뒷마당으로 튀었다. 윤식은 도망치면서도 대체 이게 무슨 도깨비 조화인지 알 수 없었다.

"……어? 넌 누구야?"

화단 앞에 앉아 있던 키가 큰 누나가 고개를 갸웃하더니 이내 끄덕였다.

"아하! 맞다. 새로 왔다는 꼬마 아재들이 있다더니, 너야?"

윤식은 물끄러미 위를 올려다보았다. 처음 보는 누나인데 굉장히 씩씩해 보이는 게 왈가닥으로 소문났던 죽은 성희 누나나, 새로 엄마가 된 키 큰 아줌마와 묘하게 비슷한 것 같았다.

아, 그런데 내 새 이름이 뭐였더라?

머리가 텅 비어 버린 것 같아서 눈만 껌벅거리고 있으니까 그 누나의 눈이 동그래진다. 그러더니 다짜고짜 앞에 쪼그리고 앉아서는 얼굴을 기웃기웃 들여다보기 시작했다.

"너…… 윤식이 아니니? 박윤식?"

"아, 맞다. ……내 새 이름."

윤식은 눈을 깜박이며 고개를 끄덕였다. 신기하다. 처음 보는데 어떻게 알았을까?

"몇 살이니?"

"여섯 살이요."

키 큰 누나는 당황한 얼굴로 윤식을 내려다보았다.

"분명 나보다 네 살이 더 많았는데? 내가 지금 열한 살인데. 어떻게 된 거지?"

당최 무슨 말인지 알 수 없었다. 누나는 얼굴을 바짝 들이대고 물었다.

"나 박두나야. 기억나니?"

"아뇨."

"아 맞다, 그건 여기 와서 새로 지은 이름이었지. 그럼 장목련은 기억나니? 내가 너한테 장목련이라고 했던 거 기억 안 나?"

"아뇨."

"장······으아리는?"

뭔 이름이 이렇게 널을 뛰냐. 게다가 이름이 으아리가 뭐냐 으아리가. 윤식은 입술을 비죽대며 고개를 저었다.

"······아뇨."

누나는 윤식의 앞에서 한참 고개만 갸웃거렸다. 하필 저렇게 입술을 뾰족하게 내밀고 갸웃대는 버릇까지 죽은 성희 누나랑 똑같다. 성희 누나는 동네 왈가닥으로 소문났지만, 밑의 두 동생들을 얼마나 살갑고 다정하게 돌봤는지 모른다. 몇 달 동안 애써 잊어버리려고 했던 것이 왈칵 터져 버렸다. 윤식이 고개를 푹 숙이고 훌쩍대자 당황한 목소리가 위에서 들렸다.

"너 왜 그러니? 무슨 일 있어?"

윤식은 그 앞에 대고 '몇 달 전에 죽은 누나하고 비슷해서요.' 라는 말은 차마 하지 못했다. 눈치 하나만으로 골목길을 휘젓고 다녔던 관록 덕분이었다. 그래서 함부로 해서는 안 될 말을 하고 말았다.

"어, 아니에요. ······그냥 누나가 너무 예뻐서요."

아차. 말을 해 놓고 윤식은 찔끔했다. 여자에게 함부로 예쁘다는 말을 해 주면 안 되는데. 그랬다간 나중에 큰 사달이 생길 수도 있다고 분명 어디선가 누군가에게 들었었다. 아버지였나? 동네 형이었나? 누구에게 들었을까, 곰곰이 생각하는데 갑자기 몸이 붕, 하늘로 올라갔다.

"······아 저런! 그래서 우는 거야?"

누나는 윤식을 번쩍 안아 올리며 활짝 웃었다. 뭔가 이해가 안 되지만 예쁘다니 기분 좋다는 뜻 같았다. 이거 야단났다. 내가 무슨 짓을 했지? 그런데 이 누나 웃으니까 정말 예쁜 건 맞네? 생각하는 순간 갑자기 눈물이 뚝 그쳤다.

"기특하네?"

누나의 웃음소리가 들리고 갑자기 뺨에서 쪽, 소리가 났다.

"너도 예뻐. 아주 예뻐. 그러니까 울지 마."

윤식은 다시 커다랗게 울음을 터뜨렸다. 인생의 첫 키스를 그따위로 날려 먹고 싶진 않았던 것이다.

"일 년에 한 번 볼까 말까 하는 꼬꼬마 아재한테 이런 꽃 선물을 부탁하다니. 어지간히 남자 복도 없지."

윤식은 두나에게 커다란 장미 꽃다발을 들이대며 놀려 댔다. 윤식의 스무 번째 생일이자, 두나가 임용고시 합격 통지를 받은 날이었다. 두나는 뒤통수를 후려갈기더니 윤식이 내준 것의 두 배쯤 되는 꽃다발을 집어 던졌다.

"시끄럽고, 이거나 받아! 생일 축하해."

그동안 윤식은 생일이라고 딱히 기분이 들떴던 적은 없었다. 누나와 친부모님이 돌아가신 날과 맞물려 있었기 때문이다.

하지만 그날은 가슴이 조금, 아주 조금 두근거리긴 했다. 누님께서 어쩐 일인지 치마를 입고 하얗게 화장을 하고 있었던 것이다. 좀 생소했지만 나쁘지는 않았다. 아니, 사실 나쁘지 않은 정도가 아니라 꽤 예쁘다고 생각했다. 그리고 이런 생각은 항상, 뇌를 거치지 않고 폭 튀어 나가는 것 같다.

"누나는 왜 이 나이가 되도록 남자 친구가 없냐, 이렇게 예쁜데? 여자 선생님들 신붓감으로 인기 최고라면서."

"이야, 여섯 살 꼬꼬마 때부터 공들여 키우고 세뇌를 시켜 놓으니 이렇게 좋구나. 다른 남자 사람한테는 한 번도 들어 보지 못한 말을 꼬마 아재한테 이렇게 듣고 말이야."

"아, 기껏 예쁘다 소리 해 줬더니 그놈의 꼬꼬마 소리야? 좀 비겁하시네. 나이는 아무리 노력해도 내가 역전할 수 있는 영역이 아니잖아? 사실 만 스무 살이고 키 180이면 꼬꼬마는 아니지! 게다가 나의 이 나이스 바디를 좀 봐 봐! 누나한테 통통 호빵이라고 놀림받는 게 너무 짜증 나서 대학에 입학하자마자 지옥의 피트니스로 다져 놓은 상사나이의 몸매라고!"

"그러네, 몸매 쭉쭉빵빵에 기름칠한 주둥이까지 있으니 이제 여자 친구만 사귀면 되겠네. 그런데 왜 너는 지금까지 여자 친구 하나 없었니?"

"취향에 맞는 여자가 없었거든."

"네 취향이 대체 어떤데? 형님들은 취향이 엄청 까다로운 것 같던데, 너도 그래?"

"형들은 까다로운 게 아니라 그냥 고자들이야! 으으, 형들 얘기 하지 마! 고자균 옮는단 말이야! 우리 엄마가 전통을 잘못 세웠어. 엄마의 첫아들이 누구냐 하면, 결혼 전에 양자로 들인 토마스 폰 에디슨 경인데, 그분이 진짜 고자셨지! 형들은 순수혈통 연애고자 DNA를 물려받은 것도 모자라서 그 영감님의 순결한 고자 전통까지 잇고 있단 말이야!"

두나는 목을 뒤로 젖히고 깔깔대고 웃었다. 윤식은 예전부터 두나가 저렇게 시원하고 호탕하게 웃는 모습을 퍽 좋아했다.

"뭐 누나가 굳이 내 취향이 궁금하다니, 예의상 안 알려 드릴 수가 없네. 나는 키가 크고 보이시한 스타일이 좋아. 성격 쿨하고 화통하고 운동을 잘하면 더 좋지. 요리 솜씨 따윈 아무래도 괜찮아. 둘 중 한 사람만 잘하면 되는 거지, 뭐. 내가 어깨너머로 엄마 요리를 배우고 있는데 맛으로만 따지면 내가 윤사 형보다 백배 낫지. 이야, 이 능력자의 착하고 소탈한 취향 좀 봐."

두나의 표정이 천천히 굳었다. 윤식은 두나가 꽃다발을 물끄러미 내려다보며 눈만 깜박깜박하는 모습을 보며, 이상하게 그녀가 울지도 모른다는 생각을 했다. 윤식은 조금 망설이다 말했다.

"누나. 미국의 어떤 주에서는 사촌이나 오촌끼리도 결혼할 수 있어."

윤식은 두 사람 사이가 위태위태하게, 이상하게 이어지던 관계였다고 생각했다. 서로 암묵적으로 건드리지 말아야 할 선을 알고 있었고, 건드리지 않으면서 그 상태 그대로 이어져 오던 상태. 두나는 가만히 발끝만 내려다보다가 툭 집어 던졌다.

"난 결혼 안 할 거야."

윤식이 건드린 만큼, 딱 그만큼의 대답이 돌아왔다. 하지만 윤식이 원했던 방향은 아니었다. 목소리가 확 치솟았다.

"누가 뭐래? 누가 물어봤어?"

"절대 안 한다고. 평생 혼자 산다고."

"아 그래서 어쩌라고! 누가 물어봤냐고? 누나가 결혼을 하든 말든, 혼자서 쉬어 꼬부라지든, 남자 백 명하고 결혼하고 이혼하든 내가 무슨 상관인데? 난 내 마음에 드는 여자하고 결혼해서 깨가 쏟아지게 살 건데 나한테 뭐 어쩌라고!"

두나는 벌떡 일어나 팔을 휘둘렀다. 버서석하는 요란한 소리가 나더니, 쫙, 뺨이 얼얼해졌다. 윤식이 선물한 빨갛고 노랗고 하얀 꽃들이 두 사람의 주변으로 폭죽 잔해처럼 흩어졌다.

"나쁜 자식아, 난 누구하고도 결혼 안 한다고! 알아들어? 안 한다고!"

꽃에 얻어맞은 뺨이 너무 아파서, 욕이 나올 정도로 아파서 눈물이 맺혔다. 윤식은 두나가 방문을 쾅 닫고 나갈 때까지 말없이 뺨만 문지르다가 벌떡 일어섰다. 이대로 그냥 갈 수는 없었다.

"두나야, 너 지금 뭐 하니? 친구 생일이라고 케이크인지 밀가루 떡인지 종일 만들어 놓고?"

아래층에서 들리는 목소리에 윤식은 내려가다 말고 황급히 계단 참에 몸을 숨겼다. 자신이 여기 온 것은 아무도 모르는 상태였다. 살짝 고개만 빼서 내려다보니, 두나가 냉장고 문을 열고 뭔가를 꺼내서 싱크대에 뭉개고 있었다. 손가락 사이로 허연 게 분수처럼 찍, 애처롭게 올라오다 흐늘흐늘 싱크대 바닥으로 흩어지는 게 보였다.

"친구랑 싸웠어."

"두나 너, 남자 친구하고 헤어졌니?"

"……친구랑 싸웠다니까. 있지도 않은 남자 친구하고 헤어지긴 뭘 헤어져?"

"이 케이크는 뭔데? 남자 친구 거 만든 거 아니었어?"

"아니라니까! 엄마! 나 결혼 안 하고 혼자 산다고 백번 말했어, 백번!"

비참하게 뭉개진 허연 크림이 싱크대 구멍으로 천천히 흘러내려 갔다.

"엄마, 엄마! 아빠!"

술에 잔뜩 곯아서 눈물범벅으로 식당에 들어가니 정장 차림으로 식탁에 앉아 있던 형들이 살벌하게 노려보다가 눈이 둥그레진다. 아 그래 맞다. 생일 파티를 째고 튀었지! 다들 일어나서 무슨 일이냐고 물어보는데 윤식은 한마디도 대답할 수가 없었다. 대가리가 텅 빈 것만 같았다.

"엄마, 아빠, 지금까지 키워 주셔서 고맙습니다."

"윤식아 생일 축하한…… 너 뭐 잘못 먹었니?"

엄마가 얼빠진 얼굴로 고개를 갸웃한다. 윤식은 아예 바닥에 퍼질러 앉아 되물었다.

"엄마, 아빠, 나 다 컸으니까 이제 파양해 주시면 안 될까요? 아, 파양이 될까?"

엄마의 손에서 덜컥 포크가 떨어졌다. 아버지의 얼굴이 납처럼 하얗게 굳는 게 보인다. 엄마가 이단옆차기로 붕, 하늘을 날아오르……기 전에 윤이 형이 살벌한 얼굴로 멱살을 틀어쥐고 부엌 밖으로 질질 끌어냈다.

"이…… 개자식! 아버지, 어머니한테 그게 할 말이야? 다른 사람도 아니고 네가!"

곤죽이 되도록 얻어맞으면서도 오히려 속이 시원했다. 이렇게 정신 빠지게 얻어터지고 싶었던 걸 큰형이 어떻게 알았을까, 싶을 지경이었다.

기분이 정말 삼삼했다.

"누나는 미래에 누나가 어떻게 사는지 궁금하지도 않냐? 어떻게 한 번도 안 물어보냐 인간적으로?"

한밤중, 침대 앞에 유령처럼 서 있는 사내를 보고 두나는 천천히 몸을 일으켰다.

별로 놀랍지는 않았다. 미인도 건으로 할아버지 할머니가 와 있어서 그런지 최근 녀석은 이런 식으로 자주 출몰했다.

"이건 뭐 어쩌나 쿨하신지 오밤중에 나처럼 멋진 사나이가 침대 옆에 서 있는 걸 보고도 놀라지도 않고 감격도 하지 않네?"

"다 큰 처자의 침실이 시간 여행 루트로 썩 바람직하다는 생각은 안 들어서 감격이 잘 안 되네?"

두나는 썩 꺼지라고 조신하게 호통을 치는 대신 침대 옆자리를 손으로 탁탁 쳐서 자리를 내주었다.

"새끼, 술 냄새 나니까 50m 떨어져!"

"이야, 저 말이 정겹게 들리다니 난 이제 꿈도 희망도 없어."

예의 킬킬대는 웃음소리가 들렸다. 두나는 윤식의 웃음을 진짜 웃음과 울음 두 종류로 분별할 수 있는데 저건 후자였고, 대충 코를 훌쩍대는 단계와 비슷했다.

윤식은 최근 들어 점점 이상해졌다. 예전부터 무슨 일엔가 초조함이 엿보였는데, 얼마 전부터 그것이 극에 달한 것 같았다.

"내가 30년쯤 후에 어떻게 살고 있는지 말해 주고 싶어? 과거 사람에게 미래 일을 알려 주는 건 네 집안의 금기 아니었어?"

"맞아. 아바마마 가라사대 누구에게도 절대, 절대 알려 주지 말라 하셨지. 행복 끝 불행 시작! 부모에게도 자식에게도, 친구에게도 애인에게도, 그리고 마누라에게도 절대."

"아이고, 예이. 언제부터 아버지 말씀을 그리 잘 들으셨다고."

"이거 왜 이러실까? 천마산 효자 7형제 전설 몰라? 아, 미래의 일이라 모르나?"

"거참 효성 지극한 아들들이네. 댁의 아바마마 말씀이, 일곱 아들 덕에 골머리 앓은 목록만으로도 백과사전을 편찬할 수 있을 거라 하시던데."

두나는 길게 하품을 하며 덧붙였다.

"그래. 그래서 안 물어보고 잘 살고 있잖아. 그런데 뭘 트집이야? 그렇게 말하는 꼴을 보니 내 30년 후의 꼬락서니가 네 마음에 썩 들지는 않는 모양이네. 어떤 거지깡깽이 같은 놈팡이랑 결혼해서 애 낳고 지지고 볶고 살고 있나 보다?"

두나는 항상 이 애매하고 아슬아슬한 선이 미칠 것처럼 싫었다. 두 사람은 특별한 관계이기도 했고 가끔 얼굴을 보는 이웃보다 먼 친척이기도 했다. 서로를 특별하게 생각하고 있다는 것을 둘 다 알았지만, 그것을 상대가 인식하고 특별한 반응이 나올까 봐 서로 노심초사했다. 한 사람이 찌르면 한 사람이 방어하고 방어하던 사람이 들이대면 찌르던 이가 철벽을 치는 우스운 상황이 십수 년째였다.

이제는 같은 시간이 아닌 것이 더 큰 장벽인지, 두 사람이 친척이라는 이름으로 엮여 있는 것이 더 큰 장벽인지도 알 수 없었다. 찌르고 막아 대는 동안 두 사람은 속을 감추기가 점점 어려워졌고, 오가는 말은 점점 신랄해지거나 우스워졌다.

"야야. 됐다. 안 궁금해할 거니까 집에 가라. 이제 잠 좀 자자."

윤식은 조용히 두나를 바라보기만 한다. 웃을까, 화를 낼까. 두나는 그에게서 어떤 반응이 나오기 전에 픽 웃으며 덧붙였다.

"얼굴도 모르는 다른 놈팡이하고 살 맞대고 애 낳고 산다는 말이나, 혼자서 외롭게 쉬어 꼬부라지고 있다는 말이나, 누군가와 이혼해서 혼자 애 키우고 있다는 말 따위를 듣는 것보다는 궁금해서 바늘로 허벅지를 콱콱 찍는 게 낫겠다. 그나저나 나 지금 환갑 넘었지? 여전히 좀 예쁘고 괜찮냐?"

"미치겠네. 환갑은 둘째 치고, 지금 누나가 예쁘다는 착각은 누가 심어 준 거야?"

"이런, 오늘따라 신랄하네? 너 말하는 싸가지 보니 내가 앞으로 8년 있다 태어날 꼬꼬마 윤식이란 놈한테 용돈을 덜 챙겨 줬나 보다. 아니면 군기 잡는다고 **뺑뺑이**를 되게 돌렸거나. 맞지? 내가 뺀질대는 놈한테는 좀 가차 없지."

두나는 경쾌하게 웃었다. 윤식은 킬킬 따라 웃으며, 몸을 비스듬하게 기울여 두나의 어깨에 고개를 툭 얹었다.

"누나, 좋은 향기가 나."

"샴푸 냄새겠지. 새로 바꿨는데."

"무드 진짜 없지. 이럴 땐 땀구멍에서 향기가 방출된다고 해야지."

윤식은 두나의 머리카락에 뺨을 대고 중얼거렸다.

"누나한테는 옛날부터 내가 좋아하는 향기가 났어. 성희 누나처럼."

두나는 그가 어렸을 때 죽었다는 친누나의 이름을 알고 있었다.

그리고 그 향기가 진짜 향이 아니라 향기와 같은 어떤 감정이라는 것도.

　그는 양부모에게 어릴 때 죽은 친가족에 대한 이야기는 절대 하지 않는다. 하지만 두나에게만은 가끔 이야기했다. 나이가 일곱 살 많았고, 동네 말썽꾸러기인 동생을 그렇게 예뻐해서 땅에 발도 디디지 않도록 항상 업고 다녔다고. 두나는 어깨에 이마를 붙이고 비벼 대는 놈을 밀어 내는 대신 가만가만 머리를 쓰다듬었다. 이럴 때 야멸차게 밀어 낼 수 없는 종류의 뭔가가 두 사람 사이엔 항상 존재했다.

　두나는 그의 웃음이 점점 작아져 아주 사라질 때까지 머리를 쓰다듬다가 귓가에 입술을 붙이고 조용히 속삭였다.

　"이봐요, 박윤식 씨. 이제 할 말을 해야지. 밤새 이러고 있을 거야?"

　그의 몸이 긴장한 것이 느껴진다. 남자들은 참 바보 같지. 날숨 한 자락에 이렇게 애처롭게 얼어붙을 거면서 겁도 없이 사랑을 하고. 용감한 척 떠들어 대면서도 정작 하고 싶은 말은 못 하고. 머리가 터질 정도로 고민만 하면서 정작 결정 하나 못 내리고.

　"이제 이번 일이 끝나면 더 못 온다는 말을 하려고 이렇게 뜸 들이는 거야? 나도 그 정도는 알고 있어."

　윤식의 얼굴이 하얗게 변하는 것을 보니 쓴웃음이 나온다.

　설마, 그걸 모를 거라고 생각했을까?

　진작부터 알고 있었다. 조만간 할아버지 할머니가 일을 끝내고 돌아가시면 다시는 오지 않으리라는 거. 그 말은 앞으로 녀석도 이곳에 올 일이 없을 거라는 뜻이었다.

　"지금 이 시대는 여기저기 박힌 영상 기록 때문에 시간 여행자들한테 정글보다 위험하다면서. 할아버지 할머니가 너 혼자 여기 드나들게 놔둘 리가 없잖아."

"못 오긴 뭘 못 와. 내가 마음만 먹으면 오는 거지."

"온다고 해도 내가 말려. 오지 마."

"이야. 이젠 대놓고 축객령까지. 기분 정말 산뜻하네."

윤식이가 이 시대에 묶이는 것은 두나가 가장 바라지 않는 일이었다. 어릴 때 한 번 가족을 잃었던 작은 아이는 많은 형제와 따뜻한 부모에게 둘러싸인 새로운 가족을 생명처럼 사랑하고 아꼈다.

갑자기 몸이 확 기울었다. 윤식은 두나를 끌어안고 뭉그러질 정도로 힘을 주었다.

"누나는, 내가 어떤 마음으로 지금까지 살아왔는지 모르지?"

"……."

"난 말이지, 누나를 마음에 둔 후부터 지금까지 계속 고민했어. 만에 하나 누나가 나에게 미래를 물어보면 어쩌지? 뭐라 대답해야 하지? 고민할 때마다 숨이 막혀서 죽을 것 같았어."

등이 너무 아프다. 그가 본 미래가 어떻기에 이럴까?

"누나, 나 있잖아, 그냥 여기서 누나랑 같이 살면 안 될까? 신분증이고 나발이고 없으면 어때? 아님 어디서 신분증 얻어 대충 식 올리고 살아도 되고. 그럼 나는 박윤식 따위가 아니고 우리는 더 이상 친척도 아니게 될 거라고."

"너 미쳤어? 네 인생이 아깝다는 생각은 안 해?"

"별로 안 아까워. 그리고 절대 안 될 이유도 없어, 누나. 원래 우린 남이었고, 난 어차피 다른 시간의 사람이었어. 한 번 적응한 거, 두 번 적응은 못 할까."

"그건 안 돼."

"누나, 그럼 누나가 올래? 출생 신고라도 미리 해 놓고 갈까? 그럼 내 시간에 와서는 엿 같은 내 오촌이 아닌 진짜 남남으로 만나게 되는 거지."

"안……."

"안 돼? 그것도 안 돼? 그럼 되는 게 뭐야?"

언성이 확 높아진다.

"나하고 누나는 원래 아무 관계도 아니었다니까! 어느 쪽이든 자기 신분만 포기하고 오면 아무 문제가 없어. 뭐가 문제야?"

……바로 그게 문제야.

친척이라는 멍에를 벗으려면, 그리고 같은 시간에 살려면, 둘 중 한 명은 자신의 세상에서 자신을 말소하고 가야 한다. 스물여섯, 서른둘, 많다면 많고 적다면 적은 시간 쌓아 올렸던 그 모든 것, 그리고 나를 견고하고 따뜻하게 둘러싸고 있던 가족까지.

나를 이루고 있는 모든 것을 파괴해야만 성립하는 감정.

윤식아. 나는 이 감정이 싫고 힘들다.

버릴 수만 있었다면 진작에 버렸을 텐데, 그게 마음대로 된다면 사랑이 아니겠지.

두나는 손을 뻗어서 어스름 어둠 속에 잠긴 녀석의 뺨을 쓰다듬었다. 뺨에는 볼우물이 깊게 패어 있었고 그 우물에는 샘물이 천천히 흘러들다가 빠져나가고 있었다. 그의 눈에서는 이제 빛이 없었다. 자신만 따라 움직이는 시선은 어둡고 절박했다.

나는 너를 보내고 살 수 있을까?

또 너는, 내가 존재하지 않는 시간에서 혼자 살 수 있을까?

이 감정은, 그 모든 것을 버릴 만한 가치가 있는 걸까?

두나는 그의 머리를 끌어안고 가만히 숨을 쉬었다. 옅은 헐떡임이 가슴으로 스며들었다. 이 아이가 우는 것은 이런 느낌이었구나. 항상 웃는 대신 솔직하게 우는 것이 낫겠다 생각했는데 듣고 보니 그렇지도 않았다.

"누나, 나도 이번에 돌아가면 결혼하지 않을 거야. 돌아가서 집안의 30년 고자 전통이나 이을 거야."

목멘 소리로 진지하게 고백하는 것치고 내용이 꽤 엽기적이어서 두나는 웃음을 터뜨렸다.

"나의 미래가 어땠기에 이렇게 힘들었니?"

두나는 드디어 용기를 냈다. 미래를 알면 안 된다는 금기 따위 이제 잘 모르겠다. 이걸 진작 물어보는 게 좋았을까. 그것도 잘 모르겠다. 녀석은 망설였다. 하지만 오랜 침묵을 끊고 나온 대답은 너무 의외였다.

"박두나는 세상에 없어."

"……뭐?"

"내가 입양되기 전부터 실종 사망 신고가 되어 있었어. 누나가 어떻게 죽었는지 아는 사람은 아무도 없어. 나는 상상하는 것조차 무서워서 더는 깊이 알아볼 수가 없었어. 내가 알아보는 순간 모든 것이 확정돼 버릴까 봐."

머릿속이 하얗게 표백되는 것 같다. 그것은 한 번도 생각해 보지 못했던 미래였다.

"누나는 지금까지 내가 어떤 마음으로 이 순간을 기다렸는지 모를 거야."

"……."

"나는 단 하나만 빌었어. 지금까지 누나를 만나면서 내내 숨이 멎을 것 같은 기분으로 기원했어. 지금까지 단 한 가지만. 누나의 사망 신고가……."

"윤식아."

"누나의 서른두 살, 지금 이 시각에 이루어진 어떤 결정의 결과이 기를."

두나는 눈을 깜박이며 새까만 허공을 바라보았다.

아, 미래를 안다는 게 이렇게 당혹스러운 거였구나.

후르르 웃음이 흘러나왔다. 자신의 미래는 스스로 만든다는 말이 갑자기 우습게 느껴진다.

나는 나와 이 녀석의 미래를 지금 내 의지로 결정할 수 있지만, 그 것이 진짜 내 의지인지는 알 수 없다.

그리고 녀석은 나보다 앞선 시간을 살고 있지만, 우리의 미래는 여전히 알 수 없는 영역에 있다.

단 한 가지 확실한 것은, 내가 어떤 형태로든 가족, 혹은 내가 쌓 아 올린 것과 함께 남은 생을 걸어갈 수 없다는 것.

……그렇다면.

두나는 한 손으로 그를 끌어안고, 다른 한 손으로는 책상 위를 더 듬었다. 책상 위에 굴러다니던 500원짜리 동전이 손끝에 잡혔다. 손 끝에 감기는 감촉이 차갑고 단단했다. 두나는 그것을 집어 들고 따 뜻하게 느껴질 때까지 손으로 감싸고 있었다.

"그럼 우리 이렇게 할까?"

"어떻게?"

"이 동전을 던져서 결정하는 건 어때? 앞면이 나오면 내가 너에게 가고, 뒷면이 나오면 네가 이리로 오는 거로."

"……미쳤어? 어떻게 그렇게 중요한 결정을 무슨 어린애 장난처럼……."

"그 중요한 결정을 우리는 지금까지, 어린애만큼도 못 하고 있었잖아."

어차피 중요한 일을 결정하는 근거라는 게 사실은 얼마나 하찮고 우스운 것들인지. 두나는 진지하게 덧붙였다.

"아. 동전이 똑바로 서면, 우리 각자 시간에서 살자. 너는 미래에서 7형제 고자 전통을 잇고, 나는 여기서 노처녀로 살다가 일찍 사망 신고를 내면 되겠지."

녀석은 웃지 않았다. 아니 웃지 못했다. 이럴 때 평소처럼 실없이 웃어 주면 좋으련만.

이미 나온 답, 하지만 아직 결정되지 않은 답, 그리고 미래형은 여전히 알 수 없는 답. 어차피 우리 둘 중의 하나는, 자신의 전부를 버리는 결정을 해야 했던 거였다. 그리고 그 결정을 더 이상 미룰 수도 피할 수도 없는 시점이라면, 인생에서 한 번쯤은 호기롭게 동전 따위에 책임감을 넘기고 유쾌하게 웃어도 되지 않을까.

이제 그의 떨림은 걷잡을 수 없다. 절반의 사형선고, 혹은 절반의 신세계 추방령을 받아 둔 두나는 오히려 담담하게 동전을 위로 던졌다.

딸그락, 자르르르…….

동전이 책상 위에서 뱅그르르 돌며 잦아든다.

딸그락, 동전의 움직임이 멈췄다.

2
해마부인 말달리다

"민호 너도 이젠 노력을 해야 한다고. 침실에서 섹시한 매력이 없는 여자는 끝이야, 끝. 남자들이 금방 한눈판다니까?"

"이 나이가 돼서 뭘 섹시 콘셉트야? 게다가 나는 결혼하기 전부터 한 번도 섹시해 본 적이 없었는걸. 애를 줄줄이 낳고도 가슴은 여전히 A컵을 벗어나지 못했으니 색시고 각시고 날 샜지."

"그런 생각을 하는 게 문제야! 내가 늘 말했지! 분위기! 중요한 건 분위기라고! 가슴 크기가 아니란 말이야!"

선정은 맥주를 벌컥벌컥 들이켜더니 빈 컵을 탁자에 탕, 소리 나게 내려놓았다.

"남자가 밤 시간에 심드렁해질 때, 와이프 살이 닿아도 소금 자루, 나무토막이 닿은 것처럼 반응할 때, 그때 조심해야 해. 남자는 여자가 자기 것이 됐다 싶으면 금방 싫증 내고 한눈파는 종족들인데, 여자마저 점점 퍼져 봐. 백발백중 바람나. 그러니까 여자는 나이를 먹어도 철철 넘치는 섹시미와 요부 같은 스킬로 남자 코를 확 꿰어 놓아야 하는데, 너한텐 그게 절대적으로 부족하단 말이야!"

민호는 심각한 얼굴로 팔짱을 끼고 앉아 이야기에 집중했다. 이완 씨가 바람? 맞다, 그 얼굴에 그 주둥이로 작정하고 여자를 호린다면 대한민국은 큰일이 날 것이다. 아니, 나부터 큰일이 나겠구나. 상상만 해도 정신이 아찔했다.

그런데 섹시미, 요부 같은 스킬, 그게 대체 어떻게 생겨 먹은 거냐? 민호는 탁자가 푹 파일 정도로 한숨을 쉬었다.

"하긴. 그러고 보면 횟수가 줄었어……. 많이 줄었어. 어떡해. 그게 내 탓이었구나."

"어휴, 이 바보야, 그걸 이제 알았니? 넌 그동안 위기의식도 없었니?"

민호는 머리를 쥐어 싸고 이완의 코끼리 홀라댄스가 대폭 줄어든 이유에 대해서 난생처음으로 심각하게 생각하기 시작했다. 생각해 보니 하루 다섯 번을 찍었던 짧은 황금기는 까마득하게 지나가서, 그게 이생의 일인지 전생의 일인지조차 모를 지경이 돼 버렸다.

그러니까 문제는 나의 섹시미, 요염미 결핍이라는 건데.

나는 그것도 모르고 그 인간의 체력이 떨어졌나, 남성갱년기가 닥쳐왔나, 내일이라도 산골짝에 들어가 노루 뿔이라도 꺾어 와서 달여 먹여야 하나 걱정을 했다. 원인은 내 탓이오, 내 탓이오, 내가 태어날 때 섹시미 요염미 대신 뇌의 청순미와 서바이벌 파워미를 옵션으로 선택하는 바람에 우리 이완 씨가 고자가 되어 가는 것이다. 민호가 대오각성 회개하는 마음으로 진지하게 고개를 들자 선정은 얼굴을 바짝 들이대고 속삭였다.

"너도 해 봐."

"……."

"난 시작한 지 벌써 석 달 됐는데 스트레스도 풀리고 너무 좋아! 같이 하는 다른 언니들이 그러는데 오래 하면 허벅지도, 엉덩이도 탄력이 짱짱해지고, 조이는 힘도 좋아져서 남편들이 그렇게 좋아한대. 남자가 해도 좋다는 거야! 허릿심이 완전 파워풀해진다나?"

선정은 뒷부분을 말할 때도 이제 입을 가리거나 조그맣게 속삭대지 않는다. 얘가 언제 이렇게 아줌마가 다 됐지? 민호는 워낙 부끄럼을 많이 타는 사나이와 살다 보니 이런 얘기를 시원시원 자유롭게 떠들지 못하는 습관이 붙어 버렸다. 습관의 힘이란 참 무서운 것이다. 민호는 주변에 소심킹과 소심킹 2세들이 있는지 얼른 확인한 후 목소리를 낮춰서 소곤거렸다.

"그런데 그거 하면 정말 섹시해져?"

"그렇다니까!"

"나 같은 여자도?"

"……아마 그럴 거야!"

"좋아, 그렇다면 나도 한번 해 볼까. 나도 섹시한 여자가 될 때가 됐어, 그렇지?"

"그래! 밤에 이완 씨를 깜짝 놀라게 해 주는 거야."

두 사람은 머리를 맞대고 손을 꼭 붙잡았다.

"승마……를 배우겠다고요?"

이완은 난데없는 선언에 어리둥절했다.

낮에 선정이 와서 육아 스트레스를 한껏 풀고 갔다는 이야기를 송석한테 듣기는 했었다. 어찌어찌 방심하다 아들 셋의 엄마가 된 선정은 껌딱지처럼 달라붙는 칭얼이 삼 형제 때문에 8년을 좀비처럼 지냈고, 좀비 모드를 벗어나고 나니 미쉐린 사나이처럼 몸이 불어 있었다. 아빠에게도 가지 않고 엄마에게만 낮이고 밤이고 달라붙는 아이들에게 짤짤 볶이면서 스트레스를 보리 발효 음료 파워 드링킹으로 풀다 보니 벌어진 사태라 했다. 송석은 내 살 어떡할 거냐 밤낮으로 울어 대는 선정에게 들들 볶이다가 예전 승마 도박으로 전 재산을 날린 아우의 추천으로 승마 회원권을 끊어 주었다고 했었다.

"민호 씨, 말 탈 줄 알잖아요."

"응. 그런데 제대로 배운 건 아니잖아."

"등자, 안장 없이도 탈 수 있잖아요. 그 정도면 말과 물아일체지, 거기서 어떻게 더 배워요?"

"아냐 아냐, 거기선 뭔가 특별하게 가르치나 봐. 남자건 여자건 말 좀 탔다 하면 허릿심이 장난 아니게 강력해진다는데, 어 일단 섹시해진다잖아? 물론 말 빌려서 타는 비용이 좀 비싸긴 한데……."

"민호 씨, 말도 있는데 빌리긴 뭘 빌려요. 그것도 서러브레드만큼이나 몸값 높은 아할테케요. 지금 걔가 낳은 망아지들까지 합치면 한두 필도 아니고."

"그렇지. 하지만 걔들은 돈 벌어야지. 일 년 중 봄 한 철 바짝 버는 애들을 데려올 수도 없잖아."

민호가 남한산성을 찾아오면서 오랑캐 병사에게 뺏어 타고 온 말은 조선이나 몽골에서 일반적으로 타고 다니던 조랑말이나 몽고야

생말 계열이 아닌 중앙아시아 쪽, 투르크메니스탄 쪽의 말이었다. 한인 중에서도 고위 관료나 돈 많은 사람 아니면 구경도 못 할 만큼 귀한 몸이었으니, 말의 전 주인은 전투 혹은 약탈 중 운 좋게 놈을 탈취했을 가능성이 높았다.

일단 그 말은 눈부시게 빛나는 우윳빛 털이 특이한 데다 외양의 아름다움마저 잊게 할 정도로 체력이 좋았다. 며칠간 건초를 주지 못해도 까딱없이 버티는 것은 물론이고, 지구력이 엄청났다. 여자는 우윳빛 말을 고자 견공 다음으로 애지중지 아꼈다. 약탈하러 칠현산에 올라온 말의 주인은 그 말을 잃어버리고 아마 화병으로 죽었을 거라는 말도 종종 했다.

민호는 말의 정체가 무엇인지 알아보러 여기저기 데리고 다니다가 놀라운 소식을 들었다.

"뭐? 얘가 암말들하고 뜨거운 밤을 보내면 돈을 벌 수 있다고?"

당시 우윳빛 사나이는 '시발'이라는 이상한 이름으로 불리고 있었다. 처음에는 '비싼 차'의 이름을 붙여 주겠답시고 포르쉐니 롤스로이스니 벤츠니 벤틀리니 하며 둥둥거리더니만, 삼일절 아침, 푸른 하늘에 휘날리는 태극기를 보고 그만 뜨거운 애국심이 발동하고 말았다. 결국 민호는 우윳빛 사나이에게 우리나라 최초의 자동차 이름을 붙여 주겠다고 애국적인 결심을 하게 됐는데, 검색 결과 국내 최초의 자동차는 드럼통을 펴서 만든 '시발자동차'임을 알게 되었던 것이다.

그러구러, 민호는 시발 군이 세계적으로 굉장히 귀한 아할테케—한 혈마 품종이라는 것을 알게 됐고, 시발 군이 암컷들과 뜨거운 밤을 많이많이 보내면 먹이값과 관리비를 상쇄하고도 남을 만한 돈을 번다는 사실을 알게 되었다. 씨수말에게 으레 딸려 오는 족보 따위 없었지만, 국내에는 이렇게 '순수혈통의, 전형적인 모습을 띠고 있는, 아할테케' 가 거의 없기 때문이었다.

민호는 눈물을 글썽이며 제주도까지 말을 데리고 날아가 계약서에 서명했다. 시발 군의 불타는 밤 1회당 얼마, 그리고 마음에 드는 아기가 태어나면 우선하여 구매할 수 있게 해 달라는 특약까지 넣어서 상당히 야무진 계약을 하고 돌아왔다. 하지만 민호에게는 언제나 그랬듯이 돈이 문제가 아니었다. 시발 군은 토마스 폰 에디슨 경의 맺힌 한을 풀어 주고 명예를 회복할 특사였다. 천만다행히 그때 이름도 돈 좀 붙을 만한 것으로 바뀌었다.

······ '돈후안 1세' 로.

돈후안 1세는 황금색, 은색, 크림색, 토파즈색, 커피색, 짙은 갈색이 도는 건강하고 아름다운 새끼들을 많이 보았다. 토마스 폰 에디슨 경의 한을 풀어 주고도 남을 만큼 많이많이 보았다. 민호는 돈후안 1세가 번 돈을 열심히 모아 예쁘고 건강한 돈후안 2세들을 사들였고, 그들도 어른이 되자마자 돈을 벌거나 돈후안 3세들을 낳기 시작했다. 돈후안 1세 역시 앞으로 10년은 더 할렘을 운영할 수 있을 만큼 여전히 기력이 팔팔했다.

이완은 침대에 앉아 고개를 갸웃대는 여자를 한쪽 팔로 끌어안고 이불을 끌어당겼다.

"됐고요. 돈은 내가 벌 테니, 민호 씨는 가서 마음껏 섹시해져서 돌아오세요."

이완은 주말에 아이들을 전부 끌고 민호가 승마를 배운다는 승마장을 찾았다. 기왕 이렇게 된 거, 아예 아이들에게도 망아지 한 필씩 주어 말 타는 법을 익혀 두게 하면 과거 여행을 할 때도 크게 도움이 되지 않을까, 하는 생각이었다.

"와! 엄마다!"

"엄마, 엄마, 엄마아아!"

이완에게 꼬리처럼 조르르 매달린 아들들이 엄마를 발견하고 만세를 부른다. 어디에서 무슨 섹시 승마 강습을 받고 있나 했더니만, 아니나 다를까 강습은 개뿔이었다.

여자는 교관 없이 혼자 타고 있었는데 넓은 트랙에서도 대번에 눈에 띄었다. 어디에서 벗겨졌는지 헬멧은 머리가 아니라 목에 덜렁덜렁 매달려 있었고, 고삐도 한 손으로 멋대로 쥔 채 두다다다 요란한 소리를 내며 트랙을 돌고 있었다. 해마처럼 등을 구부정하게 구부린 채, 긴 머리는 사방으로 펄펄 휘날리며 잘도 달린다. 끼야호오오! 채찍을 허공에 빙빙 휘두르며 인디언처럼 소리를 지르기도 하고, 캬캬캬 허공에 대고 웃기도 하고, 이완과 아들들을 발견하고는 달리면서 머리 위로 거대한 하트를 그려 보이기도 한다. 이완 씨, 사라, 으라, 사랑해으아아아, 돈후안 네 이놈! 이 바람둥이 자식아아아, 정력을 어디에다 쏟아붓고 뛰지를 못해! 더 빨리 달려라, 짜식아아아!

여자의 질주를 얼빠진 얼굴로 보고 있던 사람들이 폭소를 터뜨렸다. 이완은 머리카락이 산발 귀신처럼 붕붕 공중 부양 하며 휘날리고, 채찍을 허공에 빙빙 돌리며 달리고 있는 여자의 뒷모습을 보며 심하게 섹시하다고 느꼈다. 그리고 이내 자신이 돌이킬 수 없는 변태가 되어 버린 것을 깨달았다.

그날 밤, 이완은 피곤해서 팔다리를 산지사방 뻗은 채 코를 고는 여자를 흔들어 깨워 가며 오랜만에, 아주 오랜만에 총 5회의 코끼리 홀라댄스 타임을 채웠다.

이튿날부터 이완과 아들들은 안락재에서 민호에게 '섹시 승마 강습'을 받기 시작했다.

3
Happy Easter

by. 박윤세

우리 형제들은 고릴라 삼촌을 좋아한다. 고릴라 삼촌은, 문학적 비유를 동원하자면, 달고나로 둘러싸인 에스카르고 같은 사나이다. 이 고급스러운 비유를 이해하지 못할 감수성 바닥의 형님들을 위해 설명하자면, 겉으로 보기엔 나쁜 남자의 매력, 상사나이의 매력을 철철 흘리고 있지만, 사실 마음은 비단결 같은 사나이라는 뜻이다.

아름다운 기획사를 운영하는 고릴라 삼촌은 교회에 다닌다. 심지어 주일학교 선생님이라고 했다. 놀라운 사실은, 주일학교 학생들은 고릴라 삼촌을 무서워하기는커녕 물로 보고 있다는 것이다. 심지어 겁도 없이 끝날 때마다 간식을 사 달라, 기념품을 사 달라, 마구 개기기도 한다. 그러고도 죽지 않으리라는 믿음의 힘은 정말 놀라울 따름이다.

"내일 달걀 콘테스트를 한단 말이지. 선생님들도 참가하는 건데."

우리에게 긴급 SOS를 치고 안락재로 온 고릴라 삼촌의 손에는 달걀 열 판이 들려 있었다. 내일이 자그마치 부활절이라는 것이다.

"내 이름과 명예를 걸고 우리 반이 1등을 해야 해. 하지만 우리 마나님이 협조를 해 주지 않아."

"그저께 부부 싸움 했다면서 협조를 바라?"

뒤에서 신문을 들여다보던 아빠가 툭, 한마디 집어 던진다. 고릴라 삼촌은 비통에 찬 얼굴로 대답했다.

"고난의 금요일이었습니다, 형님. 저도 그분의 고난에 동참했던 거죠."

"진 실장, 나는 교회나 성당엔 안 다니지만, 그거 신성 모독으로 들려."

"형님은 저의 순수하고 올곧은 믿음에 대해 모욕하고 계십니다!"

"진 실장은 이스터 에그, 이스터 버니, 백합 같은 게 그분의 부활과 아무런 상관도 없는 풍속이라는 거 다 알고 있잖아. 그러면서 계란 만들기 행사에 적극적으로 참여하는 건데 그게 순수하고 올곧은 거야?"

"무슨 말씀이십니까! 믿음의 눈으로 받아들이면 뭐든지 은혜가 되고 영광이 되는 겁니다!"

"오호, 아무렴. 그래서 '자기 소견에 옳은 대로 행하였더라.' 하던 사사기의 백성들이 그래서 불나게 얻어터지고 까였고요?"

"까도 제가 깝니다! 그리고 형님은 교회도 안 다니시면서 왜 이상한 것만 잔뜩 외우고 다니십니까! 그런 데 낭비하라고 그분께서 뇌세포를 그렇게 많이 하사하신 건 아닐 텐데요!"

"외워지는 걸 어쩌라고? 노력한다고 머리가 나빠지는 것도 아니고."

"열 판 다 삶아 주면 돼? 나는 삶아 주기만 할 거니까 나머진 알아서 해."

엄마는 복잡한 토론을 단칼에 잘라 내며 통 크게 식당용 커다란 들통을 꺼냈다. 아빠는 또 툭 내뱉는다.

"계란 삼백 개로 대체 무슨 작품을 만들어서 출품할 건데? 피라미드 쌓을래? 야외 설치 작품이라도 만들 거야? 질보다 양의 시대는 갔어. 양으로 밀어붙이면 1등 할 거라는 편견을 버려."

"아, 형님! 대체 오늘따라 왜 이렇게 심통이십니까?"

"심통 아니야. 나 원래 이랬어."

아빠는 안경을 벗고 눈을 문지르면서 하품을 한다. 누가 봐도 심통이다. 주말에 엄마를 뺏긴 데 대한 심통. 고릴라 삼촌이 벌떡 일어나 아빠에게 띠띠때때 떠들기 시작했다. 엄마가 빽 소리를 지른다.

"먹는 거 가지고 싸우지 마!"

엄마의 말 한마디에 풍랑이 일던 파도가 잔잔해졌다.

통 크고 화통한 엄마는 계란을 삶았다. 들통 두 개를 꺼내 삼백 개를 다 삶았다. 우리는 침을 꼴깍대면서 기다렸다. 계란이 다 삶아진 다음에는 깨진 것을 골라내서 부지런히 주워 먹고, 남은 계란을 마루에 줄줄 늘어놓았다.

그리고 마루 가득히 펼쳐진 계란들을 보며 우리는 중대한 사실을 깨달았다.

우리 중에서는 뭔가를 예쁘게 꾸미거나 장식하는 일에 소질이 있는 사람이 아무도 없었다. 건담 마니아인 윤삼이 형이 그나마 가능성이 있지만, 형님은 부활절 계란에 병아리 눈과 부리를 몽글몽글 붙이는 게 아니고 크고 웅장한 비행용 날개를 달고 무기를 주렁주렁 붙이고 말 것이다.

우리는 색연필과 색종이, 조그만 솜방울과 풀, 리본 따위를 앞에 놓고 망연자실했다. 몇 개를 주워 먹긴 했지만 삼백 개의 계란이란 어마어마한 것이었다. 마루가 온통 계란으로 꽉 차 버린 기분이었다. 삼촌이 서글픈 목소리로 말했다.

"정말 피라미드라도 쌓을까?"

마음이 비단결 같은 우리의 고릴라 삼촌이 자포자기하는 모습을 보니 나는 너무 마음이 아팠다. 그래서 조심스럽게 제안했다.

"삼촌, 질보다 양이 아니라, 질보다 크기로 가는 게 어때요?"

"크기라니?"

"그러니까 다들 계란을 가져갈 때 삼촌은 타조알같이 커다란 걸 가져가는 거죠."

"윤세 너 타조알 구할 수 있어? 타조를 키우는 농장 같은 데가 근처에 있니?"

고릴라 삼촌이 반색했다. 삼촌은 우리 형제들의 이름을 정확하게 구별해서 제대로 불러 주는 몇 안 되는 사람이었고, 그래서 내가 특별히 더 좋아했다.

"별로 멀지 않아요. 가져올 수 있어요. 얼마 전에 수장고에서 잠깐 어디로 이동했다가 꼬리가 긴 타조가 알 낳는 걸 본 적 있거든요."

고릴라 삼촌의 얼굴이 살짝 난감한 빛을 띠었다. 수장고에서 타고 들어가는 거라면 시간 이동이니까 신경이 당연히 쓰일 것이다. 하지만 일류 트래커들이 줄줄 포진한 데다 타조를 키우고 있다면 아주 가까운 과거일 것이니 크게 위험하지는 않을 것이다. 비슷한 생각을 했는지 고릴라 삼촌이 씩 웃으며 고개를 끄덕였다.

"많이 비쌀까? 사 올 수 있었지? 금이나 은을 가져갈까? 타조 농장이라면 아주 가까운 과거겠지만, 그래도 5만 원권이 나온 다음이면 좋겠다. 타조알이 많이 크니?"

"커요. 달걀 따윈 쨉도 안 돼요."

"삼촌, 큰 것이 강력하죠."

"역시 빅 사이즈가 최고예요. 장식 없이도 1등 할 거예요."

"그럼 타조알 가져오면 여기 계란 삼백 개는 저희가 먹어도 되죠?"

우리는 흥분해서 떠들며 수장고로 향했다. 수장고의 열쇠는 아빠가 갖고 계시지만, 뭐 우리들에게 자물쇠나 열쇠는 그다지 큰 의미가 없었다.

나는 윤식이 형이나 윤삼이 형에 비하면 시간 여행을 정확하게 하지는 못했다. 처음 찾아갔던 길을 다시 찾아가기도 어려웠다. 하지만 타고 들어갔던 물건은 정확하게 기억하고 있었다. 유물이라기보다, 뭔가 좀 수상하게 생긴 둥그런 돌이 상자에 담겨 있었는데 정체를 영 알 수 없었다.

둥그런 돌에서 내가 들어간 자취를 가장 먼저 찾아낸 건 윤식이 형이었다. 고릴라 삼촌과 우리 형제들은 윤식이 형을 따라 타조알을 가지러 들어갔다.

일단, 날은 몹시 습하고 더웠다. 장마철 비 오기 직전의 꾸리꾸리

한 상태처럼 재수 없게 끈적끈적 더웠고, 이상한 냄새가 사방에서 풍겼다.

우리는 커다란 둥지처럼 움푹 팬 구덩이 안에 들어와 있었고, 바로 옆에서 둥그런 돌과 비슷하게 생긴 얼룩덜룩한 알들을 발견했다. 열 개 남짓한 알들이 조르르 모여 있었는데 기대했던 대로 컸다. 아주 컸다. 알 한 개가 30센티가 훨씬 넘어 보였다. 계란 정도는 쨉도 되지 않고, 혼자 들기도 무거울 지경이었다. 우리는 알을 하나씩 낑낑대며 나눠 들었다. 고릴라 삼촌은 눈썹을 찌푸리고 사방을 둘러보았다.

"어째 사람이 아무도 없는 것 같은데? 흥정은 대체 어디서 해? 여기 농장 아닌 것 같잖니."

그렇다. 아무리 살펴봐도 사람이 살 것 같지 않았다. 우리는 알을 든 채 한참 동안 주변을 탐색했지만 집이든 사람이든 그림자도 구경할 수 없었다. 얼결에 따라온 윤이 형의 얼굴이 갑자기 굳었다.

"그러고 보니 이 타조알하고, 아까 타고 들어온 돌멩이가 비슷했어. 그럼 알이 화석이 된 거 아냐?"

"어? 그런가?"

모여 있던 우리는 고개를 갸웃하다가 그대로 땡땡 얼어붙었다. 알이 화석이 될 정도면 일이백 년 전의 과거는 아니라는 뜻이었다. 그러니까 여기는 아주 옛날, 옛날, 옛날, 옛적이라는 말이었다.

"이거 낳은 거 타조 맞아?"

"맞아…… 맞나?"

나는 고개를 갸웃했다. 사실 그 타조를 똑똑히 본 것은 아니었다. 커다란 두 발로 성큼성큼 걸어 다니는 놈이었고, 몸에 짧은 깃털이 나 있었다. 목이 길고, 꼬리도 길고 발도 길고 굵었다. 그런 놈이 퍼덕퍼덕 활개를 치며 겅중겅중 걸어오더니 둥지에서 알을 낳았다. 그래서 대충 타조 종류라고 생각했었다. 윤이 형이 눈썹을 찡그렸다.

"타조는 꼬리가 길지 않은데."

"내가 본 건 길었는데?"

고개를 갸웃하는 순간 나무 뒤에서 끼이이이! 하는 요란한 소리가 들렸다. 뾰족하고 긴 부리, 펄럭이는 깃털, 굵고 튼튼한 다리, 위로 불뚝 솟은 긴 목. 그리고 화려한 깃털로 뒤덮인 긴 꼬리. 틀림없이 내가 그때 보았던 놈인데, 자세히 보니 타조하고는 달라도 꽤 많이 달랐다. 형이 질겁하고 고함을 질렀다.

"깃털공룡이야! 뛰어!"

끼아아아아! 끼오오오오!

"와와와, 와와와, 우와아아아아!"

우리는 너무 정신이 없어서 알을 버리고 뛰어야 빠르다는 것을 잊어버렸다. 알을 잃어버린 녀석은 큰 발로 쿵쿵대며 달려왔고, 우리는 알을 들고 소리를 지르며 미친 듯이 달렸다. 그중에서 가장 큰 소리를 지르며 달린 것은 양쪽으로 알을 안고 뛰는 고릴라 삼촌이었다.

제일 빨랐던 것은 윤식이 형이었다. 윤식이 형은 들고 있던 알을 공룡을 향해 집어 던지더니 아직 흔적을 잘 찾지 못하는 나와 시간 여행을 하지 못하는 윤이 형의 손을 확 잡아당겼다.

"얼른 손잡고 따라와!"

고릴라 삼촌과 형들의 고함 소리가 귀청이 터질 것처럼 시끄러웠다.

우리는 그날 일곱 개의 '타조알'을 얻었고, 도망치다가 억센 가지에 긁혀 팔과 다리에 영광의 상처를 얻었다. 이번에는 아빠가 나오셔서 무슨 타조알이 이렇게 크냐고 한참 투덜대시더니, 알을 비눗물로 깨끗이 씻은 후 들통에 몰아넣고 푹푹 삶아 주셨고, 고릴라 삼촌에게 한 시간 동안 잔소리를 해 댔다. 고릴라 삼촌과 우리는 한 마디도 하지 않았다.

우리는 드디어 진지하게 부활절 계란을 꾸밀 마음이 들었다. 문학적으로 표현하자면, 우리 형제들은 죽었다가 다시 살아난 것이다. 그것이야말로 부활 그 자체 아니던가. 우리는 머리를 맞대고 뇌 속 어딘가에 1g쯤 숨어 있는 문학적 소양을 박박 긁어서 부활 감격의 시를 일필휘지로 적어 내려갔다.

이튿날, 고릴라 삼촌은 타조알 시화전으로 부활절 계란 콘테스트에서 1등을 거머쥐었다. 그리고 우리는 일주일 내내 삼백 개의 삶은 계란을 먹었고, 콘테스트를 마치고 귀환한 거대 타조알들을 망치로 깨서 또 일주일을 먹었고, 그 후 일 년 동안 절대로 삶은 계란을 먹지 않았다.

4
For Sale, My Big brother 2

큰형이 앓아누웠다. 서른셋이라는 폭 삭은(?) 나이에 '고생 고생 개고생길'이라 소문난 USMLE 3차 최종 시험까지 무사히 패스하고 안락재로 와서 축하를 받으며 며칠에 걸쳐 동네잔치—를 빙자한 대대적인 바비큐 파티—를 한 것까진 좋았는데, 며칠 후 원인 불명의 이유로 앓아눕고 말았다. 먹는 것마다 모조리 토하고 헛소리까지 했다.

부모님이 며칠간 걱정으로 안절부절못하는 동안, 동생들은 머리를 맞대고 범인을 찾느라 바짝 긴장했다. 저 강철 사나이를 쓰러뜨릴 정도라면 어지간한 독이나 신력으로는 되지 않을 것이다. 어머니를 대신해서 파티를 준비한 윤사는 죽은 돼지에게 무슨 해괴한 짓을 했느냐 하는 취조를 당했고, 큰형과 함께 지내며 쌓인 것이 많았던 윤식은 형을 재워 놓고 밤마다 무슨 방자를 했느냐 하는 취조를 당

했다. 윤식은 펄쩍 뛰며 혐의를 부인했지만 결국 두 형에게 무언가
를 실토하기 시작했다.

"윤삼이 형, 윤오 형, 내가 추리하기엔……."

"넌 추리 같은 거 하지 말고 사실이나 말해."

"그게 말이야, 큰형한테 돼지고기나 저주·방자와 차원이 다른 뭔
가가 벌어진 게 틀림없어."

"뭔가가 뭔데?"

윤식은 한참 고민하다가 다른 사람에게는 절대 말하지 말라는 맹
세를 백 번 정도 시킨 후 조심스럽게 입을 뗐다.

"……여자한테 차이고 온 거 같아."

윤삼과 윤오의 입이 떡, 벌어졌다. 안락재 지붕에 미확인비행물체
가 착륙했대도 저런 기괴한 표정을 지을 수는 없을 것이다.

"아오 쉣! 큰형 여자 사귀고 있었어?"

"아마 ……짝사랑?"

"아오, 환장."

두 사람은 가슴을 콱콱 쳐 댔다. 윤식이는 탁자가 꺼져라 한숨을
쉬며 덧붙였다.

"고백했는데 차인 뻘이야 아무래도. 자면서 헛소리하는 거 주워들
었는데 하고 싶은 말도 제대로 못 하고 와서 화병이 난 거 같아. 아
가씨는 형이랑 같이 가기 싫다고 하고, 형은 억지로 끌고 올 걸 그랬
나 어쨌나 별 지랄, 아니 헛소리를……. 하여튼, 대충 스토리가 그
래."

"오마이, 복장, 환장!"

이젠 세 사람 모두 가슴을 콱콱 치면서 그들의 유전자에 새겨진

연애고자 명령어를 저주했다.

"짝사랑 몇 년째야? 혹시 알아?"

"내가 생각하는 여자가 맞다면 7년? 8년? 그 아가씨 말곤 짐작 가는 사람이 없는데."

"진짜 징글징글하네. 큰형은 대체 그동안 뭘 한 거야?"

"그러게 미치겠네. 형은 대체 뭐가 문제냐?"

"뭐가 문제긴, 그놈의 유전자가 문제지."

"우리가 뭘 어떻게 해야겠냐? 큰형을 저렇게 팽개쳐 둘 순 없잖아. 불쌍한 큰형. 어쩌다 끔찍한 유전병에 걸려서."

그들은 오래전, 큰형의 연애 사업을 적극 지원하기로 영혼까지 팔아 가며 맹세했던 것을 잊지 않고 있었다. 세월이 아무리 흘렀다 해도 핏빛 선연한 사나이들의 맹세가 퇴색할 수는 없었다. 왜냐하면 그들도 현재까지 똑같은 유전병에 시달리고 있었기 때문이다. 바야흐로 지금 형님은 동생들의 힘이 절실하게 필요할 때. 첫차가 길을 잘 뚫어야 뒤따라가는 자동차가 편한 법 아니던가!

갑자기 윤식이 목소리를 낮추더니 속삭였다.

"문제가 있다면…… 다른 시간에 있는 아가씨인 거? 음, 그게 문제인가? 문제일까?"

두 사람은 눈앞에서 터진 폭탄에 기겁했다.

"무슨 말이야? 큰형 시간 여행 못 하잖아."

"큰형 끽해야 드리머 아니었어? 그래 봤자 민간인이고! 그것 때문에 열등감 작렬이었잖아."

두 형이 멱살이라도 잡을 듯이 덤비자 윤식은 한참 고민하다가 비장한 표정으로 속삭였다.

"내가 비밀을 털어놓을 게 있어. 좀 도와줘."

그 망할 놈의 형님께서 망할 놈의 이불을 둘둘 끌어안고 끙끙 앓는 통에, 세 사람은 같은 시간의 다른 길을 찾아오느라 무척 애를 먹었다. 그나마 오래전 형님에게 같은 시간 다른 통로 탈출 방법, 즉 '비상구 이용 실습'을 시켜 보았던 윤식의 기억 덕분에 성균관의 은행나무까진 용케 찾아갈 수 있었다.

하지만 매일 각설이 · 마당쇠 · 중노미 행세만 하다가 이렇게 폼 나는 교복(?)을 입고 교모(?)를 쓰고 학구열 넘치는 '학문의 전당' 한복판에 떨어지는 일은 퍽 드문지라, 세 사람은 자못 긴장했다. 그래서 세 사람은 함부로 날뛰는 대신 점잖은 성균관의 유사답게 나무 그늘에 궁둥이를 붙이고 잠시 배역 선정을 위한 작전 회의를 한 후 행동을 개시하기로 했다.

사실 작전 회의랄 것도 없었다. 오래전부터 이어진 미스터리 빌리지 코스튬 플레이 실습 효과가 너무 좋았던 탓이었다. 윤삼은 자연스럽게 석 삼의 석 초시를 골라잡고, 윤오는 오 진사, 윤식은 몇 해 전 이미 써먹었던 대로 육 생원이 되었다. 반궁의 상재에 일개 초시가 들 수 없다는 사실 따위는 세 사람에게 하등 중요하지 않았다.

수업 중이라 마당은 인적이 드물었고 심부름을 하는 재직 아이들은 멀찍이 술래잡기를 하며 노느라 정신이 없었다. 왱왱왕왕 매미 소리만 귀청을 쩔 정도로 시끄러웠다. 세 사람은 은행나무 그늘에 다리를 꼬고 앉아 슬렁슬렁 부채질을 하면서 진지하게 머리를 맞댔다.

"자, 그럼 일단 우리가 대오를 잘 짜서, 그 아가씨 집에 쳐들어가서."

왱왱왱왱, 맴맴맴 쓰와아아아아.

"그래그래. 일단 그 아가씨한테 가서 어쩔 건데?"

"우리가 이 양시라고 하는 사람 아우들인데, 댁이 뭔데 우리 형을 찼냐! 우리 형 생각보다 괜찮은 사나이야. 다시 생각해 봐! 라고 할까?"

쓰와아아아아, 와, 와, 쏴와와와아아.

"아니 그보다, 그 아가씨가 어떤 사람인지, 형을 왜 걷어찼는지 원인 분석을 먼저 해야 해. 정국 아저씨네 사태를 기억해 보란 말이야. 그러니까, 일단 마을을 돌면서 정황을 수집하고 주변 사람들에게 접근해서 탐문 수사부터……."

"탐문 수사? 내 여친 될 것도 아닌데 왜 그런 귀찮은 짓까지?"

"하긴. 그건 좀 귀찮겠다. 그럼 지나가는 과객처럼 집 근처를 어슬렁대면서 '이 집에 우환이 있군요.' 하고 들어가 볼까?"

"형들이 모르나 본데, 지나가는 과객은 그 동네 어지간하면 안 들어가. 그 아가씨네 집 반촌에 있어. 우리가 가야 할 곳이 바로, 아빠가 한양의 미스터리 빌리지라고 펄쩍대고 뛰던 그 동네란 말이야."

어이구우. 두 사람의 얼굴로 다시 시커멓게 좌절이 내려앉았다. 쓰와아아아, 캬캬캬캬, 이제 옆에서 울어 대는 매미 소리마저 그들을 놀리는 것처럼 들렸다.

"그럼 다시 한번만 생각해 달라고 무릎 꿇고 대신 빌어 볼까? 천하를 평정하는 정력킹이라고 포장도 좀 해서."

"형이 정력킹이라고 누가 장담해? 등빨 함부로 믿는 거 아냐. 솔직히 뭔가를 해 봤어야 정력킹인지 고자킹인지 알 거 아냐."

"맞아. 그리고 동생들이 몰려가서 그딴 소릴 늘어놓으면 어떤 집에서 좋아하겠냐."

머리를 맞대고 끙끙대 봐야 같은 연애고자 DNA를 공유하고 있는 사나이들의 머리에서 나오는 게 신통할 리 없었다. 갑자기 윤식이 눈썹을 찌푸리더니, 얼굴이 하얗게 되어 벌떡 일어났다.

"헉! 혀, 혀혀형, 나, 나 좀 숨겨 줘."

"왜? 야, 왜, 어디 가?"

명륜당 뒤로 황급히 튀어 도망가려는 윤식을 윤오가 날쌔게 잡았다. 윤식은 사색이 돼서 진사 식당과 연결된 문을 가리켰다.

"아, 아빠, 아빠가, 왜? 왜 여기서 나와?"

"뭐? 저 사람이 아버지라고?"

"완전 젊은데!"

두 사람은 한 뼘이나 내려앉은 턱을 감추기 위해서 얼른 부채를 펴 들었다. 윤식은 미인도 사태 때 젊은 이완을 본 적이 있었지만, 윤삼과 윤오는 젊은 시절의 아버지를 한 번도 본 적이 없었다. 이런 천재일우의 기회를 놓칠 리가! 두 사람은 눈을 주먹만큼 부릅뜨고 아버지를 살펴보았다.

젊은 시절의 아버지는 지금과 달리—물론 지금도 상태가 썩 좋은 건 아니지만— 여행자로서의 행동거지가 굉장히 허술했고 재직 꼬꼬마 놈들에게 탐문 수색을 하는 것도 무척 서툴러 보였다. 눈치 백 단 재직 꼬꼬마 놈들이 눈을 아래위로 훑고 있는 꼴을 보면 한눈에 도 뭔가 수상해 보인다는 뜻이었다.

가만히 귀 기울여 들어 보니, 지금 아버지께서는 놀랍게도 큰형이 가명으로 사용하는 이 양시를 찾고 있었다. 윤식은 어느새 명륜당 뒤로 뺑소니를 쳤고, 윤삼과 윤오는 두 눈을 마주치고 고개를 끄덕,

했다.

　궁하면 통한다 하지 않더냐. 이것은 심각한 유전적 결함이 있는 형님과 우리 7형제를 위해 펼쳐 놓은 하늘의 도우심이로다. 흠흠, 큼, 윤오는 목소리를 가다듬은 후 크게 외쳤다.

　"여봐라. 게, 통 못 보던 놈이 들어왔구나. 이리 와 보거라."

　얼결에 세 사람은 낭보를 끌어안고 귀환했고, 윤식은 일주일째 끙끙 앓고 있는 환자에게 살금살금 다가가 복숭아꽃집 처자의 '밀회 요청'을 전했다. 환자는 반나절 만에 열이 뚝 떨어져 당장 이종격투기 시합에 출전할 수 있을 정도로 컨디션을 회복했다.

　이튿날 새벽에 어깨를 축 늘어뜨리고 되돌아온 환자는 다시 열이 치솟았다. 두 배로 치솟았다. 그리고 보름 내내 사경을 헤맸다. 연애고자가 연애고자를 돕는 짓이란, 봉사가 봉사를 길잡이 하는 꼴과 진배없는 바, 동생들은 앞으로 형님이 도와 달라고 부탁하기 전까지는 절대로 형님의 남녀 문제에 참견하지 않기로 맹세했다.